LOLA SALGADO

QUANTA COISA PODE ESTAR LOGO ALI

Rio de Janeiro | 2021

Copyright © 2020 por Lola Salgado

Todos os direitos desta publicação são reservados à Casa dos Livros Editora LTDA. Nenhuma parte desta obra pode ser apropriada e estocada em sistema de banco de dados ou processo similar, em qualquer forma ou meio, seja eletrônico, de fotocópia, gravação etc., sem a permissão dos detentores do copyright.

Diretora editorial: *Raquel Cozer*
Gerente editorial: *Renata Sturm*
Editora: *Diana Szylit*
Edição de texto: *Luiza Del Monaco*
Revisão: *Carolina Cândido* e *Daniela Georgeto*
Capa: *Lola Salgado*
Projeto gráfico e diagramação: *Renata Vidal*
Fotografia da orelha: *Charles Sereso*

DADOS INTERNACIONAIS DE CATALOGAÇÃO NA PUBLICAÇÃO (CIP)
Angélica Ilacqua CRB-8/7057

S158q	
	Salgado, Lola
	Quanta coisa pode estar logo ali / Lola Salgado. – Rio de Janeiro : HarperCollins Brasil, 2020.
	368 p.
	ISBN 978-65-5511-056-2
	1. Ficção brasileira 2. Adolescentes - Ficção I. Título.
20-2817	CDD B869.3
	CDU 82-3(81)

Os pontos de vista desta obra são de responsabilidade de sua autora, não refletindo necessariamente a posição da HarperCollins Brasil, da HarperCollins Publishers ou de sua equipe editorial.

Rua da Quitanda, 86, sala 218 — Centro
Rio de Janeiro, RJ — cep 20091-005
Tel.: (21) 3175-1030
www.harpercollins.com.br

1

AMADURECER ERA uma droga!

Quero dizer, vamos lá, era no mínimo superestimado. Eu não conseguia entender por que as pessoas da minha idade eram loucas para fazer dezoito anos. Da minha parte, nunca vi muita vantagem em ser adulta. Pelo que pude observar de perto ao longo da adolescência, a vida na maioridade não parecia ser muito mais do que boletos, problemas e frustrações.

Tudo bem, tinha a parte do álcool e de poder dirigir. Mas não era como se alguém *esperasse* até fazer dezoito anos para beber. O pessoal da minha sala, pelo menos, não esperou. E, sobre dirigir, eu não podia me importar menos. Estamos em 2020, existem aplicativos de motoristas que nos levam a qualquer cantinho, e nem são tão caros. Mesmo que não existissem, eu não via problema nenhum com o transporte público. Para ser honesta, se essas eram mesmo as únicas vantagens de envelhecer, eu queria ter a minha idade para sempre, obrigada.

Por exemplo, eu tinha cansado de ouvir mamãe chorando no banheiro depois de um dia puxado. Na maioria das vezes, era por causa de algum problema no trabalho. Por mais que ganhasse bem e nos proporcionasse uma vida confortável, o que ela fazia não era, nem de longe, o seu sonho. Nessas horas, o peso das escolhas do passado recaía sobre nós, e era impossível eu não me sentir culpada, apesar de ela sempre me assegurar que não faria diferente mesmo se tivesse a chance.

Para contextualizar: mamãe sempre quis ser médica. Foi uma dessas crianças que saem da barriga sabendo o propósito de vida. Roubava o guarda-pó da minha vó, Margô, que era professora, e, vestida a caráter, enfiava um termômetro embaixo do braço das bonequinhas. Foi uma aluna exemplar, com notas impecáveis, e tudo indicava que realizaria seu sonho. Bom, ela *quase* realizou. Passou no vestibular para medicina na UEM, que tinha mais de quatrocentos candidatos por vaga, e começou o curso. Mas aí conheceu o meu pai e, por um descuido, engravidou.

De mim!

Então, não importava o quanto ela me assegurasse que eu não era culpada de nada, e que abandonar a faculdade foi uma consequência de suas próprias escolhas, eu sabia que *eu tinha sido* o motivo da maior frustração de sua vida. Foi por minha causa que ela precisou voltar a Cianorte com um bebê nos braços e sem nenhuma ideia do que fazer no futuro.

Eu evitava ao máximo pensar nisso. Tentava esquecer o pequeno detalhe de que, antes mesmo de nascer, havia arruinado a vida da minha mãe. Tentava acreditar no que ela dizia. O problema era que, durante o último ano, foi impossível não perceber que, embora negasse até a morte, ela depositava expectativas demais em mim. Como se quisesse compensar o passado. *Olha, eu não virei médica como gostaria, mas pelo menos a minha filha é uma arquiteta incrível. Ah, você não sabia? Ela projetou o maior prédio da América Latina quando ainda estava na faculdade...*

Meu Deus. Era pressão demais. E vinha ficando cada vez mais difícil de suportar. Para começar, precisei parar de escrever as minhas fanfics — que era a coisa que mais me fazia feliz — para me dedicar integralmente aos estudos. Se um infeliz devaneio me distraísse, mamãe fazia questão de me lembrar que era ano de vestibular.

Na verdade, a minha família toda tinha grandes planos para mim. Eu nem sabia muito bem como isso começou. Vovó Margô deve ter me perguntado, quando eu ainda era criança, decepcionada pela neta não ser tão decidida quanto as filhas foram. E talvez eu estivesse de saco cheio de dizer que não sabia e respondi a primeira coisa que me veio à mente. Sei lá. Quem sabe eu até tivesse ouvido alguém da escola dizer isso e me limitei a reproduzir.

Esse foi o pior erro que cometi na minha vida. Uma coisinha assim tão boba cresceu de maneira exponencial e se transformou em uma bola de neve corpulenta, me seguindo cada vez mais de perto, até que fui engolida por ela. De um dia para o outro, minha família começou a se gabar para vizinhos e conhecidos — ou, na verdade, qualquer pessoa que me encarasse por mais de dois segundos — que eu ia ser arquiteta. Que eu tinha nascido para isso. Que era o meu sonho.

Spoiler: não era.

Segundo spoiler: eu nem ao menos *tinha* um grande sonho. Essa era a pior parte.

Talvez mamãe não ficasse decepcionada se eu dissesse que, não, não queria ser arquiteta, mas porque nasci para fazer engenharia, advocacia, nutrição... sei lá. Alguma coisa. Qualquer uma.

O que ela não admitiria era eu não ter um destino traçado. Objetivos concretos. Um futuro. Eu tinha cansado de ouvir que não podia, pelo amor de Deus, repetir os passos dela. Ser mãe nova. Perder as oportunidades. Essas coisas todas das quais ela *não me culpava*, de jeito nenhum. Pior do que ser ela, só ser igual ao meu pai. "Aquele imprestável e sem rumo, que trabalhava como baterista de uma banda, se é que podemos chamar isso de trabalho." Ela não suportaria que eu me tornasse parecida com ele.

Então, para evitar dor de cabeça, entrei na onda. Acho até que cheguei a acreditar nisso por algum tempo. Fantasiei um futuro em que eu ficava horas em frente ao notebook projetando plantas. Criando coisas. A sensação não devia ser tão diferente da de criar histórias sobre os artistas de que eu gostava, né?

Só que, obviamente, era. Existia um abismo colossal de diferença. Para escrever fanfics, eu não precisava ser ótima em matemática, por exemplo. E eu de fato não era. No vestibular, assim que meus olhos correram pelas questões da prova específica de matemática, eu soube que não conseguiria. Nem se eu passasse mil anos com a cara nos livros, teria como enfiar todas aquelas fórmulas e teorias e números na minha cabeça. Mesmo assim, tentei, fiquei até o último segundo na sala de aula, porque não podia decepcionar a minha mãe. Levei a prova embora e, naquela mesma noite, quando divulgaram o gabarito provisório, constatei uma verdade que já sabia fazia tempo: eu *não tinha* nascido para ser arquiteta. Eu não podia ligar *menos* para decoração nem reparava nos prédios da cidade.

No entanto, não consegui abrir o jogo com a minha família. Até tia Jordana, que costumava se manter de fora da cobrança familiar, ficou toda ansiosa para saber como eu tinha me saído. Pior do que decepcionar uma pessoa, era decepcionar três em uma tacada só. Eu não podia fazer isso. E, apesar de saber que mentir teria um preço alto — eu precisaria lidar com isso, querendo ou não —, não consegui contar a verdade.

— Foi tranquilo! — exclamei assim que cheguei em casa, com um sorriso amarelo e artificial estampado no rosto. — Vocês estão de frente para a mais nova caloura da UEM!

Elas acreditaram como se, em vez da minha opinião, o que tivessem escutado fosse o resultado oficial do vestibular.

O mês seguinte, de espera, foi puro relaxamento e comemoração. Isso foi ótimo para mim, porque tive um tempo para curtir a bonança antes da tempestade que com certeza viria. As festas de fim de ano não podiam ter sido melhores. Mamãe ficou tão radiante que comprou Fanta Uva no lugar da Coca-Cola de sempre para a ceia de Natal e de Ano-Novo. Fanta Uva era o meu refrigerante favorito, que eu quase nunca tinha a chance de beber dentro de casa, já que ninguém mais gostava. Mas minha família fez esse esforço por mim! E isso me tornava a pessoa mais desprezível da face da Terra.

Eu podia até criar uma lista de motivos que me tornavam um ser humano horrível. Vamos lá:

1. ALÉM DE ARRUINAR OS SONHOS DA MINHA MÃE, EU
2. FAZIA TODO MUNDO BEBER UM REFRIGERANTE DE UVA PARA
3. COMEMORAR UMA PROVA EM QUE EU CERTAMENTE NÃO TINHA PASSADO E,
4. NO FIM DAS CONTAS, NEM QUERIA PASSAR.

Minha nossa!

E isso nos leva para o dia de ontem. O dia em que a casa caiu e eu precisei lidar com as consequências da minha decisão de ter sustentado uma mentira imensa por tanto tempo. E pior: por não ter um plano B. E nos leva também à razão pela qual amadurecer é uma coisa tão... triste.

Eu não queria ter que escolher nada! Quem é que está preparado para, antes dos dezoito anos, decidir a profissão para o resto da vida? A expectativa de vida é o quê? Uns oitenta anos? Tudo o que eu menos queria era chorar no chuveiro quase toda semana, igual a minha mãe, e me achar velha demais para consertar as coisas quando percebesse o quanto era infeliz.

Fora que eu não sabia muito bem do que gostava. O que deixava tudo ainda pior, pois eu não podia ficar testando as coisas até encontrar algo que me fizesse feliz, ou não faria outra coisa da vida.

Só que até não escolher é uma escolha. E se aprendi uma coisa na escola é que toda ação tem uma reação. Tudo bem, talvez Newton não estivesse dizendo nesse sentido, mas não importa. O fato é que não saber o que eu queria significava não estudar. E não estudar significava ir de encontro aos planos grandiosos que mamãe tinha sonhado para mim.

No dia anterior, quando ouvi a porta do meu quarto sendo aberta, fechei os olhos e fingi que dormia um sono profundo e tranquilo. Até deixei um fio de baba escorrer para conferir mais veracidade à cena. Senti um afago gentil no braço esquerdo que fez com que meu estômago se revirasse. Me remexi na cama como quem desperta devagar de um sonho bom.

A verdade é que eu quase não havia pregado os olhos aquela noite, só esperando o meu triste fim quando o resultado fosse divulgado e a minha derrota ficasse estampada para todos. Janeiro tinha passado rápido demais para o meu gosto, e eu não tinha me preparado para os sermões, para o papo de precisar traçar um futuro, de não seguir os passos de ninguém e blá-blá-blá.

— Bom dia, dorminhoooca! — chamou mamãe, quase cantarolando. Apesar do tom brando, captei a ansiedade em sua voz e estremeci. — Hoje é o grande dia. Preparada?

De jeito nenhum!

— Hum? — murmurei, esfregando os olhos com a maior calma do mundo, sem me afobar no personagem.

Eu costumava ter muita dificuldade para acordar. Seria estranho se naquele momento fosse diferente. Ela não podia desconfiar de que era só fingimento. Quando me dei por satisfeita com a atuação, abri os olhos e me deparei com mamãe me encarando de um jeito um pouco assustador. Ela nem piscava. Com um novo carinho no meu braço, explicou:

— O resultado do vestibular vai sair daqui a pouquinho... — E, então, verificou o relógio de pulso. — Em cinco minutos. A gente tá louca de ansiedade, sua avó não para de andar de um lado para o outro!

Mamãe deu uma risada baixa que me fez pensar que, na verdade, quem não parava de andar de um lado para o outro era ela. Soltei um suspiro e sorri enquanto buscava alguma coisa para responder. Mas nem precisei, porque ela não conseguia ficar em silêncio. Eu desconfiava de que a minha mãe não tinha ficado tão ansiosa nem mesmo no próprio vestibular.

— Tô só esperando o restaurante Mocotó abrir pra fazer uma reserva pra esta noite. Precisamos comemorar!

Ah, ótimo.

A bola de neve só cresce.

Tô ferrada.

— Mãe! — exclamei, tomando impulso para me sentar na cama.

— A gente nem sabe se eu passei ainda. Você tá se precipitando.

— Ah... — Ela abanou a mão no ar como quem diz "bobagem".

— Você é que tá se subestimando. Tenho certeza de que vai se surpreender com o resultado. — *Ou talvez seja você quem se surpreenda.*

— Bom, a gente tá te esperando lá embaixo. Não demora.

— Tá.

Ela se levantou e seguiu em direção à porta, mas parou no meio do caminho.

— Não esquece de levar o notebook. A gente vai ligar na tevê, pra dar mais impacto! — Mamãe arqueou as sobrancelhas, parecendo uma criança arteira.

Deslizei o corpo pela cama, praticamente voltando a me deitar.

— Táááá! — respondi, sem conseguir disfarçar minha rabugice, que podia justificar como mau humor matinal, uma característica minha pra lá de conhecida.

Esperei ficar sozinha para esconder meu rosto entre as mãos e choramingar baixinho. Jesus, minha derrota seria ampliada pela televisão de sessenta polegadas da sala! Eu não sabia se tinha jeito de a situação piorar.

Sem conseguir prolongar aquela tortura por nem um segundo mais, desci da cama e me arrastei até o banheiro, do outro lado do corredor. Quando mamãe dizia "a gente", referia-se a ela, minha avó e minha tia. Vovó ficou viúva muito antes de eu nascer. Por isso, quando mamãe engravidou, elas acharam que seria melhor para todas nós se morássemos juntas. Até porque tia Jordana não passava de uma criança na época. Eu e ela temos somente oito anos de diferença.

E foi assim que eu cresci em um lar matriarcal. O que era ótimo, para falar a verdade. Exceto em época de TPM. Aquele lance de que mulheres que convivem juntas alinham os períodos menstruais é verdade. Vovó não sofria mais desse mal, mas eu, minha mãe e minha tia compensávamos por ela. Era sempre nesses períodos que as brigas em casa se afloravam. O que significava que era sempre nesses períodos que mamãe era mais enfática em dizer que eu precisava traçar o meu futuro. Estudar. Ser *alguém* na vida.

Só que eu *já era* alguém. Eu era a Olívia; tinha dezoito anos; pais separados; morava com três mulheres; era viciada em Broken Boys — talvez a melhor banda do mundo; passava todo o meu tempo livre escrevendo fanfics sobre eles na internet, onde tinha um público cativo que me fazia acreditar que eu era boa nisso; adorava beber tereré na calçada com Paola, a minha vizinha e melhor amiga, falando de tudo e nada. De que mais eu precisava para ser considerada alguém?

Isso sem contar as longas conversas constrangedoras que mamãe gostava de ter comigo sobre de onde vinham os bebês e tudo mais. Os pais costumam ter essa conversa uma única vez com seus filhos. No meu caso, no entanto, esse tema era recorrente. Mamãe morria de medo de que eu engravidasse cedo, como ela. Eu tinha cansado de ouvir que teria todo o tempo do mundo para namorar, que precisava me preservar… Mas o ápice mesmo foi quando ela teve essa conversa comigo e com o meu primeiro e único namorado, o Denis, na primeira vez que ele foi lá em casa. Caramba, dá vontade de morrer só de lembrar! Depois disso, a gente não podia ficar no meu quarto por mais de vinte minutos sem que ela fosse conferir o que estava acontecendo, com um olhar desconfiado e um pouco assustador.

Voltando ao meu martírio atual: como quem segue para a forca, desci as escadas com o notebook embaixo do braço. A cada passo em direção à sala, sentia um pouco de vida se dissipando do meu corpo.

Achava que as coisas estavam ruins o suficiente, mas, quando encontrei a sala cheia de bexigas e mamãe me esperando com uma tiara espalhafatosa nas mãos, personalizada com letras cor-de-rosa e cheias de glitter que formavam a palavra ARQUITETURA, me dei conta de que tinha deixado tudo ir longe demais. Eu precisava resolver as coisas e precisava fazer isso agora mesmo, como quem arranca um band-aid, antes que eu terminasse de perder o controle da situação.

Depois de, com a maior calma, dar bom-dia para as três, pluguei o computador na televisão com um sorriso amarelo no rosto. O resultado fora liberado às dez em ponto e, mesmo depois de quinze minutos, o site continuava congestionado, o que só aumentou o meu nervosismo. Observei minha família aconchegada no sofá de três lugares enquanto eu alternava entre recarregar a página e roer as unhas.

Fui sensata em escolher a lista de *Participantes* em vez da lista de *Aprovados*, porque, assim, já íamos direto ao ponto. Joguei o meu nome na busca: *Olívia Salazar*. E suspirei de alívio ao confirmar o que, para mim, nunca foi uma dúvida: eu não tinha conseguido. Nem mesmo chegado perto. Se a minha colocação como cotista passou longe, eu nem queria pensar em como teria sido disputar a vaga geral. Achei que ficaria arrasada, mas a sensação foi de tirar um peso grande demais das costas. Foi como se eu tivesse precisado passar por tudo aquilo para me dar conta de que não tinha nascido para fazer arquitetura porcaria nenhuma. O que era uma loucura, mas sei lá. Às vezes, mesmo que as coisas se apresentem na nossa cara feito um holofote, demoramos para notar.

Um silêncio constrangedor pairou sobre a sala cheia de bexigas. Roí a unha do polegar enquanto girava em câmera lenta até ficar de frente para a minha família. As três me encaravam com diferentes níveis de decepção e pena, mas mamãe foi, de longe, a que ficou mais devastada. Ela nem tentava disfarçar, como vovó e tia Jordana faziam. Dava para ver no seu rosto endurecido que ela não tinha sequer cogitado a possibilidade de eu reprovar no vestibular.

— Poxa vida, Óli... Você falou que tinha ido bem! — suspirou ela por fim, tentando barganhar com uma coisa imutável.

Encolhi os ombros, ainda parada em frente à televisão, sem saber muito bem o que fazer com os meus braços e pernas.

— Mas acho que não fui, né?

Senti vontade de rir, porque era óbvio que eu não tinha ido bem. Porém, isso poderia piorar ainda mais o clima, e então fiz um esforço sobre-humano para não deixar que elas percebessem nem a sombra de um sorrisinho.

— Ah, Óli... — Vovó levantou e percorreu a distância até mim, me envolvendo em um abraço quentinho. Aceitei o carinho, mesmo com plena ciência de que não merecia. — Que pena!

Tia Jordana veio logo depois e me abraçou meio de lado, repousando o queixo no topo da minha cabeça.

— Não fica chateada, essas coisas são assim mesmo...

Mamãe chegou por último, e inesperadamente seu abraço de urso me esmagou de um jeito muito bom. Ela me encheu de beijinhos e cutucou as minhas costelas até me fazer rir. Com as três sendo tão legais comigo, me senti péssima por ter esperado o pior delas.

— Ainda bem que você não fez reserva no Mocotó... — murmurei, envergonhada. Mamãe arqueou as sobrancelhas, deixando transparecer sua confusão. — Não vamos mais comemorar...

— Mas eu ainda vou reservar! Pra gente afogar as mágoas — disse, mostrando a língua para mim.

Viu só? Não foi tão ruim!

— Desculpa, mãe — deixei escapar. — Acho que não me esforcei o suficiente.

Seus olhos brilharam com um sentimento que não consegui interpretar. Mamãe enroscou uma mecha de cabelo atrás da minha orelha, negando com a cabeça como se descartasse meu pedido de desculpas.

— Só é triste porque você vai perder um ano... Mas eu também não passei de primeira.

Pisquei os olhos, confusa.

— Como assim, perder um ano?

— Com o cursinho, ué! Mesmo que você passe no vestibular do meio do ano, só vai começar a estudar no ano que vem.

— Mas... — comecei, e ela me interrompeu:

— É o sonho da sua vida! Você não pode desistir assim tão fácil, Óli!

Ah, merda.

Essa vai ser uma longa tarde...

— Mãe?

— Hum? — respondeu, ainda distraída com os planos que com certeza vislumbrava em sua cabeça.

— A gente precisa conversar.

2

NÃO SEI em que momento precisamente achei que seria uma boa ideia confrontar a minha mãe sobre os meus planos — ou a falta deles — para o futuro. Se eu soubesse, voltaria no tempo para esse exato instante e me estapearia para largar de ser trouxa. É claro que ela não levaria numa boa! Onde eu estava com a cabeça?

Ela tinha passado os últimos anos acompanhando de perto o meu boletim e brigando cada vez que eu aparecia com uma nota vermelha. Não que ela não fizesse antes, mas, de uns tempos para cá, isso tinha ganhado uma justificativa muito específica: passar no vestibular. Como eu ia entrar em arquitetura assim? Meu curso era concorrido, e eu precisava ser melhor que os outros! Bastava eu fechar os olhos, e sua voz soava alto em meus ouvidos com sermões infinitos e a cobrança constante de uma coisa que nunca foi meu sonho.

Eu sei que essa é meio que a função dos pais, e tudo mais. Sei que ela só queria o meu melhor. Mas ninguém nunca tinha me perguntado se *eu queria* estudar. Se eu tinha certeza de que era mesmo arquitetura. Minha opinião não importava muito.

— VOCÊ O QUÊ?! — mamãe berrara no dia anterior quando eu tinha confessado que não me sentia preparada para começar o cursinho.

A expressão dela ficou paralisada em terror, e tive a impressão mesmo de ver o cantinho do seu olho esquerdo tremer. Que ótimo! Não bastava arruinar seus sonhos, eu ia causar uma síncope nela, talvez matá-la! Era a filha do ano!

Tia Jordana escapara da sala para atender o celular, mas a minha avó ficara bem atenta à nossa conversa, se remexendo sobre as pernas, sem esconder o desconforto.

— Mas e o seu sonho? — perguntou vovó, pisando em ovos.

Soltei um suspiro alto e massageei as têmporas.

— Eu nem sei se é mesmo o meu sonho — admiti, frustrada.

Era um saco ter dentro de mim tanta coisa presa, a ponto de parecer que eu explodiria a qualquer momento, e não conseguir colocar para fora. Eu tinha medo das consequências que as minhas palavras podiam trazer. Não queria magoar a minha família, frustrar as expectativas dela. Mas era justo ter que priorizar o sonho dos outros em detrimento dos meus?

Quero dizer, eu amava a minha mãe. Entendia que ela precisou abrir mão de muita coisa por mim, mas eu ficaria em dívida para sempre por causa disso? Porque, no fim das contas, era a *minha* vida. No futuro, eu que precisaria lidar com essas escolhas.

Se eu tinha aprendido algo com todo esse papo que a minha mãe repetia de eu não seguir os seus passos era que precisava pensar *em mim*. Precisava, ou ficaria triste para sempre. Talvez até acabasse colocando meus sonhos frustrados na minha filha, que também ficaria chateada, e...

Bom, deu para entender. Outra bola de neve monstruosa.

Cruzes, eu queria correr para bem longe desses ciclos.

— Sou péssima em matemática, não entra na minha cabeça. — Dei de ombros, como se isso encerrasse o assunto.

— Arquitetura não é só matemática... — ponderou vovó, enquanto minha mãe se jogava no sofá em um movimento bem dramático, quase teatral.

Ela girou nas mãos a tiara cheia de glitter, com um olhar triste e perdido em algum lugar muito longe. Acho que nem prestava mais atenção na conversa.

— Deve ser uns 95%, vó... Mas isso é o de menos! — Deixei meus braços caírem moles ao lado do corpo. — Eu devo ter falado da boca pra fora, sei lá. Faz um tempo que percebi que não é isso. Mas é melhor descobrir isso agora do que ser infeliz, né?

Hein? — fiz uma pergunta atrás da outra, começando a me desesperar com o rumo da conversa, que parecia ir ladeira abaixo.

Minhas palavras capturaram a atenção de mamãe, que piscou algumas vezes, como se buscasse focar a visão, e então me encarou, séria.

— Óli, o curso é a minha menor preocupação. Olha o tanto de possibilidades que tem aí pra você escolher! — Ela tamborilou os dedos sobre o braço do sofá. — Só fico um pouco chateada por você esconder isso de mim. Não precisava ter guardado um segredo tão grande. A gente ia te apoiar, independente da faculdade que escolhesse.

Pela visão periférica, percebi um vulto e descobri que tia Jordana, no batente da porta da sala, observava quietinha o espetáculo. Vovó tinha os lábios crispados em uma linha fina, mas eu não soube interpretar de que lado ela estava, o meu ou o de mamãe, se é que havia lados.

Minha avó participava de maneira ativa da minha criação: me dava broncas se fosse preciso, me protegia quando achava que minha mãe era muito dura. Para resumir bem, ela também me educava. Mas eu percebia que respeitava a autoridade da minha mãe. Alguns terrenos eram proibidos para ela, e este era um deles.

— Ah, mãe, fala sério! — retruquei, e no mesmo segundo me arrependi da malcriadez, principalmente após ver o olhar mortal que ela me lançou. — Você tá quase enfartando porque eu falei que não quero fazer o cursinho!

— São coisas diferentes. Você *não tem* a opção de não estudar, Olívia!

— Por que não? Por que você queria isso e engravidou? Daí agora você quer me obrigar a viver a vida que você não viveu?

Minhas palavras fizeram com que um silêncio ensurdecedor dominasse a sala. Eu praticamente ouvi todo mundo prendendo a respiração, em choque, e me perguntei se elas conseguiam escutar as batidas frenéticas do meu coração.

Mamãe abriu e fechou a boca pelo menos umas três vezes. Isso era um péssimo sinal. Eu estava encrencada, já sabia disso. Suas bochechas ganharam um tom rosado que logo se espalhou pelo rosto inteiro.

— Por três motivos, filha. Primeiro, quero que você tenha um futuro bom e uma profissão estável. Você sabe como a sociedade é cruel e racista.

Meu pai, de quem eu havia herdado a maioria das características físicas, era negro retinto. Eu tinha a pele marrom. As outras mulheres de casa eram brancas, de cabelos e olhos claros. A diferença era gritante, inclusive no tratamento quando saíamos juntas. Mamãe sempre frisava esse detalhe, porque era um argumento bom demais para deixar de fora em nossas discussões. Ela também adorava me lembrar do quanto meu pai tinha fracassado na vida e que ela não queria isso para mim.

— Segundo — continuou —, eu não paguei um colégio ótimo pra que você jogasse essa oportunidade no lixo! Você *não vai* ficar em casa por um ano inteiro na frente do computador, escrevendo sobre aquela banda, porque isso não vai pagar suas contas no futuro. E não estamos negociando. É a decisão final.

— Para dar mais impacto, mamãe cruzou os braços e arqueou uma sobrancelha, como se me desafiasse. — Porque o terceiro motivo é que, enquanto você morar na minha casa, você segue as *minhas* regras!

Estreitei os olhos, revoltada com a simplicidade e a injustiça da forma como os pais encerram uma discussão. Eles usam e abusam do poder, como se descontassem todas as frustrações da época em que eram eles os filhos injustiçados. Eram sempre as mesmas coisas: *Não fale alto comigo!* (mas *eles* podiam berrar); *Eu te sustento* (o que, convenhamos, não é mais que a obrigação deles); *Enquanto você morar embaixo do meu teto, eu posso mandar na sua alma* (quer coisa mais injusta que essa?). Quando eu fosse mãe, jamais faria esse tipo de coisa com o meu filho.

Se até Deus tinha dado o livre-arbítrio para a humanidade, por que a minha mãe não respeitava isso? Eu, hein!

— Ah, que ótimo! Você é mesmo supercompreensiva, mãe! — atirei, cheia de sarcasmo, sentindo a veia do meu pescoço estufar.

— *Por que* será que escondi de você por tanto tempo que *odeio* arquitetura e que eu já sabia que tinha reprovado no vestibular desde o ano passado, né? Deve ser porque fiquei com medo de você arruinar o meu Natal e o meu Ano-Novo com toda a sua compreensão!

Mamãe entreabriu os lábios — eu não soube se por surpresa ou raiva. Talvez os dois. Vovó, arrasada pela briga, tinha juntado as mãos em frente ao peito e até fez menção de se levantar, mas parou quando comecei a andar de costas em direção à porta da sala.

Tia Jordana torceu a boca para o lado quando os nossos olhares se cruzaram, como se dissesse *poxa, que chato*. Respirei fundo, tentando não cair no choro, e girei nos calcanhares, dando o fora dali.

Subi os degraus da escada de dois em dois e corri para o quarto no final do corredor. Bati a porta — afinal, tinha herdado um pouco do drama de mamãe — e a tranquei. Estava furiosa! Pensei que, de todas as pessoas do mundo, mamãe conseguiria me entender. Ela sabia o que era ser forçada a seguir um caminho que não é o que gostaríamos. Mas parece que eu estava sozinha nessa.

O ano anterior tinha sido um verdadeiro inferno. Minha vida mudara de maneira drástica somente pelo fato de ser ano de vestibular. Mamãe, diferentemente das mães de algumas das minhas colegas de sala, nunca se importou de eu passar tantas horas no computador, por exemplo. Na verdade, antes, ela até ficava orgulhosa por saber que eu passava esse tempo escrevendo, e não *aprontando na rua*, como acreditava que a maioria das pessoas da minha idade fazia. Ela já tinha lido algumas das minhas histórias — as mais leves — e até mostrado cheia de orgulho para suas clientes que preferiam ser atendidas lá em casa.

— Olha só como ela escreve bonito! — falava em tom pomposo, oferecendo o tablet para algum pobre ser desavisado, que era obrigado a ler tudo por educação e tecer comentários gentis sobre as minhas histórias.

Eu costumava me fingir de brava, de traída, como se mostrar as minhas histórias para desconhecidos fosse a pior coisa que ela podia fazer. Mas a verdade é que eu amava. Saber que mamãe ficava toda cheia de si com isso me dava uma centelha de esperança de que, quando a hora chegasse, ela me entenderia.

Mas aí o terceirão começou, e, como uma bolha que estoura e desaparece no ar sem deixar vestígios, essa ilusão chegou ao fim. De repente, o fato de eu escrever parou de ser visto como uma coisa boa e digna de compartilhar com quem ela queria impressionar e se tornou algo que ela tratava com desdém.

— De novo escrevendo essas porcarias, filha? — indagava num tom exausto e ao mesmo tempo exasperado, como se fosse um crime eu desperdiçar o meu tempo livre sendo... *feliz*. — Você precisa estudar pra prova de matemática! Esse ano tem vestibular, lembra?

Da mesma forma, se antes mamãe não ligava para o tempo que eu gastava no computador, agora se irritava simplesmente se eu fizesse menção de me sentar diante dele. A birra cresceu de maneira exponencial, até que envolveu os Broken Boys, a tal ponto que eu já não podia nem mesmo ouvir as músicas deles em casa — a menos, é claro, que eu quisesse ouvir um sermão sobre parar de viver no mundo da lua e me preocupar com algo que me daria qualidade de vida.

Francamente, nossas percepções de *qualidade de vida* eram muito distintas.

Por isso que amadurecer era uma droga. Pela minha breve experiência, dava para perceber que, quanto mais responsabilidades você tinha, menos podia se dedicar às outras tarefas, como, por exemplo, se divertir. Porque havia coisas mais importantes. Dinheiro, dinheiro, dinheiro. Argh, que droga, eu só queria voltar a ter meus catorze anos e escrever como se não houvesse amanhã.

Aproveitei a raiva e me lancei na escrivaninha, sem sentir um pingo de culpa por me refugiar no computador. Sem rodeios, abri o Facebook, curiosa para saber quais amigos meus tinham passado no vestibular.

Com um gosto amargo na boca, vi vários posts sobre o quanto era recompensador colher os frutos de um sonho que tinha sido tão penoso de conquistar. A mesma ladainha em todos. Noites sem dormir, muito choro, muita pressão, mas valia muito a pena e fariam tudo de novo.

Revirei os olhos, sem conseguir ficar feliz por ninguém. Nem mesmo por Paola, que com certeza tocaria a campainha a qualquer momento me convidando para colocar as cadeiras de praia na calçada e passar o resto da tarde tomando tereré e conversando sobre como seria a faculdade. Eu era uma pessoa péssima, mas o que podia fazer? Fiquei amargurada demais com a discussão com minha mãe para conseguir ser contaminada pela alegria da minha amiga.

Coloquei Broken Boys para tocar bem alto no YouTube, aproveitando a discussão para justificar a minha rebeldia. Ampliei o clipe para tela cheia e escorreguei o corpo pela cadeira do computador até estar quase deitada.

Do lado de fora, conversas exasperadas da minha família chegavam em forma de um sussurro abafado. Fechei os olhos e respirei fundo, confusa com o rumo para o qual eu direcionava o leme da minha vida.

Era tão estranho ter certeza do que eu *não queria* e não fazer a menor ideia do contrário. Eu sabia que não queria fazer faculdade agora, não enquanto não entendesse direito o que significava virar adulta e tudo mais. Eu tinha acabado de fazer dezoito anos, podia até ser presa! Isso devia significar algo importante, mas que estava me escapando. Enquanto eu não soubesse, enquanto não sentisse essa mudança em mim, não estaria pronta para decidir uma coisa tão significativa quanto a profissão do resto da minha vida.

Acho que a gente deveria ter uma espécie de chavinha que pudesse girar para virar gente grande. Talvez o nosso cérebro liberasse alguma substância química? Não sei. Mas eu olhava para os adultos da minha vida, até mesmo os que não eram tão mais velhos, como tia Jordana, e parecia existir um abismo imenso entre nós. Eu não sabia ao certo como chegar do lado de lá e esperava não demorar muito mais para descobrir.

Uma notificação soou no meu celular ao mesmo tempo que Matt, o vocalista dos Broken Boys, deu um berro estridente no monitor. As guitarras ficaram mais pesadas e abriram o refrão, em que Ethan, o guitarrista principal, cantava junto. Com um suspiro cansado, olhei para o visor a tempo e vi a notificação de Paola. Ah, caramba, tinha sido bem mais cedo do que eu gostaria. Revirei os olhos e guardei o celular na gaveta. Eu ainda não me sentia preparada para lidar com a minha melhor amiga comemorando a aprovação na faculdade de pedagogia enquanto tentava se mostrar preocupada e triste por eu não ter conseguido.

Novas notificações soaram no celular, o som repercutindo e se amplificando dentro da gaveta, e, em um reflexo, aumentei ainda mais o volume da música. Voltei a atenção aos rostos tão familiares e aos quais eu me sentia tão próxima — até mais do que de pessoas que estavam a um braço de distância de mim.

Os Broken Boys eram cinco. Cinco homens pálidos e esguios que vestiam só roupas pretas e coturnos pesados, sustentando aquele visual mórbido que eu amava. Os cabelos caíam sobre os olhos em franjas propositalmente bagunçadas. Com exceção do baterista, Asa, que era loiro, e de Matt, que vivia mudando a cor do cabelo, os demais tinham os cabelos tão negros que pareciam ser tingidos.

Ethan Cook era o meu favorito. Meu coração se comprimia sempre que eu via alguma foto dele, porque, na minha opinião, era impossível existir homem mais bonito no mundo. Ele era coberto de tatuagens. A que eu mais gostava ficava em seu pescoço, uma cobra toda entrelaçada, feita em tons de cinza e que parecia uma obra de arte.

Em uma das minhas fanfics — uma das mais lidas, aliás —, tinha uma cena memorável em que Matt percorria as curvas do desenho com a ponta da língua, bem devagarzinho, só para provocar o guitarrista. Minhas leitoras surtavam com essa parte e sempre me marcavam em fotos de Ethan em que sua tatuagem ficava em evidência, escrevendo comentários como *pqp, nunca mais vou conseguir olhar pra tattoo do Ethan com os mesmos olhos*.

E, ah, sim! Eu disse que o *Matthew* percorria a tatuagem com a língua, né? Todas as minhas fanfics eram *Matthan*, isto é, tinham um romance entre o Matt e o Ethan.

Não sei muito bem como começou esse lance de escrever fanfics. Já contavam bons anos desde que eu tinha começado a me aventurar nessas águas. Eu tinha uns doze anos quando conheci os Broken Boys. Fiquei obcecada desde a primeira música. Passei uma madrugada toda em frente ao computador assistindo em looping aos clipes, ouvindo todas as faixas dos CDs, lendo a biografia dos integrantes. Mesmo assim, sentia que era pouco, eu queria mais. Precisava de mais.

Acessei um fórum sobre a banda e, em uma das seções, encontrei um tópico chamado Fanfics. Naquela época, eu não sabia o que isso significava para além da história de romance entre o Faustão e a Selena Gomez que ronda a internet desde que o mundo é mundo. Talvez por isso eu tivesse até uma impressão errada sobre fanfics. Lembro-me de ter clicado no tópico com um pouco de desconfiança. Foi assim, em um clique inocente, que a minha vida mudou para sempre.

Lembro certinho da primeira história que li. Ethan era um garoto perseguido por demônios, e Matt, com toda certeza, tinha sido inspirado no Constantine. Era uma espécie de exorcista todo errado, que fumava demais e tinha um comportamento blasé e irresistível. Fui tomada por uma mistura de sensações.

Quero dizer, alguém tinha usado os integrantes dos Broken Boys como personagens, mas as histórias eram inéditas, cheias de reviravoltas, e, na maior parte das vezes, eles nem eram músicos! Só serviam como cascos para os personagens. Eu logo notei que existia um estereótipo para cada um dos integrantes, uma espécie de senso comum de como cada um deveria se comportar.

Passei semanas engolindo histórias Matthan. Fiquei sedenta. Na escola, eu costumava cruzar os braços sobre a carteira e sonhar acordada, revivendo as tramas diante dos meus olhos. Até que as primeiras cenas inéditas apareceram. Frases soltas. Imagens que se desenrolavam como um novelo, deixando um fio envolvente que me instigava.

Morrendo de medo, sabe-se lá do quê, decidi que era hora de colocar isso para fora. Descartei três rascunhos até que o primeiro capítulo saiu. Reli várias vezes para ter certeza de que estava mesmo bom. Depois criei um pseudônimo, BrknCook, e reuni coragem para postar a minha própria fanfic. Os dias se transformaram em meses e os meses, em anos. Seis, para ser mais exata. E eu não faria nada diferente, nem uma vírgula sequer.

Foi escrevendo que descobri coisas sobre mim mesma que nem imaginava. Sentimentos guardados, que pulavam para fora e viravam poesia. Aos poucos, comecei a ganhar leitores e percebi que era viciada nos comentários que eles deixavam nas minhas histórias. Nada me fazia mais feliz que isso. Eu passei a escrever pensando em como reagiriam quando lessem determinados trechos. Na maioria das vezes, me surpreendia ao descobrir que uma mesma cena podia evocar sensações tão distintas em pessoas diferentes.

Com o passar do tempo, migrei para um site de leituras on-line, o NovelSpirit, onde criei uma base de fãs que virou a minha vida. Não havia uma única hora do dia em que eu não pensasse no NovelSpirit, nos capítulos que precisava postar e nos comentários por responder. A verdade é que amar Broken Boys tinha virado a minha vida do avesso e me dado um propósito. Eles eram tão presentes no meu cotidiano que eu os via quase como amigos de longa data. E, no fim, acho que eram mesmo.

Meu celular me despertou dos meus devaneios. Contrariada, abri a gaveta e conferi o visor só para confirmar que era Paola.

Tá bom, tá bom!

Já entendi! Alguém está muito animada com o resultado do vestibular...

Pausei o clipe, brava com a minha melhor amiga, embora ela não tivesse culpa da minha infelicidade com a vida, o universo e tudo mais. Atendi a chamada com uma careta emburrada e lamentei que ela não pudesse me ver, pois isso responderia a várias perguntas.

— Olívia! — exclamou Paola, com uma pontada de irritação na voz. — Você não viu as minhas mensagens?

— Não.

Paola tinha uma tendência a fazer perguntas óbvias quando ficava agitada demais.

— Por que você não me respondeu, inferno?

— Já falei: eu não vi as mensagens. Foi mal. — Engoli um *O que você quer?*, sem querer ser cruel com ela.

Mas ficava cada vez mais difícil. Parece que até a respiração da minha amiga me irritava. Acho que, no fundo, eu invejava um pouco a sua certeza para o futuro. Desde que éramos criancinhas, ela sabia que seria professora. Assim como tinha sido com a minha mãe e a minha tia. Pelo amor de Deus, será que todo mundo nascia sabendo todos os passos que daria? Enquanto isso, eu não fazia a menor ideia do que ia vestir no dia seguinte... Era angustiante saber que eu era o pontinho fora da curva.

— Você não vai nem se esforçar pra parecer interessada no que quero falar?

— Ai, desculpa! Não tô tendo um dia muito bom... — Soltei um suspiro, abanando a mão no ar como quem descarta o assunto. — Mas deixa pra lá. Você passou no vestibular?

Ela já tinha tomado ar para atirar o que queria me contar antes que eu fizesse a última pergunta. Por alguns segundos, Paola permaneceu muda, parecendo buscar na memória o que eu queria dizer com *vestibular*.

— Ahn? — perguntou, confusa, sem, no entanto, me dar tempo de responder. — Passei! Mas a gente sabia disso, a concorrência é superbaixa. Enfim, eu liguei pra ver se você viu... é... a notícia...

Estreitei as sobrancelhas, pega desprevenida.

Se ela não tinha ligado para tagarelar sobre sua aprovação, eu não fazia a menor ideia de qual era a pauta. Tentei buscar na memória qualquer coisa que pudesse se enquadrar em *a notícia* à qual ela se referia, mas, não, nada.

— Acho que não?

— Sobre... Broken Boys? — Paola falou de maneira pausada, como se eu fosse uma criança.

Ela era a única pessoa próxima que eu deixava ler *todas* as minhas fanfics — incluindo as mais explícitas. Aliás, era uma das maiores apoiadoras da minha escrita e vivia me incentivando quando eu tinha ataques de insegurança e pensava em desistir das histórias. Com o tempo, Paola acabou se afeiçoando à banda também. Eu até a tinha flagrado — mais de uma vez — ouvindo sozinha!

— Não vi, amiga. Fala logo! Tô ficando nervosa.

— Tá, mas não surta!

O que era um pedido muito bobo de se fazer. Todo mundo sabe que, quando se pede para uma pessoa *não fazer* alguma coisa, é o mesmo que implorar para que ela faça.

— Pah...

— Eles vão se separar!

Pisquei os olhos, chocada. Os segundos passaram sem que eu movesse um músculo ou emitisse qualquer ruído. Paola pigarreou, cheia de desconforto, como se tentasse me chamar de volta para a realidade.

Eles vão se separar de quem?, foi o que pensei. Mas, em vez disso, perguntei:

— Como assim?

Minha amiga soltou um suspiro, como se essa fosse a coisa mais difícil que tivera de fazer em toda a sua vida. Ao fundo, ouvi sua mãe brigando com o pai por ele ter deixado uma garrafa de água quase vazia na geladeira; disse que acabaria se separando se ele não tivesse mais atenção. Grazi vivia falando que ia se separar de Chico, mas todo mundo sabia que ela não passaria um único dia sem ele.

— Óli, eles vão acabar a banda. Encerrar. Se aposentar. Pendurar os instrumentos... Sei lá como se fala isso. Você entendeu! — Então, parecendo incerta, completou. — Né?

Sem pensar duas vezes, com toda a minha fúria, digitei *Broken Boys* na busca do Google. As teclas do meu computador rangeram em protesto à violência.

— Você tá me dizendo... — comecei, enquanto corria os olhos pelos títulos das matérias em destaque — ... que esses filhos da mãe... — *Broken Boys anunciam turnê de despedida* — ... vão ter a coragem de fazer isso comigo?

Com as mãos trêmulas, cliquei no primeiro link. Lágrimas começavam a se formar nos meus olhos, e eu sabia que, quando o choro começasse, nada mais me faria parar.

Blá-blá-blá, dez anos em atividade... querem testar novas possibilidades... separando... turnê mundial de despedida.

Meu Deus do céu!

— Olívia? — Paola parecia preocupada. — Tá me ouvindo?

— Eu só tava... — minha voz soou embargada — lendo a notícia por cima. Você tinha falado alguma coisa?

Ela estalou a língua no céu da boca, sem esconder que não fazia a menor ideia de como lidar com a situação.

— Eu disse... Hum... Acho que eles não se separaram pra *te* atingir, amiga. — Seu tom sugeriu que era para ser uma piadinha, mas soou como um sermão que a minha mãe daria.

— Pah, foi mal, eu preciso...

— Eu sei — respondeu antes que eu dissesse *desligar*.

Assenti, feliz por nos conhecermos tão bem a ponto de nos entendermos sem que nada precisasse ser dito.

— Ligo mais tarde. Valeu por me contar.

Consegui segurar as lágrimas por alguns segundos após a linha ter ficado muda. Mas então meus olhos correram pelos pôsteres espalhados nas paredes do quarto, pelos rostos de Matt, Ethan, Asa, Oliver e Alfie me encarando, e uma dor horrível rasgou meu peito.

Caminhei até a cama, caí deitada e abracei o travesseiro, permitindo que as lágrimas rolassem. Senti tristeza, melancolia, raiva, uma saudade precoce de tudo que tinha vivido graças a eles. De repente, foi como se uma mão gigante arrancasse um pedaço imenso da minha vida. Eu me vi passando tardes e tardes diante do computador, com um copo de café ao lado do monitor, escrevendo até ficar com tendinite.

Argh! Que inferno!

Por que isso estava acontecendo? Por que logo agora, quando eu mais precisava deles?

Se envelhecer era estar diante de várias mudanças sobre as quais não tínhamos o menor controle, então eu não queria deixar de ser adolescente nunca. Quero dizer, eu mal tinha completado dezoito anos, e minha vida já começava a desmoronar. Estava vendo tudo o que eu mais amava acabar sem que eu pudesse fazer nada. Como ia continuar escrevendo assim? Meu Deus, que ano infernal!

Abracei o travesseiro com ainda mais força, procurando extravasar toda a amargura. Não adiantava. Com uma sucessão de murros, descontei no pobre travesseiro a frustração. Pelo vestibular, pelo cursinho que seria obrigada a fazer, pelos Broken Boys, aquela banda idiota que não pensava na porcaria dos fãs e no quanto essa separação quebraria os nossos corações!

Eles eram loucos? Eu não tinha tido a chance de ir a um show deles. Não tinha tido a oportunidade de brigar pelas paletas que Ethan Cook atirava aos fãs histéricos, tampouco pelas garrafinhas de água pela metade lançadas por Matt. Isso sem contar as baquetas de Asa ou a bandana que Alfie sempre usava para conter os cabelos negros e que lançava do palco ao final de cada show.

Agora não teríamos mais músicas novas para usar de trilha sonora — e inspiração — para as fanfics. Nem ensaios de fotos, que editávamos e usávamos como capas. Ou clipes, que serviam para nos encucar um milhão de teorias diferentes.

Tomada por uma fúria imensa, senti o impulso de destruir alguma coisa. Qualquer coisa. Limpei as lágrimas dos olhos com o antebraço e pulei da cama, olhando ao redor em busca do meu alvo. Primeiro pensei no computador. Seria catártico destruí-lo, mas um pouco drástico. Com toda certeza, mamãe nunca me daria um novo, só para fazer com que eu aprendesse a lição. Lancei um olhar sanguinário aos pôsteres, mas também não tive coragem de picotar rostinhos tão lindos, por mais brava que eu estivesse. Por fim, minha atenção foi parar no meu All Star branco de cano alto, um pouco encardido, jogado de qualquer jeito no chão — junto com a bagunça do meu quarto.

Uma ideia iluminou minha mente e, tomada pela euforia, revirei a primeira gaveta da escrivaninha em busca da canetinha permanente que deixava ali. Funguei e limpei mais lágrimas, dessa vez com o ombro, enquanto me lançava no chão como um animal prestes a dar o bote. Agarrei o pé esquerdo do tênis e fiquei encarando por um momento, sem saber muito bem como extravasar tanta angústia, tantos sentimentos conflitantes, tantos pensamentos frenéticos.

Destampei a caneta com a boca e cuspi a tampa, que caiu no chão e rolou para debaixo da cama. Antes que a coragem me abandonasse, risquei a primeira letra na lateral externa do tênis. Logo veio outro rabisco e mais outro, até que eu formei uma palavra.

ACABOU

Passei o polegar sobre a superfície riscada do tênis e o coloquei no pé. Levantei-me com um impulso e parei em frente ao espelho, examinando o que tinha acabado de fazer, mas, ao contrário do que eu esperava, não me arrependi de ter rabiscado o meu tênis favorito. Minha mãe ia virar uma fera e talvez até me mandasse lavar, mas o fato é que foi bom expurgar o sofrimento. Foi bom registrar aquela palavra ali, para que eu nunca mais me esquecesse de como me senti.

3

DESDE QUE os Broken Boys tinham anunciado o fim, eu vinha pensando muito no meu pai. E não por um bom motivo, tipo o fato de ele ser baterista de uma banda de rock e isso poder ser uma ligação entre nós. Nem mesmo um motivo nobre, como me aproximar dele pelo desejo de controlar alguma coisa na minha vida, diante de tantas outras que mudavam sem parar. Não, não era nada disso. A questão é que o meu pai morava em Curitiba, uma das três cidades brasileiras em que a turnê de despedida dos BB passaria.

Eu ainda não sabia muito bem como conseguiria ir ao show, ainda mais se continuasse me recusando a fazer o cursinho. Minha mãe não facilitaria para o meu lado. No fundo, eu sabia que ela era rígida porque se preocupava comigo e queria que eu tivesse um futuro melhor que o dela. Mas a parte que ela deixava passar era que eu sabia melhor que ninguém o que me faria feliz. E, naquele momento, a única coisa que me faria feliz no mundo inteirinho seria a oportunidade de ver a minha banda favorita tocando ao vivo pela última vez.

O problema é que as coisas com o meu pai não eram tão simples. Pelo jeito, nada era tão simples quando se tratava da minha vida. Para começo de conversa, eu nem ao menos o conhecia, a não ser por fotos, histórias e pela presença constante dele nas conversas em casa, sobretudo quando mamãe queria exemplificar o que, para ela, significava falhar na vida.

Pelo que eu sabia, papai só queria saber da farra quando nasci. Como era baterista de uma banda, as festas faziam parte da sua profissão, e ele sabia muito bem como curtir cada uma, segundo mamãe. Foi assim que escolheu não ser meu pai. No entanto, desde que mudou de vida, ele vinha incansavelmente tentando entrar em contato comigo, mas minha família sempre se recusava a deixá-lo se aproximar. Eu nem conseguia ficar brava com elas, porque fazia sentido. Ele nunca quis estar presente, nunca foi mais do que uma sombra pairando sobre a minha vida. Por que agora achava que as coisas mudariam?

Falar dele era complicado. Fazia muito tempo que eu havia passado pela fase de sentir raiva. O problema era que, agora, eu era dominada pela apatia, o que considerava muito pior — quando a gente tem raiva, a gente ainda tem *alguma coisa*. Eu não tinha mais nada. Era muito triste não ligar para alguém que deveria ser tão importante.

Só que nesses últimos anos desde que ele começara a brigar pelo direito de se aproximar de mim — nem que fosse por telefonemas mensais —, uma sementinha de curiosidade brotou no meu âmago. Tudo bem, ele *tinha* errado feio comigo e se mantivera afastado como se eu fosse um objeto descartável. Mas não podia ser só isso, né?

Sei lá, às vezes eu me pegava pensando se a gente tinha mais em comum do que a nossa aparência. Eu me via pouco na minha mãe, então imaginava que devia ter bastante dele. Uma parte de mim queria contrariá-la por achar que ser músico, trabalhar como baterista, era ter falhado na vida. Ele era formado em psicologia, e os dois se conheceram na faculdade. De certa forma, eu até a entendia. Deve ter sido uma merda abrir mão da faculdade, enquanto ele teve a chance de seguir com a dele, para no final nem trabalhar com isso.

Minha cabeça virava uma confusão quando eu começava a pensar nessas coisas. Grande parte de mim entendia e apoiava a birra que a minha família tinha. Eu mesma o odiara por muito tempo. Por que parecia tão fácil para o homem *abortar* um filho? Abrir mão de uma vida como se ela não fosse importante... Sempre que eu reparava na relação amorosa e amigável que o pai de

Paola tinha com ela, ficava ainda mais brava, mais rancorosa. Eu tinha perdido tanto, coisas que jamais poderia recuperar. Não só isso. Mamãe passou uma barra imensa sozinha.

Mas o meu outro lado, que é mais profundo e difícil de ser compreendido, me despertava pensamentos conflitantes, como o fato de que há cinco anos meu pai insistia em me conhecer deveria significar alguma coisa, não? Por mais que eu me sentisse traindo a minha mãe por pensar tanto nisso, fiquei curiosa para saber se a gente se daria bem. Eu queria resgatar pedaços meus que estavam faltando.

Esfreguei o rosto, andando de um lado para o outro no quarto. Mamãe tinha saído para fazer uma entrega na casa de uma cliente, e minha tia estava na faculdade. Só estávamos eu e vovó em casa, e percebi que não tinha no mundo ninguém melhor do que ela para falar sobre as coisas que me afligiam. Desci as escadas de dois em dois degraus, sabendo onde poderia encontrá-la. Agora que era aposentada, ela costumava levar uma cadeira de praia para o quintal e, de frente para o portão, alternar entre ler um livro, tricotar, ou só bisbilhotar a vida alheia. Porque, sim, vovó era o tipo de vizinha curiosa que esticava o pescoço por cima do muro para saber o que acontecia ao redor.

Comecei a me abanar logo que passei pela porta da sala. Fazia uma tarde muito abafada, dessas que antecedem as chuvas de verão, e foi impossível não lembrar da época em que Paola e eu jogávamos sabão no quintal quando chovia, só para ficar escorregando na rampa da garagem. Da última vez, há mais ou menos três anos, ralei a barriga e fiquei traumatizada. Depois disso, passei a evitar banhos de chuva.

Vovó fazia um tapete de crochê em formato de sapo, que eu previ que seria para mim. Sempre que ela encontrava um tutorial novo na internet com temas fofinhos, fazia para me agradar. Eu nem tinha mais espaço no meu quarto para colocar tantos tapetes engraçadinhos.

Soltei um suspiro bem alto, querendo anunciar a minha chegada. Vovó subiu o olhar, e seu rosto se suavizou ao me ver. Ela deu um sorriso largo, esquecendo o crochê no colo por um momento.

— Achei que não tinha mais ninguém em casa... Estava tudo tão quietinho.

— Te assustei? — perguntei, sentando-me no chão, ao lado dela.

— Só um pouquinho... — respondeu, e nós rimos em uníssono.

Na rua, dois meninos de uns dez anos passaram a toda velocidade em seus patinetes, os cabelos ondulando ao vento, e as risadas deixadas para trás reverberavam minutos após terem desaparecido do nosso campo de visão.

Roí as unhas enquanto ponderava a melhor maneira de começar aquela conversa. Mas a verdade é que não existia a melhor maneira. Quanto mais complexo é um assunto, mais complicado é abordá-lo.

— Vó... Você se importa se a gente conversar um pouco? — Fiz uma pausa para clarear a garganta. Ela me encarou com curiosidade e fui obrigada a encarar os meus joelhos, que pareciam bebês deformados, para evitar seus olhos sábios. — Sobre, hum... o meu pai?

Ela arqueou as sobrancelhas como se dissesse *ah, sobre isso*. Umedecendo os lábios finos e contornados por linhas delicadas, vovó enrolou o barbante verde no dedo indicador esquerdo e voltou a trabalhar no sapo em seu colo.

— Claro, querida. É o seu pai, você tem o direito de falar dele sempre que quiser. — Ela deu um sorrisinho enigmático para mim. Seus olhos, no entanto, não acompanharam. Pelo contrário, ganharam um tom tristonho. — Não garanto que vou saber responder tudo, mas posso falar o que sei.

Assenti, feliz por ela ter concordado.

Eu já imaginava algo assim vindo dela. Das três, ela era a única com quem eu poderia ter essa conversa. Tia Jordana não sabia muito mais que eu, e a minha mãe com certeza ia preferir uma barata andando na cara dela — e olha que ela tinha fobia — do que tocar nesse assunto.

— Você também acha que ele é fracassado? — Fiquei surpresa com a minha pergunta, sem saber de onde ela tinha saído nem por que era tão importante saber a resposta de vovó.

— Não! — Ela arregalou os olhos, negando com a cabeça. — Claro que não! — Vovó soltou um suspiro longo e cansado. — Poxa vida, sei que sua mãe sempre diz isso, mas o seu pai não é fracassado, Olívia. Ele tomou decisões erradas na vida, isso não dá pra negar, mas quem nunca errou, né? O importante é que colocou a mão na consciência e vem tentando mudar... — Após umedecer os lábios de novo, vovó prosseguiu: — Ela diz isso porque tem outros sentimentos envolvidos, muito rancor guardado. Isso é uma coisa que diz respeito somente aos dois, mas não significa que seja a verdade absoluta.

— E qual é a verdade absoluta?

Vovó deu de ombros, voltando a esquecer o crochê. Ela me encarou com as sobrancelhas entortadas para baixo. Na claridade que fazia ali no quintal, seus olhos ficaram ainda mais brilhantes.

— Acho que não existe uma. A minha verdade não é a mesma que a sua, que não é a mesma da sua mãe. Acho que por isso é tão difícil pra ela entender sua decisão sobre os estudos... Ela tem essa tendência a encarar a própria verdade como absoluta.

Com o indicador, tracei o contorno do rejunte entre os pisos, pensando em suas palavras. A vizinha da frente tentava, sem muito sucesso, dar banho no cachorro, que era quase do tamanho dela. O *golden retriever* pingava água e sabão e patinava de um lado para o outro, achando que tudo se tratava de uma brincadeira. Por um momento, me permiti observar os dois, sem pensar em nada mais.

— Você entende minha decisão, vó?

— Um pouco... — admitiu, e agradeci a franqueza. — Mas também entendo a sua mãe. Acho, no entanto, que a minha opinião pouco importa, assim como a dela. No fim, a gente escolhe apoiar ou afastar as pessoas que amamos. Não cabe a nós tentar mudar a cabeça do outro. Eu tenho tentado explicar isso pra ela...

— Mas ela é cabeça-dura — interrompi vovó, que me lançou um olhar divertido.

— Assim como você!

Mostrei a língua, e ela usou a agulha do crochê para me espetar nas costelas, de brincadeira.

— Vocês duas são muito parecidas... — Eu não achava, mas não ousei responder. — São teimosas, geniosas, difíceis de dar o braço a torcer. Enfim. A Denise não faz nada disso por mal, Olívia. Ela só quer que você tenha um futuro diferente do dela.

Abracei os meus joelhos e apoiei o queixo sobre eles. Senti um aperto enorme no peito ao perceber que o que eu queria de fato colocar para fora ameaçava vazar. Eu não conseguiria segurar aquela bomba dentro de mim por muito mais tempo. O problema é que palavras são irreversíveis. Uma vez que você as joga no ar, não há como impedir o impacto delas, tampouco evitar as consequências. E eu sabia que as consequências seriam enormes.

— Por que sinto que você está escondendo alguma coisa? — perguntou vovó, me sobressaltando.

A vizinha da frente tinha se rendido ao *golden retriever* e usava a mangueira para brincar com ele: apontava o jato de água para uma direção e o cachorro tentava abocanhar, latindo com empolgação.

— Eu não consigo odiar o meu pai.

Vovó negou com a cabeça, chocada, e segurou o meu ombro com leveza.

— Ninguém disse que você tem que odiá-lo.

— Mas às vezes eu sinto como se tivesse... — admiti, me encolhendo no casulo que eu tinha formado com o meu próprio corpo. — Minha mãe sempre usa meu pai de exemplo pra tudo que existe de pior. É um fracassado... ele ter seguido uma profissão diferente daquela em que se formou é quase um crime...

Eu fico tão confusa, vó! Sei que ele errou em me abandonar, em virar as costas pra mim, pra nós duas, mas ele parece estar diferente. Não é melhor mudar do que ficar sempre parado no mesmo lugar?

— É, sim. — Ela pareceu ponderar por um momento, como se escolhesse com calma suas próximas palavras. — Você sente que ele mudou de verdade?

— Não sei! Eu não o conheço. Não faço ideia se ele mudou ou se continua o mesmo. Mas eu queria saber... ver com os meus próprios olhos. Tô curiosa, vó. Essa sementinha foi crescendo dentro de mim e agora virou um negócio tão gigante que não dá pra ignorar.

Ela ficou em silêncio, acho que esperando que eu colocasse mais coisas para fora.

Foi então que percebi que não tinha mais volta, eu precisava tirar aquilo de mim. Havia segurado por dias, esperando que aquele desejo desaparecesse da mesma maneira que tinha surgido, mas percebi que não estava nas minhas mãos. Algumas coisas não têm explicação, e só nos resta aceitar. Acho que essa era uma delas.

Nunca, em toda a minha vida, havia sentido tanta vontade de me aproximar, de conhecer o meu pai, de entender um pouco mais da minha história. Querendo ou não, o sangue dele corria em minhas veias. Ele fazia parte de quem eu era — uma parte da qual eu nada sabia. E não há como seguir em frente sem antes conhecer o passado. Desde que fui atingida pela constatação, eu não conseguia parar de pensar nisso. Empertiguei o corpo e usei o que me restava de coragem para desembuchar de uma vez.

— Vó, eu acho... — Fiz um barulho estranho com a garganta, uma mistura de engasgo com pigarro. Vovó nem piscou. Parecia ter prendido a respiração enquanto esperava o que estava por vir. — Não sei se ele vai querer, né... mas, hum, pensei em morar com o meu pai por um tempo...?

O silêncio que pairou sobre nós foi um pouco esquisito, desconfortável. Me remexi, sem saber direito o que fazer com os meus braços e pernas. De repente, todo meu corpo tinha ficado molenga e nenhuma posição era confortável.

Vovó olhou para frente, na direção da vizinha, que agora lutava para secar o cachorro com uma toalha imensa e manchada. Mas eu sabia que, na verdade, ela não estava vendo nada disso. Com certeza, seus pensamentos davam voltas e voltas, absorvendo o peso das minhas palavras.

Soltei o ar dos pulmões com calma, começando a ficar desesperada com a demora.

É isso, vou matar a minha avó de desgosto.

Acho que ela já até morreu, só não percebeu ainda.

Eu me preparei para dar uma risadinha afetada e mentir que tudo não passava de uma brincadeira quando, por fim, ela deu sinal de vida, para o meu alívio.

— Essa é uma decisão importante — falou, com a voz um pouco fraca. — Você pensou bem nisso? Tem certeza de que é o que quer?

Dei um sorriso triste e encolhi os ombros.

— Acho que eu só penso nisso, vó. Eu não tenho certeza. Tô incerta, morrendo de medo, nem sei como falar com ele pra perguntar se eu posso, pra começo de conversa. Mas é que... Vó, eu fiz dezoito anos e nunca tomei uma decisão sozinha. Eu só queria... — Mordi o lábio inferior e desviei a atenção dela para a árvore em frente de casa, cujos galhos se balançavam e espalhavam dezenas de folhinhas miúdas no quintal. Mamãe ficava doida com a sujeira da árvore e vivia ameaçando que um dia mandaria cortá-la. — Eu só queria conhecer mais quem eu sou. E sinto que ele é uma peça importante disso.

Vovó estalou a língua no céu da boca, assentindo com a cabeça.

— Bom, vamos precisar contar pra sua mãe. Ela não vai gostar muito dessa história...

Vislumbrei um brilho em seu olhar que não consegui interpretar, mas que, para o meu espanto, parecia travessura.

— Estou sendo modesta. Ela vai odiar, espernear, prevejo um campo de guerra nos próximos dias. Mas talvez seja bom pra ela também.

Soltei uma risada de uma nota só, que mais pareceu um suspiro atordoado.

— Vó... acho que, antes de assustar a minha mãe assim, seria melhor falar com o meu pai.

— Ah, Óli. — Vovó revirou os olhos e abanou a mão no ar. — Ele vai topar na hora! O Eduardo quer isso tanto quanto você. Na verdade, tem um tempo que eu tento convencer a sua mãe a ceder... As coisas mudaram muito em todos esses anos. Mas dessa vez a decisão partiu de você, e não há muito que ela possa fazer.

Como se pressentisse que vovó e eu havíamos passado a última hora confabulando, o carro vermelho de mamãe embicou na entrada da garagem. Meu coração acelerou de uma vez e senti uma onda de culpa.

Meu Deus, ela ia me odiar para todo o sempre. Ia me deserdar, com certeza.

Além de ter arruinado os seus sonhos, eu era ingrata e estava pensando em me unir ao inimigo.

Tadinha da minha mãe. Eu era mesmo a pior filha do mundo.

Minha mãe acionou o controle, e o portão começou a abrir, rangendo de um jeito desanimador. Ela acenou para nós duas, abrindo um sorriso satisfeito por me ver fora do quarto, para variar. Depois da nossa briga, eu não tinha mais saído do esconderijo. Troquei um olhar cheio de cumplicidade com vovó, deixando transparecer a minha confusão.

— Não precisa fazer essa cara. A história vai além do que você sabe, e com o tempo ela vai entender. Lembra o que eu te falei: ela só quer o seu bem.

Abri a boca para responder, mas foi no exato momento em que minha mãe abriu a porta do carro, logo depois de estacionar com maestria. Ela estava tão bonita naquela tarde! Usava os cabelos presos em um rabo de cavalo alto, do qual, com certo charme, pendiam vários fios. O vestido de tecido leve ondulava com a brisa e as mãos de unhas feitas carregavam sacolas cheias de roupas.

Éramos o oposto uma da outra. Não somente na aparência — o mais óbvio —, mas em todo o resto. Mamãe era vaidosa, delicada, feminina. Eu era uma moleca que roía as unhas e usava um par de tênis que nunca era lavado. Seus cabelos estavam sempre alinhados. Eu não sabia ao certo como cuidar dos meus, até porque eles não eram nem lisos nem crespos, estavam no meio do caminho — sem contar que pareciam ter vida própria e milhares de texturas diferentes.

Apesar das nossas diferenças, sempre nos demos bem, à nossa maneira. Eu a amava e queria que ela sentisse orgulho de mim. Queria que seu sacrifício valesse a pena. Talvez por isso tenha sido tão fácil seguir o sonho que a minha família sonhou para mim. E por isso foi tão difícil admitir para vovó — e para mim mesma — o desejo que ardia em meu coração de passar um tempo com o meu pai. Sabia que, depois que soubesse disso, mamãe nunca me perdoaria.

Eu só não sabia se valia a pena arriscar tanto por uma pessoa que não foi capaz de fazer o mesmo por mim.

4

RAVI

— VOCÊ VAI se atrasar pro trabalho, Ravi! — avisou minha avó, da cozinha.

Quase não consegui ouvir a sua voz, que sumiu sob os gritos estridentes de Matt McAllister, vocalista dos Broken Boys. Desde que eles tinham anunciado o fim, eu entrara em uma onda de saudosismo precoce e não conseguia parar de escutar a discografia completa.

Para ser sincero, antes disso, eu nem ouvia mais a banda tanto assim. As músicas pesadas e melancólicas tinham marcado a minha adolescência, quando, com as constantes cobranças do meu pai e o clima lá de casa, que parecia sempre um campo de guerra, eu precisava me sentir compreendido. Mas, conforme fui crescendo e descobrindo mais de mim mesmo, meus gostos começaram a mudar. Descobri novas bandas, novos estilos musicais, novas facetas minhas até então adormecidas. Com isso, a banda que tanto tinha significado para mim acabou ficando para trás, junto com a minha adolescência e todas as questões que a envolveram.

Apesar de os Broken Boys terem seguido em atividade, sua existência foi quase apagada de minha memória. Entretanto, quando a notícia pipocou em todos os veículos de comunicação e pegou o primeiro lugar nos trending topics do Twitter, as memórias voltaram com tudo e percebi que essa seria a minha única chance de me despedir. Eu devia isso para o Ravi mais novo, aquele que ainda estava se descobrindo e tentava reunir forças para bater de frente com o resto do mundo.

— Já tô de saída — respondi, revirando a primeira gaveta do meu guarda-roupa em busca do lápis de olhos. — Ainda quero comer um pedaço de bolo antes de ir.

Consegui encontrar o lápis no fundo da gaveta e soltei um suspiro de alívio. Eu tinha acabado de comprar aquele, ia me odiar se tivesse perdido. Com a maior tranquilidade, fechei a gaveta com o quadril.

— Ahn?! — Ela fez uma pausa e, mesmo do meu quarto, pude visualizá-la parando de confeitar o bolo por um segundo, só para conferir o relógio na parede da cozinha mais uma vez, como se não tivesse acabado de fazer isso. — Mas... seu ônibus vai passar em cinco minutos.

— Eu pego o próximo, vó. Não tem problema.

Parei em frente ao espelho, destampei o lápis e aproximei meu rosto até quase tocar a ponta no nariz na superfície de vidro. Eu tinha começado a pintar o primeiro olho quando vovó apareceu na porta do meu quarto, com o avental sujo de massa de bolo e uma expressão desconcertada no rosto.

— Ravi! — exclamou, batendo a pontinha do pé no chão de madeira corrida. — Assim você vai perder o emprego!

— Vou nada, fica fria. — Sorri para ela antes de me virar para o espelho de novo. — Não posso sair sem comer nada. O Barba entende, ele sabe que faço faculdade. — Minha avó abriu a boca para argumentar, mas me adiantei e usei minha carta que nunca falhava. — Vó, ninguém manda fazer o melhor bolo de Curitiba! Eu vejo e quero comer, ué. — Apontei o dedo em riste para ela. — Se eu for despedido, a culpa é toda sua!

Ela até tentou ficar séria, mas seus lábios a traíram. Um sorrisinho foi surgindo aos poucos, até dominar o rosto marcado pelo tempo. Ela se rendeu a uma risada baixa, revirando os olhos.

— Você não presta! — Ao dizer isso, deu um passo à frente e me encheu de tapinhas no braço. Ri dela e fingi que me protegia.
— Vai logo com isso aí, nunca vi ser tão vaidoso. Demora mais que eu pra se arrumar... E olha que eu sou demorada, viu?

Pisquei para ela e abri um sorriso bobo. Minha avó sumiu pelo corredor, de volta para a cozinha.

Vovó era confeiteira. Começou a trabalhar com isso depois de aposentada, de tanto as pessoas elogiarem seus dotes culinários. No início, só quem era mais próximo encomendava suas tortas e bolos, mas, com o tempo, seu nome foi se espalhando pela vizinhança, e dizem que a melhor propaganda é o boca a boca. Bem, deve ser mesmo, porque ela ficou tão atarefada que agora tinha uma lista de espera para os seus clientes. E o mais louco é que as pessoas não ligavam de esperar!

Mesmo com a agenda apertada, ela sempre arrumava um tempinho para fazer um bolo se eu estivesse com vontade, porque minha avó era assim: ela fazia o possível para deixar as pessoas ao seu redor felizes. Era como se a felicidade dela dependesse disso. Por exemplo, como hoje era sexta-feira, o dia em que o meu irmão mais novo chegava para passar o final de semana, ela estava preparando o bolo favorito dele — abacaxi com coco. Desde que eu saíra da casa dos meus pais para morar com a minha avó, Radesh passava todos os finais de semana com a gente. Foi a forma que a minha mãe encontrou de manter uma relação saudável entre mim e ele, de não nos afastarmos com o tempo. O que eu apreciava muito, não só por amar aquele garoto mais que tudo, mas também por saber que ela estava do meu lado. Isso significava muito para mim.

Até mesmo o fato de vovó estar ao meu lado era surreal e me deixava cheio de uma vontade incontrolável de mostrar para ela o quanto eu a amava e era grato pelo seu apoio. Ela, bem mais velha que o meu pai, até teria motivos para se mostrar mais resistente a coisas que não entendia, como o fato de eu gostar de pintar as unhas e maquiar os olhos. Mas vovó não podia ligar menos, porque sabia que não era nada de mais. Eram coisinhas pequenas, detalhes que me faziam feliz. Qual era o sentido de proibir uma coisa que não fazia mal a ninguém? Qual era o sentido de levar isso para o lado pessoal?

Parecia bem óbvio.

Mas não para o meu pai.

Ele tornava tudo isso muito maior do que de fato era. Acho que preferia arrancar os olhos a ter que me ver com a porcaria de um esmalte. Seu rosto costumava ficar vermelho por inteiro quando eu saía do meu quarto com os olhos pintados, pronto para ir à escola. Com o tempo, ele aprendeu a se controlar, porque sabia que a minha mãe não concordava com a sua implicância, mas acho que isso só piorou tudo. Nossa relação ficou cada vez mais morna e esquisita, nos afastamos até virarmos dois estranhos dividindo um espaço pequeno demais. Nossa rotina era uma interminável guerra fria, repleta de insultos, indiretas e olhares fulminantes. Às vezes, ele não se aguentava de raiva e explodia, dizia que eu era uma vergonha, que eu devia ser menos egoísta e pensar em Radesh, que era como uma esponja absorvendo tudo.

O mais louco é que seus insultos nunca me fizeram duvidar de quem eu era — eu estava bem resolvido. E isso o tirava do sério, acho que era o que *mais* o irritava. Não importa o quanto ele batesse na tecla de que não me aceitava assim, não fazia diferença. Porque eu *sou* assim, então qual é o ponto? A gente não pode mudar quem a gente é, assim como não pode forçar as outras pessoas a nos amarem como somos. Não tinha muito por que quebrar a cabeça com isso. Apenas aceitei que meu pai era um babaca e me mudei para a casa da minha avó. Eram só esmaltes e maquiagem, meu Deus do céu. Do jeito que ele falava, parecia que eu traficava drogas, matava pessoas, qualquer coisa horrorosa e digna de vergonha. Qual é? Todo mundo andava assim em Curitiba. Era só moda ou qualquer coisa banal demais para ser o motivo de destruição de uma relação.

Foi por isso que perguntei para a minha avó se poderia morar com ela. Eu amava a minha mãe e o meu irmão, mas não achava que esse amor valia a minha paz de espírito. Isso fazia três anos, e desde então meu pai e eu nunca mais nos falamos. Eu até gostaria de dizer que ressentia esse fato e que ele me partia o coração, mas, para ser bem sincero, eu não poderia ligar menos. Dane-se. Eu tinha o amor de outras pessoas — as que de fato importavam — para me preocupar.

Peguei a minha mochila, jogada no chão em um cantinho perto do guarda-roupa, e conferi se tinha tudo o que precisava. A carteira, o avental de trabalho, o passe do ônibus. Tirei o caderno e as coisas da faculdade e abandonei o quarto. Segui pelo corredor, inspirando fundo conforme me aproximava da cozinha. O cheirinho de bolo recém-saído do forno era o meu favorito do mundo. Fechei os olhos enquanto deixava aquele aroma tão familiar me preencher e me senti grato por dona Tereza ser a minha avó.

— Nossa, tá com um cheiro maravilhoso! — Suspirei, puxando uma cadeira para me sentar e abandonando a mochila ao lado do meu pé direito.

— Não vem me bajular, não! Eu sei que você só quer me distrair. — Minha avó ficou séria de repente, como se tivesse acabado de lhe ocorrer um detalhe importante. — E, olha, nada de ficar de namorico com os clientes no meio do expediente, Ravi. Tem outros lugares pra isso.

Ri dela e neguei com a cabeça. Ela me conhecia bem. Bem demais, até.

A gente tinha uma relação superaberta, e eu gostava de poder conversar sobre tudo com ela. Assim como gostava do fato de que ela conversava comigo me levando a sério, como um adulto, e não como meus pais costumavam falar comigo, cheios de dedos e tomando cuidado com o que compartilhar.

— Quero nada, tá bom mesmo. — Cortei uma fatia do bolo e lambi a cobertura do meu dedo com um estalo alto. — Já o negócio de não ficar com ninguém no expediente, não posso prometer nada... Vai que eu conheço o amor da minha vida?

Minha avó ergueu as sobrancelhas até quase tocarem na raiz do cabelo. A cara dela dizia claramente que não acreditava no meu papo de amor da vida nem por um segundo. Ela conhecia o neto que tinha.

— *Você?* — debochou, abanando a mão no ar. — Amor da sua vida? Ah, tá.

Dei uma mordida no bolo e fechei os olhos por um segundo, porque eu tinha essa mania estranha de, quando alguma coisa era gostosa demais, precisar me concentrar no sabor dela.

— Ué! — protestei, de boca cheia, ainda sem abrir os olhos. — Você tá querendo insinuar alguma coisa? Sobre eu ser galinha, talvez?

— Claro que não! Não estou insinuando, tenho certeza de que você é — respondeu ela, em um tom divertido.

Soltei uma gargalhada, e logo ela me acompanhou. Dei outra mordida no pedaço de bolo, grato por ter ficado pronto antes de eu sair para trabalhar. Ainda que, se pudesse voltar ao passado, eu tivesse perdido o ônibus outra vez, sem a menor culpa. Os bolos da minha avó valiam o meu emprego.

— Você tem uma péssima visão do seu neto, sabia? — Encolhi os ombros, fazendo cara de ofendido. — Só tô aproveitando a minha juventude. Beijando várias bocas enquanto posso.

Vovó enrolou o pano de prato que tinha na mão e o usou como chicote em mim. Consegui me esquivar no último segundo e rimos juntos de novo.

— E está certo! Tem que aproveitar mesmo. Mas não no trabalho. — Ela soltou um suspiro, assumindo uma expressão preocupada. — Se o seu chefe te pega no flagra, querido...

Afastei a cadeira com os pés e limpei as mãos na minha calça, antes de me levantar.

— Não vai pegar. Eu conheço os esconderijos. Fica tranquila.

Coloquei a mochila nas costas e contornei a mesa para dar um abraço de despedida em minha avó. Ela estava muito ocupada revirando os olhos e rindo de um jeito meio nervoso.

— Você não tem jeito, hein? — Pinçou o meu nariz de levinho com o polegar e o dedo indicador, como fazia desde que eu era criança. — Não sei de quem você puxou esse lado paquerador...

Conferi a hora no relógio só para constatar que meu próximo ônibus estava para passar. Não podia me dar ao luxo de perder mais esse, ou então seria melhor nem sair para trabalhar. Deixei um beijo na testa dela e me afastei em direção à porta.

— Ah, com certeza do vovô. Ele me contava umas histórias... Era um danado! — Sorri para ela de maneira sugestiva. Vovó caiu na risada, cruzando as mãos de um jeito todo bobo, como sempre fazia quando lembrávamos de vovô. — Eu acho que você tinha que seguir o nosso exemplo, dona Tereza. Vai colocar esse corpinho pra balançar, conhecer novas pessoas, dar uns amassos por aí. Você passa muito tempo presa em casa.

Abri a porta, mas fiquei parado na entrada, olhando para minha avó. Vira e mexe, a gente tinha essa conversa. Meu avô morreu quando eu tinha a idade do meu irmão. Fazia mais de dez anos. Eu insistia que ela precisava curtir a vida, namorar, sempre dizia que as coisas não tinham acabado. E eu falava de coração. Vovó sempre foi cheia de vida, uma pessoa incrível. No entanto, eu sentia que uma parte dela fora enterrada com vovô, e ela nunca mais foi a mesma. Por isso, eu ficava tão feliz com o sucesso dos bolos; a confeitaria era uma ocupação. Mas eu sabia que vovó reacenderia o fogo que costumava flamular dentro dela se voltasse a se aventurar, se saísse da zona de conforto.

— Deixa de besteira! — Ela cruzou os braços. Seu sorriso tinha sumido do rosto e dado lugar a uma expressão vazia. — Eu nem tenho mais idade pra essas coisas. E agora vai logo, ou você vai perder o outro ônibus. — Abri a boca para protestar, mas minha avó se adiantou: — Anda, anda, anda! Não quero ouvir um *a*. Vai trabalhar!

Fechei a porta rindo sozinho, sem entender por que ela sempre ficava irritada quando eu abordava o assunto. Tipo, eu sabia — ou imaginava — que devia ser desolador viver tanto tempo com uma pessoa, a ponto de começar a não saber onde começava um e terminava o outro, para, de repente, se ver sozinho. Mas a vida precisava continuar, ainda mais depois de tanto tempo. Se isso não partisse dela, os anos iam passar num piscar de olhos, até que não haveria mais o que fazer. Isso me deixava louco de preocupação. Eu não queria que vovó desistisse, ou, pior, que se arrastasse pelos dias, só por obrigação. Ela precisava voltar a sentir prazer na vida, ainda mais porque sempre foi alegre, vibrante. Se hoje eu era assim, era porque tinha aprendido muito com ela.

Passei todo o percurso pensando nisso. Lembrei do meu avô e de como ele adorava contar as mesmas piadas sempre que tinha a oportunidade. Mas, de alguma maneira, elas sempre soavam engraçadas, como se fossem contadas pela primeira vez. Devia ser porque ele começava a rir sozinho, antes mesmo de terminar de contar. Ou quem sabe porque ele tivesse esse dom de fazer as pessoas rirem mesmo quando elas achavam que não podiam.

Meus pensamentos flutuaram por vários outros temas. Pelas janelas do ônibus lotado de gente, vi Curitiba passar como um borrão. Na verdade, eu não enxergava nada. Sabia aquele caminho de cor e, em geral, aproveitava para retomar coisas da faculdade. Tateei os bolsos da mochila procurando pelos fones, que eu não tinha certeza se estavam lá. Para a minha sorte, encontrei-os embolados junto do meu avental.

Encaixei os fones nos ouvidos e, sem pensar duas vezes, procurei por Broken Boys no aplicativo de músicas. Era tão esquisito, eu não conseguia entender direito… Até algumas semanas atrás, eu cagava para essa banda, que já tinha sido tão importante para mim. A vida tinha acontecido, e não havia mais espaço para eles.

Então, foi só anunciarem o fim para que alguma coisa mudasse dentro de mim. Senti uma necessidade imensa de me aproximar, de recuperar o tempo perdido, de resgatar aquele garoto do passado, que ouvia as músicas no quarto para encontrar apoio em algum lugar.

Acho que foi a perspectiva de que mais um ciclo se encerrava que causou essa urgência. Em geral, nunca liguei muito para pontos-finais. A vida é assim mesmo — existe um começo, um meio e um fim. E então um novo começo, um novo meio, um novo fim. É isso. Um ciclo infinito, sempre com um começo e sempre com um fim. Você sai da casa dos pais para morar em outro lugar. Você termina a escola e começa a faculdade. Você começa a trabalhar, mas um dia perde o emprego. Você gosta de uma pessoa, mas trai a confiança dela. Sei lá, isso nunca foi uma questão para mim. É a ordem natural da vida, e me parece bobeira ir contra isso.

No entanto, foi diferente com os BB. Eu não tinha ficado revoltado com o fim da banda nem nada do tipo. Aliás, percebi uma movimentação dos fãs nas redes sociais implorando para que eles mudassem de ideia e não consegui compreender o desespero dessas pessoas. O final é uma certeza. Não é questão de se vai acontecer, mas de quando vai acontecer. Ainda assim, senti um vazio incômodo e uma sensação difícil de nomear. Era como se, agora, eu finalmente me despedisse da minha adolescência e deixasse, de uma vez por todas, aquele Ravi para trás.

Pulei do ônibus no meu ponto. A Trajano Reis começava a encher, apesar de ainda serem oito da noite. Pela rua de paralelepípedos, andava gente de todo tipo, com latinhas de cerveja e cigarros em mãos. Pessoas se aglomeravam na calçada, em frente aos bares, sentadas no meio-fio, com caixinhas de som ligadas no máximo. Risadas ecoavam entre os prédios de arquitetura variada, e as conversas em diversos tons e ritmos se fundiam em um sussurro que dava a sensação de que a rua era viva.

Apertei o passo em direção ao BarBa, em que eu trabalhava como barman. Tinha arrumado o emprego pouco depois que me mudara para a casa da minha avó e, para ser sincero, não entendia como ainda estava lá. O Barba, o dono do lugar, devia gostar muito de mim. Porque a verdade é que eu era um péssimo funcionário e tinha plena consciência disso. Chegava atrasado — o que não era tanto minha culpa, já que estudava durante a tarde —, sumia durante o turno para fazer coisas mais interessantes — que envolviam outras pessoas —, e na maioria das noites ia embora bêbado — bom, em minha defesa, eu não era o único. A bebida era livre para os funcionários. Mas mesmo assim.

Uma fila começava a se formar em frente ao BarBa quando cheguei. Entrei de fininho, passando na frente das pessoas, e segui direto para o cartão de ponto, que ficava em um cantinho escondido perto do depósito. Registrei a minha entrada e guardei a mochila no guarda-volumes logo depois de pegar meu avental. Então, saí correndo para o bar, onde eu sabia o que me esperava.

Éramos em quatro trabalhando no bar: dois homens e duas mulheres. Paulo Jorge era dois anos mais velho que eu e bem mais alto e esguio, com o rosto marcado por cicatrizes de acne. Embora não falasse muito sobre isso, eu sabia que era sua maior insegurança. Ingrid tinha o cabelo raspado e um piercing que furava o meio do seu lábio inferior e que, na minha opinião, deixava sua boca ainda mais bonita. Mari era gorda e mais baixa que eu. Os seus cabelos, na altura dos ombros, eram metade pretos e metade loiros, com uma franjinha estilo pin-up. Mari e eu costumávamos nos dar superbem. Ela sempre me acobertava quando eu precisava escapar para fazer coisas *mais urgentes* do que trabalhar. A gente ria juntos, se entendia. Eu sentia que ela era alguém com quem podia me abrir, e eu estava disponível para que ela fizesse o mesmo.

Mas as coisas não eram assim fazia um tempo. Eu tentava deixar tudo o mais ameno possível, procurava tratá-la como sempre tratei, mas sabia que ela não suportava mais ficar perto de mim. Se não fosse obrigada pelo pequeno detalhe de que trabalhávamos juntos, nem me olharia na cara. Isso resultava em alfinetadas durante todo o expediente e nela pegando no meu pé a cada deslize da minha parte.

E, se o meu chefe não ligava para o meu horário, Mari tinha passado a ficar furiosa com os atrasos. Como se fossem uma afronta pessoal, e como se o único motivo pelo qual eu fizesse isso fosse tirá-la do sério. E ela sabia que eu estudava! Também nem preciso dizer que agora ela soltava fumaça pelo nariz quando percebia que eu tinha sumido do balcão. Pior ainda era, ao voltar sorrindo à toa, flagrar o seu olhar fulminante. Enfim... Mari tinha motivos de sobra para me odiar e, por isso, só me restava colocar o rabo entre as pernas e ficar na minha. Só lamentava que a nossa amizade tão gostosa tivesse se transformado naquilo. Bem, como já disse, a única certeza é o fim.

— Ah, olha só quem decidiu trabalhar! — A voz firme e carregada de sarcasmo de Mari chegou até mim. Ela tirava um chope de vinho quando me viu e não hesitou em revirar os olhos de uma maneira bem demorada e teatral.

A fila em frente ao balcão era caótica. Pela cara de impaciência dos clientes, pude constatar que meus colegas não estavam conseguindo dar conta do trabalho sozinhos, o que fazia sentido. Não era à toa que éramos em quatro — ou deveríamos ser. Paulo Jorge, no canto do balcão, se ocupava em fazer três rabos de galo, enquanto Ingrid ensaboava com pressa os copos sujos.

— Tava com saudade? — perguntei para Mari e sorri, enquanto passava pela porta vaivém e me apressava para atender o próximo da fila.

Embora *comprometido* não fosse uma palavra que pudesse me descrever durante o trabalho, ninguém podia negar que eu funcionava superbem sob pressão. E, ao contrário dos três, dava conta do tranco mesmo quando havia um a menos. Talvez por isso o Barba tolerasse todo o resto — era uma coisa natural minha: eu sentia como se dançasse do lado de dentro do balcão, indo de um lado para o outro com canecos de chope e garrafas de destilados para preparar os drinques. Gostava de saber que dava conta. Afinal, fazia faculdade de enfermagem e, quando me formasse, precisaria lidar com agilidade e calma sob uma pressão muito maior. Sabia que uma coisa não tinha nada a ver com a outra, mas, sei lá, para mim, tinha e fazia todo o sentido do mundo.

— Aham, vai sonhando — murmurou Mari, de cara fechada, e arrancou risadas dos nossos colegas.

Troquei um olhar com Paulo Jorge, que piscou para mim, negando com a cabeça. Ele se divertia com a nossa relação que tinha mudado da água para o vinho. Eu só ficava triste e decepcionado comigo mesmo. Era tudo culpa minha. Eu tinha essa tendência a ferrar com as coisas porque, segundo a própria Mari, só conseguia pensar em mim mesmo e não tinha consideração por ninguém.

A primeira parte — me colocar sempre na frente, sempre em primeiro lugar — não costumava soar como um problema para mim. Mas, pelo jeito, vinha fazendo de um jeito bem errado, porque nunca foi a minha intenção magoar as pessoas que eu amava. Eu tinha consideração por várias pessoas, e Mari era uma delas. Só tinha cometido um erro. As pessoas erram o tempo todo. Na verdade, elas erram muito mais do que acertam. Por que seria diferente comigo?

Tudo bem... A quem estou tentando enganar?

Minha definição de consideração devia estar deturpada porque, pensando bem, eu tinha *mesmo* sido um babaca com ela.

Quem sabe ainda desse tempo de consertar as coisas.

5

SEGUI O FLUXO de pessoas em direção ao avião, parado a poucos metros de distância. O aeroporto de Maringá não era assim tão grande, mas intimidava. Ou talvez o que realmente me deixasse apavorada fosse a situação como um todo, e o que estar ali, prestes a embarcar, significava. Março tinha começado e, com ele, uma nova fase da minha vida, da qual eu não fazia a mais remota ideia do que esperar. Não tinha mais volta. Eu não podia correr para o colo da minha mãe e dizer que tinha me arrependido — até porque ela não estava falando comigo.

Com um suspiro, subi os degraus altos da escada rebocável. Minha mala de mão era um trambolho pesado e difícil de carregar; eu não conseguia encontrar uma posição confortável, não estava agindo da forma plena como as demais pessoas. Todas aparentavam muita naturalidade em estar ali. Para os outros, voar é algo tão corriqueiro quanto ir ao mercado, ou sei lá. Eu não conseguia nem disfarçar que era a minha primeira vez e me senti meio estúpida por ficar tão apavorada.

Ao entrar, dei um sorriso amarelo para a comissária de bordo e prendi a respiração. O avião não era grandalhão como os que eu via nos filmes, mas também não era um ônibus. Segui até o meu assento e, antes de me esparramar nele, repeti o que as outras pessoas estavam fazendo: ergui a mala para guardar no bagageiro. O que foi um erro estúpido. Minha mala de mão estava pesada demais para os meus braços fraquinhos, braços de quem não fazia esforço nem para erguer o controle da tevê. Quando dei por mim, meus cotovelos dobravam contra a minha vontade e, em um piscar de olhos, minha mala bateu com tudo no topo da minha cabeça. Meus olhos lacrimejaram e meu rosto ferveu de vergonha.

— Deixa que eu te ajudo!

Um homem da idade da minha mãe se levantou em um pulo de sua poltrona, do outro lado do corredor. Vestia um terno alinhado no corpo e carregava aquele ar de quem tinha se cansado de passar por essa rotina de voos, correria, reuniões importantíssimas e blá-blá-blá. Ele ergueu minha mala com a mesma facilidade que levantaria um travesseiro. Assenti e agradeci sem parar, mas não ousei encarar seus olhos. Que droga, eu já queria morrer e o avião nem tinha decolado ainda. Essa viagem parecia *promissora*.

Me encolhi no meu lugar, ao lado da janela, e fechei os olhos. Meu estômago revirava como uma máquina de lavar, chacoalhando o café da manhã que vovó tinha me obrigado a comer. Eu ainda não conseguia conceber o fato de que estava em um voo para Curitiba, para morar com o meu pai. O meu pai!

Era estranho pensar que eu tinha passado os últimos anos vivendo de maneira inerte e deixando minha família me empurrar na direção que queria, sem nunca reclamar ou fazer algo para mudar. E, então, uma única decisão foi capaz de mudar tudo em tão pouco tempo, virando a minha vida de cabeça para baixo, sem deixar nada no lugar.

Depois que conversei com a minha avó, ela achou que seria uma ideia melhor falar de uma vez com mamãe. Eu queria ligar para o meu pai primeiro, mas não teimei, até porque não sabia muito bem como abordaria o assunto com ele.

Ah, oi, pai. Tudo bem? Então, sei que a gente nunca se falou na vida, nem nada, mas minha banda favorita vai fazer um show em Curitiba e eu resolvi unir o útil ao agradável e morar com você um tempo. Que tal?

Assim, eu e vovó resolvemos contar a minha decisão para a minha mãe naquela mesma semana. O que, pensando bem, não foi uma boa ideia. Ainda mais na hora do jantar, que costumava ser sagrado para ela. Mas é o que dá ignorar o próprio coração e dar ouvido a pessoas de fora. Vovó não tinha a mesma percepção que eu sobre a minha mãe, ela a conhecia de outro ângulo. Eu teria preferido contar sozinha, em algum passeio no centro, para que ela não pudesse surtar na frente de todo mundo. Mas tudo bem, o importante é que foi como tirar um band-aid.

Vovó piscou os olhos para mim várias vezes enquanto enfiava uma folha de alface na boca. Até achei que fosse um tique nervoso, mas, quando ela me chutou por baixo da mesa, entendi que tinha chegado a hora. Virei o meu copo de refrigerante, como as pessoas nos filmes costumam fazer com álcool, para reunir coragem. Não funcionou. Só consegui ficar estufada e com uma vontade incontrolável de arrotar — o que, com certeza, pioraria tudo.

Em vez de abordar o assunto com calma, como havia feito ao conversar com vovó, atirei a notícia de uma só vez, de um jeito até um pouco rude. Tudo culpa do meu nervosismo. Toda vez que eu me lembro desse dia, sinto vontade de enterrar a cabeça no chão como uma avestruz e nunca mais tirar.

— Mãe? — chamei. Ela me encarou enquanto mastigava sua comida. — Acho que vou morar com o meu pai esse ano.

Foi assim, na lata. Eu simplesmente atirei a informação no colo dela, sem nenhum aviso.

Mamãe deixou o garfo cair no prato, fazendo um barulhão que precedeu o silêncio mais desconfortável de todos os tempos.

Bom, não preciso nem dizer que ela surtou, né? Ou melhor... foi *muito mais* que isso. Ela pirou, ficou andando de um lado a outro por horas, passando tanto as mãos nos cabelos que eles ficaram inteiramente arrepiados — e a deixaram com a maior cara de louca —, falando sem parar que não conseguia acreditar em tudo o que eu a estava fazendo passar e que não entendia de onde vinha essa rebeldia. Depois, garantiu que não ia permitir isso nem em mil anos. Foi aí que eu fiz o pior comentário de todos os tempos. O pior!

— Eu tenho dezoito anos. Você não manda mais em mim.

Que tipo de pessoa responde isso quando a mãe está pirando?

Francamente, parecia que eu não tinha aprendido nada nesses dezoito anos. E é claro que, depois dessa resposta, ela acrescentou malcriada na lista de adjetivos para me descrever. E não posso dizer que ela estava errada.

Eu só queria que ela entendesse que eu tinha o direito de decidir o que fazer com a minha vida. Porque era *minha*, e não dela. Mas acho que existiam outras formas de fazer isso sem ser a pior filha de todos os tempos. Enfim.

Depois disso, minha mãe parou de falar comigo — a não ser coisas superbásicas, como me pedir para passar a manteiga no café da manhã ou me mandar abaixar o volume da música. Isso nunca tinha acontecido em toda a minha vida. Mesmo quando ela ficava muito irritada, não se calava. Pensei que era o fim. Eu havia arruinado a nossa relação e não sabia muito bem se seria possível consertá-la.

A única coisa que eu sabia é que o clima péssimo lá de casa fez com que o restante de fevereiro se arrastasse. Ela fechava a cara quando nos cruzávamos — e era inevitável nos cruzarmos, pois o nosso sobrado nem era assim tão grande —, tentando parecer durona, mas eu conseguia enxergar o desgosto em seu olhar, e essa era a pior parte. Isso acabava comigo: muito pior do que ver a minha mãe brava, era vê-la decepcionada. Eu preferia mais que ela berrasse até ficar sem voz do que assim, chateada.

Eu sabia que ela me achava a maior traidora de todos os tempos. Era como se eu tivesse comprado a briga dos meus pais e escolhido o lado errado. A questão é que, para mim, não havia lados. Eu só queria ter uma família normal, como todo mundo. Era pedir demais?

Vovó ficava como uma bolinha de pingue-pongue, indo de um lado para o outro a fim de tentar amenizar o clima em casa. Eu várias vezes ouvi as duas cochichando sobre a situação. Mamãe se queixava de que eu estava fazendo de pirraça, só para me vingar, e vovó tentava explicar que não era bem assim, e que eu tinha o direito de conhecer o meu pai. Era aqui que mamãe explodia.

— Ah, sim, porque ele sempre se interessou tanto por ela, né?

Deslizei pela poltrona do avião, ficando ainda mais encolhida. Eu queria sumir. Brinquei com um furo que tinha na barra da minha camiseta favorita, dos Broken Boys, e da qual me recusava a me desfazer.

No corredor, a alguns metros de onde eu estava, a comissária de bordo demonstrava os procedimentos de segurança. Ela tinha acabado de estender uma máscara amarela em frente ao rosto e fingia prendê-la na cabeça, enquanto outra aeromoça narrava seus movimentos pelo microfone. Logo em seguida, de braços abertos, uma delas indicou as saídas de emergência da aeronave — seis, ao todo —, munida de um sorriso manso no rosto que me desconcertou.

Ah, que ótimo. Seis lugares diferentes para pular do céu. Parece promissor.

Esfreguei o rosto com força, começando a me questionar se era uma boa ideia mesmo. Talvez eu tivesse falado com a minha avó cedo demais, talvez devesse ter pensado melhor. Talvez esse fosse o maior erro da minha vida inteirinha.

Ouvi alguém bufar no assento ao lado e tirei as mãos do rosto, curiosa. Pela primeira vez desde que tinha embarcado, reparei no garoto ao meu lado. Ele arreganhou as pernas de um jeito não muito educado, considerando que não estava sentado sozinho. Tinha um notebook aberto no colo com um jogo qualquer pausado, e os fones de ouvido estavam caídos nos ombros. Vendo assim, até parecia que a viagem ia durar um dia inteiro, em vez dos cinquenta minutos até Curitiba. Ele abriu um sorriso de escárnio enquanto tateava a calça com movimentos preguiçosos e triviais.

— Não aguento mais isso... uma chatice — murmurou para mim, ao mesmo tempo que oferecia a caixinha retangular de chiclete que tinha acabado de tirar do bolso. — Quer um?

— Não. — Meu ombro direito recostou na janela do avião, que começava a se movimentar bem devagarinho. — Valeu.

O garoto encostou a embalagem direto nos lábios e deixou cair alguns chicletes. Senti alívio por não ter aceitado. Ele deu de ombros e voltou a guardar a caixinha de papelão no bolso.

— Tipo... como se todo mundo não tivesse *cansado* de saber o que fazer. Máscara em você primeiro e depois nos outros. Saídas de emergência. Cadeiras na posição vertical enquanto decolamos... — Ele encerrou com um bocejo prolongado.

Algo no seu tom me deixou irritada. Esse prepotente não conseguia nem cogitar um mundo em que as pessoas não estivessem cansadas de saber desses procedimentos? Garoto metido, mimado... Como se isso o tornasse superior. Argh!

— Na verdade, eu não fazia ideia — respondi, desinteressada, e aproveitei para alcançar os fones de ouvido nos bolsos internos da minha jaqueta. — Nunca andei de avião antes. Aposto que tem mais gente aqui que também não. — Minhas palavras soaram um pouco mais ríspidas do que eu desejava. O avião, antes em movimento, havia parado novamente para esperar que uma aeronave à nossa frente decolasse. — E não que tenha algum problema nisso, né? Se você tá tão incomodado assim, me permita te apresentar essa invenção maravilhosa. É ótima pra fugir de situações inconvenientes. — Balancei meu fone de ouvido no ar, com um sorrisinho amargo para ele.

Liguei a música no volume mais alto e logo os berros estridentes de Matt invadiram os meus tímpanos. Era estranho que uma música tão pesada conseguisse me acalmar tanto e tão rápido. Bastaram segundos da guitarra frenética para que eu relaxasse no meu lugar, virando o corpo de frente para a janela. Eu queria ver tudo. A cidade ficando pequenininha, as nuvens, o céu por todo o horizonte.

Alisei o celular, pensando em Matt e Ethan, nos Broken Boys, e em como eles tinham uma participação direta naquela decisão.

Um sorrisinho surgiu em meus lábios ao imaginar uma cena bem parecida com a que eu tinha acabado de vivenciar com o garoto ao meu lado. Imaginei Matt, com seus cabelos compridos e o nariz empinado, lançando um olhar superarrogante para Ethan, que estaria com um jeans rasgado nos joelhos e todo encolhido, sem conseguir esconder o pânico de voar. Ethan era mais baixo do que Matt na vida real e, por isso, havia um senso comum de que ele era mais passivo e medroso, enquanto Matthew era explosivo, esquentado.

Essa era uma das coisas que eu mais amava em escrever e criar universos — sempre havia um pouco de mim embrenhado nas palavras. Desde situações que eu vivia — ou que gostaria de viver — até medos que escondia na parte mais profunda do meu coração, além de coisas de que gostava, opiniões importantes que eu tinha sobre o mundo. O mais legal é que, quanto mais particular eram as histórias, quanto mais eu demonstrava características minhas através dos meus personagens, mais as pessoas pareciam se identificar. Até com as situações mais absurdas, que eu tinha certeza de que eram peculiaridades minhas. Escrevendo, percebi que não temos nada de tão particular assim. Somos todos feitos de medos e sonhos e incertezas que podem coincidir. É uma espécie de bingo, você pode tirar alguns e ficar sem outros.

Outra coisa que eu amava era o fato de que mergulhava de cabeça em mundos desconhecidos. Vivia vidas que não eram a minha. Um paradoxo delicioso. Ao mesmo tempo que me expunha para os leitores, que ficava nua para centenas de desconhecidos, experimentava vivências pelos olhos dos meus personagens. Eu sentia por eles, vivia por meio deles. Por exemplo, nas minhas fanfics, vários dos personagens já haviam voado. Eu nunca tinha pisado em um aeroporto, mas havia narrado tantas cenas que era como se tivesse feito isso um milhão de vezes. Embora não soubesse os detalhes, como as instruções da aeromoça, por exemplo, o sentimento era como eu imaginava. Era um pouco mágico viver essas histórias enquanto as contava para outras pessoas.

Essa magia me dava a certeza de que eu *não podia* desistir disso. Não podia largar a coisa que mais me dava vida para seguir um caminho que nunca quis. Talvez eu ainda não soubesse muito bem o que estava por vir na cidade nova, vivendo com uma pessoa desconhecida, sobre quem eu só tinha ouvido versões desanimadoras.

O fato é que os Broken Boys tinham mudado a minha vida para sempre. Graças a eles, um mundo inteiro se abriu para mim e me acolheu. Mais que isso, esse mundo foi toda a minha adolescência. Eu envelheci cercada por histórias — as que escrevia e as que lia —, e agora elas faziam parte de mim.

Me conectei ao Wi-Fi do avião e acessei o NovelSpirit. Na noite anterior, antes de viajar, eu tinha postado mais um capítulo de *Um universo todinho para Ethan Cook*, minha fanfic do momento. Como o voo era de manhãzinha e seria preciso sair de Cianorte e ir até Maringá, eu dormira cedo e não lera nenhum dos comentários. Mal podia esperar para ver a reação de todo mundo.

Era a primeira vez que eu descrevia os personagens como se tivessem a minha idade. Em um dos clipes mais recentes dos Broken Boys, eles apareciam vestidos com uniformes escolares e encenavam uma história em que sofriam bullying por parte de uns valentões. No final do videoclipe, os cinco enfrentavam os agressores, mas o take final não nos permitia ver o desfecho. Depois do lançamento do clipe, choveram fanfics que usavam a escola como cenário. Como a minha foi uma das primeiras, acabou se tornando a maior fanfic do NovelSpirit atualmente.

O legal de escrever sobre pessoas da minha idade é que isso abria um milhão de possibilidades. No capítulo que eu tinha postado ontem, por exemplo, Matt começava a perceber seus sentimentos por Ethan e entrava em uma contradição: por um lado, queria ver onde isso ia dar, mas, por outro, tinha medo de como os colegas da escola e a própria família reagiriam ao fato de gostar de meninos. No final do capítulo, ele decidiu responder as investidas de Ethan e eles se beijaram pela primeira vez, na frente de todo mundo, no baile de formatura. Matt não sabia o que estava por vir nem se havia tomado a decisão certa, mas, naquele momento, ficou feliz por ter tomado o controle da própria vida.

Passei os olhos pelos comentários. Não fazia nem vinte e quatro horas que eu tinha atualizado, e já havia trezentos! Sempre tive vários leitores acompanhando minhas histórias, mas aquela era, de longe, a que mais chamava gente nova. Com um friozinho na barriga e um sorriso bobo no rosto, desci a página, olhando tudo com calma.

sicklove

morri e NÃO passo bem! vc escreve tão bem que parece que eu entro na história! tô louca pelo próximoooo

ultraviolence

aaaaaaaa esse momento é meu, simmm!!! Não acredito que rolou beijo! Reli três vezes essa cena e PRECISO de mais

songbird

BrknCook, você me deixou viciada!!!!1! o que eu faço agora? não paro de pensar nos meus meninos):

bluemalibu

o ethan é tão precioso, ele não merece sofrer. espero que o matt não se arrependa disso depois

Fiquei tão distraída lendo e respondendo os comentários que nem percebi o tempo passar. Aceitei um copo de refrigerante quando a comissária passou oferecendo e, ignorando a careta de desinteresse do garoto ao meu lado, me fechei no meu mundinho confortável e seguro. Fiquei tão relaxada que me esqueci de onde estava. Esse era o poder que BB tinha sobre mim. A voz grossa de Matthew cantava o refrão de "Burn, burn, burn" quando senti um toquinho gentil no braço direito e me deparei com a comissária ao nosso lado, sorrindo de um jeito polido.

— Estamos nos preparando para o pouso. Você pode colocar o celular no modo avião e endireitar a poltrona para a posição vertical, por favor?

Assenti, sorrindo de volta. Notei que meu vizinho emburrado revirava os olhos, sem disfarçar. Senti mais raiva ainda dele, mas decidi ignorar. Não valia a pena esquentar a cabeça com isso. Era o começo de uma nova fase da minha vida. Eu tinha coisas grandiosas com que me preocupar.

Fiz o que foi pedido e me preparei para o que me esperava lá embaixo. Vista de cima, Curitiba era uma cidade cheia de prédios e *imeeensa*. A magnitude do que eu tinha feito de repente me acometeu e senti vontade de vomitar. Eu estava me mudando para uma cidade dez vezes maior que a minha para morar com um homem — meu pai — que eu sequer conhecia.

Fiquei sem fôlego e comecei a me desesperar. Para piorar ainda mais a situação, a aeronave se inclinou de maneira brusca, como se o piloto tivesse perdido o controle dela.

Não vomita, pelo amor de Deus.

Não aqui, na frente desse babaca.

A sensação era de que a minha alma tinha saído do corpo. Fechei as mãos em punho, torcendo para que aquele terror acabasse logo, antes que minha alma me abandonasse por completo e restasse só uma carcaça.

Com um tranco, tocamos o chão e meu tronco foi lançado para frente. Apoiei as mãos no encosto do banco da frente e fechei os olhos, aproveitando para me recompor.

Eu não estava completamente segura da minha decisão grandiosa, mas confiava nos Broken Boys. Podia parecer besteira para outras pessoas, mas para mim não. Eles representavam tudo o que mais me fazia feliz, e eu sabia que, não importava o que estivesse por vir, valeria a pena, só porque se tratava deles.

6

OBSERVEI A MALA azul se mover pela esteira do aeroporto. Restava somente a minha, traçando o círculo todo para então recomeçar, solitária. Mudei o peso do corpo de uma perna para a outra e enterrei as unhas nas palmas das mãos. O barulho do aeroporto estava distante, em outra sintonia. Eu sentia como se aquele fosse um casulo que me separasse do restante do mundo.

Arrisquei um passo e minhas pernas se recusaram a aceitar o comando. No fundo, eu sabia o que isso significava. Que eu tinha feito a maior merda da minha vida. Tinha brigado com a minha família, causado uma confusão, quase matado a minha mãe de desgosto, mas agora não podia voltar atrás. Estava presa em Curitiba com um babaca que nem ligou para mim. Meu Deus. Esse ano tinha começado todo errado.

Um toque no meu ombro me sobressaltou e, ao olhar para o lado, encontrei uma funcionária do aeroporto me encarando com atenção.

— Você precisa de ajuda?

Olhei para a mala outra vez e depois para os meus próprios tênis. Desde que rabiscara a primeira palavra neles, no dia em que descobri o fim dos Broken Boys, tinha os transformado em uma espécie de diário de uma só palavra, onde eu registrava diferentes momentos; onde deixava um pedacinho de mim sempre que precisava. Separei o pé esquerdo para as coisas ruins — e ele estava cheio delas — e o direito para as boas. E o branco do direito continuava intacto, sem nada rabiscado. O que dizia um pouco de como estava sendo *maravilhoso* envelhecer.

— Acho... que sim — sussurrei, me dando por vencida. — Tá muito pesada.

— Deixa comigo. — Ela sorriu e se adiantou até a esteira.

Tudo pareceu em câmera lenta. Seu rabo de cavalo balançou de um lado para o outro como o pêndulo de um relógio antigo e seus saltinhos batucaram o piso, deixando sons secos para trás.

Enquanto ela se inclinava e alcançava a mala, meu celular começou a tocar dentro do bolso da calça. Imaginei que seria o meu pai, provavelmente preocupado, já que eu deveria ter saído havia pelo menos uns quarenta minutos.

Tirei o telefone do bolso só para confirmar que era ele. Sua foto ocupava grande parte do visor. Um homem de pele negra e tranças que terminavam na altura dos ombros. Os óculos escuros despojados escondiam seus olhos, fazendo com que o sorriso atraísse ainda mais a atenção, como um ímã. Era grande, expansivo, contagiante. Por mais que eu odiasse admitir, eu me via nele.

— Prontinho. — A funcionária voltou com a minha mala, mas seu sorriso amarelou ao perceber minha expressão. — Tá tudo bem?

Recusei a chamada do celular e estiquei a mão para alcançar a mala. Antes que meus dedos se fechassem na alça, a mulher a afastou de mim, e me vi obrigada a encará-la nos olhos.

— Aham. Só tô um pouco cansada. Passei mal no voo...

Não era mentira. Passamos por uma turbulência e eu quase precisei usar o saquinho de emergência, mas ainda bem que me contive. Seria humilhante vomitar na frente do mimadinho. Não que ela precisasse saber de tudo isso, de qualquer forma.

— Ah, tadinha... primeira vez voando?

Assenti, e nesse momento meu celular recomeçou a tocar. Mordi o lábio inferior, recusando a chamada de novo. No mesmo instante, me senti péssima. Antes que eu embarcasse, vovó me fizera prometer que eu ia tentar, que ia aproveitar para recuperar o tempo perdido. Sem contar que tinha sido ideia minha, né? Mas eu *não estava* tentando. Por isso, abri as mensagens e tratei de escrever uma para o meu pai.

> pegando a mala

— Preciso ir. — Voltei a encarar a mulher à minha frente, aproveitando para tomar a mala dela. — Meu *pai* tá me esperando. Obrigada.

Meu bolso tremeu e estremeci junto ao me dar conta de que ele tinha respondido.

> achei que estivesse precisando de ajuda

> tá com fome? vamos comer um hambúrguer no caminho?

A culpa que senti inicialmente foi logo dominada pela raiva. Por um lado, ele podia ter ficado irritado com a minha demora, mas não. Em vez disso, ficou preocupado. Só que também estava forçando a barra. Então ele ia fazer o pai bacana que compra o afeto dos filhos com presentes? Ele não achava mesmo que ia compensar tantos anos de ausência com hambúrgueres, não é?

Neguei com a cabeça e segui a placa que indicava o desembarque. Com o coração descompassado e as pernas fracas depois de uma descarga de adrenalina, passei pela porta antes que acabasse desmaiando. Tinha gente aglomerada perto da saída, esperando. Pisquei confusa e olhei em todas as direções, desesperada para encontrá-lo.

Era tão estranho. A gente nem se conhecia, mas eu estava procurando por ele, só para ter alguém em quem me firmar. Eu só o conhecia por fotos e mais nada, mas agora moraríamos juntos por tempo indeterminado. Dividiríamos um teto. Ele teria autoridade sobre mim! Quer dizer... Que absurdo! Parecia uma piada de mau gosto.

Sério que eu achei que seria uma boa ideia? Que queria resgatar um pedaço de mim e sei lá mais que tipo de baboseira sentimental que possa ter passado pela minha cabeça? Eu não devia ter tomado essa decisão logo depois da notícia do fim dos Broken Boys, porque claramente foi num momento em que eu estava fora de mim.

Um homem alto e tatuado balançava a mão no ar sem parar. As tranças balançaram com o movimento do seu corpo e notei, para o meu horror, que ele segurava uma folha de sulfite azul com um *Bem-vinda, Olívia* rabiscado a caneta.

Minhas bochechas queimaram de vergonha, como se todo mundo estivesse me encarando sabendo que aquela era eu. Ele nem notou o meu desconforto; sorria sem parar, o mesmo sorriso amplo da foto no celular. Estava feliz. Como podia? Ele nem sabia se ia gostar de mim. Para ser franca, nem eu mesma estava me aguentando muito nos últimos meses.

— Aí está você! — exclamou, abrindo os braços quando me aproximei.

— Aqui estou eu — murmurei, constrangida.

Hesitante, me aproximei daquele desconhecido e deixei que ele me envolvesse em um abraço apertado. Meu pai tinha cheiro de loção pós-barba, sabonete e roupa limpa. Não parecia usar perfume. Suas mãos subiram e desceram com delicadeza pelas minhas costas, se prolongando por mais tempo do que eu esperava. Eu nem sabia muito bem como reagir. Era tudo meio esquisito e inadequado.

Eu nunca deveria ter saído de Cianorte.

Minha primeira grande decisão após fazer dezoito anos e era isso o que eu fazia? Essa era a principal razão pela qual eu achava um erro envelhecer: estava bem claro para mim que tomar decisões não era o meu forte. Tampouco lidar com as consequências delas.

Ouvi fungadas ao mesmo tempo que seus ombros começaram a sacudir.

Ah, pronto. Agora vai bancar o chorão arrependido.

— Você é tão linda! — sussurrou, afastando o rosto para conseguir me encarar. — Ainda mais linda do que nas fotos!

— Para com isso — pedi, olhando em volta com medo de que alguém estivesse prestando atenção naquela barbaridade.

— E tá tão grande... — continuou. — Quase do meu tamanho.

Meu Deus. Quantos outros clichês vou precisar aguentar?

Acho que meu desconforto deve ter ficado evidente, porque ele murchou na mesma hora, endurecendo a expressão. Com um leve acenar de cabeça, pegou a minha mala e deslizou a mão livre para dentro do bolso da calça.

— Fez um bom voo?

Dei de ombros.

— Foi normal.

— Ah, é? — Ele pareceu surpreso. — Eu sempre passo muito mal quando viajo de avião. Ainda mais quando tem turbulência...

Meu estômago se revirou. Eu não queria ter nada parecido com ele. E ajudaria muito se o meu pai, que tinha ficado ausente durante toda a minha vida, parasse de tagarelar comigo como se fôssemos superpróximos.

— Hum. Que chato, né? — resmunguei, desinteressada, com os braços cruzados sobre o peito.

Suas costas se curvaram um pouco para a frente, como se ele carregasse um peso grande demais. No entanto, o bom humor se manteve inabalável. Eu tive a sensação de que ele queria *fazer* dar certo, mesmo que por pura teimosia, só para provar para si mesmo que podia.

Ou talvez isso não passasse de implicância minha, é claro.

Andamos lado a lado até o estacionamento. Curitiba me esperava com um céu limpo e bem azul. Era como se alguém tivesse colocado um filtro do Instagram na paisagem: as cores eram intensas, vívidas, convidativas. Sempre ouvi dizer que Curitiba era cinzenta, mas pelo jeito a cidade resolvera mostrar o que tinha de mais bonito para me recepcionar.

O vento morno soprou os meus cabelos para trás. Fazia um calor intenso e, no segundo em que senti os raios de sol arderem na pele, amarrei o cabelo enquanto seguia os passos do meu pai, sem deixar de notar que a gente pisava um pouco parecido — com o lado de fora do calcanhar forçando mais que o resto do pé. Meus sapatos sempre gastavam bem mais nesse lugar e notei que os dele também estavam gastos ali. Senti um nó na garganta outra vez, odiando a sensação de parecer tanto com uma pessoa que tinha me virado as costas.

Paramos em frente a uma Strada muito suja. Olhei para o carro, desconcertada e um pouco decepcionada. Meu pai era todo moderno, do tipo que gosta de parecer mais jovem, e além disso era *músico*. Tinha uma banda e tudo! Eu esperava um carro com mais personalidade.

Como se lesse meus pensamentos, ele se adiantou em explicar:

— O espaço é ótimo pra bateria... — Ele usou o queixo para indicar a parte de trás. — E os outros instrumentos da banda. Enfim.

Ergueu as minhas malas e as colocou na carroceria, fechando a lona na sequência.

Segurei a maçaneta e esperei-o entrar no carro para fazer o mesmo. A primeira coisa que ele fez foi ligar o som, e só depois se preocupou com o cinto de segurança e todo o resto. A música se expandiu, ocupando cada pedacinho do interior do carro. Era um rock pesado, com uma bateria frenética, que me desconcertou no instante em que começou a tocar. A gente gostava das mesmas coisas. A música estava em nosso sangue, o que era assustador de um jeito bom, por mais que isso possa não fazer muito sentido. Sua empolgação foi contagiante. Ele nem percebia, mas seus dedos batucavam de levinho o volante, acompanhando as batidas da música.

Abri a janela enquanto esperávamos a cancela do estacionamento subir. Meu pai me olhou pelo canto dos olhos e sorriu. Um sorriso todo bobo, como se mal pudesse acreditar no que estava acontecendo, como se aquele fosse o melhor dia da vida dele.

Eu podia ter ficado feliz com esse pequeno gesto, mas, não sei explicar por quê, era como um chute no estômago. Ele agia como se eu tivesse sido arrancada dos seus braços e, depois de todos aqueles anos, finalmente tivesse me recuperado. Como em um daqueles programas em que as famílias se reencontram, choram e lamentam o tempo perdido. Só que não era bem assim. Ele *escolheu* não participar. Escolheu ir embora e nunca mais me procurar. Não tinha nada de bonito na nossa história.

— E então, pode ser hambúrguer ou você prefere outra coisa?

Balancei a cabeça, sentindo a raiva dar os primeiros sinais.

Babaca cínico.

Fingindo que não lembra de nada.

Uma coisa era ele voltar atrás, mudar de ideia, querer se reaproximar. Mas isso era forçar a barra, e me deixava *tão* brava! Eu não era mais uma criancinha lamentando por não ter alguém para quem entregar o presente de Dia dos Pais feito na escola; ou uma adolescente chateada porque não tinha ninguém para sentir ciúme de mim com os meus namoradinhos, e por esse tipo de coisa que um pai costuma fazer. Por muito tempo, desejei ter ele por perto, seu amparo, sua presença. Agora já não me importava. Era indiferente. Esse era o sentimento mais triste de se nutrir por alguém que deveria ser importante para mim.

— Filha? — Ele pousou a mão em meu braço por um segundo e virei o rosto para flagrar sua expressão perdida.

Revirei os olhos e massageei as têmporas. Eu não queria explodir. Não assim tão cedo. A gente mal tinha saído do aeroporto. É sério que eu tinha achado uma boa ideia morar com ele? Que piada!

— Você pode parar de me tocar, por favor? — pedi, empurrando a mão dele com um movimento forte no ombro. — E de me chamar de filha também!

— Mas você é minha filha — ele protestou, estreitando os olhos.

— Não, não sou! — Bati com as mãos nas pernas, frustrada. Sufocada. Querendo correr para longe dali, mas sem ter uma direção. — Não fui sua filha todos esses anos. Não tem por que a gente fingir que agora é diferente.

O silêncio entre nós parecia se sobressair ao rock que estourava nas caixas de som. Engoli em seco e olhei desanimada pela janela. As construções vitorianas, cobertas de pichações, em nada lembravam os prédios de Cianorte, todos de arquitetura nova e sem sal. As avenidas também eram diferentes: amplas, com várias faixas e um movimento constante de carros.

— Olívia... — Ele esfregou o rosto com uma mão, mas não conseguiu disfarçar a culpa que o atingiu. — A gente vai ter bastante tempo pra conversar. Eu sei que você tem muitos sentimentos guardados aí...

— Você não sabe de nada! — interrompi.

Meu pai preferiu ignorar e seguir com o raciocínio dele:

— ... mas eu não sou mais a mesma pessoa que era antes. As coisas mudaram. — Ele me surpreendeu ao esticar a mão e rodar o botão do volume até que a música se resumisse a um zumbido quase inaudível. — Eu sei que errei e quero muito conquistar a sua confiança. Vamos recomeçar. Você tá aqui pra isso, né?

— Se eu pudesse voltar no tempo — sussurrei, frustrada —, não estaria.

Essas palavras saíram da minha boca e o acertaram como lâminas afiadas. Meu pai franziu o cenho e comprimiu os lábios, dando a batalha por vencida naquele momento. Durante o resto do trajeto, meus sentimentos perambularam entre a culpa e a satisfação.

Machucar as pessoas que mais se importavam comigo parecia estar virando uma habilidade que eu dominava muito bem, obrigada. As palavras ferinas saíam sem o menor esforço. Eu odiava o olhar de decepção que me lançavam, como se esperassem muito mais de mim. Mais do que eu podia oferecer. Então, quando eu mostrava que estavam enganados em depositar tanta confiança em alguém tão bagunçado quanto eu, o brilho se apagava de seus rostos. Era um balde de água fria. Eles percebiam que não valia a pena lutar por mim.

Procurei pela minha canetinha permanente no bolso da calça e, no modo automático, ergui o pé esquerdo e encontrei um espacinho para rabiscar uma nova palavra. Dessa vez foi na borracha da parte interna do sapato, em letras pequenas.

CULPA

Pelo canto dos olhos, meu pai observou cada movimento, mas não disse nada. Me perguntei se ele imaginava que a filha estaria tão quebrada quando aceitou que morasse com ele. Talvez ele tivesse acabado de se dar conta disso.

Talvez estivesse até arrependido de ter insistido tanto nos últimos anos.

Eu esperava que sim.

* * *

Meu pai embicou o carro na entrada do condomínio, e o portão começou a abrir devagarinho. Me debrucei na janela e observei os prédios iguais, como peças de Lego posicionadas uma na frente da outra. Parecia uma prisão, o que era bem pertinente, porque, no fim das contas, era isso mesmo. Eu tinha me enfiado lá e jogado a chave fora.

Em Cianorte, eu morava em um sobrado amarelo de esquina, com um quintal enorme, onde costumava estudar para aproveitar o sol. Os cômodos eram amplos, arejados e bem organizados, como era de se esperar de uma casa onde moravam quatro mulheres.

Nesta nova realidade, eu moraria em um caixote, cercada por outros caixotes, sem acesso à rua. Estaria enclausurada em uma vida que não queria. Eu duvidava muito que alguém ali tivesse o hábito de levar a cadeira para fora e matar o tempo, só por matar. Nos filmes, as pessoas de cidade grande estavam sempre ocupadas, correndo contra o tempo, atrasadas para um dos intermináveis itens da lista de afazeres.

— Você gosta de nadar? — perguntou meu pai enquanto percorríamos o estacionamento.

Olhei para ele, confusa com o assunto repentino.

— Gosto...? — respondi por fim.

— Aqui tem piscina. E academia também.

— Não gosto de academia — resmunguei.

Se, em uma realidade paralela, minha mãe não odiasse o meu pai e estivesse ali conosco naquele momento, me lançaria um olhar recriminatório, do qual eu fugiria. Ela vivia pegando no meu pé sobre o meu sedentarismo. Mas meu pai não precisava saber disso.

— Tem outras coisas legais aqui. Você vai gostar — falou, desligando o carro. Sua mão logo foi parar na maçaneta, mas ele não abriu a porta. Em vez disso, fez uma cara estranha, preocupada.

— Preparada?

Senti pena dele.

Estava se esforçando tanto que dava até dó. Era um pouco patético também. Seus olhos brilhavam em ansiedade, como se me agradar fosse seu propósito de vida. Eu não sabia se ele era cara de pau ou só esquecido mesmo. Mas não fazia a menor questão de lidar com isso agora.

— Vamos lá — respondi, ignorando sua pergunta propositalmente.

Saímos do carro ao mesmo tempo, e meu pai se adiantou em pegar as minhas coisas. Abracei o meu próprio tronco, sentindo o peso de toda aquela situação sobre os meus ombros.

Era real. Estava acontecendo bem diante dos meus olhos. Aquela seria a minha nova realidade a partir de agora.

Meu Deus.

Eu só esperava sobreviver.

Meu pai fez menção de contornar os meus ombros com o braço, mas apertei o passo para criar um espaço maior entre nós. Eu não ia facilitar. Não queria. Até porque não era como se no passado alguém tivesse apontado uma arma para a cabeça dele e o impedido de se aproximar, certo? Ele teve uma escolha, decidiu o que era prioridade em sua vida e, infelizmente, não era eu. Então, não, eu não ia passar a mão na cabeça dele e agir como se o meu pai fosse um coitadinho. Achei que a mágoa tinha se dissipado, mas a real é que só ficara adormecida e agora tinha despertado outra vez, fazendo com que eu cerrasse os dentes de raiva.

Esmurrei o botão do elevador. A porta abriu poucos segundos depois e, em seu interior, surgiu uma senhorinha de mãos dadas com um garoto de no máximo oito anos de idade. Os olhos dela foram de mim para o meu pai, que vinha logo atrás de mim, pelo menos umas três vezes antes de espalmar as mãos sobre o peito, toda dramática.

— Não acredito, Eduardo! — Ela deu um sorriso largo, satisfeito. — É... ela?

Ela.

Então essa mulher desconhecida sabia da minha existência.

O que será que meu pai andava falando de mim para os vizinhos?

O menino puxou a mão dela, cheio de impaciência. Só então me dei conta de que vestia apenas uma bermuda e um chapéu de pescador estampado com patinhos amarelos.

— Vamos logo, vó! — reclamou, as sobrancelhas unidas. — O Enzo tá me esperando!

— Já vai, Radesh! Que coisa! Parece que nasceu de sete meses.

Meu pai repousou a mão sobre o meu ombro, como se sentisse que, na frente de outra pessoa, eu não recuaria. E ele estava certo. Não tive coragem de bancar a adolescente mal-humorada ali, embora eu fosse de fato uma. Crispei os lábios e virei para trás com um olhar fulminante, mas me deparei com um sorriso tão doce estampado em seu rosto que me desarmou.

— É, sim, a minha filha. Veio morar comigo por um tempo — explicou, orgulhoso. — Olívia, essa é a Tereza, nossa vizinha e a melhor confeiteira do mundo.

— Ah, bobagem! — Ela abanou a mão no ar fazendo pouco caso e logo depois piscou para mim, sussurrando em tom de brincadeira: — Sou mesmo.

Radesh deu outro puxão na mão da avó, sem esconder a irritação. Eu quis ser como ele e não ligar para estranhos na hora de descontar a minha raiva.

— Vóóóóóó!

— Tá bom, tá bom! Vamos. — Ela acenou para mim e meu pai, mas olhou direto em meus olhos ao completar: — Estou feliz que você esteja aqui. Vocês merecem essa chance... Depois passo lá para levar um bolo de boas-vindas.

Ótimo. Ele andou se vitimizando pros vizinhos também.

Bem típico.

Observei meu pai acionar o botão do quinto andar e se recostar na parede do interior do elevador, roendo a unha do polegar sem se dar conta. Para o meu horror, percebi que eu estava fazendo o mesmo. Pareceu que estávamos em uma brincadeira de imitar.

A raiva flamejou dentro do meu peito e cerrei os dentes, odiando-o por isso. Por ser tão parecido comigo. Como pôde me abandonar diante de tantas semelhanças? Por que nunca se importou?

E por que era tão difícil para mim estar ali?

Assim que entramos no apartamento, senti cheiro de incenso e soltei um espirro. Não era ruim, só estranho, diferente. O apartamento era bem menor que o sobrado em que eu morava, obviamente, mas não tão pequeno quanto eu imaginara. Tinha o espaço perfeito para duas pessoas. Era limpo e ajeitadinho, mas de um jeito meio desordenado. Uma bagunça arrumada, se é que fazia algum sentido.

A decoração também era diferente do que eu esperava. De certo modo, combinava com ele. Ou com a visão rasa que eu tinha construído sobre ele. Era bem colorida, alegre, cheia de estampas étnicas em tons terrosos. E, por mais que eu odiasse admitir, era aconchegante. Tinha jeito de lar, aguçando a vontade de entrar e continuar explorando só para saber como eram os cômodos restantes.

Na parede da sala, havia dois violões pendurados. Minha avó me contara que ele tocava vários instrumentos e que tinha aprendido tudo sozinho, mas sua paixão mesmo era a bateria. Fazia sentido. Ele emanava uma energia pulsante que combinava com um instrumento tão cheio de personalidade.

— Seu quarto é esse aqui — falou, abrindo a primeira porta do corredor estreito.

Ele parou ao lado da porta para me deixar passar primeiro. Não sei exatamente o que eu esperava encontrar, mas paralisei diante do meu novo quarto. Meu novo cantinho.

As paredes tinham um tom de azul esverdeado lindíssimo. Os móveis eram brancos — uma cama de parede, um guarda-roupa modesto e uma penteadeira. As roupas de cama eram azul-marinho, estampadas com estrelas de diversos tamanhos. O quarto também tinha um ventilador suspenso e — para o meu espanto — adesivos de estrelas que brilhavam no escuro, espalhados por todo o teto.

— Isso — apontei para os adesivos — são... *estrelas?*

Não, Olívia. São árvores.

Sinceramente...

— Eu me empolguei um pouco. — Ele encolheu os ombros, empurrando as minhas malas até a beirada da cama. — O tema é universo, mas talvez eu tenha passado um pouco do ponto. Você não é mais uma criança...

A expressão de desânimo em seu rosto me partiu o coração. Ele estava mesmo se esforçando. Isso só me deixava mais confusa naquele mar de sentimentos.

— N-não. — Neguei com a cabeça, sem parar de olhar para os adesivos. — Não passou, não. É perfeito. — Minha voz saiu embargada e eu torci com todas as minhas forças para que ele não fizesse nenhum comentário sobre isso.

— Espero que se sinta em casa. Sua avó me contou que azul é a sua cor favorita, e... — Suas palavras se perderam no ar.

Percebi seu nervosismo e, no mesmo instante, senti como se meu peito se rasgasse em mil pedaços. As coisas só pioravam. Eu queria que ele não estivesse sendo tão legal comigo, pois seria mais fácil descontar minhas frustrações nele e tratá-lo da maneira como eu achava que merecia.

— Obrigada — respondi, olhando bem no fundo dos seus olhos para que ele soubesse que eu me sentia realmente grata.

Meu pai esfregou os braços e soltou um suspiro exausto.

— Bom, vou te deixar arrumar suas coisas. Estou na sala, se precisar de mim.

Ele se demorou por alguns segundos, parecendo esperar que eu contestasse. Mas eu *precisava* ficar sozinha e compreender tantos sentimentos intensos.

Assentindo, meu pai abandonou o quarto em silêncio e fechou a porta com um estalido. Reparei no enfeite de porta, também com o tema de estrelas, e deixei escapar uma risada fraca.

Olha só pra isso...

Era patético e incrível ao mesmo tempo. Mas principalmente triste. Eu quis tanto isso: um pai preocupado com a minha cor favorita, com o quarto perfeito, interessado em saber se eu gostava de nadar e comer hambúrguer. Passei a vida toda desejando que um dia ele voltasse atrás e me procurasse. Eu me odiava por ter essa necessidade dentro de mim, só que não tinha como ignorar. Pelo pouco que eu sabia dele, imaginava que seria maravilhoso ter um pai assim presente. E agora ele estava ali tentando atravessar o abismo assustador que havia entre nós.

Só que agora era tarde.

Agora, eu nem sabia se queria mais essa atenção.

7

Matthew esfregou o rosto com força, sentindo a pele arder em protesto. Enquanto andava de um lado para o outro na quadra vazia, só conseguia se perguntar o que estava acontecendo. Parou no lugar e puxou os cabelos como se quisesse arrancá-los da cabeça, grato por não ter mais ninguém ali além dele.

Além de tudo, vinha se tornando um péssimo aluno. Ele nunca tinha matado aula antes. Sempre se manteve focado em seu futuro e na chance única que tinha de conseguir uma bolsa na universidade. Mas agora... Agora ele era esse garoto que preferia se esconder nos cantos mais inóspitos da escola só para colocar os pensamentos no lugar.

Matt não se reconhecia mais.

Nada daquilo estava certo nem fazia sentido. Ele tinha perdido o juízo.

Só isso explicava o fato de Ethan Cook não abandonar mais os seus pensamentos. Antes de o garoto baixinho e franzino ser transferido para sua escola, a vida costumava ser fácil. Matt tinha tudo sob controle. Jogava basquete, se divertia com os amigos do time, tirava notas boas. Seus pensamentos não se embaralhavam feito novelos de lã, o que era agora uma ação recorrente.

Maldito Ethan!

Malditos olhos verdes esbugalhados, que o deixavam sempre com cara de assustado e indefeso, e que faziam Matt querer a todo custo proteger o garoto, ainda que ele não precisasse disso. Porque, se existia entre os dois alguém que precisava ser protegido, esse alguém definitivamente era Matt. Depois vinham os lábios finos e rosados, que o garoto não parava de umedecer, como se quisesse tirar Matt do sério — como se ele não estivesse fora do sério havia muito tempo. Sem falar nos traços finos, delicados, quase femininos... Inferno, o que estava acontecendo com ele?

Matt nunca teve dúvidas sobre a sua sexualidade. Mas diante daquele garoto todas as suas certezas caíram por terra, como um castelo de cartas. Ele não tinha certeza se queria lidar com isso. Não tinha certeza se queria enfrentar os pais, os amigos, o mundo. Ao mesmo tempo, Matt não podia ignorar a maneira como seu corpo implorava pelo de Ethan. Ou o quanto lhe era custoso não dar uma espiada nos vestiários quando todos os garotos tomavam banho depois da educação física.

Ethan Cook era o diabo.

Tudo nele era uma armadilha. Matt sabia que, se não tivesse cuidado, se desse um único passo em falso, seria capturado. E ninguém jamais poderia desfazer isso.

DEITADA DE barriga para cima na cama, observei as estrelas do teto brilhando suavemente à medida que escurecia. Luzes do crepúsculo invadiam o quarto, colorindo as paredes de um laranja pálido. Uma chuva grossa de verão batia na janela, produzindo uma melodia mansa e melancólica. Ou talvez a melancolia viesse de mim e do fato de que eu não parava de pensar na minha família lá em Cianorte e no quanto eu daria tudo para voltar no tempo e não ter tido a ideia *brilhante* de me mudar.

Soltei um suspiro, cruzando as mãos sobre a barriga. Quatro dias haviam se passado desde que eu chegara em Curitiba, mas mais pareciam quatro meses. Quatro longos e cansativos meses. Quem sabe, no entanto, tudo isso fosse diferente se eu fizesse um pouco mais de esforço. Porque, não, eu não estava fazendo esforço algum. Se tinha uma coisa que eu *não* estava fazendo era me esforçar. Para ser sincera, eu vinha me concentrando em fazer justamente o oposto: estava descontando em meu pai tudo o que tinha dado errado na minha vida, como se ele fosse o culpado. Eu não parava de pensar que minha mãe, que tinha me criado sozinha e se virado para me proporcionar uma vida confortável, estava a quilômetros de distância, sem falar comigo, triste pela minha traição. Não sei muito bem se era justo, mas eu atribuía essa culpa a ele também. Porque assim podia tirar o peso das minhas costas, e já ajudava.

Desde que eu tinha pisado no aeroporto, não movera um dedo para facilitar as coisas para o meu pai. Não tinha tentado nadinha de nada. Só que, para ser honesta, eu *não achava* que ele merecia que eu tentasse porcaria nenhuma. Ele era só um cara que pulou do barco quando as coisas ficaram difíceis demais. Um cara que decidiu que não queria ser pai. Até querer ser. Isso não fazia o menor sentido para mim. Tampouco suavizava seu abandono. E se o que ele dizia era verdade sobre querer conquistar a minha confiança, então quem devia se esforçar era *ele*.

Senti o celular vibrar e me estiquei inteira para alcançá-lo no chão. Era Paola.

> oi, sumida!
> você tá viva? quero saber como foram os primeiros dias na capital hahaha
> já tá falando leitE quentE?

> impossível pegar sotaque se nem saí de casa ainda...
> isso responde sua pergunta? foi uma merda
> acho que fiz uma burrada enorme, tô arrependida

garota? que pessimismo é esse?

pq vc não saiu de casa? tem tanta coisa pra fazer aí!!!

vc tinha que ter ido visitar o jardim botânico.

e, ah, tem uma tal de ópera de arame que parece linda nas fotos

não tem graça sozinha

vc fazia bastante coisa sozinha aqui...

afff, que chata!

me deixa, não faz nem uma semana que cheguei

pq vc não me conta da sua faculdade em

vez de encher o meu saco?

pq a graça é encher o saco, ué!

agora que vc tá longe, preciso te perturbar em dobro

pra vc não sentir tanta falta de mim 😈

ra rá

que hilária

tô morrendo de rir 😒😒

minha faculdade tá incrível, óli!

é um pouco cansativo, tem MTA coisa pra ler

(vc ia se sair mto bem nessa parte)

mas as meninas da minha turma são bem gente

boa (sim, só tem mulher em pedagogia)

tem coisas bem legais, tipo: a gente pode levantar

e ir no banheiro, sem avisar ngm???!

e pode ir embora do nada tbm,

mas nunca tive coragem hahaha

não usar uniforme parece legal na teoria, mas é meio chato, fico gastando à toa minhas roupas de sair 😕
as festas são a melhor parte! (bom, seriam ainda melhores se eu não morasse com os meus pais, né. vc conhece eles, me tratam como se eu ainda tivesse 5 anos)

enfim, acho que é issooo

parece incrível mesmo!
acho que, no seu lugar, eu ia abusar bastante dessa minha nova liberdade e sair da sala a cada 5min só pra sentir o gostinho do PODER

mas vc não falou do curso em si hahaha
tá gostando, era isso que vc imaginava?

OLÍVIA SALAZAR, vc não vai conseguir desviar o assunto pra minha faculdade
te conheço há mto tempo pra ser enganada assim

olha, imagino que a situação é complicada e tal...
deve ser estranho conhecer o seu pai
agora, depois de uma vida toda,
mas vc decidiu isso por uma razão.
e não foi só BB, se vc acha isso, tá se enganando
(até pq, teria outras 8148639 maneiras de ir pro show sem precisar envolver seu pai nisso)

tenta relaxar... curte a cidade, as coisas que tem pra fazer aí
veja o lado bom dessa mudança.
e não pensa tanto na sua mãe e na briga de vcs,
ela vai se acostumar com a ideia depois de um tempo.
logo vai ficar morrendo de sdd de vc

> jesus!!!
> quanto minha avó te pagou pra dar
> esse coaching motivacional?

Bloqueei o celular e revirei os olhos, irritada com Paola.

Tá bom que eu realmente podia ter feito mais que ficar trancada no quarto nos últimos quatro dias. Tudo o que fiz foi escrever e escrever, com o fone tocando Broken Boys tão alto que corria o risco de perfurar meus tímpanos. Meus dedos eram verdadeiras máquinas, digitando sem parar. As palavras escapavam da minha cabeça de maneira frenética, como se estivessem em um lugar apertado demais e, agora, finalmente tivessem encontrado um canal por onde escoar, e era impossível interromper a vazão. Fazia muito tempo que eu não produzia tanto assim. Minha criatividade estava tão aguçada que escrever uma única história parecia desperdício. E, por isso, antes que acabasse mudando de ideia, comecei uma nova fanfic no NovelSpirit, chamada *Burn, burn, burn* — sim, emprestei o nome de uma das músicas de BB, porque era péssima com títulos —, com um tema bem mais pesado que a outra, pendendo para o suspense.

Paola talvez tivesse razão sobre aproveitar a cidade. Isso sem contar as respostas secas que dei todas as vezes que meu pai tentou puxar assunto comigo. Cada vez que ele se aproximava, eu me fechava um pouco mais, como um animal acuado. Era tomada por um misto de sensações: por um lado, torcia para ele desistir daquela palhaçada e me deixar ir embora para sempre; por outro, torcia para que ele estivesse sendo honesto sobre lutar por mim, por nós.

Eu me odiava por ainda nutrir esperanças, no fundinho do meu coração, mesmo depois de tudo. Era ridículo.

Assustei-me ao ouvir três batidas altas na porta e espalmei as mãos sobre o peito. Meu pai parecia ter adivinhado que eu pensava nele e que minha melhor amiga também era *team* Curitiba e vinha tentando me coagir.

— Entra — entoei sem emoção.

Ele enfiou a cabeça por uma fresta e seus olhos logo me alcançaram, preocupados. Meu pai tinha os lábios crispados e as sobrancelhas unidas. Em questão de segundos, senti remorso por ter passado os últimos dias escondida naquela toca. Até o ar do quarto estava denso, parado. Meu Deus. O que eu estava fazendo com a minha vida? Pretendia mesmo passar a minha vida enclausurada, sem fazer nada além de escrever fanfics?

De repente, desejei que ele tentasse um pouco mais. Torci para que ele *ainda* não tivesse desistido de mim.

— Eu tô saindo pra trabalhar — começou, cauteloso. — Tenho um show hoje à noite.

Ah, é isso.

Veio só se despedir.

Mas o que você esperava também, sua burra?

Permaneci com cara de nada, para que ele não notasse a minha frustração. Eu era uma confusão mesmo... Fiz de tudo para mantê-lo distante, e agora que ele tinha se conformado com isso eu só queria voltar atrás. Meus olhos arderam.

Mas que droga, Olívia!

Para com isso.

— Acho que você comentou — respondi, dando de ombros. — Bom show.

Então lhe dei as costas antes que ele pudesse ver as primeiras lágrimas que escapavam. Mordi o lábio inferior, sentindo um aperto imenso no peito, embora não soubesse explicar o porquê.

Esperei que meu pai fechasse a porta, mas isso não aconteceu. Ficamos em silêncio, ouvindo apenas nossas respirações e o batucar da chuva na janela, até que ele pigarreou.

— Você não quer... — Ele parou de repente e respirou fundo, hesitando.

— Quero o quê? — me ouvi perguntar, curiosa, mas um tanto quanto ríspida.

Meu pai estalou a língua no céu da boca enquanto eu me virava para encará-lo outra vez. Parecia ter envelhecido anos, sua expressão deixou transparecer todo o cansaço que sentia.

— Nada. Eu só queria te chamar pra ir junto. Mas acho que me precipitei. — Ele recostou a cabeça no batente da porta, de olhos fechados. Lá fora, uma gaivota passou perto do prédio, grasnando. — É um bar de rock onde eu sempre toco. Tem bastante gente da sua idade, pensei que talvez... Enfim. Deixa pra lá.

Ele já ia fechando a porta, resignado, quando fui tomada por uma urgência. Lá estava ele, insistindo em mim *de novo*, como ansiei que fizesse. Sua insegurança me fez perceber que ele pisava em ovos comigo. Eu tinha conseguido arruinar tudo em pouquíssimo tempo e seria uma idiota se não aproveitasse essa oportunidade para tentar, enquanto ainda havia tempo. Tentar *de verdade*. Eu queria fazer as coisas direito antes de considerar pular do barco. Mesmo que ele não tivesse feito o mesmo por mim antes, não importava. Eu queria ser melhor. Eu *podia* ser melhor.

— Calma! — pedi, tomando impulso para me sentar.

Meu pai arregalou os olhos e ficou parado, com a mão agarrada ao trinco da porta. Não pude deixar de notar a ansiedade que iluminou o seu rosto, me rasgando de culpa.

— Calma — repeti. — Eu acho que pode ser legal. — Eu mal conseguia encará-lo. — Não aguento mais ficar presa no quarto. E tô curiosa pra te ouvir tocar. Acho que vai ser legal.

O sorriso que ele deu foi tão largo que pareceu iluminar o quarto inteiro. Pareceu tão verdadeiro e poderoso que senti vontade de chorar outra vez, mas me segurei. Seria estranho, ainda mais agora.

— Que bom! — Ele ficou me olhando por um tempão, ainda sorrindo. Foi um pouco assustador, na verdade. Eu odiava que me encarassem por muito tempo, meu corpo ficava inteiro esquisito, desconfortável, e eu não sabia o que fazer com os membros. Para o meu alívio, ele teve um estalo e se endireitou. — Vou te dar privacidade pra se arrumar. Só não demora, a gente tá um pouco em cima da hora.

— Só preciso de uns minutinhos.

Assentindo, meu pai fechou a porta.

Pulei da cama, contaminada por uma animação que não sentia havia muito tempo. Não que eu esperasse muita coisa da noite. Nunca fui extrovertida e levava um tempo para fazer amizades. Mas só o fato de estar fora daquele quarto, ver outras pessoas, sentir a vida acontecendo... Eu precisava disso. Acabaria enlouquecendo se passasse mais um dia que fosse escondida do restante do mundo.

Olhei de relance para o meu celular, lembrando que Paola tinha ficado no vácuo. Me inclinei para alcançá-lo e, enquanto arrancava os shorts do pijama com a mão esquerda, abri as mensagens com a direita.

> não tem nada de coaching, idiota.
> eu só quero o seu bem.
> às vezes isso significa jogar umas verdades na sua cara

> você tá insuportável
> (o que é compreensível, mas não se durar pra sempre)

> obrigada pela parte que me toca! se isso te alegra: o coaching funcionou. meu pai vai tocar num barzinho de rock e eu vou com eleee.

> tô brincando, vai. aproveita bastante
> pega um boy alternativo, beija bastante na boca, tenta se distrair

Comecei a digitar um *tá bom, mãe*, mas mudei de ideia. Paola sempre foi muito maternal, apesar de ser apenas alguns meses mais velha. Ela era o tipo de pessoa que a gente busca quando precisa de um conselho sensato, um ombro amigo, alguém que nos pegue no colo. Só que isso também significava que ela sabia ser mandona de um jeito irritante. Foi por isso que, por pura implicância, comecei a chamá-la de mãe.

Só que, desde que minha mãe e eu paramos de nos falar, eu não conseguia mais usar isso como brincadeira. Ainda mais considerando que eu estava ali com o meu pai, e não com ela. Sei lá, parecia errado e escroto da minha parte. Por isso, deixei minha melhor amiga sem resposta e voltei a me arrumar, antes que meu pai pensasse que eu tinha mudado de ideia.

Vesti a primeira calça que encontrei e uma camiseta verde da Capitã Marvel, com um brasão escrito *Carol Danvers* na altura do coração, imitando o uniforme dela do exército. Nem precisei pensar muito para decidir que iria com o meu All Star branco rabiscado. Primeiro porque parecia pertinente usá-lo em um bar alternativo. Mas principalmente porque tinha virado uma armadura para mim. Sempre que eu precisava de um empurrãozinho em uma situação fora da minha zona de conforto, era ele que eu escolhia usar.

Olhei para o espelho e usei os dedos para ajeitar meu cabelo. Hoje, em especial, ele estava revolto e sem forma. *Claro.* Tinha ficado lindo e ondulado todos aqueles dias trancada em casa. Mas, logo hoje que eu sairia do casulo, ele resolvia se rebelar.

Borrifei perfume antes de abandonar o quarto, indo ao encontro do meu pai.

* * *

Roí as unhas durante todo o trajeto, questionando minha decisão. Nem pelo meu pai, mas sim por todo o contexto. Ele ia tocar no palco, e eu ficaria sozinha num lugar estranho, em que não conhecia ninguém. *Isso* me assustava. Mesmo amando rock e animada para o show, não podia negar que meu coração estava pequenininho de nervosismo.

Entramos em uma rua de paralelepípedos chamada Trajano Reis, e eu logo soube que era lá. O cenário todo me embrulhou o estômago. Grupos indo e vindo, pessoas com cigarros e copos de cerveja nas mãos, enquanto suas risadas altas ecoavam pelos prédios cuja arquitetura misturava estilos diferentes: desde casarões coloniais até construções contemporâneas e modernas. Algumas pessoas esperavam nas filas para entrar nos bares, outras bebiam sentadas na sarjeta mesmo, dividindo garrafas de bebida de aparência duvidosa — azul-fluorescente que doía nos olhos e verde-radioativa —, mas todas tinham o mesmo visual descolado e diferentão que eu quase não via em Cianorte.

Inclusive meu próprio pai. Era estranho que ele fosse tão moderno. Minhas referências de pai não eram nada parecidas com isso. Ele vestia uma calça jeans vinho, justa nas pernas e com rasgos nos joelhos que revelavam a pele negra. Sobre a camiseta branca e lisa, usava um colete preto aberto que arrematava o visual com um ar bem rockstar. E, por fim, suas tranças estavam presas no topo da cabeça, numa espécie de coque. Fiquei me perguntando como meu pai podia ser tão estiloso e eu tão sem sal. Ao pensar nisso, senti pânico. Eu era sem sal demais para aquele lugar, para aquela cidade. Não estava preparada. Quis voltar para a segurança do meu quarto e me esconder atrás da tela de um computador, onde a minha aparência não importava.

Ele achou uma vaga minúscula perto de um grupo enorme de pessoas que parecia desconhecer outra cor além de preto. O mais idiota dessa situação toda é que eu deveria me sentir à vontade entre essas pessoas, pois elas gostavam de ouvir as mesmas coisas que eu e, de certa forma, eram parecidas comigo. Mas eu sentia que pertencíamos a realidades distintas. Na minha cidade, eu era considerada diferente, moderna, e já não me encaixava muito bem. Aqui, eu tinha a sensação de que até uma folha de alface era mais interessante do que eu. E, para o meu desespero, eu tampouco me encaixava.

Um calafrio desceu pelas minhas costas, e engoli em seco enquanto meu pai estacionava a Strada, batucando os dedos no volante. Só então me ocorreu uma coisa. Olhei para trás, pela janela que havia um pouco acima do banco, tentando enxergar a carroceria.

— Cadê a sua bateria?

— Ahn? — Ele me olhou de relance, desligando o carro. — Como assim?

— Você disse que o carro era pra levar a bateria, mas ela não tá ali — pontuei.

— Ah! — Meu pai repousou a mão na maçaneta e sorriu. — Eu trouxe hoje à tarde, quando vim passar o som com os caras. Até pensei em te chamar, mas não sabia se você ia se interessar.

Senti uma pontada de tristeza. Que ótima filha eu estava sendo.

Percebendo meu estado de espírito, ele esticou a mão como se quisesse segurar o meu ombro. Então, no meio do caminho, mudou de ideia e segurou o apoio de cabeça do banco.

— Tô feliz que você veio.

Arrisquei um sorriso tímido, mas senti que parecia uma maníaca com o rosto todo rígido. Do lado de fora, pertinho da minha janela, um cara de cabelo verde amassou uma latinha com o pé.

— Eu, ahn... — Comecei, ainda com o olhar grudado no lado de fora. — Eu reparei que as redes sociais da sua banda tão meio abandonadas.

Ele pigarreou; pareceu um pouco sem jeito, como se tivesse sido pego no flagra. Olhei para ele e descobri que sua mão tinha abandonado a maçaneta.

— Acho que sim... — Seus ombros se encolheram. — A gente nunca lembra de tirar fotos pra atualizar.

Endireitei a postura no banco, tendo uma ideia.

— Eu tiro pra vocês! — exclamei, deixando transparecer a minha empolgação. — Meu celular tem uma câmera boa. Depois posso cuidar do Instagram da Los Muchachos, se você quiser. Pode até ajudar a atrair novos clientes, sabia?

Coçando a testa, ele olhou para a rua movimentada por um tempo antes de responder.

— Não sei, filha. Te chamei aqui pra se divertir, não quero abusar da sua boa vontade.

Mas, ao contrário do que ele imaginava, não era abuso nenhum. Ao menos agora eu tinha um propósito para estar ali, uma utilidade. Isso me deixava aliviada. Não precisaria circular sem rumo pelo bar, deslocada. Não: agora eu era a fotógrafa oficial da banda, o que tornava tudo um pouco mais fácil.

— Vamos lá, são só umas fotos. Não vou deixar de me divertir por isso — falei por fim, e abri a porta do carro antes que a coragem desaparecesse.

MORDISQUEI A CUTÍCULA do polegar. Me sentia invisível, como em um daqueles filmes em que o protagonista morre e fica vagando como um fantasma entre as pessoas que amava, angustiado por não ser visto, só para ter uma lição no final. O problema é que eu estava vivinha da silva e não teria lição nenhuma. Eu era um fracasso. Não conseguia conhecer pessoas novas nem mesmo em situações propícias para isso.

Soltei um suspiro cansado e me enfiei no aglomerado de gente, desbravando o caminho até o banheiro mal iluminado e sujo. A luz piscava vez ou outra, dando o aviso de que estava prestes a pifar de vez. O espelho tinha manchas engorduradas e um pedaço lascado na extremidade da direita.

Encarei o meu rosto refletido, incomodada com a minha expressão de garotinha assustada. Os olhos grandalhões, perdidos, que gritavam para o mundo ouvir: EU NÃO TENHO IDEIA DO QUE ESTOU FAZENDO AQUI! Isso para não falar da minha carranca de quem estava odiando cada segundo daquela noite. Eu não tinha descruzado os braços por um único segundo, criando uma barreira para me separar das demais pessoas. Era patético. Não era à toa que ninguém tivesse ousado se aproximar. Como eu esperava curtir o show dos Broken Boys desse jeito? Como eu ia me soltar, viver intensamente o momento, se sentia que não pertencia a nenhum lugar — nem mesmo um que eu habitava havia muitos anos, como era o caso?

Você não se esforça.
Pra nada.

Para fechar o combo de coisas ridículas para se fazer na balada, meus olhos marejaram. No modo automático, agachei no meio do banheiro e arranquei a caneta permanente de dentro do tênis. Andar com ela ali, enfiada ao lado do tornozelo, incomodava um pouco, mas tinha se tornado um hábito. Eu nunca sabia quando precisaria colocar alguma coisa para fora.

Destampei com a boca, segurando a tampinha nos dentes. Duas garotas surgiram pela porta do banheiro, de braços dados, e me lançaram olhares curiosos. Elas trocaram risadinhas e entraram na mesma cabine, cochichando baixinho. Me senti ainda mais ridícula, mais deslocada. Eu não sabia o que tinha passado pela minha cabeça quando achei que acompanhar o meu pai seria uma boa ideia, sinceramente. Na borracha superior do pé esquerdo do meu All Star, rabisquei a próxima palavra do meu diário.

DESLOCADA

Observei o tênis por um momento, me acostumando com sua nova aparência. Era um pouco estranho um pé estar inteiro escrito e o outro não, mas eu tinha esperança de que um dia as coisas ficassem mais equilibradas. Quando eu me acostumasse com essa coisa toda de envelhecer, se é que era possível que isso acontecesse.

Quando a primeira menina destravou a porta e saiu, usando o indicador para limpar o batom dos dentes, abandonei o banheiro.

Meu pai tinha sumido pouquíssimo tempo depois de chegarmos. Ele foi encontrar a banda no camarim, e até me convidou para acompanhá-lo, mas neguei. Não sei bem por quê. Era só a primeira vez que saíamos juntos e eu sentia que, se quisesse, ainda teria muitas outras oportunidades de me embrenhar em sua vida. Ainda parecia cedo para conhecer os seus amigos e responder às perguntas embaraçosas sobre quem eu era. Além do mais, parecia certo que, na mesma noite em que consegui abandonar a minha zona de conforto, eu tentasse dar um passo a mais e ficar sozinha. Explorar o lugar. Paola tinha reforçado que só dependia de mim, e eu, idiota, resolvi acreditar.

Era por isso que agora estava ali, sozinha, andando igual a uma barata tonta entre pessoas de cabelos coloridos, cheias de tatuagens e piercings, que bebiam cerveja como se fosse água e se apertavam ao redor do palco, esperando pelo show.

Eu não fazia ideia se ia levar muito mais tempo para o meu pai começar a tocar e, por isso, peguei o cartão de consumação no meu bolso traseiro e me esgueirei até o bar. Levei algumas cotoveladas no caminho, mas relevei. Eu nunca tinha estado em um lugar tão cheio; devia ser normal as pessoas se chocarem sem querer.

Um amontoado de gente esperava para ser atendido pelos três funcionários atrás do balcão. Senti um pouco de pena deles, pois era evidente que não estavam dando conta de todo mundo. Como a fila só aumentava, decidi que a minha sede podia esperar mais um pouquinho. Apoiei os cotovelos no balcão, ficando de costas para os atendentes. A parede do lado oposto era quebrada, mais ou menos na metade, revelando a superfície antiga, de tijolinhos. Por fora, o BarBa era imponente e convidativo: um prédio de dois andares, no estilo colonial, pintado de um azul-turquesa vibrante que, segundo o meu pai, rendia o apelido de Boate Azul.

Olhei por cima do ombro para descobrir se a fila tinha avançado, mas, para o meu desânimo, ela estava ainda maior. Algumas pessoas começavam a ficar impacientes com a demora e cobravam os atendentes, o que só aumentava a tensão do lado de lá do balcão. Minha garganta arranhava e a língua estava seca.

Comecei a cogitar se seria muito nojento beber água da torneira do banheiro, quando uma das atendentes se aproximou de onde eu estava para lavar as canecas de chope acumuladas. Ela tinha o cabelo metade loiro e metade preto, e usava um batom roxo metálico lindíssimo. Me distraí observando-a trabalhar e, por um momento, me esqueci da minha sede.

— Se o Ravi levasse o trabalho a sério, só pra variar... — murmurou para outra atendente, sem esconder a irritação.

— A gente dá conta, Mari. — A outra garota abanou uma mão no ar, segurando com a outra, pela alça, duas canecas cheias. Diferente de Mari, não aparentava estar minimamente preocupada com o atraso do tal Ravi. Ela tinha o cabelo raspado e um piercing no lábio inferior. — Ele deve estar pra chegar.

— Seria melhor se chegasse no horário, né? Que existe por uma razão.

A amiga abriu a boca para responder, mas, antes que pudesse emitir qualquer palavra, ouvi uma voz masculina que veio do meu lado esquerdo.

— Eu acho que você devia cuidar da sua vida! — Apesar das palavras duras, o tom era leve, divertido, quase debochado. — Tá tão preocupada com a minha e, enquanto isso, a fila só cresce.

Sem conseguir conter a curiosidade, virei para descobrir a aparência do sr. Atrasado. Ele andava a passos rápidos, ocupado em amarrar o avental azul-turquesa na cintura. Reparei nos dedos compridos e de nós grosseiros e nas unhas pintadas de preto. A camiseta do uniforme, listrada em preto e branco, estava cheia de bottons e pins que pesavam no tecido.

Mari deu uma gargalhada ácida, enquanto enxaguava uma caneca ensaboada na água corrente.

— Vai se ferrar, Ravi! — protestou, mostrando o dedo do meio para ele. — Não ia ter fila se você chegasse na hora.

— Tá vendo só? — Ele ergueu as mãos no ar, sorrindo. — Tudo é desculpa pra me meter na conversa.

— Vocês começaram cedo hoje, hein? — reclamou o outro atendente, um rapaz alto e com o rosto marcado por cicatrizes de acne, que preparava um drinque às pressas. — Vou pedir um aumento, só por ter que aguentar essa tensão sexual durante toda a noite.

— Cala a boca! — responderam Ravi e Mari ao mesmo tempo. Ele, rindo. Ela, irritada. Não pude deixar de perceber.

Eu quase nem piscava, imersa na conversa deles. E acho que Ravi percebeu, pois, quando o procurei outra vez com o olhar, descobri que sua atenção estava toda em mim. Ele roçou o lábio inferior com o polegar, sem nem tentar disfarçar seu interesse. Na verdade, pareceu ficar ainda mais à vontade quando o peguei me olhando.

Ele precisou passar por mim para contornar o balcão e, ao fazer isso, inclinou o tronco um pouco para a frente, sussurrando perto do meu ouvido:

— Gostei dos tênis.

Com as bochechas quentes, encarei meu All Star, pela primeira vez me sentindo meio boba com a ideia do diário. Nesse meio-tempo, Ravi tinha entrado no bar e alcançado um pano de prato de aparência duvidosa a fim de secar as canecas que Mari lavava.

Foram apenas três palavras, mas sei lá. Tinha algo na confiança dele que me intimidou. Quis sair correndo dali e, se eu não estivesse morrendo de sede, talvez tivesse mesmo me escondido em algum cantinho, esperando que a noite acabasse.

Mas que droga. Se eu tivesse passado na merda do vestibular, não ia precisar passar por nada disso! Argh!

Olhei para a fila enorme e, a contragosto, fui para o fim. Na minha frente, um casal se beijava com intensidade, parecendo ter esquecido de que estava em público, o que só piorou o meu estado de espírito e me fez remexer o corpo, sem encontrar uma posição confortável. Era tudo incômodo, como vestir uma roupa apertada ou curta demais. Eu mal podia esperar para me livrar dela.

— Quem vai tocar hoje? — perguntou a garota de cabelo raspado.

— Los Muchachos — respondeu Ravi, de prontidão.

Não resisti a subir o olhar outra vez. Quis morrer quando o peguei ainda me secando, os cantinhos dos lábios um pouco tortos para cima, como se fosse impossível conter a satisfação de ter um novo desafio à sua espera.

Eu não era boba. Já tinha visto garotos como ele em Cianorte e até ficado com alguns. Se por um lado eu me sentia lisonjeada pelo interesse — ele era bem bonito, para falar a verdade —, por outro, só queria me manter bem longe e começava a me questionar sobre a possibilidade de continuar indo com o meu pai no BarBa. Quero dizer, como poderia? Será que sempre ia rolar essa tensão?

A fila avançou um pouco, e Ravi foi obrigado a se ocupar em fazer os drinques. Aproveitei para dar uma boa olhada nele. Tinha o mesmo tom de pele que eu e olhos enormes. O nariz adunco era grande e charmoso, com um piercing de argola do tipo que as meninas na minha cidade costumavam usar. Os cabelos pretos começavam perto da sobrancelha, e sua testa era pequena e reta. Ele não era muito mais alto que eu, e tinha o corpo esguio, com tatuagens espalhadas pelos braços, embora não parecesse tão mais velho também.

Os bartenders não tinham um sistema de trabalho muito definido. Acho que todos faziam de tudo um pouco, se revezando de maneira automática entre atender os clientes e organizar a bagunça. De alguma forma, funcionava. Entre risadas e piadas internas, os quatro fizeram a fila andar depressa.

Vi o casal da frente parar de se engolir — *até que enfim!* — e fazer o pedido. Então, fui picada pelo mosquitinho da vergonha e mal consegui ficar com o rosto erguido. Eu era a próxima.

Dei um passo à frente e depois outro, até encostar a barriga no balcão. Torci para que Ravi não me atendesse, mas é claro que ele ia fazer isso. Ele parou na minha frente sem dizer nada, e fui forçada a erguer o rosto, mortificada de vergonha.

— Eu sei que parece uma cantada barata, mas você me lembra alguém — falou, cruzando os braços sobre o balcão e inclinando o tronco para ficar mais próximo.

Mari revirou os olhos, ao passo que os outros dois deram risadinhas baixas, como se estivessem cansados de presenciar o colega de trabalho dando em cima dos clientes.

— Verdade — respondi, deslizando o meu cartão de consumação pela madeira molhada até alcançar a ponta dos seus dedos. — Parece *mesmo* uma cantada barata.

As duas garotas e o menino alto caíram na risada, tirando sarro de Ravi, que só ficou me olhando, um sorriso nascendo em seus lábios.

— Não, vai por mim, *não é* uma cantada.

Arregalei os olhos, surpresa e magoada. Tudo bem que eu era sem graça, a mais insossa do bar inteiro, mas ele também não precisava ser cruel. Ravi ergueu as mãos no ar, todo constrangido ao perceber a gafe que tinha acabado de dar.

— Não que eu não queira. É só que eu poderia dar uma cantada muito melhor do que essa.

Nossa, ainda por cima é esnobe.

A descoberta me fez perder a vergonha. Normalmente, ela vinha quando eu percebia o interesse de um garoto em mim, mas só quando eu também estava interessada. Naquele caso, ele só era um convencido que quis deixar claro que não estava me cantando.

— Sei. Tipo elogiar o meu tênis? — Soltei um suspiro, ignorando as risadas debochadas de Mari, a única que continuava atenta à nossa conversa. — Você pode me ver uma Fanta Uva, por favor?

Ravi uniu as sobrancelhas, desconcertado. Abrindo e fechando a boca, ele pinçou meu cartão com os dedos de unhas pintadas, mas não se moveu dali.

— Ei, calma. A gente pode começar de novo? — pediu, colocando o cartão sobre os lábios em um movimento involuntário. — Tô sentindo um climão aqui e não gosto disso.

Antes que eu pudesse responder, o barulho alto de estática feriu os meus tímpanos, ao mesmo tempo que as pessoas ovacionaram. No palco, meu pai se ajeitava na bateria enquanto outros três caras ocupavam suas posições em seus respectivos instrumentos.

Ravi seguiu o meu olhar e depois me encarou, boquiaberto. Ele apontou para o palco, estalando os dedos sem parar.

— O Dudu! É isso! Você é a cara dele. Eu *sabia* que não tava ficando louco.

— Eita, pior que é mesmo! — A garota de cabelo raspado também olhava para o palco. — Ah, você é a filha dele? A que tava vindo pra cá, né?

Arregalei os olhos.

Pelo amor de Deus, meu pai tinha contado para Curitiba inteira que eu estava de mudança? Tinha mandado fazer outdoors?

Não sei bem por quê, mas o fato de eles saberem de quem eu era filha me irritou *muito*. Será que eles também sabiam que meu pai tinha me abandonado? Será que também sabiam de todas as vezes que chorei desejando que ele mudasse de ideia e me procurasse?

Aposto que não. Aposto que só existia a versão de coitadinho. Pobre pai que só queria conquistar a filha rebelde.

— Agora a Fanta Uva faz algum sentido! — Ravi brincou, indo para o refrigerador comprido e abarrotado de coisas e voltando com uma latinha roxa na mão. — Achei meio estranho quando você pediu. Quem é que pede Fanta Uva num bar?

Ele a colocou no balcão, sem, no entanto, soltá-la.

— Meu pai gosta de Fanta Uva? — perguntei, sem pensar direito. — E você sai falando tudo que dá na telha?

Não foi muito educado da minha parte, mas fiquei brava com a situação toda. Meu pai se exibindo. Ele gostar da porcaria da Fanta Uva. Esse garoto bonito e falante que não devia valer um centavo.

— Sim e sim — respondeu, arrastando a latinha para frente. — Mas, espera, você não sabia disso? É o *seu* pai.

Dei de ombros.

— Não tem como saber se a pessoa some da sua vida. — Estiquei a mão para pegar o refrigerante. Nossos dedos se tocaram, mas ele não fez menção de afastar a mão. Por isso, também não fiz.

— Putz. Foi mal. O meu também não é presente, mas nesse caso eu até prefiro. — Ele sorriu e só então soltou a lata de Fanta. Sem pensar duas vezes, afastei a mão, antes que ele mudasse de ideia ou algo do tipo. Abri o refrigerante, ouvindo o barulhinho característico de gás sendo liberado. — Bom, se você é filha dele, acho que a gente ainda vai se ver bastante. Até porque eu moro no mesmo condomínio... — É claro! De todos os condomínios daquela cidade com quase dois milhões de habitantes, esse garoto irritante moraria logo no mesmo que eu. — Vou tentar de novo na próxima, hoje fui muito desajeitado.

Desta vez, ninguém prestava atenção em nós dois. Meu coração acelerou. Ele estava mesmo me cantando, na cara de pau. Mas, por alguma razão, gostei disso. De saber que um garoto moderno de uma cidade grande tinha visto algo na garota sem sal e perdida que rabiscava um tênis quando ficava triste e escrevia histórias de amor sobre seus ídolos.

— Só não começa falando do tênis — brinquei, depois de dar um gole na Fanta. — Você prometeu que consegue fazer melhor.

9

ABRI O NOTEBOOK e o coloquei no colo. Depois, me ajeitei na cama da maneira mais confortável que consegui. Por fim, liguei os fones de ouvido na saída de áudio do computador e alonguei os pulsos, pronta para escrever. Eu queria virar aquela noite escrevendo, tinha planejado terminar três capítulos da minha fanfic principal, *Um universo todinho para Ethan Cook*, e, depois, dar atenção a *Burn, burn, burn*, que eu havia começado desde que me mudara para Curitiba. Se tudo desse certo, eu veria os primeiros raios de sol pincelando o horizonte e só então, com a bunda quadrada de tanto ficar sentada, iria me deitar para dormir.

Essa era uma das maiores diferenças entre mim e Paola, e um dos poucos motivos que nos faziam brigar: minha melhor amiga, sagitariana raiz, amava uma festa. Ela era extrovertida, fazia amizade com a mesma facilidade com que respirava, não ligava a mínima em estar cercada de desconhecidos — na verdade, ela preferia assim, afinal conhecer gente nova era um dos seus passatempos favoritos.

Eu era o oposto. Não chegava a ser tímida, mas prezava a minha própria companhia. Estar em público consumia muito da minha energia, me exauria. Festas nunca foram a minha praia. Passei o ensino médio inteiro vendo meus amigos de escola combinarem festas, enganando os pais sobre dormir na casa um dos outros, animados com a perspectiva de encher a cara. Não é que eu odiasse esse cenário, nem nada do tipo. Seria hipocrisia minha dizer que não sentia vontade de escapulir da pressão de casa de vez em quando. Eu só... não ligava muito. Minha noite ideal tinha mais a ver com escrever até as pontas dos meus dedos ficarem formigando. Assistir a séries na Netflix, descobrir comédias românticas novas para me inspirar nas minhas cenas, ler outras fanfics de bandas que eu gostava. Conversar no grupo de WhatsApp só com escritoras do NovelSpirit, com piadas internas e podendo desabafar sobre dilemas que elas compreendiam, sem achar que escrever era um hobby sem importância. Enfim.

Acho que eu andava um pouco rabugenta desde a noite no BarBa. Já havia se passado uma semana. Assim que meu pai e eu abandonamos o bar, decidi que nunca mais voltaria lá com ele. Talvez o acompanhasse em casamentos e formaturas, ou quem sabe até desse uma chance a outro bar. Mas aquele? Nem morta! Mesmo com o celular na mão como justificativa para estar ali, me senti deslocada, boba, inconveniente e infantil. Ainda mais depois da minha breve conversa com Ravi, o garoto do bar, e seus amigos. Todos pareciam ser poucos anos mais velhos que eu, mas, ainda assim, existia um abismo entre nós. Fiquei me sentindo como uma criancinha entre os adultos.

No restante daquela noite, fiz o possível para evitar o bar. Mesmo quando a sede voltou a incomodar, não ousei olhar para lá. Em vez disso, preferi beber água da pia do banheiro. Fiquei tão preocupada evitando pessoas que não ligavam para a minha existência que acabei não dando a atenção que gostaria ao show do meu pai.

Quero dizer, claro que também não ignorei completamente. Atrás da bateria, seus braços não paravam nem por um segundo. Agora eu conseguia entender como ele tinha bíceps tão definidos — o instrumento exigia. Ele cantarolava todas as letras, superrempolgado enquanto dava vida às músicas. Mas isso é tudo de que me lembro. De vê-lo lá, no palco, longe de mim quando eu mais precisava. Como sempre.

Remexi as pernas, voltando para o presente, e soltei um longo suspiro. Eu não queria mais pensar naquela noite nem no fato de que o problema estava em mim. Pelo jeito, eu não conseguia fazer nada certo. Falhei no vestibular para a faculdade de arquitetura, falhei na relação com a minha mãe, falhei em me aproximar do meu pai, falhei em me divertir como uma pessoa normal.

O notebook esquentava muito na parte de baixo e cozinhava as minhas coxas. Puxei o travesseiro e o usei de apoio. Como ainda estava um pouco dispersa para escrever, liguei uma música do álbum mais recente dos Broken Boys e fechei os olhos por um momento, sentindo os acordes me envolverem como um cobertor quentinho, sob o qual eu me sentia segura e protegida do mundo. A voz de Matt me fazia estremecer, e, normalmente, isso era o suficiente para evocar imagens em minha mente, como as de um filme, de cenas que eu planejara para a história. Nessa noite, não foi bem assim. A primeira música acabou sem que eu conseguisse afastar os pensamentos de todas as coisas que me afligiam.

Roí minhas unhas e olhei para o teto, vencida. As estrelas de plástico ficavam sem graça no quarto aceso, por isso estiquei a mão e tateei a parede até encontrar o interruptor perto da cama. Ouvi um clique, e o quarto ficou escuro, com exceção, é claro, dos pontinhos verdes e luminosos sobre a minha cabeça. Esse foi o maior acerto do meu pai, justo o que ele julgou ser um excesso. Era lindo. Uma coisa tão simples, mas que fazia a imaginação alçar voo. Deslizei o corpo na cama, ficando praticamente deitada, com os olhos colados nas estrelas. Era como ter um universo todinho só para mim.

Voltei a atenção para o computador. Lembrei da pasta com as fotos da noite no BarBa e fiquei quente de vergonha ao lembrar de uma em específico, que tirei no corredor entre os banheiros, pouco antes de entrar para tomar água.

Não demorei muito para a encontrar no meio das outras. Estava um pouco desfocada, mas mesmo assim dava para ver bem. Nela, um garoto de pele marrom e barba por fazer, com um sorriso enorme dominando o seu rosto, conversava com outro cara. Suas unhas eram pintadas de preto e a camiseta do uniforme estava cheia de bottons.

Mordi o lábio inferior, aproximando a imagem e dando zoom em seu rosto. Ravi era tão bonito e diferente dos caras de Cianorte. E tinha dado em cima de mim! Normalmente eu ficava em dúvida com um possível flerte, mas dessa vez nem tinha como. Ele foi direto. A pior parte é que eu gostava da sensação. Era legal saber que alguém tinha enxergado algo de bom em mim, quando eu mesma não conseguia.

Olhei para a foto um pouco mais, que se sobressaía no escuro do quarto. Então a apaguei, sem pensar duas vezes, com o coração acelerado.

Pelo amor de Deus, Olívia!

Que merda você acha que tá fazendo?

Voltei a acender a luz e me ajeitei na cama, olhando ao redor como se tivesse sido pega no flagra por alguém. Engoli em seco, e o nó imenso em minha garganta causou incômodo. Eu andava tão esquisita que, sinceramente, não conseguia nem me reconhecer direito. Só esperava que me encontrasse logo, antes que acabasse tomando mais decisões impulsivas como a de me mudar para Curitiba.

Fechei todas as janelas abertas no computador, deixando apenas a do Word, com um capítulo pela metade. A noite era uma criança, e eu ainda tinha muito a escrever.

✳ ✳ ✳

Com um suspiro, Ethan fechou o armário e trancou o cadeado. Ele não queria correr o risco de esbarrar com Matthew e, por isso, fez o possível para fugir do garoto durante o dia todo — o que lhe custou duas aulas perdidas. Que seus pais nunca sonhassem com isso, ou ele estaria ferrado.

No entanto, o que mais ele podia fazer? Como conseguiria encarar Matt nos olhos depois do incidente no vestiário? Ele mal tinha conseguido pregar os olhos durante a noite. A cama parecia feita de espinhos e ele rolou por horas de um lado para o outro enquanto lutava para não pensar no garoto de nariz empinado e ar esnobe.

Foi em vão. Quanto mais lutava para não pensar, mais Ethan se afundava em pensamentos, mais se perdia na imagem da pele lívida de Matthew inteira respingada por gotículas de água. Nos cabelos longos, negros como a noite, inteiro molhados, grudados em sua testa e pescoço. Na toalha enrolada na extremidade do quadril, para onde o caminho de pelos embaixo do umbigo o fazia olhar sem pestanejar. E, inevitavelmente, no que vinha depois disso...

Ethan até tentou esconder a ereção, mas foi tarde demais. Matt percebeu e começou a pigarrear sem parar. Pela primeira vez desde que se conheceram, o ar petulante tinha se dissipado e Matthew pareceu tão frágil quando Ethan se sentia.

Ele daria tudo para voltar no tempo e não virar para trás. Quis se convencer de que foi só para conferir se ainda tinha alguém ali com ele, mas, no fundo, o garoto sabia muito bem por que tinha virado. E agora Matthew McAllister, o pivô do time de basquete, saberia que Ethan gostava dele. Mais que isso, saberia que Ethan não suportava ficar no mesmo ambiente. Que sua vontade por Matt era tão grande que parecia prestes a rasgar a sua pele.

— Ethan? — ouviu uma voz familiar ao longe, e seu corpo inteiro estremeceu.

Olhou por cima do ombro e viu o vulto negro que os cabelos de Matt formavam. Pensou em fugir, em correr para longe dali, mas constatou que não dava mais tempo quando dedos compridos se fecharam ao redor do seu pulso.

Os primeiros raios de sol invadiram o quarto, fazendo com que eu me desse conta do tempo.

Apesar de ter avançado bastante na história, eu sabia que podia ter rendido o dobro se não estivesse tão dispersa. Meus pensamentos foram parar em mamãe — um milhão de lembranças corriqueiras —, depois em Paola e seu ex-namorado. Acabei pensando nos garotos com quem tinha me envolvido e, antes que pudesse evitar, fui levada de volta para Ravi. O que me fez pensar nas pessoas que frequentavam o bar — inclusive os amigos dele —, e no quanto eu era diferente de todos. Sem graça. Quero dizer, aquela deveria ser a minha turma, mas não era. Porque eu era chata demais pra ter uma turma, ainda mais de moderninhos como eles.

Fechei o notebook de uma vez, com uma ideia nascendo.

Eu precisava mudar. Precisava fazer alguma coisa e ser mais convidativa. Era isso!

Nos filmes, sempre que um personagem queria começar uma nova etapa na vida, realizava uma mudança física para marcar essa transição. Normalmente no cabelo. Minha mão foi parar no meu cabelo. Peguei um punhado dele e observei. Castanho-escuro, cor de nada. Superchato.

Conferi as horas no celular. Seis da manhã. Meu pai ainda levaria um bom tempo para acordar.

Parecia um momento promissor para mudar.

Era exatamente o que eu faria.

Procurei no celular por farmácias vinte e quatro horas e descobri que tinha uma bem pertinho do condomínio. O que era bom, já que eu precisava voltar a me virar sozinha. Em Cianorte, costumava fazer tudo sem depender de ninguém. Tudo bem que era uma cidade bem menor e que, mesmo andando, o máximo de tempo que se levava para chegar num lugar era meia hora. Mas mesmo assim. Eu tinha dezoito anos, era uma adulta aos olhos da lei, não podia continuar agindo como uma criancinha assustada para o resto da vida.

Minha mãe, por exemplo, engravidou aos vinte, em seu primeiro ano da faculdade. Poucos anos a mais do que eu tenho hoje.

Quando eu parava para pensar no que faria se engravidasse assim tão nova, percebia o quanto ela tinha sido forte por segurar as pontas sozinha. Quer dizer, *mais ou menos* sozinha. Vovó sempre esteve lá por ela, e tia Jordana também, apesar de na época ter apenas oito anos. O ponto era que mamãe havia sido mais madura do que eu jamais seria. E isso me motivou a enfrentar os meus medos durante aquela manhã.

Ainda vestindo o pijama, calcei meus tênis e prendi o cabelo em um coque. Soltei uns três bocejos enquanto procurava meu dinheiro na gaveta de calcinhas. Vovó tinha me dado uns trocados para não viajar de mãos abanando. Não era muito, e logo acabaria, mas era alguma coisa. Pelo menos eu ainda não precisava pedir nada ao meu pai — seria muito estranho e eu não queria pensar nisso.

Sem pensar duas vezes, abandonei o nosso apartamento, com o mapa aberto no celular. Sonolenta, entrei no elevador e me escorei no espelho, de olhos fechados, sentindo o cansaço me tomar de uma vez.

Quando a porta do elevador se abriu, ouvi alguém exclamar de surpresa. Era Tereza, a mulher que eu conhecera no dia em que cheguei de viagem. Ela tinha me prometido um bolo, mas desde aquele dia nunca mais vi nem sinal dela.

— Olívia? — perguntou, de sobrancelhas unidas. — Bom dia!

— Bom dia — respondi, empurrando o corpo para longe do espelho.

Eu estava com pressa — não queria que meu pai acordasse, notasse a minha ausência e fizesse uma cena —, e Tereza não arredava o pé da entrada. Ela esticou a mão quando a porta ameaçou se fechar e se aproximou de mim.

— Você acorda cedo, né? — pontuou, esfregando uma mão na outra.

— Hum... acho que sim? Mas você também tá acordada.

— Eu? — Ela abanou a mão no ar. — Ah, eu sempre acordo cedinho para caminhar no condomínio. Seu pai é um dorminhoco, estou surpresa. — Ela estreitou os olhos, parecendo notar o que eu vestia. — Onde você vai usando pijamas?

Fiquei muito desconfortável com o interrogatório. A gente nem se conhecia e essa maluca já questionava o que eu usava ou deixava de usar.

Nunca mais eu ia chamar a minha avó de fofoqueira, até porque ela não era cara de pau de sair *perguntando* para as pessoas o que elas estavam pensando. No máximo, esticava o pescoço sobre o muro e observava — mesmo que fosse por muitas horas seguidas. Eu, hein. Isso aqui era demais.

— Eu vi que tem uma farmácia aqui perto, quero comprar um descolorante pro cabelo. E uma tinta.

— Agora? — perguntou, conferindo o relógio de pulso.

Seu tom me deixou irritada.

Enxerida!

— Aham. Você pode... — Tentei passar por ela, que permaneceu imóvel. — É, licença?

— Posso ir com você?

Olhei para Tereza, incrédula. Como assim me acompanhar? A gente mal se conhecia e agora ela queria agir como a porcaria de uma babá?

Abri a boca para responder, quando uma luz piscou no visor de led na parede da esquerda, indicando que alguém no oitavo andar tinha acionado o elevador. Finalmente Tereza abriu espaço para que eu saísse do cubículo, mas não sumiu dentro dele, como eu desejava. Ficou ali com um olhar irritante de quem sabe das coisas.

— Não que seja um bairro perigoso nem nada — justificou num tom amigável. — Só que você vem de uma cidade pequena e as coisas aqui são um pouco diferentes. A essa hora, fica tudo muito vazio. A gente não pode dar sorte pro azar.

Soltei um suspiro, sem forças para discutir.

Tanto faz.

Se ela queria me seguir para descobrir o que eu estava tramando e depois contar tudo ao meu pai, o problema era todo dela. Não é como se ele não fosse descobrir por conta própria.

— Tá. — Dei de ombros, disparando à sua frente.

Achei que dona Tereza não ia ter pique para me acompanhar, mas ela me surpreendeu. Não só conseguia seguir o meu ritmo sem a menor dificuldade como apertou ainda mais o passo. De repente, era eu quem lutava para alcançá-la.

Meu Deus, tô levando uma surra de uma idosa.

Mamãe tava certa, sou muito sedentária.

Tereza não mentiu sobre a rua estar deserta. Naquele horário da manhã, uma neblina leitosa pairava no ar, dificultando a visão e contribuindo com uma atmosfera sinistra. Com toda certeza, minha coragem teria se esvaído ao me deparar com o cenário nada propício para uma garota perambular sozinha.

Seguimos em silêncio pelos primeiros metros. O ar fresco entrava em meus pulmões. Me senti viva e invencível.

— O que você está achando daqui? — perguntou Tereza, enquanto atravessávamos a rua.

Talvez eu até soubesse responder se conhecesse algum lugar de Curitiba que não fosse o meu quarto. E o BarBa — que, aliás, preferia não ter conhecido.

— Normal.

— Eu mudei pra cá tem uns quinze anos, morava em uma cidadezinha pequena também, e no começo foi um choque.

Comecei a me perguntar se ela conseguia ler mentes. E nem era brincadeira, parecia mesmo que Tereza adivinhava quando eu estava blefando.

Comprimi os lábios e esfreguei meus braços, que tinham se arrepiado com a brisa fresca da manhã. Divisei a fachada iluminada da farmácia e agradeci mentalmente por isso. Não estava no meu melhor humor para continuar com assuntos de elevador — *fora do elevador.*

— Ainda não conheci muito, pra falar a verdade — me ouvi dizendo, enquanto passávamos pela cortina de ar-condicionado na entrada da farmácia.

Achei que Tereza fosse fazer um daqueles comentários motivacionais que eu estava cansada de ouvir sobre tentar me abrir para as oportunidades. Minha mãe era cheia deles. Mas, não, ela só me olhou e assentiu, como se aquela fala dissesse muito sobre mim. Fiquei feliz por ela ter guardado seu julgamento. Facilitava muito a minha vida. Sem contar que, agora que eu tinha pensado em mamãe, não parava de sentir culpa por estar prestes a fazer uma mudança capilar drástica sem a consultar. Não que ela fosse deixar, de toda forma, porque eu tinha cansado de insistir ao longo da vida. O que era superinjusto, já que minha mãe vivia mudando o cabelo dela. Isso só sustentava o meu argumento de que os pais, na verdade, só querem descontar as frustrações nos filhos. Porque, francamente, nem fazia sentido o argumento dela de que eu teria muito tempo na vida para estragar o cabelo. Eu queria agora, poxa!

Não importava. A gente não estava se falando mesmo. O que seria mais uma decepção perto de toda a minha rebeldia desde que o ano começara? Com certeza, ela tinha desistido de mim, isso sim.

A farmácia era pequena e comprida, como um caixote muito, muito claro. Tereza me deu privacidade e foi direto para a balança se pesar. Andei pelos corredores, procurando a seção de cosméticos. Era a última. Uma prateleira inteira de esmaltes, maquiagens e tinturas. Eu não sabia tanto assim sobre químicas capilares, mas, sinceramente, o que podia dar errado?

Escolhi a água oxigenada volume quarenta, um pó descolorante e a tinta fantasia. A embalagem de plástico era cilíndrica, com um rótulo da mesma cor do conteúdo — um rosinha-bebê lindíssimo que eu sentia que tinha nascido para usar. Essa cor, sim, se destacaria em um show dos Broken Boys, e não o castanho chato que era a minha cor natural.

Quando fui até o caixa, uma atendente que estava no fundo da farmácia atravessou os corredores correndo e veio em nossa direção, sorrindo.

Coloquei minhas coisas no balcão e Tereza se aproximou, dando uma boa olhada.

— Olha só... Que cor bonita! — Suas palavras soaram sinceras, e não como se ela quisesse me bajular. — Vai ser uma mudança e tanto, hein?

Paguei pelas tintas e peguei a sacolinha antes de responder:

— É pra marcar todas as mudanças na minha vida. Essa coisa de amadurecer e tal — expliquei, balançando a sacola para frente e para trás, conforme caminhávamos. — Queria uma coisa bem dramática.

— Estou curiosa pra ver o resultado. Olívia... seu pai e eu conversamos bastante, e eu sei que estar aqui é muito novo pra você — Tereza falou assim, na lata, e eu me surpreendi com a sua facilidade em abordar temas delicados. Ela não tinha papas na língua, independente do fato de termos nos conhecido somente no dia do elevador. Uau. — Mesmo sendo uma decisão sua, nunca é fácil encarar mudanças tão grandes. O ser humano tem a tendência a se apegar muito à própria zona de conforto. Então, se você precisar de uma amiga, alguém para conversar um pouco e colocar tudo para fora, o meu apartamento é o quatrocentos e um. Sei que te prometi levar um bolo, mas acho que ficaria bem mais feliz se você passasse lá para cobrar, viu?

Aproveitei para observar Tereza. Ela era pequenininha, magrinha, parecia bem frágil — embora eu tivesse comprovado que não era nem um pouco. Parecia estar na casa dos setenta, com o cabelo branco e liso, na altura do queixo.

No começo, achei que fosse uma piada, mas percebi que ela falava bem sério. Era estranho pensar em uma amiga com idade para ser minha avó, mas achei bonitinho da parte dela se preocupar comigo e oferecer um amparo, quando a maior parte das pessoas só sabia cobrar.

Assenti e seguimos juntas para o nosso prédio. As únicas palavras que trocamos depois dessa conversa inusitada foram as despedidas. Tereza parou um andar antes e senti um misto de alívio e vontade de prolongar o nosso passeio.

Quando entrei em casa, encontrei o apartamento silencioso. Meu pai continuava dormindo. Sempre que ele trabalhava até de madrugada, não conseguia acordar antes das dez no dia seguinte. Que era o caso daquela manhã. Eu nem podia julgar, pois, no dia em que o acompanhei até o BarBa, também dormi igual a uma pedra e acordei bem tarde. Minha mãe teria ficado horrorizada.

Deixei as coisas no banheiro e fui até o meu quarto, onde enfim troquei os pijamas pelas roupas mais velhas do meu guarda-roupa. Peguei o celular e busquei vídeos no YouTube que ensinassem o processo todo de descolorir e tingir o cabelo. Depois de uns três, me senti mais que preparada para passar pela transformação.

Dei uma risadinha, pulando até o banheiro, sem esconder a empolgação.

Ia ficar incrível! Quer dizer, não tinha como não ficar, não é?

10

FICOU UMA bosta!

Eu soube que tinha sido um erro imenso quando enxaguei o cabelo para tirar o descolorante. Meu coração acelerou e minha única vontade foi de me deitar na cama em posição fetal, me repreendendo mais uma vez por tomar uma decisão importante. Estava óbvio que eu não sabia fazer isso! Ser adulta não era comigo. Alguém precisava me parar antes que eu acabasse morrendo.

O cabelo manchou inteiro. Algumas partes nem tinham descolorido direito e ficaram com um aspecto bizarro de listras. Isso para não falar na textura, que mudou da água para o vinho. Se antes o meu cabelo era macio, agora parecia uma palha esticada e dura.

Que ótimo.

Muito bom, Olívia.

Amei, nota zero!

Tentando controlar o desespero, concentrei minhas energias na segunda etapa do processo. Eu não tinha terminado, então ainda podia dar certo. Não fazia sentido sofrer antes da hora por um resultado que eu nem tinha visto.

Munida de pensamentos positivos, comecei a aplicar a tinta rosa. No começo tentei usar o pincel, mas, como não consegui pegar o jeito, dispensei-o e continuei a aplicação com as mãos.

Demorou mais do que eu planejava e, enquanto terminava de aplicar a tinta, ouvi a porta do quarto do meu pai abrir. Merda, ele tinha acordado! Tranquei o banheiro, agradecendo o fato de meu celular estar comigo. Ao menos eu teria o que fazer ali dentro enquanto a tinta agia.

Prendi o cabelo e lavei as mãos. Esfreguei o quanto pude, mas descobri que não usar o pincel tinha sido uma péssima decisão. Minhas mãos tinham ficado manchadas de rosa.

— Inferno — resmunguei, com a pele ardendo.

Absolutamente tudo tinha dado errado.

Parece que *Olívia* vinha seguido da palavra desastre. Minha vida era um eterno desastre. Meus dezoito anos estavam sendo erro atrás de erro, e eu queria cancelar 2020.

Sentei-me na privada e, no modo automático, abri o Facebook. Quando percebi que estava escrevendo o nome da minha mãe na busca, engoli em seco e me dei conta de que sentia muita falta da nossa relação. Mas não da relação do ano anterior, em que as coisas ficaram tão esquisitas e ela só sabia me cobrar e me pressionar e jogar na minha cara que todas as coisas que eu amava eram perda de tempo.

Não. Sentia falta de antes. Quando ela me respeitava, mostrava minhas fanfics pras clientes, cheia de orgulho, e até admitia que tinha uma quedinha pelo Matt — quem não tinha? Fucei o seu perfil até encontrar uma foto nossa, na frente de casa. Eu me lembrava direitinho do dia. Eu estava no primeiro ano do ensino médio, e era o ápice do inverno. Estávamos atrasadas para o cinema, e minha mãe odiava perder um minutinho que fosse do filme. Mas a luz estava tão boa e a gente tinha se produzido tanto que seria quase um pecado não registrar o momento. Na primeira foto, mamãe saiu um pouco emburrada, impaciente.

— Gente, olha só o tamanho do seu bico — eu provocara em meio a risadas, enquanto estendia o celular para que ela visse.

— Meu Deus, Óli! A gente pode tirar essa foto qualquer dia! Vamos logo.

Mamãe fez menção de entrar no carro, mas eu a segui. Teimosia era uma palavra que eu conhecia muito bem.

— Tem sete minutos de trailer, mãe. Vai logo, é só uma foto — choraminguei, fazendo drama de propósito. — Se você se esforçar, a gente perde menos tempo.

Ela revirou os olhos e fingiu que ia colaborar, abrindo um sorriso lindo. Mas, quando estiquei o dedo para bater a foto, minha mãe mostrou a língua, e eu caí na risada. Esse foi o momento exato que consegui capturar.

Nós éramos assim. Risadas, leveza. Ela costumava ser a minha melhor amiga. Por isso, era tão triste não falar mais com ela havia quase um mês. Eu sentia vontade de quebrar a barreira, mas era estranho. O meu orgulho falava alto, como se voltar atrás fosse dar o braço a torcer. Era muito complexo, eu ficava exausta só de pensar. Então, tudo o que fiz foi descurtir a foto, só para poder curtir de novo. Queria que ela soubesse que eu andava pensando nela.

Ouvi meu pai andando impaciente de um lado para o outro do lado de fora do banheiro, até que não aguentou e bateu na porta.

— Olívia, tá tudo bem? — Sua voz chegou abafada até mim.

— Aham. Vou tomar banho.

Entrei no boxe em seguida, para evitar mais perguntas.

Enxaguei o cabelo com a maior calma, como se isso fosse consertar a cagada que eu tinha feito. Terminei o banho, sequei o cabelo com a toalha e me senti mal ao descobrir que ela também havia se manchado de rosa.

Meu estômago revirou. De olhos fechados, fui até o espelho e, ainda sem abrir, penteei o cabelo. Só então tive coragem de olhar...

... e deixei escapar um grito de frustração.

Ah, não...

Não, não, não! Que merda eu fiz?

Caí no choro quase que no mesmo instante. Eu só queria ter uma máquina do tempo para me impedir de cometer essa atrocidade no meu cabelo. Caramba, eu piorei tudo umas dez vezes. Antes sem sal do que ridícula. Para começar, não tinha ficado rosa. Pelo menos não totalmente. A maior parte ficou com uma cor indefinida e horrorosa, que lembrava água suja de tinta, meio alaranjada, com mechas espalhadas de várias tonalidades.

Algumas nem tinham pegado a tinta e continuavam amarelo-gema-de-ovo.

Apavorado, meu pai bateu na porta sem parar, mandando a polidez para o inferno.

— Filha, abre a porta! O que aconteceu? — pediu, com a voz firme. — Fala comigo, Olívia! O que você tá fazendo?

Destranquei a fechadura e abri a porta, para que ele visse com os próprios olhos. Isso me pouparia saliva. Meu pai era pura preocupação quando me viu, mas logo percebeu a grande mudança. Seu olhar foi parar direto no meu cabelo, e sua expressão se transformou na mais pura confusão.

Quis bancar a durona e fazer uma ceninha perto dele, mas, quando suas sobrancelhas entortaram para baixo com pena, fiquei sem chão. Inferno, eu queria que ele brigasse, que ele fosse um babaca. Só para eu poder ser babaca também.

— Pai, olha só o que eu fiz! — vomitei, e só então me toquei que o chamei de pai pela primeira vez. — Eu tô ridícula!

— Ah, Olívia... — Ele abriu os braços e me envolveu em um abraço, o que me tocou muito. Se fosse em Cianorte, mamãe estaria jogando as coisas na parede, igual nas novelas, e dizendo que não sabia onde tinha errado.

Ficamos na porta do banheiro. Enterrei o rosto no seu peito e chorei. Não só pelo cabelo, mas por tudo. Era uma droga estar em minha pele ultimamente. Eu só queria um descanso porque tudo tinha ficado tão, tão pesado.

Meu pai estalou a língua no céu da boca, parecendo derrotado.

— Por que você fez isso, filha? — Seu tom foi suave, preocupado.

— Eu não sei! Quis mudar, sentir que também faço parte desse lugar. Todo mundo é tão diferente de mim, e... — Deixei escapar um soluço e caí no choro outra vez.

Apesar da nossa proximidade, dava para perceber que ele estava todo sem jeito perto de mim, temendo que o menor movimento pudesse despertar a minha fúria. Desejei que as coisas tivessem começado de um modo difererente e que agora não existisse essa barreira imensa entre nós dois. Mas era complicado. Eu também não podia ignorar tanta dor acumulada no meu peito. Ele tinha a sua parcela de culpa.

— Mas Olívia... — Meu pai estava desconcertado. — Por que você fez isso *escondida*? E por que assim tão cedo? Não são nem nove horas...

Suas perguntas começaram a me deixar irritada. Sem pensar direito, me desvencilhei dele e dei dois passos para trás. Abracei o meu tronco e ergui o queixo, assumindo a postura defensiva.

— Não sei, tá? — respondi, ríspida. — Não sei! Tive a ideia durante essa madrugada. Achei que conseguia fazer sozinha. Parecia fácil. Eu só queria me encaixar. — As lágrimas não paravam de escorrer pelo meu rosto. Usei os pulsos para secar, mas foi em vão. — Aquele dia no bar eu me senti superdeslocada e você me deixou sozinha lá no meio de todo mundo, como fez a vida inteira! Inferno!

Ele abriu os lábios e voltou a fechá-los, sem esconder a surpresa. Percebi que o rosto ainda estava um pouco inchado de sono.

— Não é justo. Eu te chamei pra ir comigo no camarim! Queria te apresentar aos caras da banda... Você que escolheu ficar sozinha.

Revirei os olhos, impaciente.

— Como eu ia aceitar? Me enfiar na sua vida, assim, sem mais nem menos. A gente nem se conhece direito, pai! — As palavras se atropelavam. Eu tinha tanta coisa entalada que era impossível segurar tudo somente para mim. — Você acha que é fácil chegar aqui e fingir que tá tudo incrível? Pensei que seria ótimo morar com você, mas foi a pior ideia de todas! Parece que divido o teto com um estranho!

Assim que ouvi essas palavras, me arrependi de tê-las dito. O ar ficou rarefeito, difícil de sorver. E o silêncio se fez tão presente que as batidas do meu coração soaram como marteladas. Parecia que o prédio todo podia ouvir o *tum-tum-tum* acelerado.

Cobri a boca com as duas mãos, os olhos arregalados. Meu pai permaneceu paralisado por um momento. Aos poucos, seus traços se desmancharam em dor. Ele ficou arrasado.

— Desculpa, eu não quis... — comecei a falar.

— Nunca achei que estivesse sendo fácil pra você, Olívia — ele me interrompeu, sem emoção. — Você tá certa, eu nunca fui presente. Você tem todo o direito de ficar brava. Eu perdi dezoito anos da sua vida. — Ele fez uma pausa e massageou as têmporas; aparentava ter envelhecido vários anos. — Mas não importa agora. Quando você estiver pronta, eu posso responder todas as suas dúvidas. A gente tem muita coisa pra conversar.

— Pai, foi da boca pra fora...

— Por favor, me deixa terminar — pediu, olhando direto em meus olhos. Engoli em seco. — Você não precisava ter feito nada escondido, filha. Se tivesse me falado que queria mudar o cabelo, eu marcava um horário no salão pra você. Por que você pensou que precisava esconder alguma coisa de mim?

Olhei para os meus próprios pés, envergonhada. Agora que ele colocava as coisas assim, eu não sabia muito bem pontuar por que achei uma boa ideia fazer tudo escondido. Respirei fundo e me permiti prestar atenção nos sons do lado de fora do apartamento: o motor dos carros, o gorjear dos pássaros, o zumbido distante de vozes conversando. Desejei estar na rua, só para não ter que encarar meu pai e ver a decepção estampada em seu rosto. Sinceramente, eu preferia que ele estivesse gritando, superbravo, do que assim, calado, triste. Eu odiava aquele olhar que tinha se tornado tão recorrente na minha vida.

— Não sei... — me obriguei a responder, apesar de minha vontade ser nula. Minha voz saiu baixinha, tímida, um reflexo do quanto eu me sentia miserável.

— Agora você tá aí triste e com o cabelo estragado. Precisava? — Ele tamborilou sobre o batente da porta. — Não quero que você tenha medo de falar comigo, Olívia. Por favor, se eu posso te pedir uma coisa, é isso. A gente precisa é de diálogo pra fazer as coisas funcionarem. Você mesma disse que a gente não se conhece direito, e tá certa. Não nos conhecemos. Só tem um jeito de resolver isso.

Assenti, ainda fugindo do seu olhar. Observei duas pintas que eu tinha no pé direito como se fossem as coisas mais interessantes do mundo. Meu pai suspirou e me pegou de surpresa ao segurar os meus braços com delicadeza.

— Não tô brigando com você. Só quero o seu bem. — Ele encaixou o dedo embaixo do meu queixo e ergueu meu rosto. — Nós vamos ter que consertar isso, né? Ficou péssimo. Vou marcar um cabeleireiro pra você.

Eu devia ter ficado feliz, mas foi tão humilhante que só consegui me afundar em tristeza. Quando você trata alguém mal e essa pessoa responde da mesma maneira, isso te dá gás para continuar com as grosserias. Só que, quando a outra pessoa decide ser legal apesar de tudo, isso faz com que você se sinta um lixo. A escória. Era isso: eu era um lixo. Ou pior: eu era o chorume fedorento do lixo. Meu pai devia ter ficado irritado, mas ele foi legal, e eu *não sabia* como lidar com isso.

— Não precisa — falei, sem muita convicção. — Eu que quis fazer essa burrada. Não é justo você pagar pra consertar os meus erros.

Ele sorriu, mas foi um sorriso cansado. Aposto que, se ele pudesse, voltaria no tempo e não se reaproximaria para não encarar a bucha que eu era.

— Isso sou eu que decido — respondeu e, com isso, deu o assunto como encerrado.

11

COMO EU não queria que meu pai ouvisse a conversa com a minha avó, desci até a área da piscina, com o celular em punho. Tinha colocado uma touca antes de sair de casa, temendo que alguém me visse daquele jeito. Era melhor cozinhar a cabeça do que passar pelo vexame.

Não tinha ninguém ali além de mim, talvez por ser o meio da tarde de uma segunda-feira. Sentei-me na beirada da piscina, deixei os chinelos ao lado do corpo e mergulhei os pés na água. A temperatura estava perfeita e me deixou morrendo de vontade de vestir um biquíni para aproveitar enquanto continuava sozinha.

Em vez disso, disquei o número da vovó. Umedeci os lábios e bati os pés na água antes de clicar no botão verde. Embora eu estivesse certa da minha decisão, sabia que teria consequências. Isso me preocupava. Eu me sentia como uma traidora, agindo pelas costas do meu pai. E, por outro lado, sentia raiva de mim mesma por ter o coração tão mole. Era para eu estar morrendo de raiva dele, porque, por muitos anos, ele não se preocupou nem um pouco com o que eu estava sentindo. Mas era tudo muito complicado. Os pensamentos davam tantas voltas em minha cabeça que ela tinha virado um nó.

Fechei os olhos e iniciei a chamada. O telefone chamou por um tempão, e eu pensei até que a ligação fosse cair, mas então vovó atendeu. Sua voz soou um pouco preocupada do outro lado da linha. Eu até entendia... A gente se falava com frequência pelo WhatsApp, mas dava para contar nos dedos as vezes que havíamos *telefonado* uma para a outra. Devia ser uma surpresa e tanto.

— Olívia, que saudade! — Eu podia sentir o seu sorriso do outro lado da linha e, mesmo a quilômetros de distância, era como se ela estivesse do meu lado. — Tá tudo bem?

— Na verdade, não muito... — Mordisquei a cutícula do polegar, de repente me sentindo muito exausta e sem forças para despejar tudo. — As coisas não tão saindo do jeito que eu imaginava. Sei lá, acho que me precipitei. Eu devia ter pensado melhor — vomitei as palavras, sem nem dar tempo de respirar. — Tenho pensado em voltar, vó... Tô arrependida.

Vovó ficou quieta por um momento, processando tudo que eu tinha acabado de falar. Ouvi sua respiração pesada e cansada e no mesmo instante me arrependi de ter ligado. Já não bastava eu tê-la perturbado quando tomei a decisão de me mudar para Curitiba, e agora isso? Eu tinha causado a maior revolução lá em casa, brigado com a minha mãe e feito com que vovó tivesse que me defender para, no fim das contas, mudar de ideia em menos de um mês.

Meu Deus, eu era uma piada.

— Nossa... nem sei o que dizer — falou, parecendo pensar em voz alta. — O que aconteceu? Seu pai fez alguma coisa que você não gostou, ou...

— Não, vó! — interrompi, porque não queria que ela pensasse mal dele. Muito menos mamãe. Na verdade, meu pai tinha sido muito legal comigo mais cedo, e era isso que estava *me matando*. Eu estava tão constrangida, tão culpada. Não queria mais olhar na cara dele. Tudo isso não passava de um erro. — Não é isso. É que... eu *não gosto* daqui. De nada. Não me sinto em casa. É muito esquisito dividir o teto com alguém que eu mal conheço. — Me surpreendi com a sinceridade em minhas palavras. Não era o meu plano desabafar, mas estava saindo com tanta facilidade que deixei fluir. — Parece que eu moro com um estranho. Ele tá se esforçando, mas de que adianta? Agora eu tenho dezoito anos, onde ele tava esse tempo todo?

Ela respirou fundo outra vez, e me perguntei se tinha batido o arrependimento por ter acreditado em mim quando eu garantira que tinha certeza absoluta da minha decisão. Pobrezinha! Eu podia imaginar a expressão de derrota que vovó faria quando tivesse que dar a notícia para a minha mãe.

— Olívia...

— Eu tô tentando, vó! — cortei de novo o que ela tinha para dizer. — Até fui com ele num show. Mas eu não pertenço a este lugar. É todo mundo excêntrico, eu sou a caipira que destoa de todo mundo. Não aguento mais. Eu fiz uma cagada, briguei com a minha mãe à toa. Se eu pudesse voltar no tempo...

— Meu bem, como posso dizer isso? — Pelo celular, ouvi o barulho de uma cadeira sendo arrastada e consegui visualizar perfeitamente vovó sentando-se diante da mesa, na cozinha, com os cotovelos apoiados no tampo de vidro. — Faz pouquíssimo tempo que você está aí. Sei que é difícil, mas vocês ainda estão se adaptando. Demora até as coisas se ajustarem. Tudo na vida é difícil no começo.

Bati os pés na água com força, tentando aliviar a angústia. Eu não queria chorar agora, com vovó ao telefone. Seria humilhante demais.

— Você não entende — resmunguei, dando a batalha por entregue.

O porteiro passou pelo estacionamento segurando uma caixa de papelão enorme e, ao me ver sentada na beirada da piscina, acenou com a cabeça, sorrindo. Retribuí o gesto e o observei enquanto ele se afastava até sumir dentro da cabine em que ficava o dia todo.

— Vamos fazer assim? Tenta mais um pouquinho, pelo menos dois meses, pra dar tempo de vocês se conhecerem melhor. Lembra quando a gente conversou e tudo que você me disse? Eu sei que você quer isso, querida. É um desejo tão profundo que acho que você ainda não se deu conta do quanto sentiu falta do seu pai. — Seu tom brando fez com que eu me sentisse ainda pior com a situação toda. Ela só queria o meu bem, estava me apoiando, e eu agindo feito uma criançona. Droga, parece que amadurecer não era para mim, mesmo. — Você não ia tentar arrumar um emprego? Acho que vai te fazer bem, pra se enturmar, conhecer gente nova, se sentir parte da cidade. E se no final desses dois meses estiver tão ruim assim, se você continuar achando que foi a pior decisão do mundo, você volta pra cá.

Uma libélula passou voando por mim e pousou na água por um segundo, antes de levantar voo outra vez e repetir o processo. Fiquei um momento observando-a enquanto ela traçava círculos no ar antes de recomeçar seu ritual de encostar na piscina.

— Eu tenho opção?

— Não tô fazendo isso pra te punir, Óli. Tenho certeza de que sua mãe ficaria muito feliz se você decidisse voltar hoje mesmo. É só que... Eu sei da história toda, coisas que você não sabe ainda — explicou, num tom contido. — Seu pai errou, sim, mas se arrependeu disso há muito tempo. E, olha, é melhor se arrepender e tentar fazer diferente do que passar a vida toda insistindo no erro, você não acha?

Eu me recusava a concordar com ela.

— Deve ser — respondi, feito uma boba.

Vovó fingiu não ouvir.

— Só quero que você se dê essa oportunidade. Não é por ele. É principalmente por você. E pelas coisas que me falou no quintal de casa.

Segurei a ponte do nariz, sentindo o desespero me sondar. O problema de amadurecer era esse — não dava para fugir dos problemas. Sempre que eu tomava uma decisão, ganhava de brinde uma consequência e não podia ir contra isso. Eu tinha escolhido me mudar para Curitiba, encarar a minha história, o meu passado, enfrentar mamãe e suas expectativas. Isso tudo era ótimo. Mas, com essas escolhas, vinham as consequências. Quer estivesse pronta ou não, eu precisava encarar o meu pai, a nova vida, a nova cidade. Quando se é criança, sempre tem alguém por perto pronto para te amparar, pronto para te proteger ao menor perigo. Conforme crescemos, precisamos nós mesmos desempenhar esse papel. E, por Deus, eu não estava nem um pouco preparada para isso.

— Como a mamãe está? — perguntei com a voz baixa e frágil, para a minha surpresa e a de vovó. — Ela ainda tá brava?

— Eu não diria brava... Acho que está mais para chateada, preocupada, arrependida e com muita saudade. Ela não para de perguntar de você para mim. E confere suas redes sociais todos os dias, querida.

Senti uma pontada enorme no coração e espalmei a mão livre sobre o peito, tentando, inutilmente, fazer com que a sensação passasse. De todas as coisas que me faziam questionar a minha decisão de morar com meu pai, a maior delas era, sem dúvidas, o fato de que a minha relação com mamãe fora abalada. E parece que, quanto mais o tempo passava, mais difícil era me reaproximar. Ainda mais considerando a nossa distância física.

Enrolei uma mecha de cabelo no dedo, brincando com ela para tentar me distrair do remorso.

— Mas por que ela ainda não me procurou?

— Não sei. Por que você ainda não procurou por ela?

Engoli em seco. Apesar de ter respondido de seu jeito doce, senti um tom de bronca no fundinho de suas palavras. O pior é que eu não sabia o porquê de não ter me reaproximado. Parecia errado. Era como se um buraco gigantesco estivesse se formando entre nós duas, um buraco que um dia acabaria virando o Grand Canyon, sem que pudéssemos mais atravessá-lo e retomar a nossa relação.

Fora que eu sabia que não estava errada e era orgulhosa demais para esquecer os erros dela, mesmo que isso custasse a nossa relação. Por outro lado, eu estava com muita saudade e me sentia meio burra por isso.

Inferno!

— É tão complicado, vó! — choraminguei, batendo os pés na água com um pouco mais de força. — Eu quero falar com ela, mas ainda não me sinto pronta. Até porque eu não fiz nada de errado, né?

Prendi a respiração ao fazer a pergunta, porque a verdade é que a resposta me preocupava um pouco. Vovó ficou em silêncio por um momento, como se pensasse a respeito.

— Eu acho que vocês duas são cabeças-duras e muito, muito teimosas. As duas estão sofrendo caladas e só precisavam sentar para conversar, mas preferem ficar sofrendo.

Eu me encolhi no lugar, porque receber um sermão de vovó era sempre muito pior do que de mamãe, já que minha avó quase nunca me dava bronca. Por isso, quando acontecia, valia por umas três, ainda que ela nem mudasse o tom de voz nem nada. Na verdade, isso deixava tudo muito pior.

— As coisas seriam bem mais fáceis, pra todo mundo, se vocês deixassem essa picuinha de lado e se apoiassem. Estou muito velha e cansada pra ficar vendo dois dos meus maiores tesouros brigando desse jeito.

— S-sinto muito — murmurei, toda sem graça, querendo voltar ao tempo em que vovó me pegava no colo e me benzia com uma folha de hortelã, fazendo preces baixinhas que me deixavam com os pelinhos ouriçados.

— Sabe, Óli, às vezes as pessoas que a gente ama erram e nos magoam. E às vezes elas ficam tão envergonhadas quando caem em si que não sabem muito bem como lidar com isso. — Ela tinha um jeito bem didático de falar, como se estivesse tentando explicar algo bem complexo para uma criancinha. Minhas bochechas ficaram quentes por vovó estar falando assim comigo, mas ouvi bem quietinha. — Tudo o que elas precisam é de um único empurrãozinho, um sinal de que está tudo bem elas avançarem e tentarem arrumar as coisas. Daí a gente tem que deixar o orgulho de lado, por mais que ele pegue na ferida, porque isso vale mais a pena do que ficar de mal pra sempre, eu acho.

— Vó...

— O que estou tentando dizer — ela me interrompeu — é que às vezes precisamos aceitar as desculpas que ainda não vieram. E não falo só sobre a sua mãe.

Suas palavras continuaram martelando em minha cabeça minutos depois de termos encerrado a ligação. Depois do sermão, e antes de desligar, vovó mudou de assunto para amenidades, fazendo o que sabia de melhor, que era deixar o clima confortável outra vez. Mais um dos motivos pelos quais suas broncas machucavam de um jeitinho especial.

Os sentimentos me afogavam. Sem pensar muito, aproveitei que o celular ainda estava na mão e mandei uma mensagem para mamãe dizendo que estava com saudade. Fiquei olhando para as letrinhas pretas, sem saber se devia dizer mais, ou se devia enviar um emoji para suavizar o tom. Mas nem deu tempo. Ela respondeu só com um *tbm*, o que minou minha vontade de continuar com a conversa. Era óbvio que as coisas ainda estavam muito frescas na nossa memória.

Esfreguei o rosto, lamentando por ter me enfiado naquela bagunça, lamentando o momento em que resolvi me rebelar contra o sistema — também conhecido como mamãe — e ignorar os seus sonhos para mim. Ela era adulta, devia saber bem melhor do que eu o que era melhor para o meu futuro. Talvez estivesse certa sobre não dar tanta importância para as fanfics e sobre ter birra com os Broken Boys. Talvez estivesse certa sobre o que aconteceria se eu não fizesse faculdade. Talvez estivesse certa sobre absolutamente tudo. Mas sei lá. Ela não estava certa sobre o meu pai. Ele não era um fracassado, não era um perdedor, não era todos os adjetivos ruins que eu tinha crescido ouvindo.

Eu sentia meus olhos queimarem de vontade de chorar. Então, ouvi passos. Alguém se aproximava. Foi muito rápido, mal

tive tempo de tirar as mãos da cara e me deparei com alguém se sentando ao meu lado. Fiquei tão embasbacada que levei alguns segundos para me dar conta de que era Ravi, o garoto do BarBa!

Tudo bem que ele tinha avisado que também morava ali, mas qual é? Não achei que fôssemos trombar em um condomínio tão grande quanto o nosso. Até porque eu nem saía de casa. Mas justo no dia em que eu desejava com todas as minhas forças desaparecer — e que estava horrorosa, diga-se de passagem —, o garoto surgia em um piscar de olhos! Que piada de mau gosto era essa?

Maravilha.

Que dia incrível!

Fiquei sem reação. Só continuei parada, lançando um olhar atônito para ele. Ravi também me olhava enquanto desamarrava os tênis e os arrancava. Então, mergulhou as pernas na água assim como eu, batendo os pés com tranquilidade, como se nem tivesse se dado conta de que tinha acabado de se sentar do meu lado. Aliás, Ravi tinha sentado tão perto que nossos braços roçavam um no outro, assim como os quadris. Mas não que eu estivesse prestando atenção nos ossinhos dos nossos quadris se encostando. Imagina. Eu estava super de boa com a situação. Não poderia ficar mais tranquila.

— E aí? — falou por fim, abrindo um sorriso largo. — Não falei que a gente ainda ia se encontrar bastante?

Sorri de volta, sem conseguir evitar. Ele tinha tanta energia. No BarBa, também foi difícil não me contagiar. Para ser honesta, as coisas eram um pouco menos difíceis fora do contexto do bar. Sem pessoas diferentes, sem o ambiente escuro e descolado do qual eu não fazia parte. Ali eu não destoava de ninguém, o que me deixava cinquenta por cento mais relaxada.

— Você falou *várias* coisas...

Arqueei as sobrancelhas e ele riu baixinho, apoiando as mãos nos joelhos. Apesar de tentar brincar, meu desânimo ficou nítido em minha voz. Mas, se percebeu, Ravi não deixou transparecer. Ainda bem, pois o que eu menos queria era me justificar para ele.

— É, eu faço isso mesmo. Falo muito. Mas acho que já deu pra perceber.

Não tive tempo de responder. Seus olhos foram parar no meu cabelo, ao menos a parte que a touca não escondia, e Ravi pareceu surpreso. Ele esticou as mãos e, em um movimento tão espontâneo que até parecia que nos conhecíamos fazia um tempão, alcançou duas mechas e deu vários puxões fraquinhos para baixo, de brincadeira.

— Olha só quem tá de visual novo... Curti! — Seus olhos foram do meu rosto para o meu cabelo umas três vezes. E se não bastasse isso para me fazer morrer de vergonha, percebi a sombra de um sorrisinho torto nascendo em sua boca. — Curti *muito*. Achei que era impossível você ficar mais bonita.

Revirei os olhos, decidindo ignorar as cantadas. Uma parte de mim achava que ele era mulherengo e saía falando assim com todo mundo, mas a outra parte, a mais fragilizada, gostava desses elogios. Por mais bobos que fossem.

Além do mais, eu suspeitava que ele estava apenas tentando ser gentil. Meu cabelo tinha ficado horroroso, e era impossível que alguém tivesse uma opinião diferente.

— Tá horrível. Tentei fazer sozinha, deu tudo errado — falei, voltando a observar a libélula voando sobre a piscina. — Foi a pior decisão de todas, não recomendo.

Ele estreitou as sobrancelhas, confuso. Sem pensar direito, arranquei a touca e a deixei junto com o meu chinelo e o celular, do outro lado do corpo. Fiquei arrependida no mesmo instante e levei as mãos ao cabelo, sem saber muito bem o que fazer. Ravi deu de ombros, como se já tivesse visto piores.

— Ah... isso é comum entre as mulheres, né? — Ele cruzou as mãos em frente ao rosto, usando os indicadores para pinçar o lábio inferior. — As meninas que trabalham comigo vivem aparecendo com os cabelos diferentes. E nem sempre dá certo. Na maioria das vezes, na verdade. — Ravi riu, negando com a cabeça. — A Ingrid diz que é culpa da TPM. Isso confere?

Abri e fechei a boca várias vezes, chocada por ele estar falando de TPM na minha frente. Eu nem tinha parado para pensar nisso, mas não fazia a menor questão de falar sobre o meu ciclo menstrual — quem é que fala sobre menstruação assim? — com aquele menino, ou qualquer outro. Ele só podia estar louco.

Acho que arregalei os olhos e transpareci meu pânico, pois ele assumiu uma expressão divertida e caiu na risada.

— Calma! Não tem nada de mais, eu trabalho com duas mulheres, tô por dentro das coisas.

A cara de bobo que Ravi fez acabou por me desarmar, e ri junto com ele.

— Eu sei que não tem nada de mais. Só não quero conversar sobre menstruação com um garoto que mal conheço. — O tom das minhas palavras, quase tão semelhante ao de uma pergunta, fez com que ele risse ainda mais.

— Vamos resolver isso. Eu me chamo Ravi. — Ele esticou a mão para me cumprimentar. Notei que o esmalte da vez era azul-marinho e mordi o lábio inferior. Nunca imaginei esse meu lado, mas eu gostava bastante do visual dele. Sua pele era quente, estava um pouquinho suada, mas não o suficiente para incomodar. — Ravi Farrokh, pra ser mais exato. Meus pais acharam que seria uma ótima ideia colocar o mesmo nome do Freddie Mercury como meu segundo nome.

— Freddie Mercury? — perguntei, procurando evocar na memória de qual banda ele era integrante. — O vocalista do... Pink Floyd? — chutei, tentando me fazer de entendida.

Ravi gargalhou, me lançando um olhar de quem achava que era brincadeira. Como permaneci imóvel, ele percebeu, chocado, que não era.

— Você tá falando sério?! Como assim? Se eu fosse o seu pai, ia pedir um teste de DNA imediatamente! — Agora era ele quem tinha os olhos esbugalhados. — O Freddie é vocalista do Queen!

Bati meu ombro no dele, em um gesto tão natural para mim que, quando percebi o que tinha acabado de fazer, fiquei inteira paralisada. O que estava acontecendo? Não fazia nem meia hora que eu estava desolada, me achando a pessoa mais miserável de Curitiba inteira, e agora estava ali toda soltinha com aquele garoto. Meu Deus.

— É, é, é! Você me descobriu, vai. Não conheço muito as bandas de rock mais clássicas, acho chatas.

— E é aqui que essa amizade, que poderia ser promissora, vai acabar — ele brincou, devolvendo a batidinha com o ombro.

— Afff, eu até entendo o meu pai, que é velho, gostar. Já você... — alfinetei, e rimos em uníssono. — Mas não importa. Seu nome é bem bonito. E diferente.

Ele deu de ombros, passando a mão pela nuca sem nenhuma pressa. Alguns fios de cabelo ficaram bagunçados, mas de um jeito charmoso.

— Tenho ascendência indiana por parte de mãe — respondeu, olhando para frente, na direção da cabine do porteiro. — Ela fez questão. E daí também teve o lance do Freddie, que já te falei.

Surpresa, aproveitei a oportunidade para estudá-lo sem me sentir culpada por isso. Ravi usava lápis preto nos olhos hoje, diferente da noite no bar. Ou talvez também estivesse usando na ocasião e o nervosismo tenha me impedido de reparar. Suas sobrancelhas eram retas e bem peludas, e os cílios, compridos e chamativos. A barba estava um pouco maior do que na noite em que nos conhecemos, e eu não sabia de qual jeito preferia.

Não que eu tivesse que preferir alguma coisa.

Enfim.

Ravi olhou para mim e me pegou no flagra. Nem tive tempo de fingir que não tinha passado os últimos segundos secando-o. Como no bar, isso não o intimidou. Ele ficava super à vontade, de um jeito que eu não conseguia compreender. Odiava que qualquer pessoa ficasse me encarando, mas, quando era alguém por quem eu tinha algum interesse, isso só piorava.

— Você ainda não falou como chama! — disse ele, apontando o dedo em riste para mim.

— Não é todo diferentão igual o seu... — fui logo me justificando. Até o meu nome era sem graça, enquanto o dele transbordava personalidade. — É bem comum, na real.

Ele espirrou um pouquinho de água em mim, sorrindo com deboche.

— Quanto mistério. Só quero saber o seu nome.

— Olívia.

Ravi se inclinou para frente, afundando uma mão na água. Ele ficou um tempo me observando, parecendo decidir se gostava ou não.

— Combina com você. — Óbvio que combina. É *chato igual*. — Mas aposto que não foi o seu pai que escolheu.

— Não mesmo. Ele queria Amora, eu acho, algo assim. — Dei uma risada alta, pensando em como seria ter um nome tão ousado. — Ainda bem que a minha mãe tinha punho firme.

— Tinha? Não tem mais? — perguntou Ravi, naquele jeitão de falar sem pensar que eu tinha percebido ser parte da essência dele.

Pensar nisso me afundou de volta na melancolia em que estava submersa antes de ele chegar.

— Ah, tem sim! E como tem. É que a gente brigou, estamos sem nos falar... — respondi, um pouco seca. — Porque vim morar com o meu pai, que ela odeia, e não entrei na faculdade idiota que ela queria. Fico falando nela no passado porque com certeza fui deserdada.

Ele deixou escapar um barulho engraçado, uma mistura de tosse com surpresa, e pareceu um pouco envergonhado. Por alguma razão, gostei de saber que minha resposta o deixou sem jeito. Talvez não esperasse tanta sinceridade, assim, na lata. Acho que era um pouco de maldade minha, não sei, mas, desde que nos conhecemos, sentia que estava em desvantagem. Sempre um passo atrás, à mercê da autoestima elevada de Ravi. Ele me envergonhava com a maior facilidade, e me parecia justo que eu fizesse o mesmo com ele, ainda que por motivos bem díspares.

— Eita, foi mal — falou por fim, e notei que suas pernas tinham parado de se mover na água. — Tá vendo? Esse é o problema de falar demais: eu sempre crio climão. Mas não é de propósito.

Soltei um suspiro, dando de ombros.

— Eu sei. Você nem tinha como saber.

— Vai pegar mal se eu quiser saber mais? — arriscou, com um tom manso de quem pisava em ovos.

Olhei para ele, achando graça daquela sua versão até então desconhecida para mim. Antes um garoto seguro de si e extrovertido, Ravi, de repente, se mostrou tímido, sem jeito. As pessoas eram mesmo uma caixinha de surpresa.

Sua expressão era amena, com um quê de fragilidade brilhando em seus olhos imensos e expressivos. Ravi mordia o lábio inferior, um tique nervoso que me lembrou um pouco a minha mãe. Ela vivia roendo o lado de dentro da bochecha quando ficava ansiosa.

— Vai pegar mal se eu disser que não quero falar disso agora? — devolvi a pergunta, dando um sorriso torto como se me desculpasse. — Tive um dia meio bosta, não quero ficar na fossa.

Ele concordou com a cabeça, cruzando as mãos sobre os joelhos.

— Bom, então vou ser obrigado a perguntar de novo na próxima vez que a gente se vir. — Ele assumiu um tom todo pomposo, e percebi que estava me provocando.

Ri sem a menor cerimônia e isso pareceu deixá-lo satisfeito. Senti um friozinho esquisito na barriga.

— Se não for um dia ruim, eu conto. Mas daí você vai ter que me contar mais de você.

— Combinado!

Ele esticou a mão outra vez e, como na primeira, hesitei um pouco para corresponder. Ravi apertou a minha mão com firmeza, se demorando além do necessário enquanto me encarava com intensidade. Fiquei tão sem graça que desviei o olhar para as nossas pernas na água. Nossas peles tinham o mesmo tom de marrom, mas as minhas pernas eram delicadas e macias, enquanto as dele tinham os músculos torneados, veias aparentes e muitos pelos.

Mesmo depois de Ravi soltar a minha mão, não consegui parar de encarar a piscina. Inclinei o tronco para frente e apoiei os cotovelos nos joelhos. Eu conseguia ver os azulejos no fundo, que pareciam curvilíneos através da água oscilante.

De repente, perdi a conexão com o mundo. Fiquei presa na minha cabeça, num mar de emoções e lembranças distintas, não necessariamente boas ou ruins, mas intensas e confusas. Me perdi em meio a todas as mudanças acontecendo em minha vida e em mim mesma.

A água ondulante refletia os raios do sol, formando caminhos ramificados que se transformavam a cada segundo. Era tão poético. Eu amava o quanto tudo podia render uma boa metáfora, ainda que nem sempre eu conseguisse captar a mensagem. Mas aquela eu entendi de primeira — as mudanças acontecendo sem parar, os caminhos que se bifurcavam e levavam para outros caminhos possíveis. A vida era decisão e consequência. E, pela primeira vez, isso me pareceu belíssimo. Senti uma enorme necessidade de me fundir a essa grande epifania que era o reflexo dos feixes de luz na água agitada.

Sem pensar direito, deixei a gravidade me abraçar e me arrastar para baixo. Fechei os olhos por um segundo, apreciando a sensação deliciosa de despencar em queda livre. Um segundo que teve duração infinita. O ar lambendo a minha cara, os pensamentos desaparecendo, um *tchibum* que soou alto nos meus ouvidos quase ao mesmo tempo que a água gelada envolvia o meu corpo como uma embalagem.

Subi as pálpebras e senti os olhos arderem com o cloro. Fazia um silêncio esquisito dentro da água. Eu conseguia ouvir as batidas do meu coração e a pressão em meus ouvidos. Era um silêncio barulhento. Os azulejos no fundo da piscina continuavam ondulando e meus cabelos flutuavam com suavidade ao meu redor, como se tivessem vida própria. Me senti a medusa.

Ao longe, ouvi Ravi chamar o meu nome. Girei o corpo até ficar com a barriga para cima e notei centenas de bolhas pequenininhas escaparem do meu nariz quando soltei uma lufada de ar. Uma mancha de tinta rosa surgiu na água, tingindo o azul artificial. Embaixo d'água, sorri sozinha. Feixes de luz invadiam a piscina e alcançavam a minha pele e, lá fora, eu via as linhas borradas de uma silhueta me encarando de cima.

Tomei impulso para subir e bati as pernas. Os pulmões começavam a protestar pela falta de ar. A primeira coisa que fiz ao atravessar a superfície foi inspirar profundamente, fazendo um barulho horrível. O mundo tinha voltado a ter sons de novo.

Ravi tinha levantado e parecia chocado. Ele estava começando a arrancar a camiseta, como se considerasse pular na piscina para me arrancar de lá, se fosse preciso.

— O que acabou de acontecer aqui? — perguntou, sem fôlego.

Ignorei sua pergunta e olhei por cima do ombro para os prédios enfileirados e as centenas de janelinhas que se repetiam por eles. Parece que, afinal de contas, eu precisaria encarar as consequências das minhas escolhas. Porque, encarando-as ou não, elas estariam logo ali, esperando por mim.

— Olívia? — chamou, a voz aumentando uma oitava.

— Hum? — perguntei, distraída. — Ah, foi mal. Eu preciso... é... A gente se vê!

Saí da piscina, calcei os chinelos e, com o corpo encharcado, voltei para o apartamento, cheia de um anseio intenso, uma vontade enorme de fazer acontecer. De continuar tomando decisões e descobrir para onde me levariam.

12

— EU QUERO arrumar um emprego — falei de repente, enquanto cortava outro pedaço de pizza. — Você me ajuda?

Meu pai estreitou os olhos, mastigando sua comida. Ele deu um gole de refrigerante — Fanta Uva, por sinal — antes de responder:

— Hum... sério?

Ele tinha sido pego de surpresa, como eu sabia que aconteceria. Mas, de todos os puxões de orelha de vovó, achei que aquele era, de fato, o mais urgente. Arrumar um emprego me tiraria do ócio e faria o tempo passar mais rápido, além de me ajudar a conhecer pessoas. Tudo isso com o bônus de ganhar um dinheiro só meu e não precisar pedir ao meu pai, o que seria preciso fazer quando a venda dos ingressos para a turnê de despedida de Broken Boys começasse.

Assenti, servindo mais Fanta no meu copo. Suas sobrancelhas grossas se ergueram e ele repousou os talheres na beirada do prato, cruzou as mãos e assumiu uma postura séria.

— Mas você não precisa... Se for por dinheiro, pode pedir pra mim. — Ele se empertigou, lembrando de algo. — É por causa do cabelo? Porque não tem problema, quero fazer isso por você. Na verdade, tudo o que você precisar, é só me falar, filha. Não estou nadando em dinheiro, mas a gente dá um jeito.

Limpei a boca com o guardanapo e o encarei por um momento. Meu pai tinha prendido as tranças em um rabo de cavalo baixo, que amarrou com o próprio cabelo. Seu rosto tinha se tornado familiar. Desde que cheguei em Curitiba, eu tive mais contato com ele do que em toda a minha vida. Era estranho pensar nisso. Já mais velha o suficiente para entender que ele tinha escolhido não estar por perto, costumava imaginar um cara bem escroto, sem escrúpulos, quase vilanesco. Era mais fácil conceber as coisas assim. Mas ele não era nada disso. Na verdade, era bem fácil gostar dele, para a minha infelicidade. Ainda mais por causa do seu jeitão despojado. Eu conseguia enxergar mamãe e ele juntos, conseguia captar, de certo modo, o que os tinha unido.

— Não é — respondi. Ele arqueou uma sobrancelha, sem se convencer. — Tá bom, é um pouco. Foi ideia da minha avó — menti, mas tentei me convencer de que era um pouco verdade. — Ela disse que seria bom pra conhecer gente nova e sair mais de casa. Eu nunca trabalhei antes, mas não posso ficar o ano inteiro sem fazer nada.

Meu pai levou outra garfada à boca e mastigou sem nenhuma pressa, me olhando com seus olhos escuros e expressivos, enquanto tamborilava os dedos sobre a mesa, pensativo. Contornei a beirada do meu copo com o polegar, à espera do que ele tinha para falar.

— Bom, a gente pode começar a procurar com calma. Como é o seu primeiro emprego, pode ser que demore um pouco. — Ele umedeceu os lábios. — Até lá, que tal você trabalhar pra mim?

— Ahn? Como assim? — Me endireitei na cadeira. — Eu não sei tocar nada.

Ele sorriu, e meu coração ficou pequeno. Era tão estranho me reconhecer no sorriso dele.

— Eu sei. Foi só modo de dizer — explicou. — As fotos que você tá postando nas redes sociais da banda tão dando um retorno maneiro. Pensei que você poderia virar a nossa fotógrafa oficial — propôs, inclinando o tronco para frente. Nossa pizza tinha ficado esquecida. — Já que você não se sente bem pedindo dinheiro pra mim, eu te pago pelo serviço. Assim, resolvemos dois problemas de uma vez só.

Fiquei boquiaberta. Meu primeiro impulso foi recusar. Se acompanhar a banda queria dizer ir a todos os shows, então eu precisaria voltar ao BarBa, o que estava fora de questão. Eu nunca mais queria topar com o Ravi e lidar com as suas cantadas descaradas, ainda mais depois de ter dado uma de louca, me jogado na piscina na frente dele e ido embora sem falar nada.

Mas, por outro lado, foi tão legal da parte do meu pai me fazer essa proposta que me comoveu. Ainda que não fosse mesmo um trabalho, ele ia me ajudar a encontrar um, e até lá teríamos um tempo só nosso. Uma coisa bem pai e filha. Uma parte minha quis revirar os olhos com essa baboseira forçada e utópica, mas era uma parte bem pequena. A outra quis dar gritinhos de felicidade porque esse foi o tipo de coisa que sempre sonhei em ter.

— E como vai funcionar? — perguntei por fim, voltando a cutucar o meu pedaço de pizza com o garfo. — Vou ter tipo uma mesada?

— Eu pensei mais em algo assim: você me acompanha e a gente registra como em um banco de horas... — Ele piscou o olho direito e sorriu. — E daí, sempre que quiser alguma coisa, é só me pedir. O seu *salário* fica te esperando.

Meu pai fez a maior cara de bobo, parecia uma criança com os olhos arregalados à espera da minha resposta. Não me aguentei e caí na risada. Foi estranho rir assim com ele. Me senti leve e normal. Seus olhos se iluminaram ao me ver rindo e percebi que o seu sorriso dobrou de tamanho, o que acabou me deixando um pouco tímida.

— Eu preciso ir em todos os shows?

— E nos ensaios também. E, ah — ele ergueu o dedo indicador no ar —, nada de ficar sozinha antes do show. Vai precisar tirar fotos dos bastidores.

Entendi que aquilo se tratava muito mais de um momento nosso do que de qualquer outra coisa e fui atingida por uma onda de afeto. No mesmo instante, fiquei péssima por isso. Me abrir tão facilmente para o meu pai era como trair mamãe: ela passou tantos perrengues ao longo da vida para me criar, era injusto perdoar aquele homem assim tão fácil.

Respirei fundo e tomei um pouco da minha Fanta. Sem perceber, meu pai fez o mesmo que eu e enterrou o rosto por trás do copo.

— Fechado. Mas você vai mesmo me ajudar com o emprego enquanto isso, né?

Papai fez cara de ofendido.

— Eu dou a minha palavra. Pode confiar! — Ergui as sobrancelhas, mostrando que não acreditava tanto assim na sua resposta. Ele deu uma risada baixa e completou: — É sério! Mas, até lá, você é a fotógrafa oficial da Los Muchachos. — Ele estendeu a mão e eu a apertei, sorrindo. — Parabéns! Quando a gente for famoso, vai poder leiloar essas primeiras fotos. Vão ser valiosíssimas.

Revirei os olhos, deixando escapar uma risada debochada.

— Vou lembrar disso. Quando começamos?

— Sexta à noite. Mas, antes, vamos precisar dar um jeito no seu cabelo. — Abri a boca para protestar, mas ele ergueu o dedo em riste outra vez e me calei. — Considere como um pagamento pela outra noite.

Afastei o prato vazio um pouco para o lado e lancei um olhar significativo para ele. A culpa e a vergonha voltaram com tudo, mas decidi ignorar. Não adiantava mais remoer, eu já tinha feito a burrada.

— Obrigada. De verdade.

— Eu tô aqui pra isso, Olívia. Não esquece. Posso ter errado antes, mas não sou mais a mesma pessoa, e quero te provar isso.

*   *   *

Na tarde seguinte, meu pai cumpriu a promessa e me levou a um salão que ficava no shopping mais próximo da nossa casa. Ele me explicou que era uma franquia especializada em cabelos ondulados, cacheados e crespos e achei tão incrível o fato de existirem salões de beleza em shoppings que até escrevi para Paola.

> cara, vc não vai acreditar!
> tô indo num salão de beleza que fica no shopping!!!!
> cidades grandes são tão práticas!

> ah, detalhe: meu pai disse que
> não precisa nem marcar horário

Ela me respondeu pouquíssimo tempo depois, como se estivesse com o celular na mão.

> sério??? 😲
> tenta tirar umas fotos, quero ver como
> são os salões na capital kkkk
> o que você vai aprontar?

> e como tão as coisas com o seu pau?
> vcs tão conversando outros tópicos
> além de salões em shoppings?

> vou pintar o cabelo, é uma longa história...
> depois te mostro o resultado e tento tirar uma foto sim

> com o meu PAU???

> PAI!!! HAHAHAH
> esse corretor só me faz passar vergonha

> mas não se faz de boba, responde logo

> tá indo...
> sei lá, ainda é meio confuso pra mim
> mas ele tá tentando de verdade

Quando meu pai estacionou o carro e desligou o motor, guardei o celular na bolsa, ansiosa para conhecer o shopping. Descemos ao mesmo tempo. Contornei a Strada sem dizer nada e parei ao seu lado, olhando para os meus pés. Pela primeira vez desde a minha mudança, eu não estava usando o tênis. Estava de Melissa.

Aquele dia parecia promissor para nós dois. Ou talvez fosse só coisa minha, sei lá. Antes de sair de casa, meu pai me notou brigar com o reflexo do espelho enquanto tentava esconder todo o meu cabelo por baixo da touca que vinha usando desde o acidente capilar. Depois de me observar por um momento, papai se aproximou, de maneira cautelosa, e segurou em meus ombros, parando logo atrás de mim.

— Posso tentar te ajudar? — perguntou hesitante, mas percebi algo diferente em sua expressão. Ele pareceu mais sério e protetor e, ao mesmo tempo, gentil e atencioso, sem desmerecer a minha dor, mesmo que tivesse sido causada por mim mesma.

Mordi o lábio inferior, sentindo o coração se apertar até virar algo parecido com uma uva-passa. Esse era o olhar que eu costumava ver nos pais das minhas amigas. O tipo de olhar que mamãe também me dirigia, mas também um pouco diferente, se é que fazia sentido.

Concordei com a cabeça, sem imaginar muito bem como ele poderia resolver o meu problema até chegarmos no salão de beleza. Concordei mais por querer compartilhar esse momento com ele do que por acreditar que o meu cabelo tinha jeito.

Papai me direcionou até a cama e me fez sentar na beirada, de costas para ele. Minha touca foi arrancada em um movimento rápido e logo a vi voar para a cama, passando ao lado do meu ombro. Senti seus dedos passearem pela minha cabeça, separando mechas de cabelo e movimentando-as com rapidez e habilidade. Não ousei falar nada, porque não queria estragar o momento. Por isso, quando sua voz ressoou pelo quarto, dei um pulo de susto:

— Sua avó costumava trançar o meu cabelo desde que eu era bem pequeno. — Levei um tempo para entender que ele não se referia à minha avó materna, mas, sim, a sua mãe. — Sempre foi um momento só nosso, até que eu mesmo aprendi a fazer em mim... Desde que eu te vi chegando, quis muito compartilhar essas memórias afetivas com você, filha. Te mostrar mais do nosso sangue, das nossas raízes. — Ao dizer isso, ele balançou as próprias tranças no ar.

Respirei fundo, fechando os olhos para absorver suas palavras. *Nosso* sangue, *nossas* raízes. Era algo que a gente compartilhava, que eu tinha herdado dele e só dele. Algo que minha mãe, minha avó ou tia Jordana jamais entenderiam, por mais que tentassem. E saber que ele me repassava algo que havia vivido tantas vezes com a sua mãe me fez querer mostrar para o meu pai como eu me sentia com esse gesto que, embora pudesse parecer pequeno, era grandioso.

Estiquei a mão para trás, tomei o punho dele, um pouco desajeitada, e trouxe sua mão até o alcance da minha boca, deixando um beijo estalado em seu dorso. Ele respondeu com um beijo no topo da minha cabeça e voltou a trançar meu cabelo.

Não foi preciso dizer uma palavra. A mensagem fora entregue.

Voltei ao presente quando meu pai acionou o alarme do carro. Ele percebeu a minha expectativa e segurou o meu ombro gentilmente. Segurar o meu ombro era sua forma de dizer que se importava comigo, pelo jeito.

— Lá não tem shopping? — perguntou, bem-humorado, enquanto guardava as chaves no bolso da calça.

— Mais ou menos. O shopping Urbano tá mais pra uma galeria — expliquei. — Tem cinema e tudo, mas é bem pequeno, nada comparado com esse aqui. Ninguém vai lá pra passear, porque daria no máximo uns vinte minutos de passeio.

Ele riu, enquanto seguíamos em direção às escadas rolantes. O subsolo era fresco e com uma iluminação fraca. O shopping de Cianorte nem estacionamento tinha, para começar. Observei os vários carros ocupando as vagas lado a lado, apesar de ser horário comercial, e me surpreendi com as diferenças da cidade de onde eu vinha.

— Acho que você vai gostar daqui, então. O shopping Mueller é um dos meus favoritos.

Nós andamos sem pressa pelos corredores amplos e meu pai me deixou aproveitar tudo com tranquilidade. Admirei as vitrines, encantada com lojas que não existiam na minha cidade. Entramos em uma livraria, onde namorei os livros de romance e os objetos de papelaria.

Depois disso, subimos para a praça de alimentação. Ele disse que eu podia escolher onde queria comer e não precisei nem pensar duas vezes para escolher o McDonald's, que, claro, não tinha na minha cidade. Eu havia comido pouquíssimas vezes, todas em Maringá, a terceira maior cidade do estado e que ficava a apenas meia hora de Cianorte.

Eu parecia uma idiota, deslumbrada com os menores detalhes. A praça era imensa e repleta de opções. Comida japonesa — foi a escolha do meu pai —, italiana, mexicana... tinha para todos os gostos.

Mas, ao contrário do que meu pai imaginava, nada disso me deixou animada nem feliz. Na verdade, fiquei pensativa enquanto comíamos. Levei uma batata frita à boca e observei as pessoas ao redor. Agora eu entendia o que Tereza tinha dito sobre ficar apavorada. Era tudo diferente demais. O ritmo, o estilo de vida, tudo. Fiquei com a sensação horrorosa de que todos sabiam que eu não pertencia àquele lugar. Eu era jacu, do mato, bobinha. E me sentir assim era horrível demais.

— Que foi? — perguntou ele, notando que eu tinha murchado.

Neguei com a cabeça e sorri.

— Nada. Só fiquei pensando.

Meu pai crispou os lábios, sem se convencer. Ao nosso lado, uma criança que corria da mãe caiu de barriga no chão e abriu um berreiro. A mãe correu até ela e a pegou no colo, dando tapinhas em suas costas para que ela se acalmasse.

— Eu queria que você se abrisse comigo pra eu conseguir te ajudar.

Eu também queria me abrir com você, pai.

— Tô bem, de verdade — insisti, afastando a cadeira da mesa.

Quando chegamos ao salão, fiquei com as mãos geladas de nervosismo. Eu não sabia nem me comportar em um lugar chique como aquele. O salão que eu frequentava com a minha mãe era um salão de bairro, uma portinha que ficava na frente da casa da Keyla, a cabeleireira e dona. Ainda assim, era incrível como estava sempre cheio de mulheres, e todas se conheciam dali. Quando eu pensava naquele salão, logo me lembrava do som de risadas altas e do cheiro de tinturas e esmaltes, que se misturavam ao cafezinho que Keyla fazia para as clientes, mas que acabava tomando quase todo sozinha. Minha mãe mudava o cabelo direto, mas eu não. Até porque nunca ficava tão bom quanto eu gostaria, Keyla não fazia a menor ideia de como lidar com as texturas do meu cabelo sem que fosse pela alternativa fácil de escovar. Só ia lá para fazer as unhas, porque era o único jeito de não as roer.

Apesar do nervosismo, expliquei para o rapaz que cuidaria do meu cabelo o que tinha acontecido. Ele mexeu na minha cabeça com suavidade, elogiando as tranças que papai tinha feito — e me partiu o coração que elas tivessem durado tão pouco tempo — enquanto as desfazia, e prendi a respiração, temendo que ele falasse que não havia salvação.

Em vez disso, ele me explicou que precisaria descolorir de novo para igualar tudo, e que isso deixaria o meu cabelo ainda mais ressecado. Também apontou a possibilidade de eu voltar para a cor natural, caso estivesse arrependida da rebeldia. Assenti, fingindo prestar atenção em cada palavra, mas no fundo só queria sair correndo dali. Nunca me senti tão inadequada na vida, tão imprópria.

Busquei o olhar do meu pai, perguntando, nas entrelinhas, o que deveria fazer. Pedindo uma confirmação, uma ajuda. E, para o meu total alívio, ele entendeu a mensagem, os olhos brilhando com intensidade.

— Vai em frente — falou, sem emitir nenhum som, e senti um quentinho delicioso que me deu a coragem que eu precisava.

Ele se sentou em uma das poltronas de espera e cruzou as pernas, do mesmo jeito que as mulheres costumam fazer, e pegou uma das revistas de moda para folhear. Sorri com a imagem e acompanhei Renan, o meu cabeleireiro, para o fundo do salão.

As horas passaram em um piscar de olhos. Renan era divertido e atencioso. Não demorou para perceber que eu estava apavorada e fez o possível para quebrar o gelo. Começou perguntando sobre a minha vontade de mudar o cabelo e, quando dei por mim, debatíamos sobre qual era a nossa comédia romântica adolescente favorita — a dele era *A filha do presidente*, a minha, *A nova cinderela*. Até recebi umas dicas de como finalizar o meu cabelo, coisa que eu jamais havia pensado em fazer. No fim do dia, eu nem lembrava mais que tinha me sentido tão mal antes de chegar ao salão. Ele conseguiu suavizar as coisas dentro de mim.

Às vezes, eu pegava meu pai nos observando da poltrona de espera, com a revista esquecida no colo, e seus olhos brilhavam como na primeira vez que ri perto dele. Em momentos assim, era difícil acreditar que estivemos afastados por tanto tempo. Eu conseguia enxergar amor nos pequenos gestos que ele fazia sem nem perceber. O sentimento me assustava um pouco. Como era possível ele me amar se nem me conhecia?

Levou pouco mais de três horas para terminarmos. Ficou lindo e ousado. Um rosa bebê, cor de algodão-doce, do jeitinho que eu imaginei quando comprei a tinta. Ao pensar nisso, senti o rosto esquentar de vergonha. Como pude achar que conseguiria fazer sozinha? Tinha dado o maior trabalho para Renan, e ele era *profissional*.

Meu pai pagou, e eu quis morrer quando descobri o quão cara a minha rebeldia tinha saído. Mas ele não ficou bravo. Na verdade, parecia satisfeito. Lançou olhares demorados em minha direção, sem nem tentar disfarçar.

— E aí? — perguntei, curiosa para ouvir a opinião dele.

— Gostei. Acho que combinou com você. Tava muito séria quando chegou.

Sorri para ele e me apoiei na escada rolante enquanto descíamos.

— Foi mal pelo chá de cadeira. Deve estar com a bunda amassada.

— Que nada! Agora eu tô por dentro da moda noiva e das tendências para o inverno desse ano. Posso te dar umas dicas depois.

Sustentamos o olhar um do outro antes de cairmos na risada. Havia uma pequena fila para pagar o estacionamento e paramos ao final dela.

— E aí? — Ele copiou a minha pergunta. — Tá feliz? Ficou do jeito que você queria?

— Ficou! Agora nem parece que eu vim da roça — brinquei, embora tivesse um pontinho de verdade. Peguei uma mecha e a estudei por um momento. — Ficou lindo, não consigo parar de olhar.

— Que bom. Era isso que eu queria. Mas, Olívia — ele colocou os dedos no meu queixo e me fez subir o olhar até encontrar o dele —, não tem problema ser "da roça" — falou, fazendo aspas com as mãos. — Eu entendo você querer testar coisas novas aqui, se encontrar, mas não precisa se moldar para caber nos lugares, filha. O que torna a gente único é a nossa bagagem, é a soma de tudo o que a gente vive. Não uma roupa ou um cabelo, ou um estilo de música. Eu só quero que você voe alto sendo você mesma. Não precisa ser outra pessoa perto de mim. Quero te conhecer do jeitinho que você é. É tudo que eu peço.

Senti lágrimas nos olhos e o odiei por estar sendo tão legal comigo. O odiei principalmente por todas as histórias que deixamos de viver, e todas as tardes no shopping que poderíamos ter passado juntos. O odiei por tentar ser um pai bom, porque sempre tentei me convencer de que eu não estava perdendo nada.

Mas, pelo jeito, estava.

13

É CLARO que o meu pai ia tocar de novo no BarBa naquela sexta-feira. Parecia até ironia do destino que, em uma cidade tão grande quanto Curitiba, eu fosse arrastada logo para o único lugar em que jurei não pisar nunca mais. O pior é que eu nem sabia pontuar a razão do meu pânico. Não tinha acontecido nada demais lá, além do fato de um garoto de unhas pintadas me cantar. Garoto que parecia ser o maior galinha, pela reação dos colegas de trabalho dele.

Até tentei negociar com o meu pai e pular esse que seria o primeiro show desde o nosso trato, mas ele me lembrou que a mudança no visual tinha sido cara e que só um ótimo motivo o faria mudar de ideia. Como eu nem cogitava contar a verdade, me vi sem argumentos e fui obrigada a aceitar.

Dessa vez, pelo menos, fui mais preparada. Escolhi um vestido cinza com colarinho branco e vesti uma meia-calça preta. Enquanto calçava os tênis brancos de sempre, pensei na semana que passara e na minha relação com o meu pai. Entre altos e baixos, a gente estava se aproximando. Tudo bem que era num ritmo um pouco lento, e às vezes eu dava dois passos atrás, mas o importante é que as coisas estavam mudando. Não permaneciam paradas no mesmo lugar de sempre.

Peguei minha canetinha permanente e decidi escrever a primeira palavra no pé direito, reservado para os acontecimentos bons. Revivi o nosso passeio no shopping, as minhas risadas e o brilho em seu olhar e, então, uma palavra me veio em mente.

LEVEZA

Escolhi o lado de fora do tênis para registrar aquele momento e logo fui me encarar no espelho. Depois das químicas, meu cabelo tinha perdido um pouco da definição e ganhado mais volume e frizz. Mas a cor era tão bonita que não me incomodava a falta de forma dele, sem contar que as dicas de Renan estavam sendo bem úteis. A garota do espelho parecia curitibana, era toda estilosa e cheia de si, como o pai dela. Assenti, orgulhosa de mim mesma, e enfiei a caneta dentro do tênis, caso eu precisasse usar.

Fiquei com falta de ar quando entramos na rua Trajano Reis e vi todas aquelas pessoas em bandos bebendo no meio da calçada. Meu coração se comprimiu até virar um caroço de azeitona, e me perguntei onde eu estava com a cabeça quando decidi que a ideia do meu pai era boa.

— Animada? — perguntou ele, dirigindo devagarzinho, e tive a oportunidade de dar uma boa olhada em toda aquela gente enquanto passávamos.

Era assustador. Mesmo com o cabelo novo e vestida de um jeito mais condizente com a ocasião, eu continuava me sentindo deslocada, sozinha. Não importava o quanto tentasse, continuava sendo apenas a garota do interior que se impressionava com salões em shoppings e toda essa baboseira com que as pessoas daqui estavam para lá de acostumadas.

— Aham — menti, olhando pela janela e antecipando o desastre que seria aquela noite.

Havia uma fila considerável na frente do BarBa, mas, como o meu pai tinha o privilégio de ser uma das atrações da noite, passamos na frente das outras pessoas. Dei uma olhada despretensiosa em direção ao bar, mas Ravi não estava lá. Os outros três se moviam feito loucos, como na minha primeira vez ali. Sorri ao lembrar que Ravi era sempre o atrasado, de acordo com eles.

Meu pai se posicionou atrás de mim e me segurou pelos ombros, como se andássemos em trenzinho. Seguimos para o fundo do salão, perto de onde ficavam os banheiros, onde havia uma escada estreita. Ficara tão nervosa na minha primeira vez ali que nem tive curiosidade de descobrir como era o segundo andar. Havia meia dúzia de sofás de couro em semicírculos, com mesinhas de centro redondas, e todos estavam ocupados. Reparei nas garrafas de bebida sobre as mesas e nas pessoas. Também tinha uma sacada que dava uma visão boa lá de baixo, onde alguns garotos se escoravam com os seus copos de cerveja na mão.

— Aqui são os camarotes. Lá embaixo, não tem onde se sentar, mas pra conseguir mesa aqui precisa pagar — explicou papai, saindo de trás de mim para abrir a porta pintada de preto em nossa frente. — Mas também vem gente aqui em cima pra namorar, como você pode ver.

E de fato eu podia. Entre a escada e os camarotes, havia uma parede onde a iluminação não chegava direito e, por isso, formava um cantinho escuro. Tinha três casais se pegando, não muito longe um do outro, detalhe que não parecia incomodá-los. Fiquei dividida entre sentir vergonha e desejar ter alguém com quem me engalfinhar em uma parede escura qualquer. O rosto de Ravi surgiu em minha mente ao pensar nisso. Merda. Eu estava tão carente que um menino qualquer dava em cima de mim e eu ficava obcecada com isso. Lamentável.

Assim que passei pela porta, esqueci o lado de fora no mesmo instante. O camarim era menor do que eu imaginava, tinha mais ou menos o tamanho do meu quarto. As paredes eram pintadas de preto, com exceção de uma branca e lotada de assinaturas. Havia um sofá de couro em uma das paredes, com um frigobar ao lado, e um espelho imenso em outra, cheio de adesivos de bandas — provavelmente as que haviam passado por ali — colados na superfície. Notei um adesivo da Los Muchachos no meio.

Meu pai entrou cumprimentando os colegas — ao todo, três —, enquanto eu, parada em frente à porta, mudava o peso entre as pernas, super sem graça.

— E aí, cara? — perguntou um cara cabeludo e barbudo, com os braços fechados de tatuagens, e eles se abraçaram daquele jeito meio afastado e esquisito que os homens têm de se cumprimentar.

— A casa tá cheia hoje, hein? — meu pai falou, virando o rosto para me procurar. — E, ah, hoje temos a visita ilustre da minha filha, que está estreando o novo cabelo maneiro.

Os três homens riram e viraram para me olhar — todos de uma vez. Quis morrer por um momento. Embora eu tivesse marcado todos os integrantes nas fotos que postara no Instagram da banda, ainda não tinha conseguido decorar quem era quem. Tinha tanta coisa nova para conhecer em Curitiba que o meu cérebro não estava dando conta de processar tudo.

— Ela que tirou as fotos no último show que a gente fez aqui. Não consegui apresentar pra vocês aquele dia. — Ele lançou um olhar significativo para mim. — Vem aqui, Olívia. Esse aqui é o Adriano — disse, apontando para o barbudo, e só então notei que ele tinha uma cerveja na mão. — O vocalista.

Um pouco incerta, estendi a mão para cumprimentá-lo, mas ele me surpreendeu com um abraço. Demorei um pouco para reagir e então o abracei também, divertida com a situação.

— Vocês gostaram?

— Ô, se gostamos! — falou o outro músico, um cara gordo e careca, com um cavanhaque comprido que formava uma trancinha e com uma tatuagem de tigre que subia da nuca em direção à sua cabeça brilhante. — Você leva jeito pra coisa! E foi bom tirar as teias de aranha das nossas contas. Não manjamos muito dessas coisas.

Sorri para ele, animada com o elogio. Eu havia tirado as fotos sem nenhuma pretensão, e era legal saber que tinha feito uma diferença positiva nas redes sociais da banda.

Ele também me puxou para um abraço, e me senti como uma boneca de pano sendo jogada de um lado para o outro, mas de um jeito legal. Acho que os julguei mal, mas esperava uma atitude totalmente diferente de roqueiros com tatuagens na cabeça e barbichas trançadas.

— Fala por você, Saulo! — retrucou papai, abrindo com um estalo baixo uma long neck com a barra da camiseta. Ele deu um gole demorado e limpou a boca com as costas da mão antes de continuar: — Eu sou jovem, tô por dentro de tudo. Esse é o baixista da banda, filha.

— Aaah, tá! — Saulo deu uma risada que soou sem fôlego, como se ele tivesse corrido uma maratona antes. — Se você quer se enganar, eu não tenho nada com isso.

O último músico, que brincava com as baquetas do meu pai, jogou-as no ar e, em um movimento só, pegou as duas. Os outros bateram palmas de brincadeira enquanto ele levantava do sofá e vinha me abraçar, como os outros. Era asiático e magrelo, um pouco corcunda, e tinha os cabelos descoloridos, quase platinados.

— Gostei do cabelo! Eu sou o Márcio. Pode ficar à vontade, viu? — Ele logo se afastou de mim, parando ao lado do frigobar e inclinando o corpo para pegar uma cerveja lá dentro. — Quer beber um refrigerante? Seu pai desnaturado esqueceu de te oferecer. — Ouvi um tilintar suave enquanto Márcio procurava algo dentro da minigeladeira, até que seu rosto se virou para mim outra vez, com uma expressão envergonhada. — Eita, só tem cerveja.

Ri e olhei para o meu pai, que ficou todo sério subitamente. Esse assunto era delicado para nós, e eu imaginava que ele fosse levar para o lado pessoal.

— Eu tava tentando, mas vocês não param de falar. — Ele vasculhou o bolso da calça e tirou um cartão de consumação e, percorrendo a distância entre nós, me entregou. — É pra você gastar durante a noite. Pode comer também, se te der fome, tá bom? E não precisa ficar com vergonha, quando tocamos aqui, fica tudo por conta da casa.

Suas palavras foram baixas, para que só eu ouvisse. Percebi que seus colegas de banda fizeram a gentileza de disfarçar, olhando em outra direção para nos dar privacidade. Por um lado, fiquei feliz com a descoberta de um cartão que me dava acesso ao que eu quisesse consumir. Por outro, isso significava que eu precisaria enfrentar Ravi e os colegas de bar, e essa era a última coisa que eu queria. Preferia beber água da pia de novo.

— Valeu, pai — respondi, e, como não tinha bolso, guardei o cartão dentro do tênis, junto da canetinha.

Ele acompanhou meus movimentos com o olhar e notou a palavra nova no pé direito.

— Ué, resolveu rabiscar esse pé também? — perguntou, confuso, enquanto tentava ler o que eu tinha escrito.

— É um diário. Um pé é para coisas boas, o outro para coisas ruins — expliquei, entortando a perna para que eu mesma pudesse ler o que tinha escrito mais cedo. — Só que eu não tive tantos motivos assim pra ficar feliz nos últimos meses… Por isso ainda não tinha nada nesse. O primeiro momento bom foi com você, no dia do shopping.

Seus lábios se crisparam e ele assentiu com a cabeça. Seu semblante endureceu e, antes que eu compreendesse o que estava acontecendo, meu pai se agachou e segurou o meu pé esquerdo para conseguir ler os sentimentos ruins que eu tinha registrado lá. Como ele puxou minha perna de uma só vez, me desequilibrei e quase caí no chão. Usei o encosto do sofá e a parede para me firmar, mas não ousei dizer nada.

Ele não parava de assentir enquanto torcia o meu pé de um lado para o outro, os olhos correndo soltos por tudo que eu tinha colocado para fora naqueles meses.

— É bastante coisa… — murmurou. Sem saber se era para responder, fiquei calada, observando-o. — Nesse só tem uma? — indagou, embora fosse meio óbvio.

Encolhi os ombros, me desculpando por isso. O que foi um pouco ridículo da minha parte, porque quem quer ter só momentos ruins para registrar em um diário? Mas o seu olhar pareceu tão desolado que acabou me afetando.

Risadas altas chamaram a minha atenção para os seus colegas de banda. Márcio e Saulo faziam uma guerra com as baquetas do meu pai, como dois moleques. Sorri, revirando os olhos. Homens...

Meu pai apoiou as mãos nos joelhos e se levantou. Tive a sensação de que ele estava prestes a chorar e, mais do que nunca, quis fazer alguma coisa por ele, embora não conseguisse entender muito bem o motivo.

— Foi legal a gente ter se aproximado. — Apontei para o *LEVEZA* grandão no pé direito.

Ele continuou assentindo — o que já estava um pouco irritante, para ser honesta — e esfregou o rosto com um pouco de urgência. Fiquei ali olhando para ele, que tinha tanto de mim. A pele negra, os lábios grossos, as sobrancelhas retas. Era estranho não saber nada de uma pessoa e, ao mesmo tempo, ter tanto dela. A aparência, os trejeitos e até mesmo os gostos.

— Desculpa, Óli — sussurrou. Sua voz saiu embargada e me deixou com um nó imenso na garganta. — Mesmo. Eu me arrependo muito. Fui um idiota de perder a chance de te ver crescer e de fazer a diferença na sua vida.

Fiquei boquiaberta, incapaz de encontrar palavras. Mas, ainda que eu encontrasse, não teria tido a chance de falar, pois Adriano surgiu por trás do meu pai e apertou o seu ombro, fazendo-o pular de susto.

— Mas você é chato pra cacete, hein? Dá um ar pra sua filha, Dudu. Deixa a menina aproveitar um pouco a festa — brincou, e deixou uma sucessão de tapinhas no ombro do meu pai, que arriscou um sorriso.

— O que você acha? — perguntou, preocupado.

Com certeza ele se lembrava da nossa discussão e do fato de eu ter jogado na cara dele que tinha ficado sozinha. Bom, *eu* lembrava. Movida pela vergonha, concordei com a cabeça e busquei a mão dele, deixando um aperto suave.

— Vou ficar bem — falei. — Quero comer alguma coisa e aproveitar todos os privilégios de ter um pai artista.

Minhas palavras arrancaram um sorriso sincero do meu pai, o mais bonito que ele tinha, enquanto seus amigos caíam na risada. Senti o seu polegar traçar círculos nas costas da minha mão.

— Qualquer coisa, se cansar de ficar lá embaixo, você pode subir aqui. O camarim é nosso hoje.

— Tá bom — respondi, soltando nossas mãos. Abri a porta e acenei antes de sair. — Bom show pra vocês!

Todos agradeceram em uníssono. Dei uma última olhada para o meu pai e abandonei o camarim, parando em frente à porta do lado de fora. Fechei os olhos e respirei fundo, sem conseguir compreender tudo o que estava sentindo. Tinha mágoa e rancor. Ainda sentia a vontade imensa de não o deixar esquecer de que esteve longe por escolha sua, mas também havia outras emoções, mais positivas. Era com essas que eu ainda não sabia lidar, pois eram novidade para mim.

Imersa em meus próprios pensamentos, fui arrastada de volta para a realidade ao ouvir uma voz familiar e masculina vinda de perto. Mais precisamente, do canto escurinho da pegação. Eu tinha um palpite de quem era o dono da voz. Franzi o cenho e estreitei os olhos para tentar enxergar, mas era impossível identificar dali. Por isso, sem pensar muito bem, arrisquei alguns passos na direção da voz.

— Você vai me fazer perder o emprego... — falou o garoto num tom arrastado e rouco que fez com que os pelinhos da minha nuca se arrepiassem. *Então você é mesmo um galinha...* Mordi o lábio inferior, tentando escutar mais, apesar das batidas altíssimas do meu coração. — Se o meu chefe me pega aqui, tô ferrado.

Era a confirmação que eu precisava. Com certeza era Ravi. Mesmo assim, eu precisava *ver*. Dei mais alguns passos, estava agora a poucos metros de distância. Estava com medo de ser pega no flagra, seria uma humilhação imensa. E um ótimo motivo para fugir de Curitiba e não voltar nunca mais. Talvez até mesmo para trocar de nome.

Sua acompanhante murmurou algo em resposta que o fez rir de um jeito um pouco safado, mas não consegui ouvir o que ela disse. Eu estava dividida entre sentir coisas malucas com o som de sua voz e o jeito natural com que ele flertava e um pouco de inveja da sortuda.

— Não faz assim... — pediu, um pouco manhoso. — É só me esperar, a gente vai pra outro lugar depois.

Que isso, garoto?

Afastei o colarinho do meu vestido e soprei dentro, sem conseguir entender de onde tinha surgido tanto calor. Fazia tanto tempo que eu não ficava com ninguém. Agora que parei para pensar nisso, percebia o quanto fazia falta o friozinho na barriga de saber que alguém está interessado em você e o quanto fazia bem para a autoestima esse simples detalhe. Senti falta de começar a conhecer outra pessoa enquanto mostrava um pouco de mim mesma. Quis aquela falta de jeito, os olhares envergonhados, a vontade de beijar sem saber ao certo como tomar a iniciativa. Eu só tive um namorado, e nem tinha ficado com *tantos* garotos assim ao longo da vida, mas senti falta de algo que ainda não tinha acontecido, se é que fazia algum sentido.

Dei outro passo, ficando ridiculamente próxima. Não tinha como me aproximar mais sem acabar enfiando a cara no meio deles. Reconheci a camiseta listrada do uniforme de Ravi, assim como o laço do avental, que estava amarrado para trás. O cabelo dele estava um pouco bagunçado perto da nuca, e a calça skinny baixa deixava ver a cueca. Suspirei, decidida que curtia bastante o visual.

— Daqui a pouco a Mari vai me dedurar. Agora é sério — falou Ravi, inclinando o rosto para beijar a garota novamente. Ela o segurou pela cabeça com as duas mãos.

Os dois cambalearam no lugar, perdendo o equilíbrio, e giraram até que ficassem de lado para mim. Não restou dúvida de que era Ravi. Só que... a garota... era um garoto!

Quê?!

Meu queixo caiu, e não consegui nem disfarçar. Fiquei ali, parada, observando os dois se beijarem como uma maluca, até que Ravi se separou do outro cara e acenou com a mão. Ele passou por mim quase correndo, mas não me reconheceu. Talvez por causa da falta de iluminação, ou quem sabe porque estivesse tão apressado em voltar ao trabalho. Enfim, não importava. Observei o garoto se afastar do cantinho escuro, sorrindo à toa, e seguir logo atrás de Ravi, em direção às escadas.

Meu Deus, que vergonha. Que vergonha. Que vergonha.

Não acredito!

Eu tinha entendido tudo errado! Meu rosto queimou de humilhação e contive o impulso de bater a cabeça na parede para me punir por ser tão burra. Olhei ao redor, temendo que alguém tivesse percebido que eu passara os últimos minutos observando um casal se beijar. Francamente, que coisa mais bizarra! Onde eu estava com a cabeça?

Argh, que ódio de mim mesma.

O Ravi era gay!

Claro que era! Por isso os colegas dele deram risada quando ele me cantou daquele jeito descarado. Eles com certeza sabiam que se tratava de uma piada. E foi por isso que ele frisou que *não estava* dando em cima de mim.

Apesar de que... não sei. No dia em que nos encontramos na piscina, ele foi tão legal comigo. Não fazia sentido. Era um pouco cruel flertar com alguém só por brincadeira; eu não tinha feito nada para merecer isso.

Mas, na verdade, fazia todo sentido, sim. Ele pintava as unhas e tinha um piercing no nariz, pelo amor de Deus! Como não notei os sinais? Estava no cio, por acaso? Diante de todas as coisas acontecendo na minha vida, eu não devia estar preocupada com garotos. Não mesmo. Aquilo era bem feito para mim.

Derrotada, desci as escadas e fui até o banheiro. Estava consumida pela vergonha, mas tinha algo a mais... Tinha ficado chateada, no fim das contas. Por não ter captado a mensagem e por ter criado expectativas. No fundo, eu tinha ficado feliz por ser notada na nova cidade, ainda mais por um garoto tão bonito e estiloso como Ravi, enquanto eu era só a Olívia sem graça do interior. Descobrir que ele gostava de meninos foi como um choque de realidade e um lembrete.

Eu não podia me esquecer de que não tinha o menor controle sobre as coisas acontecendo na minha vida, embora, por um momento, eu tivesse acreditado que sim.

14

EU TINHA programado com as garotas do grupo do WhatsApp que, assim que voltasse do BarBa, participaria de uma maratona de escrita madrugada adentro, mas voltei para casa tão desanimada que passei a maior parte do tempo na cama, olhando para as estrelas no teto. Eu gostava de apagar a luz e me perder na escuridão do quarto, fingir que não existia nada além de mim e dos pontinhos brilhantes que me encaravam de volta. Às vezes, eu até esticava os dedos para cima fingindo que podia tocá-las da cama. Eu sentia que havia uma metáfora ali, só não tinha conseguido captar qual era. Talvez as estrelas significassem algo que eu queria muito alcançar, ou quem sabe fosse algo mais profundo que isso. Eu não sabia muito bem, mas descobriria.

No domingo, fui com papai para a casa de Márcio, onde eles costumavam ensaiar. Tirei várias fotos e editei no celular mesmo, em um programa que tinha baixado no dia anterior. A música ainda continuava soando um pouco tediosa para mim, com um quê de nostalgia que me deixava melancólica. Tipo quando eu visitava um museu e sentia que a poeira nas prateleiras carregava uma bagagem muito grande de gente que passou por ali antes e me sentia pequena e limitada.

Apesar de tudo, eu não podia negar que estava gostando daquilo; tinha algo de mágico em captar momentos e passar um tempo com o meu pai. Ele parecia anos mais jovem quando estava tocando; cada poro do seu corpo mostrava o quanto ele amava a música, o quanto ele se sentia bem fazendo tudo aquilo. E era nessas horas que eu dizia para mim mesma que seguir os sonhos devia valer a pena, mesmo que soassem como loucura para as demais pessoas. Se era assim que um fracassado se comportava — cheio de sorrisos, risadas calorosas e olhares sonhadores —, então eu abraçaria o fracasso com prazer.

Naquela noite, Los Muchachos tocaram em um casamento, e foi a primeira vez que consegui curtir de verdade a banda, sem me preocupar tanto com fatores externos, como garotos bonitos de ascendência indiana, por exemplo. Os rocks antigos de sempre foram substituídos por um apanhado de músicas mais leves e mais parecidas com as que eu costumava ouvir nas rádios. Comi e bebi à vontade, entre um registro e outro dos quatro integrantes vestidos de terno e cheios de adereços da própria festa — pulseiras de neon, óculos enormes, perucas coloridas e boás de plumas. Eu também usava vários acessórios e dividia o meu tempo entre dançar timidamente em um cantinho perto do palco, tirar as fotos e roubar docinhos da mesa do bolo.

Mas nem mesmo essa noite conseguiu afastar o gosto amargo que ficou na minha boca depois de flagrar o garoto de quem eu achava que gostava com outro garoto. Essa descoberta me abalou bem mais do que eu pensava que seria possível. Eu me sentia um pouco patética em admitir isso, mas a verdade é que fiquei desanimada. Abandonar minha bolha, a zona confortável em que nasci e cresci, para me aventurar em uma cidade dez vezes maior que a minha, tão diferente e cheia de energia, parecia a maior burrice agora.

Nem mesmo os Broken Boys valiam tanto.

Duas semanas depois da última ida ao BarBa, ouvi toquinhos na porta e foi então que percebi que meu pai sempre me esperava responder antes de abrir. Minha mãe abria a porta sem nem bater, e, apesar de isso não me incomodar na época, aprendi a apreciar o respeito dele pelo meu espaço pessoal.

Ele estava com as tranças presas para cima, no coque que costumava fazer, com pontas soltas aqui ou ali. Papai coçou o pescoço e me olhou por um momento, com bastante atenção, como se tentasse captar algum detalhe escondido que explicasse um pouco mais o que estava acontecendo comigo nos últimos dias.

Sem dizer uma palavra, entrou no quarto e se sentou na beirada da minha cama, apoiando os cotovelos nos joelhos e cruzando as mãos à frente. As tatuagens ficavam discretas em sua pele negra, o que, de certa forma, dava um aspecto delicado que eu gostava. Nunca pensei em me tatuar, achava muito definitivo carregar um desenho em minha pele para sempre. Mas nele dava tão certo que parecia até mesmo que meu pai tinha nascido assim.

— Tô meio preocupado com você, Olívia — confessou, sem olhar para mim. Mesmo com as mãos cruzadas, não parava de batucar com os dedos. — Quero te dar espaço e tô fazendo o possível pra não forçar a barra, mas você anda um pouco desanimada e tristinha nesses últimos dias. Eu sou o seu pai, tenho que cuidar de você.

Abri e fechei a boca, sem saber muito bem o que deveria dizer.

— Não sei se quero falar sobre isso com você — falei e completei em pensamento: *pra não te machucar*. Mas, ao ouvir minha própria voz reverberando pelo quarto azul, percebi que minha entonação havia sido um pouco rude.

Um silêncio incômodo pairou no quarto, criando uma distância ainda maior entre nós. Desviei o olhar dele para os meus próprios pés, esticados. Não queria que ele notasse a confusão que eu era por dentro e interpretasse do jeito errado.

— Eu só queria entender. — Papai expirou o ar dos pulmões e bateu com as mãos nas próprias pernas. — Queria que você se abrisse comigo... Eu posso te dar conselhos, conversar sobre o que tá te incomodando. — Ele engoliu em seco e pigarreou antes de perguntar: — Você tá triste porque veio morar comigo?

Merda. Ele *tinha* entendido errado.

Eu nem sabia muito como explicar. Em parte, *era* por ter me mudado, mas não por causa dele. Ou talvez um pouco. Argh, que bagunça! Eu queria odiar aquele homem, mas um sentimento muito grande e assustador começava a dar as caras e eu não tinha ideia do que fazer com ele. Senti um pouco de raiva. Quis chorar.

Passei as mãos pelo cabelo e fisguei o lábio inferior, fazendo o possível para não atravessar aquele limite que sempre fazia com que eu me arrependesse depois. Eu não queria ferir o meu pai com palavras, não queria regredir no pouco que havíamos progredido. Mas a vontade de colocar tudo o que eu sentia para fora era imensa, muito mais forte que eu.

— Você quer ouvir? Então tá bom. — Girei o corpo até ficar de frente para ele e cruzei os braços. — Eu briguei com a minha mãe. A gente nunca mais se falou... porque eu escolhi você, pai. Mas era ela que estava lá quando meus dentes caíam e eu precisava colocar embaixo do travesseiro pra ganhar uma moeda de um real. Era ela que passava merthiolate nos meus joelhos ralados. Era ela que lia histórias pra eu dormir. Ela que me acolheu quando o meu primeiro namorado terminou comigo e começou a namorar uma semana depois. — Eu falava tão rápido que precisei de um momento para poder recuperar o fôlego. Os olhos do meu pai brilhavam com intensidade. — Você não estava. Você é um estranho pra mim. E por mais que a gente esteja se dando bem, pai, eu sinto falta dela, e fico me perguntando se fiz a escolha certa em trocar alguém que sempre esteve ao meu lado, que sempre lutou por mim, por alguém que nunca me quis — atirei e me arrependi no mesmo instante. Eu não queria soar tão raivosa, não queria magoar o meu pai, mas, se continuasse guardando tudo aquilo comigo, certamente explodiria. — Só consigo pensar que você me abandonou! Que tipo de pessoa faz isso?

Os lábios do meu pai tremeram enquanto ele me encarava, rígido. Mas bastou um segundo para o seu semblante desmanchar e ele começar chorar. As lágrimas escorreram pelas bochechas, deixando rastros brilhantes em sua pele. Meu pai segurou a base do nariz, descendo as pálpebras para absorver tudo que eu tinha acabado de despejar nele.

Senti um aperto imenso no peito e uma vontade incontrolável de pular em seus braços e acabar com aquela briga ridícula. Mas era tão difícil quando se tratava dele... Era impossível ultrapassar a barreira que eu mesma tinha imposto.

— Eu sei. Nada do que você disse é novidade pra mim. — Sua voz embargada soou baixa e sem vida. — Não tem um dia em que eu não pense em tudo que perdi e não me arrependa de ter desistido tão fácil. Mas, Olívia, as coisas não são tão simples. A sua mãe não facilitou pra mim...

— Quê? — interrompi, quase pulando no lugar. — Agora você vai colocar a culpa nela?

— Nunca! Eu assumo a culpa. — Ele ergueu o rosto para me encarar. Havia urgência em seus olhos injetados. — Mas tem muito mais que você não sabe, filha. Eu queria esperar a hora certa pra conversar com você, até que as coisas ficassem menos estranhas entre a gente. Mas não tem hora certa. Precisa ser agora.

— Não quero conversar! Não tem como justificar, pai. Não quero saber o que você tem pra falar.

Subi as pernas para a cama e abracei os meus joelhos. Sem pensar direito, tampei os ouvidos como uma criancinha de cinco anos faria, só para que ele não tivesse a chance de me envenenar com as suas palavras. Era ridículo, eu sabia. Nunca fui de fazer esse tipo de papelão, mas eu não consegui controlar.

— Olívia... — Li seus lábios e o vi fechar os olhos por um segundo, fazendo o possível para se manter paciente. Gentilmente, meu pai me segurou pelos pulsos e afastou as minhas mãos. — Não vou justificar nada. Só me escuta antes de tirar suas conclusões, por favor. E se você não acreditar em uma palavra minha, pode perguntar pra sua avó. Ela sabe de tudo.

Eu já tinha aberto a boca para responder, quando ouvi suas últimas palavras. Paralisei do jeito que estava: as mãos no ar, perto dos ouvidos, e o cenho franzido de surpresa. Como assim minha avó sabia de tudo? O que ela tinha para saber?

Ficamos nos encarando em silêncio. Papai com urgência e eu com desconfiança. Então, resgatei na memória minha última conversa com ela, no dia em que telefonei implorando para voltar. Ela mencionou que sabia de toda a história. Na hora fiquei tão chateada por ela ter recusado o meu pedido que nem me apeguei tanto a isso.

— Tá... — resmunguei, sem querer dar o braço a torcer. — O que você e a vovó sabem que eu ainda não sei?

Ele se acomodou na cama para que também ficasse de frente para mim e se sentou sobre uma perna. Coçando a nuca, papai ficou em silêncio por um momento, como se ponderasse a melhor maneira de começar essa conversa. Por fim, perguntou com a voz branda.

— A Denise te contou alguma vez?

— Sobre vocês? — indaguei, e ele assentiu. — Já. Eu sempre perguntava... — Dei de ombros e olhei para os adesivos de estrela no teto. — Disse que vocês se conheceram na faculdade, foram descuidados e ela engravidou.

Deixei minhas palavras morrerem no ar. Ele pigarreou, desconcertado, e se remexeu na cama.

— Só isso?

— Você pode ir direto ao ponto, pai — falei com rispidez. — Nós dois sabemos a história, não tem por que repetir essa parte.

— Eu quero saber *o que* ela te contou.

Então nós vamos mesmo pelo caminho difícil...

Juntei o cabelo todo para cima e o amarrei em um coque, como o do meu pai. Fazia um calor insuportável e, apesar de o ventilador de teto estar ligado, o quarto continuava abafado.

— Vocês foram morar juntos, mas não deu certo e, depois disso, você sumiu da vida dela. Nunca quis saber de mim... Sei lá. — Apoiei o queixo nos joelhos. — E ela teve que desistir da faculdade pra me criar. Basicamente isso. Por quê? É *mentira*? — A última pergunta foi superirônica, mas nem me importei.

Meu pai deu um sorriso triste e cruzou as mãos em frente ao rosto.

— Não existe mentira, filha. O que existe são variações da mesma história. Cada um tem a sua verdade. — Ele respirou fundo outra vez. Parecia que sua energia vital era consumida um pouco a cada minuto que passava ali comigo. — Não é uma guerra. Só quero te contar o meu lado da história. A gente não deu certo antes mesmo de você nascer. Sua mãe era... *difícil*. Tinha picos de raiva, a gente brigava pela menor coisinha, e depois ela chorava por horas, arrependida. Ela não aceitava que as coisas fossem diferentes do que ela queria. Foram meses infernais pra nós dois. Até que eu disse que não tinha mais como continuar daquele jeito. Disse que também não ia fazer bem para você... Enfim. Foi uma separação intensa e cheia de ódio. Acho que sua mãe ficou magoada comigo e usou você para me ferir. — A voz do meu pai ficou trêmula de emoção, e percebi que eu estava prendendo a respiração, apegada a cada palavra proferida por ele. — Ela disse que queria te criar sozinha, que eu podia fingir que nada disso tinha acontecido, e que eu nem precisaria registrar você se não quisesse. Admito que pensei só em mim... Eu tava morando em outra cidade pra fazer a faculdade, e os meses em que tentamos fazer dar certo acabaram refletindo nas minhas notas. Sem contar que a banda estava começando a dar certo. A gente tinha shows quase todo final de semana... Não sei, acho que me vi sem saída. Abandonei o barco mesmo, filha. Eu tinha outra cabeça e, na época, não percebi que estava cometendo o maior erro da minha vida.

Mal pisquei os olhos à espera de que ele continuasse.

Do lado de fora, as árvores começaram a chacoalhar com um vento forte; uma tempestade se formava. Ouvi o sopro alto e inconstante se misturar aos gritos que vinham da piscina mandando as crianças saírem logo, antes que a chuva desabasse. Se eu não estava ficando louca nem nada, já podia até sentir o cheirinho de asfalto molhado, embora as primeiras gotas ainda não tivessem caído.

— Mas ela também não me deu muita escolha, Olívia. A primeira vez que eu consegui te ver foi porque a sua vó me mostrou você. Aproveitou que a Denise tinha dado um cochilo e me mostrou você pelo portão. Peguei os seus dedinhos pela grade e lembro direitinho de pensar que você era a minha cara... — Ele passou os dedos pelo lábio inferior, com o olhar muito longe dali. — Ela queria o seu bem e achou que seria melhor assim. E, pra ser franco, eu não fiz nada pra tentar me aproximar.

— Por que você mudou de ideia depois de tanto tempo? — perguntei, sem conseguir me segurar.

— Foi um processo. Eu era um porra-louca, não levava nada a sério... Tocava, bebia até cair e passava o dia seguinte de ressaca, sem nem conseguir levantar da cama. Depois começava tudo outra vez. — Ele não me encarou nos olhos enquanto admitia o lado mais escuro do seu passado. Eu estava boquiaberta. Nunca imaginei que ele fosse falar sobre isso comigo, se mostrar tão frágil assim. — Um dia, acordei e me perguntei o que eu tava fazendo com a minha vida e decidi que era hora de recomeçar. Daí eu me mudei pra cá e me toquei da burrada que foi me afastar de você. Foi um tapa na cara. Um tapa, não, um murro. — Seus olhos tinham voltado a brilhar muito, o que não era nada bom. Se ele chorasse, talvez eu caísse no choro junto. — E isso faz cinco anos.

Meu pai engoliu em seco e arrastou o corpo para se aproximar de mim. Ele esticou a mão para pegar a minha, e não fiz objeção. Do lado de fora, os primeiros pingos de chuva começavam a cair do céu. O vento forte fazia a cortina se agitar para dentro do quarto, mas nenhum de nós se importou em fechar a janela.

— A sua mãe... a-achou que era temporário. — Deu para perceber que o assunto ainda mexia com ele. — Que eu ia sumir de novo e te fazer sofrer mais ainda. Pra ela, era questão de tempo. E eu nem posso culpar a Denise, porque fiquei sumido por anos… No começo, a sua avó bateu o pé com ela e achou que fosse só uma coisa do momento. — Meu pai esfregou os braços. — Eu pedi pra que pelo menos a gente pudesse começar conversando por telefone. Nem que fosse uma vez no mês. Qualquer coisa, eu só queria te conhecer. Não vou negar que essas recusas me magoaram, eu achava que você tinha idade pra escolher se queria ou não me conhecer. Mas eu entendo a sua mãe e não tiro a razão dela — ele se adiantou em falar, com as mãos erguidas no ar.

"Com o tempo, a sua avó percebeu que eu tinha mudado de verdade. Que não era mais o Eduardo de antes. Ela tentou apaziguar as coisas, tentou facilitar um pouco pra que a gente pudesse se conhecer. Só que, no fim das contas, a palavra era da Denise. Ela achava que vocês tinham se virado bem sozinhas e que não tinha por que mudar isso. Essa é a pior parte pra mim… porque ela tinha razão. — Papai respirou fundo, massageando as têmporas com a maior calma do mundo, e percebi que ele estava tentando encontrar as palavras certas para continuar. — Eu sei que não tinha direito a mais nada depois que dei as costas pra você. É só que… talvez você entenda se um dia for mãe. Eu demorei a entender, mas, depois que você enxerga, não tem como voltar atrás. Olívia, eu sofri cada dia que passei longe de você nesses cinco anos. Mas acho que eu precisava passar por isso e entender como foi pra você."

— E mesmo assim você nunca vai saber… — murmurei, observando o desenho que a trama do lençol formava. Passei o polegar pelo tecido e brinquei com as dobras que se formavam perto dos nossos corpos. — Era isso que você queria me contar?

Ouvi-o pigarrear.

— E-era.

Percebi seu tom incerto, e isso me deu mais coragem para encarar meu pai nos olhos.

— E aonde você queria chegar? — perguntei, hostil, sem disfarçar a minha desconfiança. — Queria me mostrar que a minha mãe é a vilã terrível e responsável por todo o sofrimento da Terra?

Seus lábios se esticaram no que deveria ser um sorriso dolorido, mas virou uma careta esquisita.

— De jeito nenhum. — Meu pai já estava se levantando da cama. Ele fechou a janela antes de parar de pé ao meu lado e concluir: — Só queria te mostrar que nem tudo é preto no branco. Não tem vilões nessa história. Tem duas pessoas que estavam fazendo o que achavam ser o certo. No fim das contas, a gente não era muito diferente de você, filha. Os adultos também são cheios de questões, medos e incertezas. Ninguém sabe muito bem o que tá fazendo. A gente vai tentando acertar. Às vezes conseguimos, às vezes não. — Enquanto falava, ele andava de costas em direção à porta. — Nós dois erramos nessa história. Eu bem mais. Mas só queria que você soubesse que tem um tempo que tô querendo me acertar com você.

Quis dar uma resposta mal-educada. Dizer que não acreditava em uma palavra, que ele era um mentiroso e que era muito fácil vir com historinhas pra cima de mim, para desviar o foco do que de fato tinha acontecido — ele *escolheu* ser ausente. Escolheu beber, festar, viver a vida de solteiro e fingir que eu não existia. Isso era uma escolha, e não uma fatalidade que tinha acontecido com ele. Nada do que ele me dissesse me faria mudar de ideia.

Mas não consegui dizer nada. Só o observei abandonar o quarto e fechar a porta com um estalido. Abri a janela outra vez e afastei as cortinas, deixando o ar revolto da tempestade entrar. Voltei a deitar e, no mesmo instante, estiquei a mão para buscar o interruptor. O quarto virou um breu e, em meio à escuridão, pontinhos luminosos surgiram no teto. Gotas de chuva pingavam em minha pele, causando pontos de arrepio que se expandiam pelo corpo.

Não movi um músculo. Continuei deitada, no escuro, na chuva, observando as estrelas de plástico que começavam a perder o brilho depois de tantos minutos no escuro.

Eu estava inerte.

* * *

Com a mão apoiada no queixo, soltei um suspiro. A tela do meu notebook me encarava de volta, como se me acusasse por não ter produzido nada nos últimos três dias. Nem uma palavrinha sequer. Mordisquei o lábio inferior, fechando o Word por um momento, para me livrar da culpa. O que só piorou a situação, já que a imagem no plano de fundo era uma foto de Matt e Ethan juntos, abraçados e sorrindo, depois de um show.

Esfreguei o rosto, frustrada.

Isso nunca tinha acontecido antes. Em geral, eu contava as horas para que pudesse me sentar em frente ao computador e despejar tudo. Ficava sonhando acordada com cenas, diálogos, descrições. Vira e mexe, via algumas meninas comentando no grupo do WhatsApp que estavam em meio a um bloqueio criativo e sentiam que nunca mais conseguiriam escrever de novo. Eu me solidarizava — até porque imaginava que devia ser mesmo horrível querer escrever, ser pressionada pelos leitores, e não conseguir —, mas nunca tinha passado por isso. Acho que, como fiz da escrita parte da minha rotina, era um pouco inconcebível não reservar pelo menos vinte minutos para isso. Inconcebível como ficar sem escovar os dentes por um dia inteiro, por exemplo. Não dava.

Bom, isso era *antes*. Porque agora eu batia o meu recorde de dias sem encostar no arquivo do Word. O medo de nunca mais conseguir escrever uma frase inteira era real. Passei a rezar para que Deus tivesse piedade e não me punisse dessa maneira por ser um ser humano péssimo.

Resignada, fechei o computador com um pouco de força e me debrucei na janela do quarto, de onde tinha uma boa visão da piscina. A água ondulava de maneira preguiçosa, refletindo feixes de luz. O sol caminhava para o seu ponto mais alto e o céu estava limpo, sem nenhuma nuvem, de um azul chapado e vibrante. Como era uma da tarde de sábado, ainda não tinha ninguém ali, mas eu sabia que dentro de algumas horas a piscina estaria lotada de crianças com suas risadas estridentes.

Embora me doesse admitir, tinha coisa demais na minha cabeça para conseguir me concentrar em Matthan. Eles eram, sim, muito importantes para mim, mas não mais do que todas essas questões que me assombravam. Além da discussão com o meu pai sobre a nossa história e tudo mais — que foi péssima, diga-se de passagem; eu não conseguia parar de me culpar por ser tão difícil de engolir com todo mundo, mas, sobretudo, com ele —, tinha o fato de que estávamos em abril e logo seria Páscoa. Era impossível não lembrar de mamãe e, mais que isso, morrer de saudade dela, porque esse era o seu feriado favorito. Ela amava todo o conceito de presentear e ser presenteada com chocolate e poder comer quantos bombons quisesse sem a menor culpa.

Era bizarro imaginar que eu estava a quilômetros de distância de casa no feriado em que mais nos divertíamos juntas. Mais bizarro ainda era não poder telefonar para ela e contar todas as coisas malucas acontecendo na minha vida, tipo o fato de ter me interessado por um garoto gay.

Aliás, isso era, de longe, o que mais tirava o meu sono nos últimos dias! Meu Deus, como eu não percebi o que estava na minha cara? Como ignorei tantos sinais só porque Ravi era bonito? Meu rosto queimava de vergonha cada vez que meus pensamentos iam parar nele — o que acontecia vinte e três horas por dia, sendo que na hora restante eu me forçava a pensar em outras coisas. É que... não sei. Em alguns momentos, tive certeza de que havia rolado alguma coisa entre nós. Uma centelha, uma faísca, uma energia pulsante que se intensificava conforme ficávamos juntos. Isso me matava de forma lenta e dolorosa.

Droga, era o que dava escrever e ler fanfics românticas e só consumir filmes do gênero. Eu achava que a vida era cor-de-rosa e que, a qualquer momento, ia esbarrar no amor da minha vida e reconhecê-lo com uma singela troca de olhar. A vida, é claro, não era assim. Eu só ficava pensando que Ravi devia, com toda a certeza, ter percebido os meus sentimentos. Talvez até ficado sem jeito em me indicar que não tinha interesse, obrigado. Ou, quem sabe, rido de mim com os colegas.

Ai, era terrível. Como eu ia escrever me sentindo assim? Não dava! Não enquanto eu continuasse desejando que o chão se abrisse e me engolisse, só pra eu me livrar da humilhação.

Pulei de susto quando meu pai deu três batidas na porta do meu quarto. Ele me esperou responder antes de abrir a porta, surgindo com o rosto inchado de quem tinha acabado de acordar. Tivera um show na noite passada, que preferi não acompanhar, por não saber direito como as coisas estavam entre nós. Sempre que meu pai madrugava tocando, acordava por volta do meio-dia. Mas, mesmo nesses dias, uma coisa não mudava: ele gostava de pequenos momentos compartilhados. Cafés da manhã, almoços, jantares. Não havia a menor possibilidade de eu almoçar no sofá, por exemplo, como costumava fazer em Cianorte.

— Bom dia, filha! Não sabia que você já tinha acordado.

— Levantei tem umas duas horas... — Encolhi os ombros, como se me desculpasse. — Não sabia se era pra te chamar.

Ele sorriu, parecendo uma criança sapeca.

— Ainda bem que não acordou, eu tava morto. Terminamos umas cinco da manhã... — Ele bocejou no final da palavra e rimos juntos. Senti um alívio imenso ao perceber que meu pai não guardava nenhum rancor pela nossa discussão. — Vou passar o nosso café. Você arruma a mesa?

— Tá — respondi, tirando o computador do meu colo e o colocando na penteadeira. Meu pai acompanhou o movimento com o olhar, com uma expressão curiosa.

— Um dia vou descobrir o que você tanto faz nesse computador?

Roí uma lasca de unha, pensando a respeito. Era um terreno perigoso, ainda mais porque eu não o conhecia bem o suficiente para saber como reagiria. Minha mãe, por exemplo, já tinha me questionado o porquê de o os protagonistas serem sempre gays e até quis ter *a* conversa comigo, perguntando se eu queria contar alguma coisa. Foi... constrangedor. E isso porque eu escolhia a dedo as histórias que ela podia ler. Dependendo das fanfics, teria sido bem pior.

— Talvez. Mas só se você prometer não me julgar.

— Hum... É meio arriscado prometer uma coisa assim, às cegas. — Ele cruzou os braços, assumindo uma cara toda séria. Por um momento, achei que fosse levar um sermão. — Vai que você me conta que é terraplanista e tem até um site sobre isso? Ou pior: que as pessoas te acham uma autoridade na área?

Tombei a cabeça para trás em uma gargalhada. Foi tão natural que até me surpreendi.

— Pai! — protestei, fingindo ultraje. — Como você pôde pensar isso da sua filha?

Ele deu de ombros, como se não fosse nada de mais.

— Sei lá, a gente acha que conhece as pessoas, e daí descobre que todo mundo tem um lado obscuro.

Eu sabia que era tudo parte da brincadeira, mas, ao mesmo tempo, senti que tinha uma pontinha de verdade em suas palavras. Meu pai sabia o que era ter um lado obscuro e eu imaginava que isso o perseguia até hoje. Na verdade, tinha certeza; era só lembrar do jeito que minha mãe se referia a ele. Meu sorriso morreu e fiquei sem graça, sem saber direito como lidar com isso.

Devo ter transmitido em minha expressão o que se passava pela minha cabeça, pois seu rosto enrijeceu no mesmo instante. Sustentamos o olhar um do outro, em um silêncio cheio de coisas que gostaríamos de dizer, mas nada foi dito. Papai assentiu, de lábios crispados, e apontou para a cozinha de um jeito meio esquisito, indicando que estava indo para lá.

Umedeci os lábios abraçando os joelhos e logo passei a ouvir barulhos de gavetas sendo abertas e de louça batendo. Me senti péssima pelo climão entre nós e fiquei pior ainda por estar dificultando tanto as coisas, quando tudo o que ele fazia era ser doce e preocupado comigo. Por mais que, dentro de mim, eu fosse uma contradição de sentimentos, eu seria idiota se não enxergasse o quanto ele vinha tentando e o quanto estava disposto a reparar o passado. E, ok, talvez fosse o mínimo da parte dele. Mas era alguma coisa, né? Tudo teria sido tão diferente se ele sempre tivesse sido assim...

— Óli? — chamou, ao mesmo tempo que o aroma de café invadia o meu quarto.

Lembrei que precisava arrumar a mesa e pulei da cama. No caminho até a cozinha, pensei no nosso dia no shopping e no quanto foi natural estar com ele. Era isso que eu queria, que a gente pudesse romper as barreiras que foram construídas ao longo de anos.

Quando cheguei na cozinha e o vi coando o café na garrafa térmica, tive uma ideia, que fui logo dizendo antes que acabasse amarelando:

— Pai? — chamei, e de repente me vi tímida. Ele me olhou por cima do ombro, resmungando para que eu dissesse. — Você tem compromisso para hoje à tarde?

Suas sobrancelhas se uniram. Ele ficou surpreso e um pouco confuso com a minha pergunta.

— Ahnnn... não? — Papai virou o rosto outra vez, para terminar o café. — O que você precisa?

— Passar a tarde com você — disse atropeladamente. Meu rosto queimou e me senti exposta, ainda que não fosse de um jeito ruim. — Vamos? Fazer alguma coisa, no caso.

Ainda de costas para mim, meu pai ficou imóvel por um momento, com as mãos apoiadas no balcão. Prendi a respiração, sem saber se tinha ido longe demais. Quando mamãe e eu brigávamos, ela não gostava muito que eu simplesmente me reaproximasse, como se nada tivesse acontecido. Era preciso respeitar o momento de luto, se é que posso chamar assim. Até que a mágoa passasse, ela preferia se manter um pouco fria comigo, me dar um gelo. Por isso pensei que, apesar de ter conversado comigo numa boa, ele ainda pudesse estar sentido pelas coisas que eu tinha falado em nossa discussão.

— Sério, filha? — perguntou, com a voz embargada.

Só então me toquei de que, na verdade, o silêncio era de emoção! Quero dizer... ele não só tinha superado a nossa briga como ficado todo feliz com um convite para uma tarde juntos, uma coisinha pequena. Senti vontade de chorar. Tipo, muita vontade mesmo.

De todas as coisas que amadurecer envolvia, essa era, para mim, a mais complicada. Não ter sentimentos definidos, ser tudo tão misturado, tão confuso. Quando eu era mais nova, ou amava ou odiava. Ou era certo, ou errado. Eu começava a entender o que meu pai queria dizer quando afirmou que não era tudo preto no branco. Com uma única pergunta dele, senti culpa, remorso, amor, felicidade, ternura. Senti vontade de apagar o passado, senti vontade de estapear a cara dele por não ter me dado isso nos últimos dezoito anos. Era muito difícil ser gente grande.

— Se você quiser... — Esfreguei o braço, um pouco sem jeito, enquanto fitava os meus próprios pés. Tive medo de que ele me olhasse de novo e isso acabasse acarretando uma choradeira sem fim.

Meu pai deu uma risadinha desconcertada, como se a resposta fosse a coisa mais óbvia do mundo inteiro e só eu não conseguisse enxergar. Talvez fosse mesmo e eu estivesse em negação só porque era mais fácil assim.

— É claro que eu quero! — Ele se aproximou com a garrafa térmica nas mãos. Eu nem tinha começado a arrumar a mesa ainda, mas meu pai pareceu não ligar. — Tudo o que eu mais quero é te conhecer melhor. Sei que deve ser difícil acreditar em mim, mas eu juro, Óli, vou te mostrar que mudei.

Ah, mas mudou mesmo!

Porque o meu pai não se esforçava para se aproximar de mim. Não parecia querer passar um tempo comigo. Não fazia ideia das coisas que eu gostava, dos meus sonhos, dos meus medos. Não sabia e parecia não querer saber... de nada. Esse era o problema, a mudança era desconcertante. Eu tinha medo de que, em um piscar de olhos, fosse perder isso que ele estava me oferecendo. Tinha medo de que tudo voltasse a ser como antes.

Porque uma coisa é você não ter algo que nunca conheceu. Não faz falta. Ou, pelo menos, não faz *tanta* falta.

Mas, uma vez que você descobre uma nova realidade, é impossível *desver*. Não tem como apagar isso da mente e menos ainda do coração. Eu não ia aguentar levar uma rasteira dessas. Não ia aguentar que esse homem, que se mostrava tão incrível, partisse o meu coração.

— Eu também quero, pai. — Contorci uma mão na outra sem parar, ainda evitando o seu olhar a todo custo, embora tivesse certeza de que ele me encarava com intensidade. — Só, hum... espero não me arrepender. — Ele pediu que eu fosse sempre honesta com ele, e era isso que eu faria. Mas ser honesta não era sinônimo de ser rude.

— Não vai.

Ele deixou a garrafa de café sobre a mesa e me envolveu em um abraço apertado. Ali, esmagada em seus braços, me senti protegida, amada. Me senti em casa. Quis confiar nele, porque, embora fizesse tão pouco tempo que estávamos morando juntos, tudo nele já era muito familiar para mim. Seu cheiro de loção de barba e sabonete, suas tranças, as tatuagens, a música.

— Aonde nós vamos? — perguntei, com o rosto enterrado em seu peito.

Ele se desvencilhou de mim e alcançou o celular, que estava esquecido sobre o micro-ondas. Meus olhos estavam úmidos e eu sentia minha língua grossa como uma lixa.

— O que você acha do Museu Oscar Niemeyer?

Ele digitou algo em seu celular e o inclinou para que eu visse uma foto. Era uma construção em formato amendoado que lembrava um olho, com uma base amarela imensa e passarelas curvilíneas que levavam até a entrada do museu.

— Amei? — falei, e soou em forma de pergunta. — Bem diferente e bonito.

— A gente chama de Museu do Olho por aqui. Porque, você sabe, parece um olho. E é um museu.

Ele piscou para mim, com um sorriso travesso nos lábios. Dei risada, revirando os olhos.

* * *

O café da manhã foi tomado por uma atmosfera de excitação. O mais legal é que eu sabia que não era a única animada para o dia que teríamos. Engoli sem nem mastigar direito duas fatias de pão com requeijão — vovó teria chamado a minha atenção, com toda certeza —, com pressa para me arrumar e aproveitar o dia tão bonito que fazia lá fora.

Meu pai também comeu mais depressa que o normal e, diferente dos outros dias, tomou só uma caneca de café. Como se tomar a segunda demandasse tempo demais e ele não quisesse desperdiçar nem um minuto sequer.

Corri para o meu quarto e escolhi minha camiseta favorita para usar, com uma foto de Matt e Ethan juntos, que eu tinha mandado estampar. Como fazia muito calor, vesti uns shorts jeans e meus olhos logo foram parar no meu All Star branco. Agora, o pé direito começava a se salpicar de algumas palavras, porém ainda contrastava com o esquerdo, inteiro rabiscado.

Enquanto me conferia no espelho, fiquei olhando para o meu cabelo refletido. Estava bonito aquele dia, com ondas cheias e bem definidas, naquele tom lindo de rosa. Mas eu queria me sentir mais próxima do meu pai e das minhas raízes, porque isso era algo que compartilhávamos e que eu não tinha em Cianorte.

Fui até o seu quarto e dei dois toquinhos na porta, vendo-o passar uma camiseta na cama. Ele me mandou entrar, sem tirar os olhos do ferro.

— Pai, você pode... ahn... fazer um penteado em mim, por favor?

— Penteado? — Ele parecia distraído. — Como assim?

— Tipo as tranças que você fez um tempo atrás... sabe? — Um pouco sem jeito, brinquei com a costura na barra da minha camiseta. — Que você disse que sua mãe, *minha avó* — me corrigi, com as bochechas quentes — costumava fazer.

— Ah!

Ele desligou o ferro e sorriu para mim aquele sorriso expansivo que preenchia todo o ambiente. Reparei nas tatuagens que o meu pai tinha no tronco e achei engraçado que ele fosse tão parecido com os caras que eu mais amava no mundo. Roqueiro, tatuado, estiloso. Eu esperava que o fato de amar Broken Boys não fosse uma daquelas coisas esquisitas que Freud explica.

Papai vestiu a camiseta, ainda sorrindo e parecendo muito satisfeito.

— Claro! Senta aqui. — E, ao dizer isso, ele deu dois tapinhas na cama, onde tinha acabado de passar a roupa. Obedeci, remexendo o quadril quando minhas pernas entraram em contato com o edredom quentinho. Meu pai estava inclinado sobre uma gaveta do guarda-roupa, parecendo focado em encontrar alguma coisa muito específica. — Vou fazer uma coisa diferente hoje, pode ser?

— Aham.

Balancei as pernas no ar, curiosa para saber o que ele planejava. Mas não foi difícil deduzir quando ele se empertigou segurando nas mãos um tecido estampado e colorido. Era amarelo-vibrante, com manchas azul-caneta e arabescos espalhados por toda a superfície.

Fiquei um pouco sem fôlego, porque nunca me imaginei usando algo que fosse tão simbólico na cultura negra. Apesar da minha pele marrom, era até um pouco esquisito me enxergar como negra, já que fui criada por mulheres brancas. É claro que o mundo não me deixava esquecer, mas o ponto é que eu não pensava muito nisso. No meu cabelo, nos meus traços, nas minhas raízes. Eu me apagava, meio sem querer. E, ali, com o meu pai, essas coisas estavam sempre no ar. A começar pelo fato de que eu me via nele, de um jeito que nunca me vi em mamãe.

Enquanto ele juntava o meu cabelo e fazia a amarração do turbante, senti como se eu resgatasse algo que nem sabia ter perdido. Mas me fez bem. Gostei daquela energia ancestral em usar algo tão importante. Quando ele terminou, toquei com os dedos na cabeça. Sentia-me como se usasse uma coroa; eu nem tinha me olhado no espelho, mas me sentia linda.

— Gostou? — ele perguntou assim que me examinei no reflexo do grande espelho em seu guarda-roupa.

Mordisquei o lábio inferior, sem parar de mexer a cabeça em todos os ângulos possíveis, me acostumando com a imagem. Não consegui encontrar minha voz, então assenti sem parar, procurando seus olhos pelo espelho.

Meu pai se posicionou um pouco atrás de mim e segurou meu ombro esquerdo com um aperto gentil. Seu calor se espalhou pelo meu corpo, como um véu de proteção. Eu tinha motivos para guardar rancor, tinha muitos anos de motivos para ficar brava, para odiá-lo, para me manter longe. Mas acho que também sairia perdendo. Porque, por mais doloroso que fosse dar uma segunda chance e tentar recomeçar, momentos como esse faziam valer a pena. Momentos singelos, sem nada de muito especial, mas que ainda assim abalavam minhas estruturas. Eu tinha construído uma barreira muito espessa para me proteger dele, e meu pai vinha conseguindo quebrar tijolo por tijolo sem usar força, só amor e paciência.

Droga, eu estava filosofando sobre o amor e a nossa relação.

Tinha ficado toda piegas só com um penteado. O dia nem havia começado, mas eu pressentia muitas outras divagações sobre a nossa relação.

— Eu nunca entendi... — murmurei, constrangida. — Nunca entendi um montão de coisas. Vivia pensando por que era tão diferente da minha família, das princesas, das Barbies. Só... diferente. Mas a gente é igual.

— A gente é igual — ele concordou com os olhos brilhando, mas notei um vestígio de tristeza em seu rosto.

— Você tava certo. Eu sempre achei que tivesse que me apagar pra me encaixar nos lugares. Que, quanto mais eu me parecesse com os outros, melhor seria. — Engoli em seco e me virei para ficar de frente para ele. Meu pai ficou todo sério, atento a cada palavra que eu deixava escapar. — Você tá me ensinando tanta coisa sobre mim mesma. Tipo esse turbante... — Sorri, segurando-o com as duas mãos para me fazer entender. — Olha só pra mim! Tô parecendo uma rainha, acho que nunca me senti tão poderosa antes.

Ele sorriu um sorriso que era um pouco de tudo: remorso, orgulho, tristeza, alegria. Cruzando os braços sobre o peito, meu pai respirou fundo, parecendo alguns anos mais velho.

— Sinto muito, Óli. Eu queria ter participado mais da sua vida e sido uma referência. Não só das suas raízes, mas uma boa referência... — Ele mudou o peso do corpo de uma perna para a outra, fugindo do meu olhar e encarando os próprios pés. — Mas não tem como mudar o passado, nem minhas escolhas. E você se saiu muito bem sem mim. — Ele crispou os lábios por um momento. — Mesmo assim, é um privilégio ter algo que só a gente compartilha. Tô muito feliz em fazer parte desse momento.

— Eu também! Mas acho que por hoje chega desse papo sentimental, né? — Abri um sorriso travesso quando ele ergueu o rosto outra vez para me encarar. — Vamos ter muito tempo pra um quebra-pau no futuro. Hoje podia ser um dia de trégua. O que você acha?

Ele tombou a cabeça para trás, gargalhando. No mesmo instante, sua postura rígida se desarmou e meu pai ficou bem mais leve.

— É justo. Mas amanhã tudo volta ao normal, hein?

Suspirei bem alto e pousei as mãos na cintura.

— Tá bom, vai... Posso fazer esse esforço. Prometo ser a típica adolescente irritada e te dar muita dor de cabeça. Pintar o cabelo escondido, essas coisas.

Dessa vez, caímos na risada juntos. Seu sorriso agora só exibia felicidade. Uma felicidade límpida e contagiante.

— Eu vou ser o pai que força a barra e te faz passar vergonha em público. E que às vezes fica superprotetor e cheio de remorso.

— Fechado! — estendi a mão para ele, que a apertou sem hesitar, selando nosso acordo.

Deixei meu pai sozinho para terminar de se arrumar e corri até o meu quarto, procurando o meu celular sobre a cama. Virei de frente para a luz que invadia o quarto pela janela e fiz um verdadeiro ensaio de fotos, tirando várias selfies trabalhadas no carão e outras várias sorrindo. Escolhi a minha favorita, editei e postei no Instagram, com três emojis de coroa. Guardei o celular no bolso e abandonei o meu quarto, prontíssima para o que aquele dia nos reservava.

15

— SABE QUEM eu encontrei ontem? — perguntou o meu pai, sem se dar ao trabalho de me olhar, enquanto enxaguava um copo ensaboado.

— Ahn... não? — respondi, tomando a panela de pressão do escorredor para secar.

Meu pai gostava de compartilhar até mesmo momentos chatos de obrigação. Lá em Cianorte, eu tinha o meu próprio tempo para fazer as tarefas que mamãe designava a mim. Ela não se importava em fazer junto comigo. Desde que eu fizesse, não importava se fosse no meio da madrugada, ou sei lá. Já meu pai tinha todo um papo sobre as coisas ficarem mais prazerosas quando tínhamos a companhia um do outro — eu tinha lá minhas dúvidas, mas enfim. Ele também acreditava que a casa era um templo e deveríamos cuidar dela com respeito. E, ah, claro, as obrigações eram de todos os moradores e deviam ser divididas por igual. Ele tinha deixado claro que não ia me deixar na moleza só porque ainda estávamos nos conhecendo. O que, para ser franca, achei ao mesmo tempo um absurdo e muito fofo. Era legal da parte dele querer me incluir em sua rotina, em suas crenças, em sua vida.

— Isso é muito amplo! — continuei, já que ele se manteve em silêncio. — Pode ter sido alguém com quem você estudou quando era criança. Ou então... um ator famoso? — Estalei o dedo no ar, empolgada. — Um agente incrível que vai te apresentar pra uma gravadora?

— Quê? — Ele riu, fechando a torneira e despejando mais detergente na esponja de lavar louça. — Não! Quem me dera, mas não. É alguém que você conhece.

— Minha avó? — perguntei sem pensar, e meu pai gargalhou com gosto. Nem precisei pensar muito para perceber que era pouco provável e, por isso, acabei com o rosto quente de vergonha. — Tá vendo só? É muito amplo.

Abri a gaveta de talheres para começar a guardar os que estavam secos. Ele tinha terminado de lavar tudo e agora passava o rodinho de pia pelo mármore, de maneira paciente e até um pouco metódica.

— Você que tem uma imaginação muito fértil... Trombei com a Tereza. Ela disse que o bolo ainda tá em pé e você pode escolher o sabor que gosta mais.

— Hummm... Eu tava mesmo pensando nisso. Acho que quero de prestígio. Quando ela vem?

Ele pegou o pano de prato das minhas mãos para secar as suas com uma expressão de quem tramava algo. Fiquei em estado de alerta.

— Aí é que tá, ela não vem. — Ele encolheu os ombros e jogou o pano de prato de volta para mim. Agarrei-o no ar, mas permaneci parada, encarando o meu pai. — Ela te convidou pra passar lá. — Arregalei os olhos, negando com a cabeça, mas ele se adiantou em explicar antes que eu surtasse: — A Tereza fica sozinha o dia todo, e você também, pelo menos por enquanto. E os bolos que ela faz são uma delícia, valem muito a pena. Você devia ir. Quando conseguir encontrar um emprego e começar a trabalhar, você vai se arrepender de não ter aproveitado esse tempo livre. — Ao dizer isso, meu pai se empertigou, parecendo ter tomado uma decisão. Eu soube, antes mesmo de ele dizer, que ia odiar o que quer que tivesse acabado de passar por sua cabecinha perversa. — Eu preciso mesmo fazer uns corres chatos essa tarde... passar no banco, na lotérica, dar uma olhada no meu carro, que tá puxando um pouco o volante pra esquerda. Enfim. Tá aí uma oportunidade de você ir lá cobrar o seu bolo.

Neguei com a cabeça. Perplexa demais para continuar em minha missão de secar a louça, abandonei o pano sobre o escorredor.

— Pai! Não! A Tereza tem idade pra ser a minha avó, e eu nem gosto tanto assim de bolo. Acho até que ela só falou por educação, vai ser esquisito aparecer lá do nada para cobrar — falei tudo de uma vez, sem dar chance para que ele se opusesse.

Papai me esperou terminar e então sorriu de um jeito amável.

— Olívia, o que você tá dizendo nem faz sentido. E daí que ela é mais velha? Você não fazia várias coisas com a sua avó?

— Sim, mas…

— Eu sei que você gosta de bolo — ele me interrompeu. — E vai por mim, ela não falou só por falar. Acho que nada no mundo faria aquela mulher mais feliz. Para de ser pessimista e medrosa.

Bati com as mãos ao lado do corpo, irritada por estar perdendo aquela discussão e, ao mesmo tempo, insultada por suas palavras. Pessimista e medrosa? Medrosa?! Qual é, meu pai não conhecia a filha que tinha. Eu até podia me assustar com baratas de vez em quando — mas quem não se assusta quando elas começam a voar?; podia até dormir com o monitor do computador ligado, só para não ficar no breu do quarto — qual o problema em querer enxergar um pouco no escuro?; e podia até ter surtado quando uma libélula pousou no meu nariz quando passamos perto da piscina, mas isso era ser medrosa agora?

— Não é isso! Só tô sendo realista. A gente nem vai ter assunto, vai ficar um clima megaconstrangedor, vou precisar me entupir de bolo pra fugir do silêncio esquisito e…

— Uau! — Ele arqueou as sobrancelhas, com uma expressão que era metade surpresa e metade deboche.

Um sorrisinho vitorioso teimou em entortar os cantos dos meus lábios para cima.

— Viu? Eu tenho um ponto!

— Eu não sabia que você era vidente…? — Sua resposta soou como uma pergunta carregada de ironia. — Você sabe quais são os números da Mega-Sena? Ela acumulou, vai ser uma bolada e tanto...

Cruzei os braços, o sorriso da vitória se dissipando no mesmo instante.

— Argh! Tá bom, tá bom. Já entendi que não tenho escolha, meu pai sádico vai me obrigar a passar a tarde com uma velhinha que gosta de alimentar crianças desconhecidas com bolo. — Pousei as mãos na cintura, como mamãe costumava fazer quando irritada, e bati a ponta do pé no chão de maneira insistente. — Parece até que eu já ouvi essa história antes. Será que devo me preocupar em ser assada?

Ele riu baixinho, revirando os olhos como se não pudesse acreditar na filha que tinha. Então, abandonou seu posto em frente ao balcão da pia e atravessou a cozinha, parando por um momento ao lado da porta.

— Não. E você vai me agradecer por isso. Agora para de drama e se arruma logo. Quem sabe a gente não vai jantar um hambúrguer bem cheio de calorias e gordura como recompensa?

Meu queixo caiu.

— Meu Deus, você tá me subornando! Que horror, pai! — Balancei a cabeça, me fingindo de decepcionada. — O pior de tudo é que eu aceito. Vamos lá enfrentar a devoradora de crianças.

Contrariada, escolhi uma camiseta dos Broken Boys que era alguns números maior e parecia mais um vestidão, cobrindo os shorts que eu usava por baixo. Calcei os meus tênis de sempre, usei os dedos para ajeitar o cabelo — cada vez mais desbotado e loiro —, e saí de casa com o meu pai. Tentei ignorar seu sorrisinho petulante de quem tinha vencido a discussão. Só que nem era muito uma discussão. Fui coagida a ir até a casa de dona Tereza. E tudo por um hambúrguer. E um bolo. Eu era uma vergonha.

— Divirta-se — ele falou quando o elevador parou no andar de baixo.

— Tá.

Estiquei o braço para que a porta metálica não se fechasse.

— É só relaxar um pouco. Depois vou querer todos os detalhes, hein?

— Tááá! — revirei os olhos, sem a menor cerimônia.

Papai riu, achando graça de tudo aquilo, e me puxou para deixar um beijo de despedida na minha testa. Saí do elevador sem dizer nada e o observei do lado de dentro, recostado na parede de um jeito todo descontraído.

— Você vai queimar a cara! — provocou, segundos antes de a porta ser fechada, e me impossibilitando de ter a última palavra.

— Você me paga! — gritei mesmo assim, na esperança de que ele pudesse ouvir.

Passaram-se segundos até que a luz automática do andar apagasse, me deixando na escuridão. Soltei um suspiro e roí a unha do polegar. Meu pai deveria estar tentando me bajular por ter sido ausente e tudo mais, e não me colocando em emboscadas e me chantageando com comida. Eu, hein, ele não tinha pena de mim?

Como não existia mais nenhuma opção — e com certeza ele perguntaria para Tereza sobre a minha visita —, marchei para o apartamento quatrocentos e um. Diante da porta, mudei o peso de uma perna para a outra, ensaiando o sorriso fofo e educado que usava com pessoas mais velhas quando queria parecer cortês. Então, antes que a coragem sumisse, pressionei a campainha.

Achei que ela fosse atender depressa. Trabalhava como confeiteira na cozinha e a porta era exatamente naquele cômodo. Mas me enganei. Precisei esmurrar a campainha mais três vezes até que ouvisse algum sinal de vida do lado de dentro do apartamento.

Ah, qual é?

Será que acordei a Tereza?

Fiquei toda empertigada, esperando, pronta para me desculpar. Eu já tinha até tomado fôlego quando a porta foi aberta e, do outro lado, havia uma pessoa muito diferente da que eu esperava encontrar. O ar escapou pela minha boca, que ficou aberta, sem que eu conseguisse esconder o assombro.

De frente para mim, um garoto de ascendência indiana me encarava. A pele era marrom como a minha, os cabelos negros estavam amassados de um lado, como se ele tivesse acabado de se levantar. Aliás, ele não usava lápis nos olhos, e vestia uma roupa qualquer de ficar em casa: uma regata branca bem cavada, que revelava pontos interessantes de seu peitoral, e uns shorts de moletom cinza, que acabava no meio da coxa. Os pés estavam descalços no chão da cozinha e isso, por alguma razão, me desconcertou.

— Ahn... eu... — gaguejei, querendo morrer. — Acho que errei o apartamento. Droga! — Estiquei o pescoço para conferir o número das portas vizinhas. — Er... foi mal?

Busquei o seu olhar, esperando que estivesse tão confuso quanto eu. Em vez disso, o que encontrei foi uma expressão divertida e um sorrisinho torto e cínico em seus lábios, de quem estava adorando cada segundo do nosso encontro desajeitado. Ravi apoiou o antebraço na maçaneta e ficou encostado na porta; só faltava o balde de pipoca para que o combo ficasse completo. Como se eu fosse a atração principal, uma piada, ou sei lá. Garoto irritante!

— Vem, entra — falou por fim, ao perceber o meu estado catatônico.

— Quê? — quase berrei, olhando por cima do ombro o tempo todo enquanto tentava arrumar uma desculpa para sair correndo. — Não, eu preciso visitar uma pessoa... devo ter feito confusão...

Minhas palavras morreram no ar quando percebi que seu sorriso tinha dobrado de tamanho. Agora, ele mostrava os dentes. Notei que os dois dentes da frente eram um pouquinho maiores que os demais, fazendo com que ele parecesse um coelhinho.

Ai, Deus. Acabei de chamar o Ravi de coelhinho na minha cabeça.

Preciso me livrar dele logo.

— Por acaso é a dona Tereza?

— É! — respondi, me endireitando no lugar. — Como você sabe? Qual é a porta dela? As pessoas costumam errar?

Atirei todas as perguntas e fiquei sem fôlego. Ele deu uma risada baixa e negou com a cabeça, antes de soltar a maçaneta e liberar espaço para eu entrar no seu apartamento.

— Hum… vamos lá. Ninguém nunca errou, *nem você*. A porta dela é essa aqui. E eu sei porque ela é a minha avó. Mais perguntas? — Ele apontou para mim, de sobrancelhas arqueadas. — Parece que eu não sou o único falante por aqui, né?

Eu sabia que ele estava me provocando. Parecia que Ravi só sabia fazer isso: flertar, jogar seu charme, acender sentimentos esquisitos em mim. De qualquer forma, fiquei tão perplexa que nem tive forças para retrucar.

Como assim ele era neto da dona Tereza?

Devia ter um engano.

— Mas eu conheci o neto dela — resmunguei, em negação. — Tinha um nome diferente, tipo… — Engoli em seco. — Tipo o seu. Aff! Você é irmão do Radesh?

Ele riu de mim, uma risada leve, gostosa. Ravi saiu para o corredor e, em passos tranquilos, se posicionou atrás de mim. O acompanhei com a cabeça, girando o meu pescoço até quase imitar a garota de *O exorcista*, só para entender o que ele achava que estava fazendo. Nem tive muito tempo de pensar, e suas mãos vieram parar em minhas costas. Como um trenzinho da alegria (ainda que não tivesse nada de alegre), ele me levou para dentro de sua casa. Se existia algo no mundo que eu não queria era ficar sozinha com Ravi. Eu sabia que visitar Tereza era uma má ideia.

Sem contar que ele era todo expansivo. Tinha uma tendência a tocar em mim sem perceber, daquele jeito que até podia parecer inocente, mas que me deixava desconcertada e — às vezes — formigando. Quando nos conhecemos, segurou minha mão.

Na piscina, brincou com o meu cabelo. E agora isso? Qual era o próximo passo? Me beijar na boca?

Quer dizer... se ele não fosse gay, é claro. Eu precisava manter isso em mente para não me frustrar ainda mais.

Ravi usou o pé para empurrar a porta, que se fechou com um estalido. Então me soltou e cruzou os braços atrás da nuca para me examinar.

— Ela deve estar pra voltar, deu um pulinho no mercado com o meu irmão. — Abri a boca para dizer que voltava depois, só que ele deve ter pressentido, pois arregalou os olhos e juntou as mãos em frente ao rosto, feito um cachorro que caiu do caminhão de mudança. — Mas fica, ela vai ficar feliz com a visita. E eu até sei ser civilizado, vai. Só ajo como um selvagem durante oitenta por cento do tempo — ele concluiu, com uma piscadela charmosa.

Minha risada escapou com tanta facilidade que até me assustei. Mordi o lábio inferior, sem conseguir entender qual era a dele e muito menos qual era a minha. Por que eu ficava tão... fora de controle perto dele? Parece que Ravi bugava o meu sistema. Anotei na memória essa frase, porque parecia muito com algo que Ethan diria a Matt.

— Posso fazer esse esforço. Mas só porque fui coagida pelo meu pai, e é um hambúrguer que tá em jogo!

Por que eu tô falando isso?

— Justo! Vamos pra sala então, é mais confortável. — Ele parou em frente à geladeira e a abriu, coçando a barba por fazer por um momento. — Eu ia te oferecer Fanta Uva, mas só temos suco de uva.

— Não é a mesma coisa.

Ele me espreitou, quase inteiramente escondido pela porta da geladeira. Havia confusão em seu olhar.

— É literalmente a mesma coisa! Só que uma tem gás, e a outra não.

— Mas suco de uva é mais natural. Eu gosto de Fanta porque tem um gosto bem artificial. Bubbaloo de uva também

— expliquei, super-séria, porque esse era um assunto que eu prezava. — E você não pode dizer que é tudo a mesma coisa.

— Ok...? — Ele pareceu considerar minha resposta por um momento. — Você é estranha! As pessoas gostam quando as coisas *não são* artificiais. Enfim, a gente tem Coca e Soda. Seguindo a sua lógica, acho que Coca, né? Porque não existe nada mais artificial.

— Olha só, você aprende rápido! — Sorri para ele e, quando ele sustentou o meu olhar daquele jeito destemido e bem direto que Ravi tinha, passei a não saber mais o que fazer com os meus próprios braços. — Eu também amo aquele geladinho azul de mercado. E sorvete de tutti frutti.

Com uma garrafa de dois litros de Coca-Cola em uma das mãos, ele fechou a porta da geladeira. Pegou dois copos no escorredor e os colocou sobre a mesa, servindo-os em medidas iguais.

— Sinto ser o cara que vai dizer isso, mas você vai morrer bem cedo — brincou, enquanto rosqueava a tampa da garrafa.

— Pelo menos vou ter aproveitado as maravilhas da vida.

— Se você tá dizendo...

Ravi pegou os nossos copos e, depois de ter devolvido o refrigerante na geladeira, fez um movimento com a cabeça indicando a porta da sala. Ele foi na frente, mas em uma velocidade boa para que eu não ficasse para trás. O que apreciei, já que demorei um pouco para conseguir tirar os meus pés do chão, pois pareciam feitos de chumbo.

Eu tinha lutado tanto contra a ideia de ir ao BarBa com o meu pai só pelo fato de que Ravi estaria lá e eu não sabia muito bem como lidar com ele. Isso tudo para ser obrigada pelo meu pai a vir ao apartamento de Tereza. Agora eu precisava fazer sala com aquele garoto. Quer dizer, dava para ficar pior? Minha definição de inferno era essa.

Parecia até uma de minhas fanfics.

Ou melhor, só em parte. Porque, nelas, as coisas rolavam.

O que não seria o caso entre nós.

16

ELE SE sentou no canto do sofá de três lugares e cruzou as pernas sobre o assento, dando um gole longo do seu copo. Timidamente, sentei-me o mais longe possível, sentindo o braço do sofá cutucar o meu quadril, mas sem ousar encurtar a nossa distância. Estiquei a mão para pegar o meu copo e ele me entregou com um movimento preguiçoso, demorando para soltá-lo, do mesmo modo como havia feito no bar. Seus dedos quentes roçaram nos meus, enquanto Ravi me queimava com o olhar.

Mortificada de vergonha, escondi o rosto no copo e entornei a Coca-Cola feito uma lunática. Nem deu para sentir o gosto. O gás se acumulou todo em meu nariz, fazendo com que ardesse pra caramba. Mas até isso era melhor que encarar o garoto ao meu lado.

— Meu Deus, você tava desidratada ou o quê? — Ele tinha os olhos arregalados, num misto de surpresa e fascínio.

— Dá isso aqui, vai — resmunguei, roubando o copo dele para entorná-lo na sequência.

Era isso. Eu estava fora de mim.

Desde o momento em que reprovara no vestibular até agora, minha vida ia rumo ao precipício. Eu me perguntava se um dia ia conseguir recuperar a minha sanidade.

— Você quer a garrafa?

— Não. — Devolvi os dois copos a ele, encarando os meus próprios joelhos com fixação enquanto tentava pensar em uma mentira. — Eu vim pela escada. Nem percebi que tava com tanta sede.

Ravi fez um barulho esquisito, uma mistura de engasgo com risada de uma só nota. Subi o olhar e o peguei de sobrancelhas unidas.

— Olha, eu tava brincando, mas acho mesmo que você precisa reconsiderar seus hábitos... — Ele umedeceu os lábios. — É só um lance de escada do seu apartamento pra cá. Você deve estar morrendo se cansou esse tanto.

Seu tom era de brincadeira, mas senti uma pontada de preocupação em sua voz. Descartei suas palavras com um aceno de mão, porque sabia que era mentira e eu precisava de bem mais que um lance de escada para me cansar. Tipo dois, por exemplo.

Ravi se levantou para deixar os copos sobre a mesinha de centro e voltou a se esparramar no sofá. Para o meu horror, ele esticou os pés, ficando a pouquíssimos centímetros de me alcançar.

— Você é médico, por acaso? — desdenhei, me achando superinteligente pela resposta afiada. Optei por ignorar sua aproximação descarada. Seria melhor não dar corda.

Erguendo uma única sobrancelha, ele roçou o indicador em seu lábio inferior, com um brilho no olhar que não pude interpretar. A unha preta começava a descascar, mas, de alguma forma, deixava-o ainda mais charmoso.

— Na verdade, enfermeiro. Ou quase. — Ele deu de ombros. — Ano que vem termino a faculdade.

Dei uma risadinha afetada, pensando que se tratava de uma brincadeira. Mas, como ele não me acompanhou na risada, senti o coração disparar ao constatar que estava sendo sincero.

— Eita, dessa vez fui eu que falei demais. — Escondi o rosto com as duas mãos, enquanto ele ria de mim. — Vamos começar de novo? — sugeri, como ele fizera quando nos conhecemos. — Desde que eu cheguei, as coisas estão muito esquisitas.

— Você é que tá muito tensa. Eu já falei, só sou civilizado em vinte por cento do tempo!

Ele agarrou uma almofada e brincou com o zíper dela, abrindo e fechando sem parar.

Soltei um suspiro consternado.

Talvez Ravi tivesse razão. Eu não conseguia relaxar perto dele e ficava toda esquisita, tímida e envergonhada, como na época em que ainda era BV e precisava escolher quem seria o grande sortudo a me dar o primeiro beijo. O que era um desafio, eu sempre preferia morrer a encarar os meus pretendentes nos olhos, quanto mais ficar sozinha com eles!

— Tá bom, a partir de agora você vai conhecer a Olívia relaxada — falei e, para me fazer entender, subi o pé esquerdo no assento do sofá e comecei a desamarrar o meu All Star inteiro rabiscado. — Espero que não se arrependa.

Ele mordeu o lábio inferior, tentando evitar um sorriso, mas logo ele tinha dominado seu rosto inteiro. Os dentes de coelhinho conferiam a Ravi um ar de garoto sapeca que ia de encontro ao seu lado confiante, expansivo, mas combinava com seu outro lado, o brincalhão, que falava tudo que vinha em mente.

— Impossível! Eu tava bem ansioso por isso — respondeu por fim, e indicou os meus sapatos com a mão. — Quando eu te vi a primeira vez, você só escrevia de um lado.

— Ah, é. — Assenti. — Eu uso meu tênis como diário. Um lado é pra coisas ruins, o outro pra coisas boas. Eu tinha começado fazia pouco tempo e tava numa fase meio sombria.

Ele deu uma risada calorosa e usou a ponta do pé para cutucar a minha coxa. Acompanhei o seu movimento com o olhar e senti o estômago dar uma cambalhota. O que esse garoto queria, hein?

— Gostei. É bem... diferente? Você não liga de os outros verem os seus sentimentos desse jeito?

Dei de ombros.

— Ninguém sabe que é um diário.

— Eu sei! — Ele inclinou o tronco para frente, tentando ler alguma coisa. — *Confusa... deslocada...*

Revirei os olhos e, sem pensar direito, lancei meu próprio corpo para frente, alcançando os meus tênis e jogando-os do outro lado da sala. Ravi pareceu chocado por um instante e então caiu na gargalhada.

— Acho que isso responde a minha pergunta.

— Eu falei que você ia conhecer a Olívia relaxada, e não a Olívia madura e desprendida, que não tem medo de mostrar a alma para alguém que acabou de conhecer — expliquei, na defensiva, mas não consegui evitar o sorriso.

— Humm, verdade! Falha minha, foi mal por ser desatento.

— Perdoado — respondi, juntando o cabelo para cima para prender em um coque. Ravi me acompanhou com um brilho no olhar, mas não ousou falar nada. — E que não se repita!

Ele dobrou a perna direita e cruzou as mãos em volta dela. Seus olhos desceram do meu rosto e foram parar na camiseta. Em segundos, sua expressão mudou de curiosidade para surpresa e, então, empolgação.

— Você gosta de Broken Boys?

— Você *conhece* Broken Boys? — perguntei o óbvio, porque isso era novidade para mim.

Como o universo das fanfics era majoritariamente feminino, eu sempre ficava com a sensação de que o público da banda também era só de meninas. Sem contar que, lá em Cianorte, quase ninguém conhecia a banda. Meus colegas de classe eram mais entusiastas do sertanejo universitário e, em alguns casos, de pop. A única pessoa de lá que também conhecia BB era Paola, e só porque eu não dei escolha a ela.

— Ahn, sim? — Ele enterrou a mão no cabelo, jogando-o para trás. As mechas negras e sedosas caíram em cascatas até se assentarem outra vez. Ah, pelo amor de Deus, eu estava mesmo observando o comportamento do cabelo dele? Isso era ridículo. — Tipo, todo mundo da nossa idade conhece...?

Pensei nas pessoas que vi na Trajano Reis e no quanto eram diferentes daquelas da cidade de interior onde cresci. Talvez ele tivesse razão e essa fosse a realidade de Curitiba. Mas, para mim, ainda era bizarro que houvesse um lugar em que mais pessoas compartilhassem dos mesmos gostos que eu. Pessoas de carne e osso, e não amizades virtuais, que era ao que eu precisava recorrer.

— Ninguém conhecia lá onde eu morava — justifiquei.

— Sério? Você morava num bunker ou o quê?

Fui traída por uma risada que, a princípio, soou tímida, mas logo mostrou todo o seu potencial, se expandindo pela sala. Ravi também riu, embora eu suspeitasse que era mais de mim do que da piada em si, o que me deixou um pouco mais à vontade. Não estar naquele ambiente escuro, barulhento e fora da minha zona de conforto que era o BarBa fazia tudo parecer mais fácil. Fiquei tão relaxada com a endorfina que meu corpo liberou que não pensei muito bem e, num gesto descontraído, estiquei o pé e dei um chutinho em sua coxa, assim como ele tinha feito comigo.

Ravi umedeceu os lábios, e sua risada morreu até virar um sorriso bobo no rosto quando ele percebeu o que eu tinha acabado de fazer. Levei um pouquinho mais de tempo para constatar que havia perdido a porcaria do meu juízo. Um calafrio desceu pela minha espinha e foi parar no meu estômago, deixando-o gelado. Morrendo de vergonha, puxei as duas pernas para perto do corpo e as abracei, temendo que eu enlouquecesse outra vez.

Tenho certeza de que ele percebeu o meu desconforto, mas, para a minha sorte, preferiu não falar nada. Aliás, Ravi foi bem legal ao afastar sua perna de mim também, o que agradeci muito, pois só assim voltei a respirar. Aquela proximidade me deixava maluca e não de um jeito bom. Pelo contrário, eu estava começando a ficar brava com esse jeito dele de agir, como se estivesse a fim de mim ou sei lá. Se eu não o tivesse visto no bar com outro garoto, jamais acreditaria que era gay. Era por isso que eu não conseguia entender muito bem o que ele pretendia.

— Não, eu só morava no interior. Mas respondendo a sua pergunta: eu amo Broken Boys. É a minha banda favorita — tagarelei, incomodada com o silêncio estranho que havia se sucedido.

Ele deu um sorriso e cruzou os braços sobre o braço do sofá, recostando o queixo neles.

— Já foi a minha também. Eu só ouvia isso quando era adolescente. — Ele esticou o polegar, sem nem perceber que o fazia, e esfregou o lábio em um movimento de vaivém. — Você viu que eles vão se separar?

— Ai, nem me lembre! Não sei o que vou fazer quando isso acontecer. Foi por causa deles que comecei a escrever fanfics...

Parei de falar ao sentir uma vibração no bolso traseiro dos shorts e ergui um pouco os quadris para alcançar meu celular. Era uma mensagem do meu pai.

> e aí? a Tereza já te prendeu numa jaula pra te jantar mais tarde?

Sorri sozinha e guardei o celular outra vez, decidindo que o meu pai podia esperar um pouco. Ravi me encarava com uma expressão curiosa, sem tentar esconder que nosso assunto o divertia.

— Fanfics? — indagou, e assenti. — Tipo aquela da Selena Gomez e do Faustão?

— Claro que não, né? Eu nunca seria capaz de escrever essa pérola da literatura brasileira. Não tenho tanta criatividade.

Ele riu baixinho, desviando o olhar para a almofada em seu colo.

— Eu costumava ler quando era mais novo. Depois entrei pra faculdade e comecei a trabalhar... Não sobra mais tempo nem pra respirar. — Chocada, abri a boca para descobrir mais sobre isso, mas me contive quando seu rosto ficou sério, como se seus pensamentos tivessem se voltado para outra direção, bem diferente e não tão divertida assim. — Eu quero muito ir no show e me despedir. Eles são bem importantes pra mim. — Fiquei olhando para a argola em seu nariz adunco, que brilhava em contraste com sua pele. O combo Ravi era muito interessante, tudo parecia estar no lugar certo, e isso me fascinava. Eu queria um dia também me encontrar assim. Ravi ergueu o rosto e me pegou em flagrante; nem tive tempo de disfarçar. — Você vai? A gente bem que podia ir juntos, né? — Ao dizer isso, seu rosto se iluminou.

— Mas o show é só em outubro!

— Quero garantir que você não vai combinar com outra pessoa, ué. — Ele piscou para mim e senti como se tivesse um lança-chamas apontado para o meu rosto.

— Eu pre-ci-so ir nesse show! — Ignorei seu flerte de propósito e acho que ele percebeu, pois um sorriso torto estampou seus lábios. — Foi por isso que me mudei pra cá. Só que... — Respirei fundo, sendo tomada pelo desânimo. — Eu queria muito arrumar um emprego pra conseguir comprar os ingressos. Ia me odiar de ter que pedir pro meu pai. Não quero que ele pense que tô me aproveitando da situação com ele, nem nada do tipo.

Ele piscou os olhos algumas vezes e então estalou o dedo no ar, parecendo muito empolgado com algo que tinha acabado de lhe ocorrer. Fiquei com medo do que estava por vir. Pelo pouco que eu conhecia de Ravi, sabia que qualquer coisa podia sair da sua boca.

— É isso! — exclamou, empolgado. — Ótimo! A Ingrid tá em período de aviso prévio e o Barba tá mesmo proc...

— O que é isso? — não resisti a perguntar e acabei por interrompê-lo.

Ele parou por um segundo, absorvendo minha pergunta com as sobrancelhas grossas unidas antes de questionar:

— Você nunca trabalhou? — Neguei com a cabeça, envergonhada, e ele explicou: — Quando a gente quer sair de um emprego, precisa avisar a empresa com um mês de antecedência. Daí entramos em aviso prévio e temos o direito ao décimo terceiro e férias. Senão, é descontado. — Ravi abanou a mão no ar como se fossem meros detalhes. — Mas isso não importa. A Ingrid vai sair daqui uns dias e vamos ficar com um bartender a menos. Por mim, não teria problema. Não é querendo me gabar nem nada, mas eu dou conta. Meus amigos nem tanto... — Ele deu uma risada baixa e não resisti a rir também. — O Barba tá procurando outra pessoa. Seu pai toca lá sempre, é perfeito!

Meu sorriso amarelou na mesma hora.

— Hummm... — resmunguei, tentando escapar pela tangente.

Porque sejamos sinceros: por mais que eu quisesse ir ao show de despedida dos Broken Boys e precisasse de um emprego para isso, não havia a menor possibilidade de passar todas as noites ao lado de Ravi. Uma coisa era trombar com ele ali no nosso condomínio e acabarmos passando um tempo juntos. Outra coisa era conviver com ele todos os dias da minha vida. Meu Deus, não. Eu não tinha nem estrutura para isso.

— Tô muito empolgado! Com você trabalhando lá, tenho quase certeza de que não chego mais atrasado.

Entortei a cabeça para o lado, um pouco confusa.

— Ahn? Por quê?

— Por vários motivos... Você é bonita, interessante, vou ter mais tempo de te conhecer. E nós podemos programar com calma o show dos Broken Boys. — Ele pontuou cada item com os dedos. — Esses são só alguns motivos. Posso ficar a tarde inteira te listando outros.

Tão, tão direto.

Desviei o olhar para as minhas unhas roídas, sem conseguir encarar seus olhos amendoados com cílios grossos e compridos. Eu nunca tinha conhecido um garoto como ele. Mesmo os mais confiantes tinham uma abordagem diferente, nunca mostravam tanto interesse. Sei lá, sempre achei que mostrar os sentimentos fosse uma forma de se mostrar frágil, vulnerável. Mas parece que para ele não. Ele fazia isso com a mesma facilidade com que fazia piadas.

Bom, quem sabe não fosse justamente pelo fato de que tudo não passava de uma piada para ele?

Neguei com a cabeça, sentindo o estômago revirar.

Não consegui me sentir lisonjeada com os elogios. Na verdade, fiquei um pouco puta. Não sei onde eu estava com a cabeça, mas ia bastante com a cara dele. De um jeito perigoso, no caso. E era mancada que ele alimentasse isso, se não ia dar em nada.

Que tipo de monstro fazia uma coisa dessas?

— Que foi? — perguntou ele de repente, de cenho franzido. — Falei alguma coisa errada? — Mas, antes que eu pudesse responder, ele mesmo se justificou: — Eu tava só brincando sobre o emprego, tá? É óbvio que não vou te assediar, nem ser um chato insistente. Só dei a dica porque é um emprego muito tranquilo. O Barba é o chefe mais gente boa do mundo.

— Esse é o problema, Ravi! — respondi. — Você tá sempre brincando comigo, eu não sei direito quando é sério e quando é só uma piada.

Ele pareceu chocado com a minha resposta, e ficou claro para mim que não esperava ouvir isso. Ravi apoiou os cotovelos nos joelhos e cruzou as mãos em frente ao rosto.

— Como assim? — perguntou, desconfiado. — Eu não tava brincando quando falei que quero passar um tempo com você. Na verdade, tava falando bem sério.

Argh! Por que estávamos indo tão longe assim?

— Ah, Ravi… — Segurei a ponte do nariz, descendo as pálpebras por um momento. Foi como se, em uma fração de segundo, todo o peso do mundo tivesse recaído sobre os meus ombros. — Por que você tá fazendo isso comigo, hein?

Ouvi quando ele pigarreou e se remexeu no sofá. Abri os olhos e percebi que ele estava desconfortável e, pela primeira vez, parecendo incerto sobre como agir. Gostei disso, porque era assim que eu me sentia a maior parte do tempo.

— Você está perguntando por que eu gostei de você? — Ele mordeu o lábio inferior por um segundo, coçando a barba que começava a nascer no pescoço, perto do pomo de adão. — Eu tento deixar as coisas claras, nunca fui muito de joguinhos. — Ravi deu de ombros. — Isso te assusta?

Que ótimo, vamos mesmo por esse caminho. Ele podia facilitar.

Roí — com certa obsessão — a unha do mindinho, pensando em como dizer para ele o que eu já sabia sem que soasse rude. Fiquei tão distraída que roí até a ponta do dedo ficar sensível e vi pontinhos de sangue se formando na pele embaixo da unha.

— Olha, eu sei que você não gosta de mim. — Repuxei os lábios em uma careta constrangida. — Não desse jeito.

— Que jeito?

Ele tinha os olhos arregalados, como se começasse a ponderar se eu era uma maluca. Agarrei a almofada com que ele tinha brincado minutos atrás e que, agora, estava abandonada no meio do sofá, e a abracei com força, para criar uma barreira entre nós.

— Do jeito que... uma pessoa... — Droga, acho que aquele era o momento mais embaraçoso que eu tinha passado na minha vida inteira. Até mais do que quando soltei um pum sem querer na aula de educação física enquanto fazia flexões. — Você sabe, vai!

Ravi se aproximou de mim e segurou a almofada pela costura, arrancando-a de minhas mãos para repousá-la outra vez no sofá. Observei seus movimentos, mas não ousei falar nada. Meu coração batia tão forte que eu conseguia ouvir a pulsação. Minhas mãos estavam geladas.

— Não sei, não. — Ele abriu um sorriso desconcertado. — E nem você sabe o que eu sinto ou como eu sinto. Se o problema for o fato de eu ir direto ao ponto, é só me falar. Não quero deixar você desconfortável e...

— Não, não é nada nisso! Aff, Ravi... — explodi, sem deixar que ele terminasse a frase. — Não tem nada a ver com você ser direto ou sei lá. Tem a ver com você ficar brincando comigo, achando que eu sou uma piada. Eu não sou, tá?

Ele olhou por cima do ombro como se desconfiasse de que tudo não passava de uma pegadinha.

— Meu Deus, mas quando foi que eu fiz isso?

— O tempo todo! Você fica flertando comigo, só que eu sei que você é gay. Eu sei. Não foi ninguém que me contou nem nada do tipo. Eu vi. Com os meus olhos.

Seus lábios se entreabriram, relevando um pouco dos dentes de coelhinho. Notei um brilho selvagem em seu olhar e tive o pressentimento de que, a qualquer momento, ele levantaria do sofá e me expulsaria de sua casa.

O silêncio entre nós me deu a sensação de que as paredes da sala se comprimiam, nos deixando em um ambiente pequeno e incômodo. Tive a sensação de que a minha respiração fazia um barulho estrondoso e, por isso, tentei respirar de maneira mais silenciosa — se é que isso fazia sentido. Talvez não. Enfim.

Ravi deu uma risada baixa, arqueando as sobrancelhas.

— Eu não sou gay, Olívia — respondeu com calma, mas num tom sério. — Não teria problema nenhum se fosse, só não é o caso. Por que eu ia querer me aproximar de você se fosse?

Estalei a língua no céu da boca, irritada.

— Tá vendo só? Você vai continuar negando. Eu não sei por quê, também queria saber. Mas, Ravi, eu te vi no BarBa com outro garoto!

— Ah, eu não duvido! Me surpreende que tenha sido uma vez só. — Ele passou as duas mãos nos cabelos, com um sorriso gélido nos lábios. — O B de LGBT não é de barman, tá? Eu sou bi, gosto de pessoas, independentemente do gênero. Gostei de você. Senti que você também tinha se interessado em mim. Pensei: por que não? — Ele esticou os dedos para tocar nas costas da minha mão. Meu primeiro impulso foi o de me afastar, mas eu estava tão mortificada que não consegui mover um único músculo. — É simples, não é?

Na verdade, era, sim.

Colocando dessa forma, parecia a coisa mais óbvia do mundo. Quero dizer... Por que nem tinha passado pela minha cabeça? Eu preferi pensar no pior: imaginei que ele estivesse me sacaneando e o abordei com sangue nos olhos.

Ai, que inferno!

Massageei as têmporas, sentindo os olhos arderem. Eu não podia chorar agora, seria ainda mais ridículo.

— Eu... n-não... ahn... — gaguejei, deixando a voz morrer no ar.

Não consegui impedir uma lágrima de pular do olho, descendo rápido pela minha bochecha esquerda. *Merda, merda, merda!* Eu não sabia muito bem o motivo, mas fiquei arrasada, destruída, a ponto de querer correr dali e me esconder para sempre.

Talvez porque eu nem ao menos tenha cogitado sua orientação sexual, o que mostrava o quanto eu era caipira, atrasada, o quanto eu não entendia nada do mundo e destoava das pessoas daquela cidade. O quanto eu não me encaixava ali e era burra. *Sua. Burra!* Mas o pior de tudo era que, por escrever desde sempre histórias de um casal de homens, eu pensava que era bem esclarecida, que tinha mente aberta, que era entendida da causa LGBTQIA+. Só que não! Só que nunca.

Ravi curvou as sobrancelhas para baixo, parecendo surpreso com a minha reação. Sua mão se fechou ao redor do meu pulso, enquanto mais lágrimas escorriam dos meus olhos. Ficou cada vez mais difícil controlar o impulso de cair no choro feito uma criancinha.

— Nossa, que burra! Eu... — Girei meu braço para tentar me soltar de sua mão, mas não obtive sucesso. — Acho que já vou indo... Desculpa pelo vexame...

E agora, pelo jeito, eu tinha perdido a habilidade de concluir frases. Só ficava lançando as palavras e deixando que elas morressem no ar, de um jeito constrangedor. Levantei-me de supetão, mas, para o meu desespero, Ravi não me soltou.

— Ei, calma! — pediu com gentileza. — Olívia...

Usei a mão livre para puxar os seus dedos, um a um. Apesar de não fazer força, ele tinha firmeza na mão, e me soltar foi mais difícil do que eu previa. Eu puxava um dedo e, quando estava prestes a puxar o próximo, ele voltava a dobrar o primeiro.

Na verdade, a situação toda era meio ridícula.

Eu, em pé, tentando me soltar. Ele, sentado, sem a menor vontade de me deixar ir embora dali. Nenhum de nós falava nada, mas trocávamos olhares intensos. Pelo menos eu tinha parado de chorar no meio daquela luta corporal. Se é que eu podia chamar assim, é claro.

Foi por isso que, quando ouvi o barulho da fechadura sendo aberta, suspirei de alívio. Alguém lá em cima teve piedade da minha angústia e mandou um anjo para me libertar. Fiquei entretida em pensamentos de anjos tocando harpas e luzes iridescentes quando Ravi suavizou a expressão e vi a sombra de um sorrisinho em sua boca, antes que ele gritasse com a cabeça um pouco inclinada para trás.

— Vóóóó, a gente tem visita! Você não vai adivinhar nunca quem é.

Meu queixo caiu.

— Que jogo baixo — sussurrei entredentes, sem nem piscar.

Ele respondeu com uma piscadela, e constatei que já estava de bom humor outra vez. Bem diferente de mim, que preferia ser engolida viva pelo piso do apartamento.

— Eu sempre jogo baixo — ele sussurrou em resposta e só então me soltou, tomando impulso para levantar do sofá.

— Verdade? — ouvi a voz familiar de Tereza vindo da cozinha, se sobrepondo ao barulho de sacolinhas plásticas sendo amassadas. — Hum, deixe-me ver... O Adolfo?

Ele pegou os copos sujos de cima da mesinha de centro.

— Nem sei quem é Adolfo, vó! — Ravi respondeu, indo até a porta da cozinha. Ele me olhou por cima do ombro e fez um movimento de cabeça pedindo que eu também fosse até lá. — Precisa de ajuda? Aliás, cadê o Radesh?

O barulho seco da porta da geladeira sendo fechada chegou até os meus ouvidos.

— Não preciso, fica tranquilo. Só comprei umas besteirinhas pro seu irmão comer. — Ela fez uma pausa no exato momento em que alcancei Ravi, ficando atrás dele, mas ele se ajeitou à minha frente de modo que nem ela me visse nem eu conseguisse enxergá-la direito. — Ele ficou lá embaixo brincando com o Enzo. Depois você desce um pouco pra dar uma olhada nele?

— Claro! — Ravi segurou os dois copos com uma única mão e esticou a outra para trás, esperando que eu a pegasse. Engoli em seco e, a contragosto, fiz o que ele queria. Ele pigarreou, chamando a atenção de Tereza e, então, liberou a porta, me guiando para dentro do cômodo como se estivéssemos em um filme antigo. — Agora, vó... a nossa ilustre visita.

Seus olhos pequenos focaram direto em mim e então seu rosto se iluminou. Tereza abriu um sorriso imenso, largando a lata de achocolatado que tinha nas mãos e contornando a mesa para me alcançar.

A primeira coisa que notei foi o seu cabelo, cujo prateado natural tinha dado lugar a um rosa-bebê muito parecido com o que eu tinha pintado o meu. Entreabri os lábios, confusa e surpresa.

— Olívia, querida! — Ela me alcançou e me envolveu em um abraço apertado. Retribuí, um pouco sem jeito, e lancei um olhar inquisitivo para Ravi, torcendo para que ele lesse os meus pensamentos sobre o cabelo de sua avó. Mas ele só ficou nos observando, divertido. — Que bom te ver aqui! Eu até achei que você não viesse mais.

Ela se afastou, mas continuou me segurando pelos braços, os olhos passeando pelo meu rosto, como se procurasse saber mais coisas sem que eu dissesse nada.

— Eu não ia deixar de provar esse bolo de que todo mundo fala tão bem. — Sorri para ela, sem conseguir parar de olhar para os cabelos estilo chanel que mais pareciam algodão-doce. — Da última vez que te vi, você não tinha mudado o visual ainda. Ficou ótimo!

— Nem você! — Ela esfregou o meu braço direito com carinho. — Foi você que me inspirou a mudar. Voltei na farmácia naquele mesmo dia pra comprar a mesma tinta. O Ravi vive me perturbando, diz que eu preciso me soltar, que a vida ainda não acabou. Acho que ele tem razão... — Ele tinha ido até a pia e lavava os copos que tínhamos acabado de usar. Ao ouvir Tereza, girou o tronco em nossa direção e mandou um beijo estalado para ela, que retribuiu. — Você ficou ótima com o visual novo...

— Também acho! — ele interrompeu, dessa vez sem se virar para nos encarar. Ainda bem, porque me remexi de um jeito super esquisito e nada natural.

— Espero que não se importe de eu ter te copiado.

Mordi o lábio inferior, sem encontrar palavras para responder.

Lembrei da nossa conversa naquela manhã em que destruí o meu cabelo e em que ela me ofereceu a sua amizade. Então entendi que, na verdade, ela tinha pintado o cabelo por minha causa! Não tinha nada a ver com estar inspirada, e sim com querer se aproximar; tive certeza disso pela maneira como Tereza me olhava. Quero dizer... Isso era tão legal! Eu amava minha família, mas sabia que nenhuma das três jamais faria mudanças capilares para me apoiar, nem nada do tipo.

— Que nada, ficou bem melhor em você. Todo mundo vai pensar que fui eu quem copiou — brinquei, e ela e Ravi deram risadas calorosas, que tinham um quê em comum. Segurei a mão de Tereza, me deixando guiar pelo meu coração, e sorri. — Pena que eu não vi antes... Fiz tudo errado aquele dia, teria sido ótimo conferir um resultado bom pra não desanimar. — Dei uma risada envergonhada e desci o olhar para os meus pés e para as meias de unicórnio que eu usava. — Obrigada! De coração.

Tereza abanou a mão no ar, descartando meu agradecimento, como se seu gesto não fosse nada de mais.

— Agora a gente criou um vínculo. Você precisa me avisar com antecedência quando for mudar a cor, pra eu me programar.

— Posso entrar no clube dos cabelos coloridos também? — perguntou Ravi, voltando para perto de nós.

Ele puxou uma cadeira e se jogou nela, cruzando as mãos por trás da nuca. Ele olhava direto em meus olhos, com certa intensidade, mas eu continuava muito envergonhada para sustentar o seu olhar e, por isso, me concentrei em cutucar a cutícula do dedo indicador. Precisava processar o que havia descoberto e repassar todos os nossos encontros com calma.

E precisava, definitivamente, lidar com o fato de que ele sabia que eu estava a fim dele. Coisa que, é claro, eu jamais admitiria em toda a minha vida.

— Pode. Mas você tem que aceitar qualquer cor sem contestar.

— Justo.

Tereza tinha se afastado enquanto conversávamos. Ela se abaixou em frente aos armários da pia e tirou a batedeira de lá de dentro.

— Qual é seu bolo favorito, Óli? — perguntou, focada em outra coisa. Agora ela abria a geladeira e começava a tirar ingredientes aleatórios. — Posso te chamar assim?

Sorri feito boba.

— Aham. Eu até prefiro, na verdade. — Arrastei uma cadeira para me sentar, mas tive o cuidado de pular o lugar ao lado de Ravi para evitar transtornos maiores, como braços se esbarrando e outras coisas com as quais eu não poderia lidar naquele momento. — Vou dar muito trabalho se escolher de prestígio?

— Trabalho nenhum. É o favorito do Ravi. Eu faço tanto que vai no automático.

Olhei na direção dele ao mesmo tempo que ele decidiu se sentar ao meu lado. Inferno de menino! Ele tinha um sorriso que ia de orelha a orelha e usou o ombro para me empurrar de levinho para o lado.

— Vó, você não pode ir contando as coisas assim, na lata. Eu tinha planejado soltar as informações aos poucos... — Ele fez uma expressão impagável. — Se a gente entrega tudo de uma vez, a pessoa logo perde o encanto, sabe?

Dona Tereza deu uma gargalhada, olhando com diversão para o neto. Era bem engraçado saber que eles eram parentes e que, além disso, moravam juntos. Ainda mais por ter conhecido os dois separados e em contextos diferentes. Nem em um milhão de anos eu ia adivinhar o parentesco. Eles pareciam ser de universos muito diferentes, mas talvez eu apenas não soubesse o suficiente ainda.

— Você não perde tempo, né?

Mas ele não respondeu. Ravi olhava para mim quando me virei em sua direção. Os dedos de unhas pintadas passeavam pela trama da toalha, indo e voltando sem parar. Me encolhi no lugar, contendo o impulso de abraçar o meu próprio tronco como uma criança assustada.

— Tudo bem entre a gente? — perguntou, baixo o suficiente para que só eu ouvisse.

— Não sei... está?

— Da minha parte, nunca deixou de estar. — Ele deu um sorriso torto. — Você vai precisar de muito mais pra me deixar bravo.

Girei o corpo um pouco para a esquerda, em sua direção, ficando de frente para ele.

— Não quero te deixar bravo — respondi em um sussurro exasperado. — Mas fazer você parar de me encher o saco não seria má ideia...

Ele soltou o ar pelas narinas em uma espécie de risada silenciosa, se é que isso faz sentido. Então, daquele jeito Ravi de ser, esticou a mão e pinçou o meu mindinho, massageando-o de leve. Senti um nó na garganta imenso e um friozinho na barriga.

— Desculpa, vou ficar devendo essa. Tô pegando gosto pela arte de te encher o saco.

Neguei com a cabeça, me rendendo a um sorriso, que foi retribuído com um sorriso ainda maior.

— Só pra esclarecer as coisas... — comecei, mas fiquei com a sensação de que Tereza nos vigiava pelo canto dos olhos e tive medo de que ouvisse o teor da nossa conversa. Por isso, me aproximei dele e diminuí ainda mais o volume da minha voz. — Eu não tô interessada em você. Não assim.

— Assim como? — provocou, sem deixar de sorrir.

Nossos rostos estavam bem próximos, eu até podia sentir a sua respiração quente.

— Não quero... hum... dar uns pegas em você. — Não consegui olhar em seus olhos ao dizer isso. — Tô satisfeita com a sua amizade.

Ravi engoliu em seco, de olho na minha boca. Senti um calafrio descer pela minha espinha e me deixar inteira gelada. Precisei me segurar muito para não estremecer bem ali.

— Poxa... que pena. — Ele se aproximou um pouco mais, e consegui sentir cada palavra sua ricochetear em meus lábios. — Eu acho que a gente ia se dar muito bem fazendo isso.

Ao dizer isso, ele voltou a se afastar e mordeu o nó do dedo distraidamente enquanto me observava. Fechei os olhos por um momento, tentando normalizar a respiração, ao mesmo tempo que repassava suas palavras na memória para reproduzir em uma fanfic depois, porque nem em mil anos eu teria, sozinha, inventado algo tão... desconcertante.

17

ROÍ AS unhas por quase todo o percurso enquanto observava Curitiba passar pela janela e tentava, sem nenhum sucesso, decorar o caminho. A primeira noite no meu primeiro emprego. Uau! Agora eu fazia parte do grupo de pessoas assalariadas e isso era muito, muito louco. Era a primeira vez que eu sentia que estava realmente fazendo algum progresso, saindo do lugar, me aproximando um pouco mais do que esperavam de mim como adulta. Ainda não fazia ideia do que esperar do novo emprego, mas torcia para dar conta. Eu precisava disso se quisesse ir ao show dos Broken Boys no final do ano. Quer dizer, precisava do emprego para muitas coisas além de ir a festivais de música. Enfim.

Ravi tinha razão: Barba estava mesmo procurando uma pessoa para substituir Ingrid, que concluíra o aviso prévio havia pouco mais de uma semana. Desde então, ele, Mari e Paulo Jorge precisaram se virar sozinhos, enquanto Barba não encontrava ninguém para ocupar a vaga. Eu imaginava que o clima devia estar horroroso lá no bar, pois Ravi continuava sendo o mesmo atrasado de sempre por causa da faculdade e, agora, só restavam dois para dar conta de um trabalho que costumava ser dividido em quatro. O que, pensando bem, era uma notícia excelente. Deviam estar todos desesperados para que uma nova pessoa começasse.

Quando, no dia anterior, comentei com Ravi que o meu pai tocaria lá, ele insistiu que era a ocasião perfeita para conversar com o dono do bar.

— Cara, se eu e o seu pai indicarmos você, o emprego é seu na hora. Aposto que o Barba vai te dar uma camiseta do uniforme e já pedir pra você ficar pelo resto da noite.

— Isso é ridículo! — Ri com desdém, sem acreditar muito em sua visão positiva da coisa toda. — Quando minha tia começou a trabalhar, demorou uma semana pra prepararem os documentos...

Ravi estendeu a mão aberta para mim, encarando-me com o queixo erguido.

— Quer apostar?

Concordei, apertando sua mão com firmeza.

— Dez reais. É tudo o que eu tenho.

No fim das contas, ele estava certo. Ou quase. Não comecei a trabalhar no mesmo dia, mas Barba me entregou duas camisetas de uniforme e falou, com um sorriso manso, que me esperava no dia seguinte. Hoje, no caso. Foi assim que conquistei o meu primeiro emprego. Não teve nada a ver com o meu mérito, eu reconhecia, mas isso também não importava muito. Eu mostraria para ele que era uma excelente escolha.

Barba tinha mais ou menos a idade do meu pai. Talvez poucos anos a mais. O cabelo era castanho-claro, curto e despenteado. Depois havia a barba ruiva e enorme, estilo lenhador, que justificava o seu apelido e o nome do bar. Os olhos claros estavam um pouco injetados quando conversamos e, depois, papai me explicou que Barba era o que mais festava ali. Parecia mais um cliente que o dono — curtia os shows, enchia a cara e aproveitava como se não houvesse amanhã. Só depois que todos iam embora que ele se refugiava na gerência, para tratar dos assuntos sérios e não tão convidativos quanto as noitadas. Tive mesmo a impressão de já tê-lo visto nos camarotes, com amigos.

Naquela noite, no entanto, ele estava no estoque, fazendo a checagem dos produtos. Ravi chegou dizendo que tinha encontrado a pessoa perfeita para ocupar o cargo da Ingrid. Contou que a gente morava no mesmo condomínio e, o melhor, eu era filha do Eduardo.

— O Dudu? — Barba apontou para o meu pai e se levantou. Nós ainda estávamos entrando no estoque, mas ele veio ao nosso encontro e nos cumprimentou calorosamente. Todo o medo que eu estava sentindo antes de o conhecer foi por água abaixo.

Barba era o primeiro chefe dos sonhos, pelo que pude notar durante nossa breve conversa. Em casa, me preparei para dizer várias frases de efeito, como *meu maior defeito é o perfeccionismo, é a pontualidade exagerada, a determinação selvagem* ou *se eu fosse um animal, eu seria um tigre, que espreita sua caça e não para até alcançá-la,* ainda que não fosse de todo verdade: eu estava mais para uma girafa, meio desengonçada e vivendo de boa, na dela, mas ele não precisava saber disso. De toda forma, Barba mais quis me conhecer do que saber sobre minhas pretensões no emprego, ou sei lá que tipo de perguntas os empregadores fazem aos candidatos. Perguntou o que eu tinha ido fazer em Curitiba, como estava sendo morar com o meu pai pela primeira vez, o que eu tinha achado do bar nas vezes que estivera ali, se eu tinha como ir e voltar do trabalho.

— A gente vem junto — falou Ravi.

Ao mesmo tempo, papai disse:

— Eu dou carona pra ela.

Depois de eu ter falado bastante de mim, ele contou umas histórias meio desconexas sobre pescaria, acampamentos e o show do Metallica que assistira havia alguns anos. Comentou que não via a hora do próximo Rock in Rio e, como Ravi e meu pai pareciam entusiasmados, assenti sem parar, tentando passar empolgação também.

Foi basicamente isso. Essa foi a história, não muito emocionante, de como eu conquistei o meu primeiro emprego, como bartender. Ravi ficaria encarregado de me ensinar a preparar os drinques, assim como a política da casa — onde ficava o quê, quanto custava cada coisa etc. Para resumir bem, ele seria a minha babá por um tempo. Fiquei feliz por ser ele, e não os outros dois. Seria estranho já chegar designada a aprender tudo com quem eu nem conhecia direito.

Papai foi quem ficou mais radiante, até mais do que eu. Agradeceu sem parar ao Barba — se abraçaram e tudo! — e, depois, me levou até o bar para brindarmos com Fanta Uva. Eu não parava de sorrir. Olhava para os lados sem acreditar que aquele lugar, que foi tão estranho e diferente para mim à primeira vista, agora seria rotineiro. Que eu faria parte dele, como uma engrenagem pequenininha, mas fundamental. E talvez, no futuro, uma nova Olívia entrasse pela porta e, ao me ver junto dos outros, também ficasse intimidada, como fiquei no passado. A vida era engraçada.

— Tô tão orgulhoso! — disse ele, depois de dar um gole em sua latinha. — Pena que perdemos nossa fotógrafa oficial.

— Ai, nem me fala, pai! Quando Los Muchachos ficarem famosos, não vou mais poder leiloar minhas fotos... — Soltei um suspiro dramático. — Era assim que eu planejava me aposentar.

Ele riu em deleite e apoiou os braços no balcão.

— É, só assim mesmo pra conseguir se aposentar. Mas não tem problema, é só uma fase. A gente nunca sabe muito bem como vai ser o dia de amanhã... Vai saber se numa dessas voltas que a vida dá você não acaba voltando a ser nossa fotógrafa oficial?

Estendi minha latinha no ar para que brindássemos outra vez.

— Às voltas que a vida dá! — falei.

— Às voltas que a vida dá!

Bebemos ao mesmo tempo, sorrindo um para o outro. Senti uma comoção por meu pai estar comemorando comigo. Era meio bobo, até. Eu jamais teria conseguido o emprego sozinha. Mas, ainda assim, foi legal saber que ele levava minhas pequenas conquistas a sério.

Tão a sério que estava dirigindo até o outro lado da cidade só para me levar e, depois, repetiria o trajeto para me buscar.

Como Ravi tinha sido o grande responsável pela minha vitória, me senti na obrigação de oferecer carona para ele, até porque seria escroto não o fazer, levando em consideração que éramos vizinhos. No fim das contas, isso acabou rendendo um atraso — Ravi até mandou uma mensagem se desculpando e avisando que não ia chegar a tempo da faculdade —, e agora papai acelerava um pouco além do limite de velocidade da rua.

— Não vou aprender esse caminho nunca... — Suspirei, me remexendo no banco para tentar aliviar a tensão crescente. Olhei para a minha camiseta do uniforme, listrada de preto e branco, a mesma que Ravi enchia de bottons, e meu coração deu uma guinada forte dentro do peito. A roupa tinha ficado enorme, toda largona, e isso porque eu ainda nem havia experimentado o avental grandalhão e feio.

— Vai sim, é mole, mole. — Papai me tirou da minha nuvem de pânico. — De ônibus, é tranquilo. Mas tô meio preocupado com o horário que você volta. Não sei se é uma boa te deixar fazer esse caminho sozinha todo dia. Vai que um maluco te segue e d...

— Pai! — exclamei, e ele parou de falar na hora.

Se tinha uma coisa que eu detestava, e que vovó costumava fazer muito, era que metessem medo em algo que eu estava prestes a fazer. Assim que havíamos comprado minhas passagens de avião para Curitiba, por exemplo, ela começou um monólogo sobre todos os acidentes de avião dos últimos anos. Parecia até ter decorado um por um só para me apavorar. Depois, ficou falando sobre como Curitiba era perigosa, e quantas meninas da minha idade tinham sido mortas... Meu Deus! Sei que esse tipo de coisa acontecia mesmo, e que era importante saber, mas não quando a coisa em questão era uma novidade em minha vida, algo que eu estava prestes a fazer. Senhor, que timing horrível esses adultos tinham!

— O Ravi disse que a gente pode vir junto.

— Na maioria das vezes, ele não volta pra casa, filha. Daria na mesma.

Demorei a entender por que ele não voltava para casa e meu rosto esquentou ao pensar nos motivos para isso. Safadinho.

— Mas, se ele se ofereceu, deve ter pensado nisso...

Droga, por que eu estava insistindo nesse garoto?

Já não bastava aguentar Ravi na maior parte do meu dia, eu ainda queria enfiar o garoto nos cantinhos que restavam? Eu não tinha amor-próprio, isso sim.

— Bom, vamos fazer assim: eu te levo nesses primeiros dias. Não me custa nada. Depois converso com ele sobre vocês irem juntos.

Fiquei boquiaberta.

— Não acredito, pai! Vai *conversar* com ele?

— É claro. — Ele desviou a atenção do trânsito para me encarar. — Como vou deixar você ir e voltar com alguém sem ter resolvido tudo antes? Vai que ele te deixa na mão uma noite? Eu te conheço, você é teimosa e ia querer voltar sozinha.

Esfreguei o rosto, sem ânimo para discutir isso agora. Ai, os pais... O menino tinha se oferecido, de boa vontade, para me fazer companhia. Em vez de ficar grato, meu pai fazia o quê? Me humilhava, como se eu fosse uma criancinha indefesa.

Ficamos em silêncio pelo resto do percurso. Fiz de tudo para me manter calma: controlei a respiração, observei os prédios e até contei carneirinhos. Se bem que contar carneirinhos tinha outra serventia, não era exatamente o modo ideal de se acalmar. Mas nada disso importou, pois nada poderia me acalmar quando entramos na Trajano Reis e vislumbrei o movimento de sempre. Meu coração foi parar na garganta, batendo tão alto que eu conseguia ouvir a pulsação. Era como se o mundo todo pudesse ouvir minhas batidas frenéticas.

— Pai, foi um erro. Quero ir embora.

— Quê? — Ele franziu o cenho. — Como assim?

— Ir pra casa. Liga pro Barba e diz que eu tô com febre, sei lá.

— Isso não é escola pra eu dar uma desculpinha dessa. Quando a gente tá doente, precisa de atestado. Senão, não vale.

— Mas... — Abri e fechei a boca, sem saber como completar a frase.

Ele ficou quieto, focado na rua de paralelepípedos e na multidão que se espalhava pelas calçadas e, às vezes, pela própria rua. Só depois de parar o carro em frente a um portão, com o pisca alerta ligado, meu pai virou o tronco para me encarar.

— Olha, é normal sentir medo. Nossas primeiras experiências são sempre as mais assustadoras. A notícia boa é que só dá pra ter *uma* primeira vez. — Ele abriu um sorriso encorajador. — Amanhã vai ser mais fácil. Semana que vem, então, você não vai nem ligar. Já estará fazendo tudo no modo automático. Fica fria.

— Você sentiu medo a primeira vez que tocou em público?

Ele soltou uma risada baixa que dizia *você não faz nem ideia*.

— Eu tenho medo até hoje. Mas a primeira vez foi tensa. Senti até dor de barriga.

Arregalei os olhos, sem conseguir imaginar um cenário pior que esse.

— E não ficou preocupado?

— Fiquei, né. Mas ia fazer o quê?

Meu pai deixou um aperto suave no meu braço, que interpretei como um gesto encorajador. Assenti, girando para alcançar minha mochila no banco de trás. Meus dedos estavam trêmulos, mas fingi não notar. Não queria que ele ficasse preocupado comigo, afinal, eu tinha dezoito anos. Não era mais uma criancinha. Ou não deveria ser, mas isso era outra história.

— Então, tá... — resmunguei, demorando de propósito.

— Boa sorte! — Meu pai se inclinou e deixou um beijo na minha testa. — Anda logo pra não se atrasar. E, ah, não precisa ficar nessa fila. — Olhei para a entrada e senti um nó na garganta. Eu nem tinha reparado em todas aquelas pessoas esperando para entrar. — É só falar pro segurança que você tá começando no bar. Me liga quando acabar, tá?

Abri a porta do carro antes que a coragem se esvaísse.

— Obrigada, pai. Até depois — falei, e me lancei para fora o mais rápido que pude.

Fechei a porta com um estalido e fiz um tchauzinho com a mão, vendo-o se afastar em poucos segundos, até sumir em uma curva.

Fodeu.

Segurei nas alças da mochila e dei uma corridinha até a fila. Achei que as pessoas fossem me olhar feio por furá-la, mas então lembrei do meu uniforme. A maioria devia saber que eu trabalhava ali, inclusive o segurança. Nem precisei dizer nada. Ele só acenou e puxou a cordinha, liberando a entrada.

O interior do BarBa ainda estava tranquilo, começando a ganhar vida. Bati com as mãos na perna, respirando fundo e, então, me ocorreu uma coisa.

E agora?

Eu ainda não fazia ideia de nada. Se só chegava e começava a trabalhar, ou se existia um ritual antes. Também não sabia onde devia guardar a minha mochila. Na gerência, talvez? Olhei ao redor e o bar ganhou minha atenção. Mari e Paulo Jorge começavam a se ajeitar do lado de dentro, organizando canecos, passando pano pelo balcão de madeira, trocando cochichos animados. Então lembrei de um detalhe bem importante.

O Ravi, que tinha ficado encarregado de me ensinar a trabalhar, ia chegar atrasado! Eu era tão azarada… Já previa que passaria o meu primeiro dia de trabalho andando de um lado para o outro feito uma barata tonta.

Senti vontade de chorar. Com medo de me aproximar, fiquei olhando para os dois trabalhando em harmonia. Até considerei ligar para o meu pai e pedir para ele voltar. Nem que fosse preciso implorar, eu não ligava. Só queria dar o fora dali e esquecer o erro terrível que fora aceitar o emprego.

— Olívia? — uma voz me chamou. Para o meu horror, era a Mari. — É Olívia, né?

Ela e Paulo Jorge haviam parado suas atividades para me observar com curiosidade. Respondi que sim e, de maneira hesitante, a passinhos de formiga, me aproximei. Nem precisei perguntar como ela sabia o meu nome, pois a própria Mari se adiantou em explicar:

— O Barba comentou que você ia começar hoje.

— Acabei de chegar. Não sei o que fazer — admiti, dando um sorriso nervoso.

Os dois se entreolharam e caíram na risada. No entanto, antes que eu surtasse achando que tinha virado uma piada ou algo do tipo, Paulo Jorge se apoiou no balcão, diminuindo alguns centímetros e ficando com a altura mais parecida com a minha.

— Ah, é normal. Faz parte da experiência de trabalhar aqui. Foi assim com todo mundo.

— Eu mesma comecei a trabalhar logo depois da entrevista! — Mari contou, se juntando a Paulo no balcão.

Ouvir isso arrancou um fardo enorme dos meus ombros. Relaxei os músculos do corpo e dei mais alguns passos, até alcançar o balcão.

— Vocês também ficaram perdidinhos?

— Eu já tinha trabalhado num bar antes, aqui na Trajano mesmo, então não foi tão difícil — respondeu ele. — Mas mesmo assim… Cada lugar é um lugar.

— É o seu primeiro emprego? — Mari quis saber. Assenti, envergonhada. — O meu também, e tô aqui faz dois anos já. Você vai se dar bem. — Então, parecendo lembrar de um detalhe crucial, ela se empertigou, olhando para o relógio atrás do balcão. — Era pro Ravi te acompanhar, né? Não sei o que o Barba tava pensando… Quando esse garoto chegar, você vai estar se arrumando pra ir embora, isso sim…

Ela saiu resmungando de trás do balcão e passou com força pela portinha vaivém, causando bastante impacto. Depois, atirou o pano de prato para Paulo, que tinha se afastado do balcão e voltado a preparar tudo para o expediente.

— Vou mostrar o ponto pra ela. A gente já volta.

Ele acenou com a cabeça.

— Tá, mas não demora, ou vou ser linchado aqui.

Andei atrás de Mari, vendo seu cabelo de Cruella de Vil balançar no ritmo de seus passos. Ela usava um jeans preto que contornava sua silhueta tão perfeitamente que parecia pintado em seu corpo.

— Não tem muito segredo — falou, olhando por cima do ombro para conferir se eu a estava acompanhando. — Você chega todos os dias e vem direto pra cá.

Mari me mostrou como fazia para bater o ponto ao chegar e ao sair do trabalho. Depois me disse qual seria o meu armário para guardar a mochila. Coloquei o avental, amarrando um laço grandalhão na parte da frente.

Até agora, nada muito assustador, eu precisava admitir. Mas, também, tudo que fiz foi guardar as minhas coisas e registrar o meu horário de chegada. Era o equivalente a assinar o nome na prova — não valia nada.

— Vamos lá. — Ela fez um sinal de *vem* com a mão. — Vou te ensinando na prática.

— É muito difícil?

— Hum… No começo, sim, mas só porque é muita coisa pra você decorar. Com o tempo, você vai pegando o jeito. Não tem segredo. E o Barba é o melhor chefe do mundo. Tão bonzinho que tem gente que monta nele.

Mordi o lábio inferior. Eu sabia que ela estava falando de Ravi, nem era preciso pensar tanto assim para perceber. Nos dias em que tinha estado ali por perto, o que mais vi foram as alfinetadas. E, pensando bem, vinham da parte dela. Ravi sempre se esquivava, ou tentava contornar com uma brincadeira.

Interessante…

Passamos para o lado de dentro do balcão. Tentei entrar com impacto, mas a porta balançou de um jeito meio triste para frente e para trás. Mari veio logo atrás de mim e já foi atendendo um cliente. Era um pouco estranho ver o bar dali, depois de tanto tempo vendo-o do lado de lá. As pessoas não paravam de entrar, era um pouco assustador.

— Paulo, ensina ela a tirar chope, fazendo favor. Preciso de dois pra esse casal aqui.

Ele assentiu e foi direto para a máquina. Quando parei ao seu lado, ele apontou para onde as canecas limpas ficavam e me entregou uma.

— Não tem segredo, ó. Você inclina a caneca assim pra não ficar com tanta espuma. — Ele ia mostrando enquanto dava as instruções. Sua mão segurava a alavanca com firmeza. — E depois endireita o copo. O colarinho é importante, é o que conserva a temperatura. A não ser que a pessoa peça sem… Aí é outra história. — Paulo Jorge apontou para a minha própria mão que segurava a caneca vazia e depois para a máquina. — Sua vez.

Imitei tudo o que ele tinha feito e me surpreendi ao constatar que era capaz. Tinha parecido muito mais difícil olhando, mas talvez fosse só o nervosismo que ainda não havia me abandonado. Assim que terminei de servir a bebida, ele me pediu para entregar ao casal. Foi o que fiz. Estava toda atrapalhada, mas consegui.

Mari apareceu ao meu lado, juntando os cabelos em um rabo de cavalo.

— Vamos fazer assim: hoje você vai tirar todos os chopes. Só vai fazer isso e entregar, até ficar mais tranquila.

Arregalei os olhos, preocupada em estar deixando transparecer o terror que me dominava, mas ela abanou a mão no ar, como se tivesse ouvido meu pensamento, e sorriu.

— Chope é o que mais sai. Não vai ser moleza.

— Ufa! Achei que você tava me tirando do caminho — admiti.

— Nunca. Se precisasse, eu ia te falar na cara, não é, Paulo?

— Ia mesmo. — Ele preparava um drinque em um copinho minúsculo. — O que é uma pena pra gente. Ela e o Ravi só sabem brigar.

213

Paulo colocou fogo no drinque. Literalmente. Uma chama azulada dançou sobre a bebida no tempo em que a garota do outro lado do balcão demorou para apagá-la com um sopro breve e então entornar o conteúdo do copo.

— Falando *nele*, como vocês se conhecem? — perguntou Mari.

Percebi que, apesar do tom firme, sua expressão revelava um pouco de insegurança. Ela tinha esse jeito de durona, mas também se sentia vulnerável, assim como eu. Isso me fez ir ainda mais com a cara dela.

— Foi aqui, na verdade. Mas a gente também mora no mesmo prédio.

Paulo Jorge estalou os dedos, parecendo superanimado com essa informação. Eu e Mari olhamos para ele ao mesmo tempo, confusas. Eu talvez mais confusa do que ela.

— Ahhh, você que é a filha do Dudu?

Dudu.

Mari uniu as sobrancelhas.

— Que Dudu?

— O baterista da Los Muchachos!

— Mentira! — Ela virou para me encarar e deu um sorriso animado. — E não é que é mesmo? Vocês são a cara um do outro.

— Pois é... — Sorri, um pouco sem jeito.

Lá vinha aquele meu problema com pessoas me encarando. E agora eram duas!

— Eu acho que eu me lembro de ter visto você aqui antes. Mas ainda não tinha o cabelo rosa.

Abri a boca para responder, mas parei ao notar a expressão de Mari, que tinha mudado da água para o vinho. O sorriso leve que estampava o seu rosto deu lugar a uma carranca irritada, e logo todo o seu corpo gritava que, para quem quer que fosse que ela estivesse olhando, era uma pessoa que detestava. Eu não precisava nem me dar ao trabalho de virar para saber quem era.

— Olha só, o Ravi lembrou que tem um emprego! — rosnou, fuzilando-o com o olhar. — Acho que vai chover.

— Desculpa, desculpa, desculpa! — Ele veio correndo até o balcão, olhando direto em meus olhos. — Dessa vez não foi culpa minha. Eu juro!

Mari colocou as mãos na cintura e temi pela vida dele. Parecia que ela estava prestes a voar em sua jugular.

— E quando é culpa sua?

— Tô falando sério, Mari. Foi mal. Meu ônibus bateu! — Ele ergueu as mãos no ar como se isso encerrasse seu argumento. — Justo hoje que consegui sair da aula uns minutinhos mais cedo. Eu até filmei, pro caso de você não acreditar. Olha... — Ravi começou a tatear o bolso da calça no mesmo instante.

Mari estalou a língua no céu da boca, negando com a cabeça. Pelo canto dos olhos, notei que Paulo ria baixinho, divertido.

— Tá, tá. Não importa. Você deixou a Olívia na mão logo no primeiro dia.

Ele tinha aberto a mochila ali mesmo e tirado o avental lá de dentro. Agora se concentrava em amarrar na cintura.

— Claro que não! — protestou. — Deixei com dois funcionários experientes que estão aqui pra ajudá-la também.

— Qual é, Ravi, não brinca com a sorte também — alertou Paulo, enquanto organizava vários copinhos de shot em uma fileira. — Anda logo, a casa tá enchendo.

Assentindo, Ravi correu para os fundos.

✳ ✳ ✳

O resto do expediente passou em um piscar de olhos. Como Mari havia me garantido, me colocar para tirar os chopes não foi para facilitar. Na verdade, fui de longe a que mais trabalhou. Não parava de chegar gente querendo reabastecer a caneca.

No começo, me atrapalhei inteira, engoli o choro quando um cliente foi grosso comigo e cheguei até mesmo a derrubar um copo no chão, que se espatifou em dezenas de pedaços. Nessa hora, Ravi foi até uma lousa pequenininha no fundo do balcão, na qual eu nunca tinha prestado atenção. Reparei que os nomes dele, Mari e Paulo estavam cheios de risquinhos.

— A gente conta quantos copos cada um quebrou — falou ele, percebendo que eu o tinha acompanhado com o olhar. — Quem quebrar mais no mês tem que deixar um dinheiro na caixinha de madeira que fica lá na gerência. É o nosso acordo com o Barba.

— Eita. E já quebrei o primeiro.

Ele sorriu.

— É tudo uma maré de sorte e azar. Você vai passar dias, às vezes até semanas, sem quebrar nada. E daí vai quebrar meia dúzia de uma vez só.

Ravi parou bem próximo de mim para conversar. Senti seu perfume e estremeci inteira, dando um passo para trás pelo meu próprio bem. Mari estava por perto e interpretou errado meu recuo.

— Sai de perto da menina, pelo amor de Deus! — Ela usou o pano de prato para chicoteá-lo. — Parece até um urubu. Você vai ter muito tempo para dar em cima dela, não precisa ser logo no primeiro dia.

Deixei uma risada escapar. Se ela soubesse que estava longe de ser o primeiro dia… e que, para piorar, isso alimentava uma parte do meu ego que, francamente, parecia faminta. Estava sempre com fome de mais e mais. Eu era uma vergonha.

— Qual é, Mari! — Ele sorriu como se achasse tudo isso divertido, mas notei uma centelha de mágoa em seu olhar. — Parece que não consegue me tirar da cabeça. E você pegou o bonde andando. *Eu* apresentei a Olívia pro Barba, sabia?

Ela revirou os olhos, sem se deixar abalar. Virou em minha direção e fez um aceno para que eu me aproximasse.

— Cuidado com ele — sussurrou. — Tem essa cara e esse jeito levado que conquistam a gente, mas só consegue ligar pro próprio umbigo.

Olhei de um para o outro, um pouco constrangida. Estava começando a ficar bem claro para mim que eles tinham um passado. Toda aquela tensão e principalmente a mágoa dela não podiam ser só pelo trabalho. Eu começava a entender o que Paulo Jorge tinha falado sobre aguentar as brigas deles. A primeira noite nem havia chegado ao fim, e eu não suportava mais.

— Como você consegue? — perguntei para Paulo mais tarde, enquanto ainda pensava a respeito. Só foi preciso lançar um olhar em direção aos dois para que ele entendesse.

Ele deu de ombros.

— Com o tempo, você aprende a ignorar.

— Vou precisar de um remédio para dor de cabeça quando chegar em casa.

Paulo riu, cutucando o meu ombro de levinho. E, se eu não estava imaginando coisas, o olhar de Ravi escureceu por uma fração de segundo, mas ele não ousou dizer nada.

Paulo Jorge se afastou para pegar a vassoura e, ao retornar, perguntou:

— E aí, faz tempo que você se mudou pra cá?

Mari olhou em nossa direção, parecendo curiosa.

— Foi em janeiro.

— Tá gostando da cidade? — indagou ela.

Me encolhi no lugar e desejei poder voltar no tempo e fazer tudo a que tivesse direito, só para ter alguma coisa para contar além de *passei todo o meu tempo trancada no quarto, escrevendo romances sobre dois caras que nem imaginam que eu existo*.

— Tô. Ainda não fiz nada de mais… — admiti, envergonhada. — É bem diferente. Eu vim do interior, minha cidade era bem menor.

Prendi a respiração, sem saber muito bem o que estava esperando. Talvez que eles me enxotassem do bar e me proibissem de trabalhar ali por ser uma grande caipira. Ou talvez fosse expulsa por ser sem sal demais para trabalhar em um lugar assim. Mas nada aconteceu, na verdade. Nem uma troca de olhares, nem nada.

Mari apenas deu de ombros.

— O Paulo Jorge também mudou faz um tempo. Do interior de São Paulo.

— Ah, é? — Arregalei os olhos. Essa possibilidade nunca tinha passado pela minha cabeça.

— Faz três anos. No começo assusta, mas depois você se acostuma. — Ele segurou o cabo da vassoura, parando no lugar. — Já não me imagino mais voltando.

Só Deus sabe o suspiro de alívio que dei ao ouvir isso. Eu não era uma aberração. As pessoas se mudavam para Curitiba o tempo todo. Nossa, achei até que dormiria melhor naquela noite.

Continuamos conversando sobre todo tipo de coisa. Mari perguntou como era passar a adolescência em uma cidade pequena e o que os adolescentes faziam para passar o tempo. Contei das saídas para beber na praça — ainda que eu só acompanhasse meus colegas de classe com refrigerante mesmo —, das idas ao shopping só para gastarmos todo o nosso dinheiro na máquina de pegar bichinhos de pelúcia — no final, íamos embora de mãos abanando, mas a barriga doendo de tanto rir de todas as vezes que quase conseguíamos —, das tardes inteiras que eu costumava passar conversando com Paola — as duas sentadas em frente de casa e dividindo o tereré. Acabei me empolgando e falando sobre as partidas de Bets quando era mais nova, e sobre as noites em que todos os adolescentes do bairro se juntavam para brincar de esconde-esconde. Paulo Jorge se reconheceu em várias das coisas que contei. Ele acrescentou suas próprias experiências, jogando bola com os amigos e descendo a rua com carrinho de rolimã. Rimos das nossas histórias compartilhadas e, a cada experiência que descobríamos em comum, mais leve eu me sentia. E mais fortemente eu sentia que diminuía a distância entre mim e aquelas pessoas que, a princípio, me pareceram tão diferentes.

Descobri que a infância de Mari e Ravi, que haviam crescido em uma cidade grande, era muito diferente da nossa. E um pouco menos divertida, ao que parecia, pelo menos no meu conceito de diversão. Nada de brincadeiras na rua, muito menos de andar sozinho de um lado para o outro da cidade. Mari nem sabia andar de bicicleta, porque seus pais tinham medo que ela ficasse na rua praticando. Era perigoso. Ravi ainda conseguiu aproveitar um pouco mais, por morar em um condomínio fechado. Mas, ainda assim, era outro mundo. Eles falavam mais sobre shoppings, cinema com os amigos, e sobre o festival de primavera, o Haru Matsuri, que frequentavam quando eram mais novos.

Fiquei tão entretida na conversa que, assim como Mari previra, tirar o chope virou algo automático. Eu era toda sorrisos entregando aos clientes, só para poder voltar a conversar logo. Em alguns momentos, fiquei com a barriga doendo de tanto rir. Em outros, quando os dois recomeçavam a discussão, troquei olhares irritados com Paulo Jorge.

Se não fosse pelas minhas pernas, que começaram a latejar depois de horas em pé, e pelos músculos, que doíam como se eu tivesse levado uma surra, nem teria reparado no tempo passando. A banda da noite encerrou o show e, aos poucos, o movimento foi diminuindo no salão. Como o intervalo entre um pedido e outro era maior, fizemos uma rodinha ao lado do caixa e continuamos a tagarelar. Nem dava para acreditar que eu tinha me sentido tão amedrontada por eles quando estive ali pela primeira vez e que, agora, havia me entrosado com tamanha facilidade.

No final do expediente, quando os três se serviram de cerveja para começarmos a limpar, me toquei que meu primeiro dia de trabalho tinha passado muito bem. Eu sobrevivi. Não só isso. Eu me diverti e descobri mais sobre mim mesma. Percebi que não era tão diferente assim, no fim das contas. Talvez em uma coisinha aqui e outra ali, mas quem não era?

Liguei para o meu pai com um sorriso no rosto. Pela primeira vez, tive esperança de que eu podia encontrar o meu lugar naquela cidade.

18

RAVI

CONFERI AS horas no celular com uma mão, segurando na boca uma torrada com geleia enquanto com a outra mão tentava fechar o zíper emperrado da minha calça, tudo isso ao mesmo tempo que corria em direção ao ponto de ônibus.

Vovó ficou intrigada ao me ver desesperado para sair de casa tão cedo. O que eu entendia, porque costumava sair atrasadíssimo ou, na melhor das hipóteses, em cima da hora. Era a primeira vez que eu saía de casa com antecedência!

Talvez as pessoas devessem tomar cuidado naquela noite, porque com certeza se tratava de um dia atípico. E tudo por causa de Olívia.

Quero dizer, também por causa dela. Na verdade, eu prometera ao Eduardo que a acompanharia na ida e na volta nos primeiros dias, até que ela aprendesse a chegar sozinha ao BarBa — parecia que na cidade em que ela morava dava para fazer tudo a pé e, por isso, ela nunca dependeu do transporte público. Isso me chocava em diversos níveis, mas o principal é que eu não conseguia nem imaginar o tédio de morar em um lugar assim. Não era à toa que a garota parecia tão assustada com a coisa toda.

Enfim. O fato é que, diferente de mim, Olívia queria ser uma boa profissional e chegar no horário para impressionar o Barba. Juntando isso ao fato de que eu não me importava nem um pouco em passar o máximo de tempo possível com ela, ali estava eu, feito um cachorrinho, todo atrapalhado para não falhar no primeiro dia.

Caramba, eu fazia cada coisa quando gostava de alguém!

Sugeri passar em seu apartamento quando saísse de casa, mas, como eu possuía uma péssima fama de impontualidade, Olívia avisou que me esperaria no ponto, para não correr o risco de perder o ônibus caso eu me atrasasse. Ela tinha procurado as rotas no Google e estava agindo como se fosse a maior expert no transporte público curitibano, o que particularmente me deixava ainda mais louco por ela.

Avistei seu cabelo rosa-bebê do outro lado da rua no exato momento em que consegui subir por inteiro a porcaria do zíper. Estava tão aliviado por chegar a tempo que comecei a atravessar sem olhar para os lados. Quase morri atropelado.

— Abre o olho, arrombado! — Um homem se pendurou para fora da janela do carro, mostrando o dedo do meio para mim. — Quer morrer?

Abri minha boca, surpreso por ter escapado da morte, e a minha torrada ficou projetada para frente de um jeito bem esquisito, mas nem liguei. Limpei o suor da testa com o antebraço e parei ao lado de Olívia. Ela vestia a camiseta do trabalho, listrada de preto e branco, que tinha ficado um pouco grande, e uma legging preta. Nos pés, o All Star todo rabiscado, que logo tinha chamado a minha atenção quando nos conhecemos. Os cabelos estavam trançados e presos em um coque, igualzinho o que seu pai costumava usar.

Fiquei feliz por eles estarem se acertando, por ele tentar correr atrás do prejuízo e por ela dar abertura para que ele o fizesse. Dava para notar que sua leveza crescia conforme o tempo passava.

— Uau, que chegada dramática!

— Caralho, eu não sabia que dava tanto trabalho assim ser uma pessoa pontual. As coisas que não faço por você, hein?

Pisquei para ela, só porque eu adorava ver Olívia toda sem graça, tentando fingir que não se importava com as besteiras que eu falava. Ela revirou os olhos e parou de me encarar, focada nas próprias unhas roídas, como se fossem a coisa mais interessante do mundo.

— Eu tava aqui pensando na furada em que me meti. Agora, além de morar no mesmo condomínio que você e precisar te aguentar no trabalho, a gente ainda vai e volta junto. — Olívia abraçou o próprio tronco quando uma forte rajada de vento fez as folhas da rua voarem. — Francamente, Ravi. Não aguento mais olhar pra sua cara.

Arqueei as sobrancelhas, sem acreditar, enquanto terminava de mastigar a última mordida da torrada. Bati com as mãos na calça para limpar os farelos e limpei a boca com as costas da mão.

— Pra essa cara? — Apontei para mim mesmo com o polegar. — Duvido. Eu sou uma obra de arte — brinquei, com um tom levado que eu sabia que a tirava do sério. — Ninguém nunca reclamou.

Dito e feito. Olívia umedeceu os lábios, lutando contra um sorrisinho tímido, e brincou com uma das trancinhas que tinha escapado do coque.

— Gente, você é tão convencido! E sua avó me contou que você é o maior galinha... Como as pessoas te aguentam?

Ri baixinho e neguei com a cabeça. No final da rua, vi o nosso ônibus se aproximando e fiz um sinal com o braço indicando que parasse. Olívia me observou com atenção e tive certeza de que estudava cada gesto para conseguir reproduzir sozinha depois.

— Então você e a minha avó andaram fofocando?

Subi os degraus altos do ônibus e fiz um aceno de cabeça para o motorista, deixando Olívia passar à minha frente e caminhar em direção ao cobrador.

— Ela me contou algumas coisas bem curiosas sobre você...

— Tá bom, vou querer saber tudo. Mas, antes — apontei o dedo em riste para ela —, eu não sou convencido. Só não fico agindo com falsa modéstia.

Olívia deu uma risada alta, que atraiu vários olhares em nossa direção. Naquele horário, o ônibus parecia uma lata de sardinha e, por isso, só nos restou encontrar um cantinho em que não ficássemos tão espremidos. Me apoiei nas barras ao alto e ela repetiu cada movimento que eu fazia.

— Isso é mais uma prova do quanto você se acha, Ravi Farrokh!

— Ué? Mas você tá querendo dizer que eu não sou bonito?

— Isso não vem ao caso agora.

— Claro que vem! — Me fingi de exasperado e me aproximei um pouco mais dela quando uma senhora passou por mim. — É o tema da nossa discussão. Eu sou bonito ou não?

— Beleza é algo subjetivo. — Olívia deu de ombros. — Eu posso achar alguém bonito e você não.

— Quanto mistério pra responder uma pergunta boba. Vamos ser diretos, então. *Você* me acha bonito?

Uma garota perto de nós nos lançou um olhar curioso e, quando percebeu que eu tinha notado, virou o rosto, com as bochechas coradas. Olívia abriu a boca para responder umas duas vezes, sem encontrar sua própria voz. O que, para mim, já respondia bastante coisa.

O ônibus deu uma freada brusca e todos os passageiros foram para frente e para trás, como se fossem gelatinas. Por impulso, segurei na cintura de Olívia temendo que, por não estar acostumada com os trancos repentinos, ela acidentalmente caísse. Seus olhos logo foram parar na minha mão, e seu corpo levou uma fração de segundo para ficar inteiro rígido. Com a boca seca, voltei a me afastar dela, e respirei fundo, sentindo um leve tremor se espalhar pelo meu corpo.

Pensei que todo o contexto fosse deixar Olívia hesitante e que ela ignoraria a minha última pergunta, até porque era o que ela sempre fazia diante das minhas investidas. Mas, para a minha surpresa, ela segurou a barra do ônibus com mais força e me encarou direto nos olhos.

— Aham, acho.

— Aham?! Só isso? — Um brilho malicioso surgiu em seu olhar. — Qual é, achei que teria uma resposta mais calorosa.

— Isso porque você é convencido — respondeu, distraída com algo do outro lado do corredor. Acompanhei o seu olhar e notei que um cara da nossa idade juntava a mochila e as sacolas de papel, apressado. — Vem cá, vai liberar um lugar ali.

Ela se enfiou naquele mar de gente e esperou com paciência até o garoto se levantar para, então, se lançar no banco com uma expressão vitoriosa. Olívia mal se continha. Arrancou a própria mochila e deixou nos pés e depois fez um gesto para que eu desse a minha.

— E meu pai achando que preciso de ajuda. Olha só pra mim! Sou a maior pegadora de ônibus que você respeita.

Segurei nas barras ao lado do seu assento, cercando-a com os braços. Ela girou um pouco o tronco, ficando de frente para mim. Olívia usava um brilho transparente em seus lábios grossos que fazia com que ficassem ainda mais atraentes. Eu só conseguia me imaginar levando aquela garota linda para o cantinho escuro do BarBa e mordendo aqueles lábios até cansar (coisa que eu duvidava que acontecesse tão cedo).

Pigarreei, afastando as imagens convidativas que invadiram a minha cabeça, todas envolvendo o cantinho escuro e as nossas bocas. E mãos.

Isso só para começar.

Droga.

— Tô impressionado e orgulhoso. — Sorri, com embaraço, e torci para que ela não percebesse. — Aliás, ele comentou que na sua cidade não tinha ônibus, é verdade? Eu ainda acho que você veio de um bunker...

Ela riu de mim, fechando os olhos de leve.

— Claro que tem ônibus! Você tá sendo preconceituoso. É só que Cianorte é tão compacta que vale mais a pena caminhar. — Olívia se empertigou de repente, puxando a barra da minha camiseta para chamar a minha atenção. Olhei para baixo, desconcertado. *Vamos lá, garota, você não tá ajudando em nada.* — Vem cá, qual é o lance entre você e a Mari? Por que vocês se odeiam?

Rocei o polegar no meu lábio inferior, lamentando que essa pauta já tivesse surgido entre nós. Achei que levaria mais tempo para que as duas se aproximassem e Mari desabafasse sobre mim.

— A gente não se odeia. Eu, pelo menos, não odeio.

— Bom, *ela* te odeia.

Soltei um suspiro, me sentindo péssimo.

É claro que ela me odiava. Eu tinha sido um babaca. Abri a boca para responder, mas parei ao ver a senhorinha ao lado de Olívia se preparar para se levantar. Ela pediu licença para nós dois e, assim que ela saiu, Olívia deslizou para o banco da janela, me dando lugar. Sentei-me sobre a perna esquerda, de frente para ela, e me escorei no encosto.

— A Mari tem os motivos dela... — Ela assentiu, esperando que eu dissesse mais. — O que ela te contou sobre nós?

Olívia mordeu o lábio inferior, parecendo ponderar suas próximas palavras.

— Não muita coisa... Só me disse pra tomar cuidado, que eu era legal e você não pensava muito nas outras pessoas, só em você mesmo. — Estalei a língua no céu da boca, com desânimo. — E pelo jeito já teve um *nós*?

— Eu e ela? — perguntei, em estado de alerta. — Ela te contou?

— Não. Mas deu pra perceber desde que vi vocês pela primeira vez... Por causa das alfinetadas e tal. Dá pra ver que vocês têm um passado e que alguma coisa ficou mal resolvida.

Paramos no sinal vermelho e fiquei observando a avenida pela janela. Tinha começado a chuviscar. Algumas pessoas abriam os guarda-chuvas, distraídas, no modo automático. Já outras, as azaradas, corriam para baixo das marquises tentando se proteger, enquanto torciam para que a chuva não engrossasse.

— A gente era bem amigo antes de... Hum. — Cruzei os braços sobre o peito, fugindo dos seus inquisitivos olhos castanhos. — Eu fui um idiota, fiz uma merda das grandes. Não vou tentar me defender. Mas juro que não penso só em mim.

— Ah, é? — Ela arqueou uma sobrancelha só. — É difícil tirar uma conclusão, eu nem sei da história.

Revirei os olhos, impaciente.

— Você vai mesmo me obrigar a contar agora? Tipo, aqui?

— Você me obrigou a dizer se achava você bonito agorinha mesmo.

Tentei ficar sério, mas falhei. Ela também, e logo ríamos feito bobos. Eu adorava o sorriso daquela garota. Era contagiante, envolvente, dominava o seu rosto todo e fazia um convite para que sorríssemos junto. Cacete, eu tava tão ferrado.

— Muito que bem, vamos falar sobre ex-namoradas e sobre o quanto eu ferrei com tudo. Vai ser ótimo pra imagem que você tem de mim. — Tentei fazer piada, mas o seu sorriso vacilou quando falei a palavra *namorada*. Cocei o pescoço, me ajeitei no assento e pigarreei antes de começar: — Bom, a gente tinha um rolo. Ficamos um tempão, um tempão mesmo, e desde o começo combinamos que não era nada sério. Era mais como uma amizade colorida, talvez? Sei lá. Ela continuava me acobertando pra ficar com outras pessoas, eu continuava acobertando para ela. Ficava tudo bem no reino mágico chamado BarBa.

— Mas aí...

— Mas aí virou algo a mais. Ela queria muito. Parou de ficar com outras pessoas, começou a se irritar quando me via com alguém. Eu dizia que não tava preparado, que por mim continuava daquele jeito. Eu curtia muito a Mari, mas também curtia muito estar solteiro. — Franzi o cenho, pensando nessa época e no quanto as coisas começaram a desandar. Por minha culpa. — Sei lá, cara... Preciso mesmo contar? Mesmo, mesmo?

— Ai, vai logo. Se não for você, vai ser ela. Tô te dando a chance de contar o seu lado da história.

Merda, Olívia!

— A gente começou a namorar. Mas, da minha parte, foi por um motivo bem escroto. Eu não queria abrir mão da Mari porque curtia muito ela, e percebi que o nosso rolo ia acabar se eu não me decidisse logo. — Umedeci os lábios, com vergonha de encarar Olívia nos olhos. Eu nunca planejei esconder o meu passado, mas teria preferido que a gente se aproximasse mais antes de isso acontecer. — Bom, pra resumir bem a história, eu traí a Mari. No trabalho.

Seus lábios estavam entreabertos e havia um brilho intenso em seu olhar. Estremeci.

— Você não vai nem tentar se defender? *Ah, um cara ou uma garota deu mole a noite inteira. Ah, eu tava bêbado demais pra pensar. Ah, a gente tinha brigado, ela era muito ciumenta e blá-blá-blá.* — Ela engrossou a voz ao dizer isso, numa tentativa fajuta de me imitar.

— Não, né? Eu errei e nada justifica isso. Eu teria ficado puto com ela se fosse o contrário, independente da desculpa.

Olívia ficou me observando por um momento, parecendo tentar enxergar além dos meus olhos, como se tivesse acabado de descobrir uma verdade pobre sobre mim que sempre soube que estaria escondida ali, em algum lugar.

— Uau… Tô surpresa. Quem diria que você é um boy lixo?

Massageei as têmporas. Pesadelo, aquilo era um pesadelo.

— Eu não sou um boy lixo — resmunguei. — Eu fui.

— Uma vez boy lixo, boy lixo pra sempre.

Levantei-me de súbito ao perceber que estávamos bem perto do nosso ponto. Enquanto deslizava as alças da minha mochila nas costas, acenei com a cabeça para que ela também se levantasse.

— Eu cometi um erro — falei quando paramos em frente à porta. — Não *sou* esse erro.

— Você escolheu trair uma pessoa que confiou em você. Sei lá, acho bem escroto. Mas tudo bem, não vou te julgar por isso.

Pulamos juntos para fora do ônibus e fomos recebidos pela brisa gélida de outono. Pelo menos a chuva tinha passado.

— Mas você *já tá* julgando! Você nunca errou? Nunca magoou ninguém? — Tive um estalo ao me lembrar da sua relação com o pai. — O Edu também fez merda, e provou que mudou. Vocês tão se dando bem agora.

Olívia engoliu em seco, me espreitando pelo canto dos olhos enquanto caminhávamos lado a lado, próximos o bastante para que nossos braços se batessem esporadicamente. A calçada em que caminhávamos tinha várias poças da chuva, e toda hora precisávamos desviar de uma. A maioria, era Olívia, andando de cabeça baixa, quem via.

— Eu não tenho nada a ver com isso. Tava só te alugando. O que você fez ou deixou de fazer é problema seu.

O tom soou leve, apesar de ter falado sério. Seus olhos faiscavam. Segurei-a pelo cotovelo para desviarmos de uma rodinha de pessoas na frente de um bar. Ela lançou um olhar significativo para minha mão em seu braço, mas não tentou se afastar, nem nada do tipo.

— Eu sei que é problema meu — falei assim que nos afastamos do grupinho barulhento. — Você me perguntou e eu te contei, ué.

— Tá, foi besteira. Não devia ter perguntado.

Uni as sobrancelhas, encarando-a fixamente, mas Olívia fez de tudo para que nossos olhares não se encontrassem. Quanto mais nos aproximávamos do BarBa, mais o movimento parecia aumentar. Diminuí a velocidade, e ela acabou me acompanhando. Se percebeu, não deixou transparecer. Eu pressentia um movimento enorme aquela noite e sabia que, se não aproveitasse para falar com ela agora, não teríamos outra oportunidade. Durante o expediente, não teríamos tempo e, depois, Olívia fugiria do assunto a todo custo. Sem contar que eu não teria cara de comentar como quem não quer nada: *Ah, e então, vamos conversar sobre quando fui um filho da puta?*

— Por que não?

Olívia parou no lugar, lançando um olhar atônito em minha direção — mas, ainda assim, evitando os meus olhos. Droga.

— Porque agora eu tô brava com você! — Ela ergueu as mãos no ar e depois as deixou cair ao lado do corpo, como duas cordas balançando. — Você tá cancelado!

Uma risada escapou sem a minha permissão, e, como resposta, Olívia me fuzilou com o olhar. Eu estava conseguindo deixar tudo pior, e em uma velocidade surpreendente. Talvez fosse melhor chegar logo ao BarBa e evitar um prejuízo irreparável.

— Você não pode me cancelar, Olívia!

— Claro que posso. Já te cancelei. Você traiu sua ex-namorada, quem garante que não vai fazer isso outras vezes?

— Quem garante que eu *vou* fazer isso? — Pisquei os olhos várias vezes. — Eu já namorei antes, sabia? E não traí.

— Tá, mas traiu a Mari.

Ela me encarava com o queixo erguido e o nariz empinado, como se isso encerrasse nossa discussão. Parecia ter esquecido por completo que tínhamos hora para entrar no trabalho: estava plantada no meio da rua, os punhos cerrados, os olhos soltando faíscas.

— Traí. E te contei! — Me empertiguei no lugar. — Eu podia ter escondido de você esse meu lado feio. Que mais eu posso fazer além de ficar na minha e seguir em frente? Sei que não justifica nem nada, mas não é como se eu tivesse uma família secreta, com filhos e um cachorro. Foi um erro de uma noite. Não posso me culpar pra sempre, pelo amor de Deus!

Ficamos parados nos encarando. A tensão era tão palpável que poderia ser cortada com uma faca. Me angustiava saber que não havia o que ser feito para que ela me olhasse com outros olhos. Era uma questão de tempo.

Mas é que... Sei lá. Parece que, desde que nos conhecemos, tudo o que Olívia fazia era fugir. Se afastar. Ela tinha aquele jeito de me olhar de vez em quando, como se esperasse pelo momento em que eu a decepcionaria. Eu odiava que essa fosse a sua visão de mim.

— Se fosse o contrário... se eu te contasse que dei um vacilo desses, você não ia ficar com os dois pés atrás?

— Não sei. Talvez. — Dei de ombros. — Mas você deu um vacilo. Ou dois. Ou cinquenta. Todo mundo vacila.

Ela soltou um suspiro, olhou para os dois lados e estalou a língua no céu da boca.

— É uma droga. — Ela de repente pareceu cansada. — Parece que viver é só perdoar os vacilos dos outros. E os nossos. Sabe, quando eu era pequena, achava que ser adulto era tipo atravessar uma porta, acontecia em um estalo. E os adultos pareciam tão... certos do que estavam fazendo, tão decididos, confiantes. — Ela mudou o peso do corpo de uma perna para a outra. — Pelo menos era a visão que eu tinha quando era menor.

— E daí você viu que é uma grande mentira. — Sorri para ela, porque entendia essa sensação muito bem.

— Aham. Ninguém faz ideia do que tá acontecendo. E todo mundo faz um monte de cagada. É frustrante. — Ao dizer isso, Olívia retomou a caminhada, como se tudo isso a deixasse inquieta demais para ficar parada.

— Não acho. — Apertei o passo para acompanhar o seu ritmo. — Saber que todo mundo tá na mesma tira um peso, não tira?

Passou um carro com o volume no máximo, dando buzinadas ritmadas que ecoaram por toda a rua. Em uma fração de segundo, foi como se alguém tivesse abaixado o volume do zumbido de conversas e risadas. Todos ficaram quietos observando o carro se afastar aos poucos.

Puxei Olívia pela manga para que atravessássemos.

— Desculpa — murmurou ela de súbito.

— Pelo quê?

— Fiquei agindo como se fosse uma santa e nunca tivesse feito nada de errado.

Não resisti a um sorriso. Para minha surpresa, ela retribuiu, embora o olhar ainda estivesse um pouco tristonho.

— Tá tudo bem. Eu às vezes também esqueço que não sou santo. É muito fácil, na real.

Ela roeu a unha do polegar, olhando fixamente para a fachada do BarBa, a pouquíssimos metros.

— Como você se sente com isso tudo?

Esfreguei a nuca, pensando a respeito. Não era uma pergunta que eu tivesse ouvido tantas vezes assim. Umedeci os lábios, procurando as palavras certas.

— Péssimo. Às vezes, a Mari pega pesado, mas vou fazer o quê? Errada, ela não tá. — Nós paramos em frente ao bar. A fila para entrar já tinha um tamanho considerável. — Vamos colocar as coisas assim... É como se eu tivesse pegado, sei lá, um livro emprestado de você. Você confia em mim, e eu dou a minha palavra de que vou cuidar bem dele. Mas daí devolvo todo rasgado, rabiscado, sujo de terra. Você vai ficar puta da vida comigo, e vou ficar chateado com isso, é claro. Mas, no fim do dia, eu devolvi o livro inteiro cagado. Acho que preciso lidar com as consequências, é o mínimo.

Olívia fez uma careta engraçada e então me surpreendeu com uma risada, a princípio tímida, mas que, aos poucos, se transformou em uma gargalhada que a fez balançar os ombros e ficar sem fôlego.

— Você não existe — murmurou entre fungadas. — Quem é que compara um namoro com um empréstimo de livros?

— Mas você entendeu, não foi?

Ela cruzou os braços em frente ao peito, como se quisesse se proteger de mim, ainda que em seu subconsciente. Meu estômago se revirou com a constatação.

— Acho que um livro destruído dói bem menos que um coração partido. Não é uma comparação justa. — Quando abri a boca para responder, ela se adiantou em dizer: — Mas chega. Esse assunto rendeu... Até parece que foi comigo, eu, hein.

Sorri para ela, relaxando um pouco mais.

— Tirando a parte da traição, eu não ia reclamar da gente ter uma história juntos — brinquei, só para quebrar o gelo entre nós.

Olívia soltou outra gargalhada, enquanto revirava os olhos de maneira enfática.

— Vai sonhando, Ravi — disse, dirigindo-se para o começo da fila. — Vai sonhando.

19

Ethan apoiou as costas no muro do ginásio e torceu para que o professor de educação física não percebesse sua ausência. Não podia se dar ao luxo de ter mais problemas envolvendo seus pais e, principalmente, não queria ter mais sarna para se coçar. Ainda mais quando seus pensamentos não paravam de rondar um garoto irritante, de cabelos pretos e sedosos, que andava de nariz empinado pela escola.

Chutando algumas pedrinhas para longe, ele notou uma figura se aproximando a passos determinados. Não precisou nem de um segundo para reconhecer o gingado de Matt McAllister, que por onde ia sempre parecia marchar, emanando energia e confiança. Ethan revirou os olhos e suspirou, desejando evaporar dali, só para não precisar confrontar o garoto mais alto e mais velho, perto de quem ele se sentia tão vulnerável e perdido.

— Até que enfim te achei — rosnou Matt, parando muito perto de Ethan e pousando suas mãos na parede atrás do garoto de aparência assustada. Seus braços cercaram Ethan, que engoliu em seco, incapaz de disfarçar o quanto aquela proximidade o afetava. — Temos que conversar.

— Te-temos mesmo? — gaguejou o garoto menor.

— Olha só pra gente... Eu consigo ouvir as batidas do seu coração daqui. Você finge que não sente nada, mas sei que também gosta de mim.

Ethan comprimiu os lábios e negou com a cabeça, em um movimento enfático.

— Você que tá esperando demais de mim — falou, num tom de voz baixo, contido, incerto. — Gosto de você só como amigo, Matthew. Nunca quis mais do que isso.

Matt passou as mãos pelo cabelo, levando-os para trás e os deixando cair em cascatas sedosas. As unhas pintadas de preto se destacavam em sua pele lívida.

— Nunca? — Ele aproximou seu rosto do de Ethan, os narizes quase se tocavam. — Nunca pensou em sentir a textura da minha boca na sua? O meu corpo quente no seu? Nunca quis minha língua percorrendo o seu corpo?

Ethan fechou os olhos, como se sentisse dor. Sua respiração ficou superficial e inconstante. Mas, mesmo assim, ele teve a dignidade de estufar o peito e encarar o outro garoto nos olhos quando respondeu:

— Não, Matt. Eu nunca quis nada disso. — Suas palavras não convenceram nem a ele mesmo.

Matthew sorriu, e o garoto menor pôde sentir seu hálito quente roçando-lhe a pele.

— Que pena. — Ele parou para umedecer os lábios. — Eu acho que a gente ia se dar muito bem fazendo isso...

Ethan não parava de olhar para os lábios bem desenhados de Ravi e estremeceu quando os dentes de coelhinho apareceram em um sorriso doce, gentil. Sentiu os dedos de Matt tocando o seu queixo e ergueu o rosto até que os olhares voltaram a se encontrar. Ficou imóvel, encarando o formato amendoado e grande que os olhos de Matt tinham e o quanto ficavam ainda mais bonitos pintados de preto.

Talvez Ethan já tivesse imaginado algumas vezes a textura da boca de Ravi. O cheiro de sua pele quente. Ou como seria ter seus braços tatuados envolvendo o seu corpo. Talvez ele passasse tempo demais se perguntando essas coisas.

Como se tivesse lido seus pensamentos, Ravi arriscou um passo à frente, e Ethan sentiu cada centímetro do corpo do garoto no seu. Sem deixar sua parte lógica ganhar da sentimental, pousou a mão no pescoço de Ravi e, antes que a coragem se dissipasse, percorreu a distância mínima entre seus lábios.

Ravi o abraçou pela cintura, enquanto se entregava em um beijo intenso e cheio de entrega. Ethan só conseguia

---

PARALISEI DE olhos cerrados no lugar ao perceber que eu tinha acabado de escrever *Ravi* no meio da minha história Matthan. Meus dedos ainda estavam pousados sobre o teclado do computador, duros feito varetas, sem que eu conseguisse fazer o menor movimento para corrigir o engano bobo.

Quero dizer… Eu convivia com Ravi, e ele tinha o estilo meio parecido com o dos caras dos Broken Boys. Era normal que o nome dele tivesse escapado no meio de uma cena romântica da minha fanfic, não é?

Só que, enquanto corria os olhos pelo que escrevera ao longo da manhã, percebi que não havia trocado o nome só uma vez — o que seria superaceitável e normal. Na verdade, tinha escrito tantas vezes o nome Ravi que a fanfic mais parecia ser sobre ele do que sobre Matt. Eu teria que mudar o nome de shipp para Rathan.

Droga, droga, droga.

Mordi o lábio e, movida por uma curiosidade grande demais para que eu pudesse ignorar, abri outra página do Word para testar as possibilidades do nosso nome de shipp. Óliravi ou… Ravióli! Até que era fofo, vai. Uma pena que eu estivesse tão focada em descobrir o meu shipp com Ravi em vez de terminar o capítulo que estava devendo no NovelSpirit. Se eu usasse esse empenho para escrever, quem sabe tivesse terminado a porcaria da história.

Inferno! O que tá acontecendo comigo?

Esfreguei o rosto, frustrada e decepcionada. Deixei o computador de lado e peguei o celular. Fui direto ao grupo de escrita no WhatsApp e perguntei para as outras escritoras se já tinha acontecido com alguma delas isso de trocar o nome de personagens pelo de conhecidos e qual poderia ser o significado disso. Apesar de que eu não tinha tanta certeza assim se queria saber.

No fundo, isso tudo era culpa de Ravi. Ele não vinha colaborando muito com a minha sanidade. Pensei que ele ia se afastar, ou pelo menos diminuir as investidas, quando eu deixasse claro que não esperava nada dele além da amizade, ainda mais depois de ele ter se aberto sobre o seu passado com Mari. Mas é claro que eu devia ter desconfiado… Em se tratando de Ravi, nada nunca era tão óbvio assim. Ele não tinha mudado nem um pouquinho o seu jeito de agir comigo. Isso não significava que ele me tratava de um jeito diferente do que tratava os outros nem nada — percebi que ele era assim com todo mundo. Ravi era brincalhão, expansivo, cheio de mãos pegando um cabelo aqui, um cotovelo ali… Enfim. Ele era assim. Com Barba, com Paulo Jorge, e até mesmo com Mari, ainda que ela passasse metade do expediente fuzilando-o com o olhar. Eu não podia culpá-lo por ser ele mesmo, ainda que tudo isso me assustasse e me arrancasse da minha zona de conforto.

Eu não parava de pensar no meu primeiro e único namorado, Denis. As coisas foram tão suaves com ele… Havia levado um século para que conseguíssemos mostrar os menores sinais de que estávamos a fim um do outro. A primeira vez que demos as mãos foi tão simbólica que eu até anotei na agenda. *E comemorei o aniversário desse ridículo aperto de mãos!*

E agora precisava conviver com um garoto que pegou na minha mão no dia em que nos conhecemos e arrancou de mim a possibilidade de comemorar no futuro. Se eu fosse anotar cada vez que ele encostava em mim, ia precisar de um caderno só para isso. O pior é que eu gostava. Merda, eu falava que só queria sua amizade e estava ali escrevendo fanfics com Ravi sem nem me dar conta.

O maior problema de Ravi continuar agindo normalmente comigo era que, bem, ele continuava me paquerando. Isso ele não fazia com mais ninguém. Ele elogiava meu cabelo, dizia que eu estava cheirosa, que certa calça tinha vestido bem em mim. Demorei para entender que, com certeza, ele estava se referindo à minha bunda, e nesse dia passei o resto do expediente com um moletom amarrado na cintura. Francamente, era muito exaustivo.

Quando eu era mais nova, o único contato que tinha com romance era nas fanfics que escrevia. Esse era um lugar seguro, eu mandava em tudo o que acontecia ou deixava de acontecer, sabia o que esperar. Mas na vida real? Eu não sabia de nada! Quanto mais eu entrava na vida adulta, mais precisava lidar com crushes de carne e osso e ficava apavorada. Eu devia ter a síndrome do Peter Pan ou sei lá, porque, enquanto todo mundo esperava pela próxima etapa da vida, eu só queria sair correndo.

Mas a principal razão para que eu estivesse desconcertada a ponto de trocar o nome de Matthew pelo de Ravi com certeza era a conversa que tínhamos tido na noite anterior, quando atravessamos a Trajano Reis lado a lado, no meio da madrugada, para voltar para casa.

— Você tem a maior fama de pegador, mas desde que entrei não te vi com ninguém — comentei, abraçada em meu próprio tronco, quando alcançamos o ponto de ônibus.

Ravi deu de ombros, fechando o zíper do moletom.

— Eu não me interessei por ninguém, ué. — Ele esfregou as mãos por alguns segundos e então as levou em frente à boca, formando uma concha. Ouvi o seu sopro em uma tentativa de aquecê-las, e acabei fazendo o mesmo.

Maio tinha chegado; a temperatura vinha caindo de maneira vertiginosa nas últimas semanas, ainda mais quando chovia — o que parecia acontecer quase todos os dias em Curitiba. Eu ainda não tinha me acertado muito bem com o clima dali, já que Cianorte era bem mais quente e estável. Minha nova cidade parecia ter vida própria, e um único dia podia abrigar as quatro estações do ano. E, com toda certeza, fazia mais frio do que em Cianorte.

— Hum... Achei que isso era impossível.

Ele me encarou, parando de soprar as mãos no mesmo instante, e deixou escapar uma risadinha incrédula.

— Qual é, Olívia? Eu não sou um animal.

Algo me disse que eu deveria encerrar aquela conversa enquanto ainda tinha tudo sob controle, mas minha curiosidade foi maior. Ele sempre me provocava, e eu queria descobrir o que aconteceria se também o provocasse um pouquinho.

— Já ouvi umas histórias... De que você dava umas sumidas no meio do expediente e dormia fora quase todos os dias.

— Aham — ele respondeu, sem dar a mínima. — E faria hoje mesmo se tivesse rolado com alguém. Mas essas coisas a gente não escolhe, né... Só acontecem. Aliás — Ravi se empertigou, me encarando de cenho franzido —, vocês só têm um assunto? Eu, no caso?

Touché.

Na primeira oportunidade, ele tinha virado o tabuleiro a seu favor.

— Ninguém mandou partir o coração de uma colega de trabalho. — Pisquei para ele, com um sorrisinho nascendo nos lábios.

— Pois é, não mesmo. — Ravi também sorriu, mas notei que seus olhos não acompanharam.

Subimos no ônibus, ele na frente e eu atrás, e seguimos para dois dos muitos assentos vagos. A realidade de pegar o ônibus de madrugada era bem distinta daquela de pegar em horário de pico, para ir ao trabalho. Agora, dava para escolher com a maior tranquilidade o lugar. Mas também tinha o ponto negativo de ser bem mais perigoso. Eu só me arriscava a voltar de ônibus quando tinha a companhia dele.

Sentamos lado a lado. Ravi se virou de costas para a janela e esticou as pernas no meu colo, como se não fosse nada de mais. Os braços estavam cruzados sobre o peito e ele tinha um olhar presunçoso, como se dissesse *tá bom, se você quer brincar, vamos nessa*. O peso de suas pernas nas minhas coxas me fazia perder o raciocínio, e eu só conseguia prestar atenção no calor que emanava dele para mim.

— Onde paramos? — perguntou, arqueando as sobrancelhas.

— Ah, é. Você perguntou por que não tô ficando com mais ninguém. Tá com ciúmes ou é impressão minha?

— Impressão sua! — respondi rápido demais. — A gente é só amigo, por que eu teria ciúme de quem você fica?

Ravi umedeceu os lábios e me encarou, como se a minha reação o deliciasse.

— Por que você queria ser uma dessas pessoas? — perguntou por fim, sua voz um pouco mais alta que um sussurro. — Eu também queria que fosse, na real. Só falando. Pro caso de ainda não ter ficado claro.

Senti o rosto pegar fogo enquanto me perguntava em que universo o seu interesse não era para lá de óbvio. Desde que nossos olhares cruzaram pela primeira vez, ele me viu como um alvo, tenho certeza. Talvez só continuasse insistindo porque eu tinha dado um fora nele. Quem sabe tudo não passasse de orgulho ferido.

— Ravi... você disse que gostava de mim. — Minha voz saiu fraca e não consegui sustentar o olhar dele por muito tempo. Em vez disso, cruzei as mãos sobre as suas pernas, entrando de cabeça na coisa toda de agirmos como se fôssemos namorados, mas sem de fato o sermos.

— Gosto. No presente.

Ai, merda!

— Mas por quê? — me ouvi perguntar.

Eu não conseguia entender o que um garoto tão interessante via em alguém como eu. A Mari, por exemplo, era incrível, inteligente e bem resolvida, e mesmo assim ele a traiu, mesmo depois da relação toda moderna deles. Eu nem sei se conseguiria ter um relacionamento aberto com alguém um dia, e a invejava por isso. A invejava — de um jeito saudável, vai — por ser tudo o que eu não era. Eu era só a garota superóbvia do interior. A que não pensava em bissexualidade e a que anotava na agenda a primeira vez que segurou a mão de outra pessoa.

Ravi sorriu. Um sorriso amplo e sincero que deixou os dentes de coelhinho à mostra. Seus olhos passearam pelo meu rosto enquanto ele roçava o polegar no próprio lábio.

— Essa pergunta é séria?

— Não é claro?

— Olha, eu vou ficar todo cafona, falando um monte de coisa melosa, e aí tenho certeza de que você não vai querer nada comigo mesmo...

Ri dele, sem acreditar nem por um segundo que o rumo da conversa seria esse.

— Anda logo!

— Tá. Mas foi você que pediu, depois não adianta se arrepender! — Ravi apontou o dedo em riste para mim, nos fazendo rir. — Você é linda, cara. Tem um sorriso contagiante e eu gosto que não é qualquer pessoa que consegue arrancar esse sorriso de você. E você fica toda tímida quando eu falo essas coisas óbvias... Tipo agora, ó. — Ele tinha razão, eu mal conseguia manter o contato visual. Meu coração tinha ido parar na garganta e martelava com intensidade. — Eu gosto muito que você brigou pelo seu direito de escolher o que ia fazer da vida. Que mudou pra uma cidade bem diferente da sua, porque era importante pra você. E que resolveu dar uma chance pro seu pai, mesmo ele não merecendo. O Eduardo que me perdoe, eu adoro o seu pai, mas ele não merecia. Eu nunca seria capaz de fazer o mesmo. Enfim.

Argh, isso dificulta tudo!

Sinceramente, os homens da minha vida não vinham me ajudando muito. Primeiro os Broken Boys resolveram se separar, assim, sem mais nem menos. Depois eu comecei a morar com o meu pai, torcendo para que ele fosse o maior escroto e me ajudasse na tarefa de odiá-lo, mas não, claro que não. Agora tinha esse garoto que parecia ter nascido para me deixar confusa, já que era a única coisa que acontecia comigo desde que o havia conhecido. Quando descobrira sobre a sua traição, tentei enfiar na cabeça que esse era um motivo sensato para me manter afastada. Ravi era problema. Então ele fazia o quê? Falava um monte de coisas incríveis sobre mim e me deixava com vontade de sorrir igual boba.

Que inferno! Minha vida seria bem mais fácil sem homens.

Tudo andava na linha quando eu vivia só com mulheres.

Tá bom, é mentira. Eu vivia uma vida falsa e fingia amar arquitetura, só para não ter problemas maiores nem decepcionar a minha mãe. O que acabou acontecendo, de toda forma. Acho que a constante que tornava a minha vida uma bagunça era sempre a mesma: euzinha.

— Que piada — murmurei, escondendo o rosto com as mãos.

Ravi segurou o meu pulso esquerdo com delicadeza e o afastou do meu rosto.

— Para de achar que tudo que eu faço é brincadeira. Isso me chateia.

Vi, pelo canto dos olhos, que ele me fitava sem nem piscar. Bufei, me recusando a encarar aqueles olhos castanhos com cílios ridículos de tão perfeitos. Eu me recusava a entregar o meu coração para um cara que tinha como costume quebrar o de garotinhas indefesas. Ainda que ele fosse lindo e super estiloso. Ainda que eu não parasse de pensar nos olhos borrados de lápis e nas unhas pintadas, eu não cairia na armadilha de me apaixonar.

Talvez ele estivesse falando sério e gostasse de mim agora — ou *achasse* isso. Mas era tudo questão de tempo, e quando Ravi percebesse o quanto eu era tediosa ele enjoaria de mim e me trocaria pela nova carne do pedaço.

— Não quero ser escrota...

— Mas vai ser — murmurou, acertando em cheio.

— Vou. — Engoli em seco e dei o braço a torcer, virando de frente para ele. Suas pernas despencaram do meu colo. — É só que... eu conheço garotos assim aos montes. São bonitos e sabem disso. São engraçados, extrovertidos. Pegam filas e filas de meninas. E meninos — concluí, quando ele arqueou as sobrancelhas. — O negócio todo é a conquista, né? É o prazer de saber que conseguiu mais um pra lista?

Ravi arregalou os olhos, erguendo as mãos no ar como se dissesse *pera aí*. Ele piscou algumas vezes, sem esconder que estava atônito, e soltou um assobio baixo, que cortou o silêncio como uma lâmina afiada.

— Olívia, alguma vez eu te dei motivo pra pensar o pior de mim? — Abri a boca, mas ele negou com a cabeça, bastante consternado. — Não, sério. Eu fiz alguma coisa que te ofendeu, fui desrespeitoso ou sei lá?

— Você sabe que não.

— Não sei. Parece que fiz algo que te deixou bem irritada. Desde o começo, você só pensa o pior de mim... E tudo o que tô fazendo é tentar me aproximar de você. — Ele encolheu os ombros e soltou o ar dos pulmões com a maior calma. — Tipo, eu entendo a Mari pensar o pior de mim, porque foi o que mostrei pra ela. Mas você? Tô tentando fazer tudo certo, mas acho que deixei passar alguma coisa.

Brinquei com o cordão do meu moletom, enrolando-o e desenrolando-o ao redor do meu dedo médio. Pelas janelas do ônibus, pude ver Curitiba e sua beleza mesmo à noite. Os postes derramavam luzes amareladas pelas calçadas de paralelepípedos e as sombras dos prédios se esticavam, ficando com o dobro de tamanho. No céu, a lua minguante se escondia por trás de nuvens esbranquiçadas, que lembravam fotos em negativo.

— Você não me fez nada — respondi, sentindo que, quanto mais a nossa conversa avançava, mais fora de controle tudo ficava. — Mas você também não pode me culpar por ficar desconfiada depois de tudo o que me contou.

— Tá. — Ele assentiu, meio a contragosto. — Verdade, não posso. Mas daí a achar que o meu prazer é conquistar as pessoas só pra descartar depois... Que eu trato as pessoas como prêmio... É sério, Olívia?

Roí a unha do polegar para ganhar mais tempo enquanto pensava em uma resposta que amenizasse o estrago. Acabei constatando que não tinha mais como reparar o peso das minhas palavras. Eu obviamente tinha ferrado com tudo.

— Não sei, tá? Foi mal. Você é muito diferente das pessoas que eu conhecia em Cianorte, me deixa confusa.

— Você também é diferente das pessoas que eu conheço... Isso não precisa ser ruim. — Ravi cruzou as mãos em frente ao rosto. — E já que você perguntou: o prazer está *nas* pessoas, Olívia. Em conhecer gente nova, em descobrir como eu sou com elas e como elas são comigo. Eu gosto do friozinho na barriga de estar com tanto tesão por alguém e saber que essa pessoa sente o mesmo. — Ele deu um sorrisinho tristonho e seus olhos brilharam. — Não tem nada disso de conseguir mais um pra lista. Que merda, você tá parecendo até o meu pai falando.

— Desculpa. Mesmo. Eu não devia ter dito essas coisas — falei e, como ele fugiu do meu olhar, agarrei a manga da sua blusa, esperando ganhar sua atenção. — Ravi Farrokh!

— Sabe o que me deixa puto? Eu sinto que você gosta de mim também. — Fiz cara de incrédula, porque havíamos falado sobre ele se achar não fazia muito tempo. Ele leu meus pensamentos e se adiantou em explicar: — Não tô sendo prepotente, mas seu corpo fala muita coisa. Seu olhar fala muita coisa. Quando você fica distraída, quando não tá ocupada tentando me afastar, você deixa escapar seus sentimentos.

Abri e fechei a boca, em pânico por ele saber tanto de mim, quando parecia que eu não sabia nada sobre ele.

Será que eu era tão transparente assim?

Será que Curitiba inteira conseguia perceber o quanto Ravi me deixava balançada?

— Ah, pronto! Agora você quer teimar comigo sobre como eu me sinto? — Soei um pouco rude, na tentativa de fazê-lo acreditar que estava enganado. — Eu gosto de você, Ravi. *Como amigo.* Acho que você só errou o palpite e tá confundindo as coisas. Acontece.

Ele revirou os olhos de um jeito prolongado e artificial, como se quisesse ter certeza de que eu veria. Apesar disso, havia a sombra de um sorriso nascendo em seus lábios.

— Olha, eu retiro o que eu disse sobre você ser corajosa. Você é a maior bundona.

Tentei ficar séria e parecer ultrajada, mas a fachada durou poucos segundos. Caí na risada e ele riu comigo, voltando a assumir a postura descontraída que era tão ele.

Ele me cutucou de leve para mostrar que estávamos próximos do nosso ponto. Pulei de supetão do banco, segurando na barra do ônibus para esperar que ele também se levantasse. Para o meu total horror, Ravi parou bem de frente para mim, perto o bastante para que eu não cedesse ao impulso de encarar seus lábios de maneira quase obsessiva.

— Já que você quer só a minha amizade, vou parar de tentar "dar uns pegas" em você — Ravi fez aspas com a mão, parafraseando algo que eu mesma tinha dito para ele algum tempo atrás — e te tratar como amiga.

— É o que eu mais quero.

— Se você mudar de ideia, Olívia Salazar, vai ter que me falar. Com todas as letras. Pra não correr o risco de eu errar o palpite e confundir as coisas de novo.

Senti uma pontada de ironia em suas palavras, mas não baixei a bola. Empinei o nariz, encarando-o de cima.

— Ah, é? — perguntei, sentindo o ônibus parar com suavidade. — Vou ter que falar o quê?

Tentei parecer adulta e destemida ao provocá-lo, mas a verdade é que eu não tinha tanta certeza assim se queria descobrir onde essa conversa ia dar.

— Aliás, uma correção: falar, não. Pedir. — Ravi inclinou o rosto e parou tão perto da minha boca que precisei de muito esforço para não fechar os olhos e esperar que ele me beijasse. — Vai ter que implorar por um beijo. Porque, você sabe, eu quero ter certeza.

Então, antes que eu conseguisse digerir o que tinha acabado de acontecer, Ravi se afastou de mim e caminhou em direção às portas do ônibus, que tinham acabado de abrir. Ele desceu os degraus quase correndo, o que foi bom, porque assim tive tempo de recompor a minha cara de tacho antes de alcançá-lo na rua.

20

Óli

gente, preciso de ajuda pra uma questão URGENTE
escrevi uma cena inteira com o nome de um
conhecido no lugar do Matt. e eles nem se parecem???
já aconteceu com vocês? será que tô ficando louca?

Samy

nunca rolou comigo... vc devia estar
com essa pessoa na cabeça.
aconteceu alguma coisa recentemente?

Jules

a pergunta aqui é QUEM é a pessoa? é um boy?
você tá a fim dele?
eu já escrevi váriasss cenas de pegação
imaginando os caras com quem tô saindo

Loob

hummm acho que faltou informação pra gente
conseguir te ajudar. sobre o que era a cena, miga?
eu troquei o nome uma vez, mas tinha um sentido.
era a irmã da personagem e eu me inspirei na minha,
acabei usando o nome dela sem perceber

Samy

não joga a bomba e depois some! estamos curiosassssss

Óli

tá, digamos que fosse uma cena de pegação e digamos que eu convivo com esse garoto (que é bem bonito por sinal), mas ele me irrita, eu não tô a fim dele!!!! tipo, 96% de certeza. o que isso significa?

Loob

às vezes só significa que vc tá cansada, que se distraiu, sei lá... nem deve ser nada de mais, relaxa

Jules

ou significa que vc tá caidinha por ele e seu subconsciente deixou escapar o nome dele na cena de pegação, pq é isso que vc tá querendo que role

Samy

s i m!!!

Óli

aaaaaargh!
loob é a única sensata do grupo. vou voltar pra minha fanfic que eu ganho mais

BLOQUEEI o celular e o deixei cair na cama bagunçada. Fisguei o lábio inferior e, no modo automático, estiquei o braço para o interruptor. Deslizei pela cama até estar deitada de barriga para cima, e cruzei as mãos sobre o peito. As estrelas do teto tinham um brilho amarelo esverdeado, pálido e artificial, mas algo nelas me fascinava e acalmava.

Fiz círculos com os polegares, sentindo o tempo passar por mim como uma brisa mansa. Observei o brilho neon suavizar aos poucos, até que a escuridão do quarto o engolisse. Meus pensamentos estavam me consumindo, quando as batidas do meu pai na porta ressoaram pelo cômodo, amplificadas pelo silêncio que fazia ali dentro.

Murmurei para que ele entrasse, mas nem me dei ao trabalho de acender a luz. Estava tão aconchegante ali na cama que eu daria tudo para não perder aquela paz. Papai franziu o cenho, confuso, parado em frente à porta, como se temesse estar atrapalhando alguma coisa — o que quer que fosse.

— Ahn... Tá tudo bem? — perguntou, acendendo a luz.

Meus olhos arderam com a claridade. Pisquei sem parar.

— Tá sim. Só tava aqui pensando... — Apontei para o teto. — Gosto de olhar as estrelas. É o que mais amo no meu quarto. Você acertou em cheio.

Ele assentiu, entendendo o porquê da escuridão. Então esfregou as coxas enquanto vinha em direção à cama.

— Bom saber. Por um momento, fiquei com medo de ter exagerado.

— Não tem problema exagerar — admiti, porque o que eu mais queria era que ele exagerasse bastante no carinho, no cuidado, no amor. — Ainda mais se for esse tipo de exagero. Eu fiquei feliz que você se preocupou tanto com o meu cantinho aqui.

Meu pai se sentou na beirada da cama e fez o colchão afundar na altura do meu quadril.

— Posso me deitar com você? — Ele indicou o colchão com um movimento de cabeça.

— Claro!

Deslizei para o lado até alcançar a parede em que a cama ficava recostada. Ele esperou que eu me acomodasse antes de deslizar no espaço vago, deitando-se de barriga para cima, assim como eu. Sem dizer uma palavra, o meu pai esticou o braço e apagou a luz, revelando dezenas de estrelas de plástico no teto. Sorri sozinha, sentindo meu coração se expandir dentro do peito até ficar grande demais para caber dentro de mim.

— Acho que tem uma metáfora aqui. Algo sobre as estrelas estarem logo ali, e sobre a sensação de poder tocá-las se a gente esticar bem os dedos... — Estalei a língua no céu da boca. — Ainda não sei bem. Mas espero conseguir descobrir logo, ou vou enlouquecer.

— Ah, é? — Ele girou a cabeça para me olhar. — Por quê?

— Sei lá... É importante saber o sentido das coisas, né?

Meu pai deu de ombros e voltou a olhar para o teto.

— Nem sempre o sentido é tão óbvio. Às vezes, é muito mais profundo do que parece, e a gente só capta as sensações. — Ele clareou a garganta. — Tipo você ter decidido sozinha vir pra cá, só agora, depois de tanto tempo. Tem uma explicação lógica?

Na verdade, tem.

E é péssima.

Tem mais a ver com uma banda e bem menos com a nossa relação.

Se bem que não era cem por cento verdade. Eu tinha falado várias coisas para vovó que nem eu mesma sabia que guardava em mim. Broken Boys foi mais a desculpa para que essa decisão parecesse menos louca.

— Pai, não fica triste. Eu queria muito te conhecer, mas isso foi por puro egoísmo da minha parte. Não foi uma coisa nobre, altruísta.

Mesmo no escuro, pude ver o sorriso que ele deu. Aquele sorriso tão bonito que eu tinha tido a sorte de herdar.

— Eu querer te conhecer depois de passar anos fazendo de conta que não era pai também foi puro egoísmo, filha. Acontece. Às vezes, somos nobres, mas na maior parte do tempo só nos preocupamos com o nosso próprio bem-estar.

— Você tá bem filosófico hoje, hein — provoquei, e ele riu. Peguei uma mecha de cabelo e estiquei para cima, começando a trançá-la. — Eu queria tomar uma decisão sozinha, pela primeira vez na vida. Sentir que estava no controle, sabe? Porque tudo começou a desmoronar desde o ano passado. A gota d'água foi

248

a minha banda favorita anunciar uma turnê de despedida. E daí, descobri que eles vão se apresentar aqui.

— Ah.

O sorriso e a leveza tinham sumido do rosto do meu pai; ele parecia desolado. Senti um nó na garganta. Acendi a luz e me virei para ficar de frente para ele. Quis olhar bem fundo em seus olhos para que a mensagem fosse passada com clareza.

— Não foi só por isso. Foi o que me fez pensar em você num primeiro momento. Mas, quanto mais eu pensava, mais fazia sentido passar um tempo aqui e te conhecer. — Umedeci os lábios, decidindo o melhor jeito de falar a verdade sem magoá-lo tanto. — Pai, você sempre foi muito presente na minha vida, só que não de um jeito bom. Minha mãe sempre te usou de exemplo pra tudo que existia de ruim.

Ele assentiu, os olhos brilhando além do normal.

— Ela não mentiu. Eu fiz escolhas erradas e paguei caro por elas. Custou a minha relação com a minha família. Custou a minha relação com você.

— Ela tava errada, pai. Você é muito mais do que os seus erros. Ela é muito mais que os erros dela. E eu também preciso ser mais que os meus. — Segurei o ombro dele, assim como ele fazia comigo. — Eu só sei disso agora porque você me provou que é um pai maravilhoso quando quer. E você quer! Isso é o suficiente pra mim. Eu *quis* vir pra cá. Briguei pelo direito de te conhecer e tirar as minhas próprias conclusões. Briguei por você, sem saber muito bem se merecia.

Ele esfregou o rosto, se escondendo de mim. Ouvi fungadas e notei seu ombro balançando de levinho. Quando afastou as mãos, alguns minutos depois, percebi seus olhos injetados.

— Não mereço.

Neguei com a cabeça.

— Não existe isso, pai. Se você fosse um escroto, eu teria ficado uma semana e nunca mais olharia na sua cara.

Ele arqueou as sobrancelhas como se tivesse lhe ocorrido que esse era um bom ponto.

— Então mereço? — perguntou, tentando se fazer de sério, mas o sorrisinho tímido o entregou.

— Digamos que você está fazendo por merecer. Você precisa continuar trabalhando nisso. É assim que as coisas funcionam.

— É assim que as coisas funcionam — repetiu, transparecendo no olhar todo o seu orgulho. — Quando foi que você ficou tão madura?

Soltei um suspiro.

— Bom, tinha que ter pelo menos algo bom nessa coisa toda de envelhecer, né? Porque o resto é uma porcaria.

Ele ficou me encarando, parecendo achar que se tratava de uma piada. Como não ri, foi ele quem fez isso e me cutucou nas costelas.

— Como assim, filha? Todo mundo ama deixar de ser adolescente e virar adulto.

— Pai. — Fui obrigada a sentar para debater esse assunto que era a causa de toda a ira que eu vinha alimentando nos últimos meses. — É horrível! Quem, em sã consciência, ia gostar de virar adulto? É pancada atrás de pancada. E a gente precisa trabalhar! Sem contar que o dinheiro não dá pra nada. Você já viu o preço de um hambúrguer? — Ergui o queixo, como se isso comprovasse o meu ponto.

Ele soltou uma gargalhada envolvente e tomou impulso para se sentar também. Então, cruzou os braços em frente ao peito e me olhou com uma expressão divertida.

— Você não existe! Quer dizer que você queria ter essa idade pra sempre?

— Talvez menos!

— Por quê?!

Encolhi os ombros e abracei os meus joelhos, me sentindo vulnerável ao tocar nesse assunto com ele.

— Porque, quando eu era mais nova, as coisas eram perfeitas. Eu tinha tempo de sobra pra escrever as minhas fanfics. Não precisava me preocupar com vestibular, nem nada do tipo. Minha banda favorita estava no auge da carreira. E, ah, importante — apontei o dedo em riste para ele —, nada de garotos me enlouquecendo.

Ele exibia um sorriso suave e envolvente que me deixou morrendo de vontade de abraçá-lo, sem nenhum motivo aparente.

— Hum... Garotos. Agora as coisas estão começando a fazer sentido pra mim.

— Afff, nada a ver, pai! — Peguei o travesseiro e o joguei nele como forma de protesto. Mas não fui capaz de evitar sorrir até ficar com as bochechas doendo. — Minha aversão à vida adulta vem de muito tempo.

— Seeeei.

Fingi não perceber sua ironia.

— É principalmente por causa do resto... Mamãe queria me ver na faculdade. Eu sempre interpretei uma Olívia que sonhava com isso e vivi uma vida que deixava minha mãe satisfeita. — Me concentrei em tirar bolinhas do edredom, só para não precisar encarar o meu pai. — Antes ela amava ler as minhas fanfics, sentia orgulho. Depois de um tempo, no entanto, começou a ficar irritada cada vez que me via no computador, achava que era perda de tempo. Só que para mim não é perda de tempo. É o que eu mais amo fazer. Eu sou boa nisso, pai.

Ele expirou o ar dos pulmões, parecendo um pouco constrangido.

— Odeio ser o pai careta que não entende as coisas, mas o que são fanfics?

Soltei uma risada, jogando mais uma bolinha do edredom em uma pequena pilha.

— São histórias. Eu escrevo histórias. — Me empertiguei na cama. — Qual é o seu filme favorito?

— Sei lá. Acho que... *O Senhor dos Anéis*?

— Em fanfics, a gente costuma usar personagens e mundos que já existem e escrever as nossas próprias histórias. Digamos que eu escrevesse uma em que o Frodo e o Sam se apaixonam e começam a se relacionar. Isso é uma fanfic. — Encolhi os ombros, de repente me sentindo um pouco boba. A maioria das pessoas não entendia esse impulso de contar histórias, de colocar tudo para fora. E, se entendiam, subestimavam muito a importância que tinha para mim. — Mas também pode ser com pessoas reais, que é o que eu faço. Escrevo histórias sobre dois caras da banda que eu gosto. Sempre sobre eles.

Ele cruzou os dedos em frente ao queixo e ficou me olhando de um jeito um pouco irritante, como se me analisasse e conseguisse ver até mesmo as coisas que eu deixava bem escondidas dentro de mim.

— Você é surpreendente, Óli. Agora eu sei o que você tanto faz no computador… E tô aliviado porque isso é bem melhor que o lance da Terra plana. — Revirei os olhos, com um sorriso torto no rosto. — Posso ler?

— Você tem certeza? São várias histórias de amor sobre Matt e Ethan, e…

Ele me interrompeu com uma expressão serena:

— E daí?

Pois é, Olívia.

E daí?

Eu vinha ficando tão insegura a respeito das fanfics que era como se precisasse me justificar por cada detalhe.

— Eu te mando o link e você pode escolher quais quer ler. — E isso era muito mais do que eu tinha feito por mamãe, já que eu mesma escolhera a dedo a quais histórias ela teria acesso. — Vou gostar muito se você me contar o que achou.

Meu pai inclinou o tronco em minha direção e deixou um beijo estalado em minha testa.

— Vou contar, pode ter certeza. E obrigado.

— Pelo quê?

— Por se abrir comigo. — Ele esfregou os braços, como se, de repente, tivesse se dado conta do quanto estava frio. — É bom me sentir útil em sua vida.

Olhei para ele. Digo, olhei com atenção. Meu pai usava as tranças soltas, que caíam pelos ombros e encontravam a gola de seu moletom todo esgarçado, com rasgos propositais aqui ou ali. Ele tamborilava sobre sua própria perna, um hábito que o acompanhava em tudo o que fazia, e que eu pressentia que ele nem sequer notasse.

Senti um grande amor por ele e, pela primeira vez, não me assustou nem um pouco saber disso. Quanto mais os meses transcorriam ali em Curitiba, menos o passado importava. Parei de me punir por ceder. Meu pai estava de coração aberto; o que eu ganharia me fechando? Eu tinha perdido muito, não queria perder mais, principalmente agora que sabia como era bom ter um pai presente, amoroso, gentil. Não importava se ele não era assim antes; estava sendo agora. Era uma escolha diária.

— Quer comer fora? Eu pago. — Não pude esconder a empolgação. — Eu sempre quis dizer isso! É tão bom ser assalariada!

— Viu só? Ser adulto não é assim tão ruim quanto você pensa. — Ele tomou um impulso para levantar e escondeu as mãos nos bolsos. — Onde você quer comer?

Mordi uma lasca de unha. Curitiba era uma cidade muito grande e repleta de possibilidades, mas eu só conseguia pensar em uma coisa.

— Ai, pai. Vou ser muito óbvia se disser que quero comer hambúrguer com Fanta Uva?

Ele riu com gosto.

— Vai. Mas tudo bem, eu tava torcendo pra você dizer isso.

A verdade é que ele nem gostava tanto assim de hambúrguer, só queria me agradar. Sempre que tinha a opção, meu pai escolhia outros pratos, como massas ou comida japonesa. E saber disso me arrancou um sorriso todo bobo enquanto eu abria o guarda-roupa para me trocar, segundos depois de ele ter abandonado o meu quarto.

* * *

Joguei o cardápio na mesa assim que terminamos de fazer os pedidos para o garçom prestativo, que usava um bigode enorme e boina vermelha, apesar de não parecer tão mais velho que eu. O apelidei secretamente de Mário, me divertindo porque aquele era o tipo de coisa tão comum naquela cidade grande, mas super-raro em Cianorte. As duas cidades eram bem diferentes, e por vários momentos eu pensei que não fosse aguentar. Mas até que eu estava me saindo bem.

Como Ravi tinha me dito, não precisava ser ruim o fato de eu destoar tanto — ou achar que destoava. O meu primeiro mês trabalhando no BarBa me fez perceber o quanto todo mundo era ao mesmo tempo meio igual e meio diferente, se é que faz algum sentido. O fato é que, talvez eu não fosse inteira tatuada, nem pensasse em ser. Talvez eu tivesse pintado o meu cabelo em um impulso para me encaixar e talvez a coisa mais radical que eu tivesse feito foi rabiscar o meu All Star branco quando fiquei com raiva. Mas as pessoas eram muito mais que isso. Quando eu trocava confidências com Mari ou ria com Paulo Jorge, eu percebia que, apesar das diferenças, tínhamos muito em comum. Muito mais do que eu esperava.

— Pai... foi difícil pra você perceber que sua paixão não era a faculdade? — perguntei, enquanto brincava de contornar o meu celular com o polegar.

Ele fez um bico, assumindo uma careta pensativa, e seus olhos percorreram os grafites da hamburgueria sem muita pressa.

— Eu já amava a música bem antes, Óli. Seus avós não tiveram a oportunidade de se formar, então sonhavam que eu me formasse em algum curso que possibilitasse uma vida confortável. Eu entrei na faculdade de psicologia certo de que não era isso que eu queria pra minha vida, por mais que gostasse do curso. — Meu pai engoliu em seco, sem se tocar de que batucava a mesa de um jeito frenético. — A gente é mais parecido do que você imagina.

— Tô vendo.

O garçom Mário chegou trazendo duas latinhas de Fanta em uma bandeja, assim como dois copos de vidro com alças e canudos de metal. Ele colocou os copos na mesa e os serviu, assentindo para nós dois antes de nos abandonar outra vez.

— Você se arrepende de não ter seguido a carreira de psicólogo?

Meu pai deu um gole do seu refrigerante antes de responder.

— Me arrependo de muitas coisas, mas essa não é uma delas, filha. — Ele suspirou. — Eu poderia, sim, ter uma vida mais confortável, mas acho que fiz minhas escolhas. Minha prioridade era me sentir realizado, amar o meu trabalho, e isso eu tenho. Sou feliz com a minha banda, de um jeito que eu jamais seria como terapeuta. Tem gente que prefere fazer algo não tão legal, mas garantir uma vida financeiramente estável. Acho que é uma decisão muito pessoal.

Girei o meu copo na mesa, observando as bolhas de gás se alojarem ao redor das pedras de gelo. Pensar no meu futuro me angustiava mais do que qualquer outra coisa. Tipo, era tão injusto ter de decidir o resto da minha vida. Tentar agradar a minha família, mas também não anular as minhas vontades. Tentar encontrar um equilíbrio entre a felicidade e o dinheiro, porque ele também importava. Meu Deus, eu só tinha dezoito anos e maturidade de uns quinze. Como escolher algo tão complexo?

Ele deu outro gole e suas bochechas inflaram, como as de um esquilo. Eu costumava fazer isso quando tomava alguma bebida, mas, de tanto vovó e mamãe me repreenderem, acabei abandonando o hábito.

— Não sei o que fazer — falei, por fim. — Não quero estudar arquitetura. Eu não ia sobreviver aos cinco anos, seria tortura. Mamãe ficou tão brava quando eu pedi um ano para pensar... mas é tão difícil.

— Mas só tem essas duas opções? Ou fazer arquitetura, ou não fazer nada? Aqui em Curitiba tem uma porção de universidades públicas, filha. São muitas possibilidades. Deve existir algo que você queira fazer, algo que te interesse.

— Você acha que eu devo fazer faculdade? Mesmo que você tenha seguido outro rumo?

Ele apoiou o rosto na mão e me olhou com ternura.

— Acho, sim! Não estou dizendo que precisa levar a escrita como hobby, nem deixar de lado. Mas que tal procurar um curso que te aproxime mais disso? — Meu pai esticou a mão para alcançar a minha. — Olívia, fazer uma faculdade expande os nossos horizontes. Abre portas que a gente nem imaginava que existiam. Ainda mais pra gente.

Demorei um tempo para entender que com a *gente* ele se referia ao fato de sermos negros.

— É importante ocupar esses espaços. Eu concordo com a sua mãe nisso, querida. O mundo é difícil, mas pra gente é pior ainda. E se você puder aproveitar essas oportunidades... são coisas a seu favor. Coisas que você não vai perder nunca, ninguém vai poder tirar de você. — Meu pai se inclinou na mesa para ficar mais próximo de mim. — Posso não ter seguido a carreira de psicólogo, mas acrescentou muito na minha vida. É sempre bom ter um plano B. Se a banda não der certo um dia, por N motivos, e não estiver mais pagando as minhas contas, eu sei que não vou ficar na mão. Vou ter pra onde correr.

Soltei um suspiro, apoiei os cotovelos na mesa e o queixo nas mãos. Olhei para o meu pai com calma. Tentei imaginá-lo com a minha idade, cheio de dúvidas, querendo seguir por um caminho, mas precisando ir por outro. Ele conhecendo a minha mãe.

Os dois indo morar juntos quando descobriram a gravidez. Ele se perdendo e depois precisando se reencontrar outra vez. Pensei no longo caminho que ele traçou até que estivéssemos ali, frente a frente. Em tudo o que ele havia aprendido. Nunca duvidei que mamãe queria o meu melhor, que ansiasse para que eu fosse para a faculdade a fim de me garantir. Mas algo sobre ver o meu pai ali, que deu uma volta toda de trezentos e sessenta graus, falando que não se arrependia de ter estudado, foi como um botãozinho sendo acionado para que eu parasse de me recusar a dar o próximo passo.

— Mas e se eu começar um curso e descobrir que não era nada disso? — insisti. — Depois de ter feito um ano ou dois? Vou jogar tudo isso no lixo?

— Daí é só partir pra próxima, ué. Nenhum tempo gasto em conhecimento é tempo perdido, filha. Esse tempo que você passar vai te mudar de alguma forma. As pessoas que você conhece, os elos que você forma... isso é pra sempre. — Meu pai cruzou as mãos sobre a mesa, parecendo pensar sobre o assunto por um momento. — Você é nova. Tem todo o tempo do mundo pra começar e desistir de quantos cursos precisar, até se achar. Maaaas se você pesquisar bastante antes, já elimina um pouco das chances de se surpreender de um jeito negativo.

Ele parou de falar quando Mário surgiu ao lado da nossa mesa, trazendo o nosso pedido. Meu hambúrguer tinha o pão verde, de espinafre, e o do meu pai era rosinha, de beterraba. Achei tão incrível que fiz uma pequena sessão de fotos antes de deixá-lo começar a comer. As batatas canoa vinham com três potinhos diferentes de molho e comecei por elas, salivando de fome.

— Dá pra entrar no site da faculdade, pesquisar a grade do curso e descobrir tudo o que você vai estudar — papai retomou o assunto, de boca cheia. — O YouTube deve estar cheio de vídeos falando do tema também. A gente pesquisa pra saber no que você pode trabalhar depois... enfim. Acho que dá pra unir seu amor pela escrita a uma profissão em que você se estabilize, sim. Consigo até pensar em algumas: jornalismo, letras, cinema, publicidade... Sei lá. O céu é o limite.

Fiquei parada com o meu sanduíche na mão, esquecendo até mesmo de piscar os olhos. Como nunca pensei nisso? Fiquei tão focada no quanto *não queria* arquitetura, que não lembrei de olhar para outra direção, para o que eu queria fazer. E talvez, se tivesse dado a chance de mamãe ter me falado todas essas coisas, ela também tivesse me dito para tentar me manter próxima do que eu gostava. Que talvez não fosse igualzinho, mas também não precisava ser o oposto. Dava para ficar no meio do caminho. Pena que passei o último ano só pensando nos extremos.

Caramba, eu fui tão burra! Mas nem consegui ficar brava comigo mesma, porque a empolgação e o friozinho na barriga falavam mais alto. O que mais me angustiava era não ter a menor noção de para onde devia seguir. A vida adulta parecia algo amplo demais para se andar sem um norte. Eu queria muito um propósito, uma estrada, ou qualquer que fosse a metáfora aqui. Mesmo que eu ainda não soubesse qual seria o meu futuro, já tinha por onde começar a procurar. Não ia mais ficar parada, acomodada no lugar, esperando que as coisas caíssem do céu.

— Tô me sentindo meio boba por não ter pensado nisso antes.

Papai abocanhou seu sanduíche com gosto, os olhos ficaram saltados para fora. E depois falava que não gostava tanto de lanches. Ah, tá.

— Em quê? — perguntou, distraído.

— Em procurar cursos que usam bastante a escrita. E é uma coisa óbvia! Como fui tão cega?

Meu pai encolheu os ombros, como se não fosse nada de mais.

— Às vezes a gente não consegue ver o problema porque estamos perto demais. Quem tá de fora tem uma visão privilegiada. — Ele apontou para o meu sanduíche intocado. — Vai esfriar!

Concordei com a cabeça, dando a primeira mordida. Não foi o melhor lanche que comi na vida, mas mesmo assim teve um gostinho especial. Talvez por ter comprado com o dinheiro que era suor do meu trabalho, talvez porque, pela primeira vez em muito tempo, eu tivesse me livrado do peso que vinha carregando nos ombros há tempo demais. Tanto tempo que eu nem me lembrava como era caminhar sem ele.

Senti, pela primeira vez, que a faculdade não era uma prisão, como sempre pareceu para mim. Na verdade, ela podia significar a liberdade que eu sempre quis.

21

TRANQUEI A porta e me recostei nela, esfregando os braços para espantar o frio. Tínhamos acabado de entrar em junho, e o frio estava mais rigoroso do que nunca, ainda mais para os meus padrões. Quero dizer, mesmo depois de todos aqueles meses, eu continuava sendo a garota que gastava todas as blusas quando fazia uma brisa mais fresca em Curitiba. Quando fazia frio de verdade, então, eu meio que usava o guarda-roupa inteiro para tentar me aquecer, ou não morrer congelada. Dava na mesma.

Tateei a minha mochila, à procura do celular, e então enviei uma mensagem para papai, avisando que tinha chegado em casa. Ele ficava todo preocupado, não importava que Ravi me acompanhasse nem que ele fizesse esse mesmo trajeto há uns dois anos. Nos dias em que meu pai tinha shows, ele não conseguia relaxar até que eu estivesse em segurança.

Era estranho não acompanhar mais a banda dele como *fotógrafa oficial*. Tudo bem que tinha durado bem pouco, mas gostei de estar por perto. Era melhor do que ficar ali sozinha, por exemplo, onde sua presença era tão marcante a ponto de eu me sentir como uma invasora perambulando pelos cômodos. Ele morreria se soubesse que eu me sentia assim em relação ao apartamento, afinal, meu pai se esforçava muito para que eu me sentisse em casa. Mas não sei. Era diferente do meu lar em Cianorte, em que eu cresci e vi pequenas mudanças ao longo dos anos. Eu me via no sobrado, tinha lembranças sólidas. Em Curitiba, tudo ainda era muito novo, demoraria para que eu conseguisse criar raízes e, de fato, me enxergar ali no apartamento e vê-lo como lar.

> vou chegar tarde hj 😕
> o lugar é bem bonito, pena que
> nossa fotógrafa nos abandonou

> paaai
> para de fazer eu me sentir mal
> eu precisava de um emprego com carteira assinada

> eu assinava a sua carteira...

> paaaaaaaai!!!!!!

> tá, tá. preciso ir, em casa faço mais drama
> ó, tem lasanha no congelador, não demora pra comer, viu?

> vc vai fazer alguma coisa hoje?

> só ficar por aqui mesmo
> acho que escrever um pouco

> a filha que pedi a deus!

> aahahaha bobo

> se mudar de ideia me avisa
> te amo!

> te amo, pai
> bom show ♥

Soltei um suspiro e tomei impulso para sair da entrada. Tirei a mochila das costas e a deixei em uma das cadeiras da cozinha. Peguei a lasanha no congelador e a coloquei no micro-ondas, agradecendo aos céus pelo meu pai ser tão fofo. Eu sempre chegava faminta, já que no BarBa só dava tempo para beliscar uma coisinha ou outra no intervalo de quinze minutos.

E como era a madrugada de uma segunda-feira, eu, além de faminta, estava exausta. Depois de uma semana inteira trabalhando, eu só queria me largar na cama e hibernar até terça-feira à noite, quando tudo começaria outra vez: eu iria para o ponto com quinze minutos de antecedência, mas Ravi só chegaria uns dez minutos depois, todo estabanado enquanto tentava terminar de se arrumar e comer ao mesmo tempo — mas o lápis nos olhos estava sempre em dia, assim como as unhas pintadas —, nós nos provocaríamos por todo o percurso, e então chegaríamos ao trabalho, onde nos provocaríamos por todo o expediente, sob o olhar irritado de Mari — só com ele —, e depois voltaríamos nos provocando, até que ele descesse no andar de baixo, me deixando para trás com o seu cheiro impregnado no elevador.

Era o que tinha acontecido hoje. Se eu me concentrasse, ainda conseguia sentir o aroma almiscarado de Ravi Farrokh. Até podia ouvir a sua risada e vislumbrar seus dentes de coelhinho ao fechar os olhos.

Arranquei meus tênis e os levei até o meu quarto junto com a mochila, enquanto minha lasanha girava sem parar no micro-ondas. Encostei a cabeça no batente da porta e massageei os meus ombros, tentando aliviar a tensão. Parece que eu só tinha me escorado em toda parte durante o dia. E, mesmo não sendo muito adepta a bebidas, aceitei uma caneca de chope que Ravi ofereceu. Eu sabia que os funcionários podiam beber, já que o próprio Barba me contou isso diversas vezes, como se a única razão para que eu não estivesse usufruindo desse benefício fosse a ignorância. Ravi também tinha cansado de oferecer, sempre que se servia de uma, e naquela noite em especial eu senti que precisava espairecer. O ano passava tão rápido, eu tinha medo de continuar parada no lugar.

Pensei que me mudar para Curitiba seria como uma espécie de retiro espiritual, e que eu voltaria para Cianorte energizada e pronta para encarar a vida adulta, depois de ter aprendido uma grande lição. Tipo naquele filme *Comer, rezar, amar*. Eu até poderia transformar isso em fanfic, ou sei lá. Mas, no fim das contas, eu era a mesma Olívia Salazar, com os mesmos medos, as mesmas confusões, as mesmas neuras.

O meu maior problema era que eu não conseguia tirar a porcaria do meu vizinho da cabeça. Vizinho e colega de trabalho. E companheiro de ônibus. Eu não queria partir o meu coração. Não queria, porque eu via em Mari o quanto ela ficou ressentida com Ravi. Eu sabia que os dois tinham sido grudados antes disso, talvez até mais do que ele era comigo. E se mesmo assim Ravi não pensou nos sentimentos dela, quem garantia que ele pensaria nos meus?

Mesmo sabendo de tudo isso, saquei o celular do bolso outra vez e digitei uma mensagem para ele.

> o que vc vai fazer hj?

Como a mensagem pareceu séria demais, mandei um emoji de duas canequinhas de chope brindando e uma carinha mandando um beijinho de coração e piscando os olhos.

Bem melhor agora.

Comecei a me livrar da roupa suja e suada e atirei tudo num montinho de roupas que ficava ao lado da minha cama. Meu pai teve tanto trabalho para decorar o meu quarto e o modo como eu jogava minhas coisas e as deixava bagunçadas fazia parecer que eu vivia em um lixão.

Corri para o chuveiro e me demorei tanto na água quente que ouvi o micro-ondas apitando sem parar do lado de fora. A melhor parte do meu dia era arrancar o uniforme e sentir a liberdade me abraçando. Normalmente eu vestia meus pijamas, preparava um café e ia direto para o computador. Dessa vez, no entanto, saí do box em uma nuvem densa de vapor e me deparei com uma notificação no celular. Ravi.

> depende

> vc tá querendo sair cmg???

Ele também tinha enviado emojis. Escolheu uma berinjela roxa que me deixou com o rosto queimando de vergonha, seguido por uma lua sorrindo e olhando para o lado com a maior expressão de safada.

Revirei os olhos e não consegui conter uma gargalhada. Argh, ele era tão irritante! E eu era a maior idiota por ficar caidinha por ele, sinceramente. Na cozinha, o micro-ondas não parava de apitar, mas não movi um único músculo para sair do banheiro.

> achei que tivesse ficado claro quando perguntei o que vc ia fazer hj hahahah

Mandei mais dois emojis: uma garota com as duas mãos para cima, meio debochada, e uma carinha revirando os olhos.

> olha só!!!
> vc tava até agora pouco reclamando de
> ter que ficar muito tempo cmg
> e agora quer ficar mais?

> tá com sdd de mim, Olívia?

> para de mandar essa berinjela, seu depravado!!!!!

tá bom

e vc pode ser legal e responder,
ou vai ficar me provocando?
tô quase mudando de ideia, hein?

claro que eu quero
achei que tivesse ficado claro nas 827526 vezes
em que mostrei que eu tô a fim de vc

vc quer sair agora?
o que vamos fazer?

vou comer e passo aí pra te buscar
mas não precisa se arrumar

hummm...
misteriosa. gosto.

 Neguei com a cabeça, rindo sozinha enquanto me secava. Fui para o quarto, ainda fingindo que não ouvia o *pi, pi, pi* insistente do micro-ondas. Abri o guarda-roupa e tirei uma calça de moletom bem quentinha de lá de dentro e uma das minhas camisetas dos Broken Boys, porque pareceu adequado. Vesti minha blusa mais quentinha, calcei meias e os chinelos, sem me importar muito em surpreendê-lo. Ravi me via todas as noites descabelada, correndo de um lado para o outro no trabalho, a pele brilhando de suor.

Fora que eu nem sabia muito bem em que estava pensando. Cada pedacinho de mim gritava que eu deveria me manter distante de Ravi, para não permitir que ele me encantasse com seu jeito levado, para não cair em seus joguinhos. Ele gostava de ser livre, de usar e abusar do seu charme, e tinha partido o coração da minha amiga. Eu já havia lido dezenas de fanfics assim e nunca era uma boa ideia — o bad boy continuava sendo o bad boy. Ele partiria o meu coração. E mesmo tendo tudo isso em mente, o que eu fazia? Tinha a brilhante ideia de chamar Ravi para passar um tempo comigo! Qual era o meu problema?

Quando ele me trocasse por um garoto ou uma garota bem mais interessante, eu nem poderia chorar pelos cantos e alegar que não sabia o que aconteceria, porque, bem, *eu sabia*.

Mas, para que ele *me trocasse*, a gente precisava *ter* alguma coisa. O que não era o caso.

Fica calma, só vamos passar um tempo.

Igual com a Paola.

Só que sem o tereré.

E com bastante flertes da parte dele.

Finalmente fiz com que o micro-ondas parasse de apitar. Minha lasanha ainda estava morna, o que foi surpreendente, levando em conta quanto tempo havia passado. Jantei com a maior calma, tentando me convencer de que fazia mal comer depressa. Vovó vivia batendo nessa tecla. Mas no fundo eu sabia que só estava amarelando e morrendo de medo de ficar sozinha com Ravi.

Deixei a louça na pia e fui até a lavanderia, em busca das cadeiras de praia que eu tinha visto escondidas atrás da máquina de lavar. Quando vi o condomínio pela primeira vez, me precipitei em achar que ninguém ali tinha o hábito de matar o tempo sentado em cadeiras de praia. E, então, meu pai calou a minha boca ao me mostrar as duas cadeiras que guardava ali para isso.

Quando pisei no corredor, pensei no clima lá fora e no frio que fazia para ficar de bobeira ao relento. Recostei as cadeiras na parede e voltei correndo até o meu quarto, onde peguei o cobertor mais quentinho, inteiro de pelos, tão pesado que me esmagava quando eu o usava nas noites mais frias.

Perfeito.

Tranquei a porta de casa, joguei o cobertor nas costas e, um pouco sem jeito, levei todas as tralhas que eu tinha reservado para aquela noite até o elevador. Desci até o andar de baixo e então enviei uma mensagem para Ravi, segurando o botão para deixar a porta aberta.

> tem Fanta Uva aí?

> não é nada educado sair perguntando pras pessoas se tem o seu refrigerante favorito na casa delas

> dá a impressão que vc é interesseira

> então tem?

> tá convivendo demais cmg, olívia...

> hahahahah aproveita e traz aquele bolo de milho da sua avó se vc não tiver comido tudo

> tô aqui fora

Não sei muito bem como começou, mas, nas últimas semanas, Ravi passou a levar pedaços de bolo da dona Tereza todas as noites em uma marmita, para dividir comigo durante o expediente. Ele dizia que fazia isso porque gostava da minha expressão quando o bolo era muito bom — o que acontecia quase sempre

—, e eu também não ousava reclamar. Primeiro porque nunca se nega comida, ainda mais quando se tratava dos bolos da avó dele, e depois porque Ravi tinha o hábito de fechar os olhos enquanto comia, de um jeito muito fofo, e fazia uma cara de prazer que me deixava um pouco desconcertada e imaginando muitas, muitas coisas mesmo. Era incrível quão longe a imaginação podia chegar quando se tratava de Ravi.

Ouvi o barulho da porta sendo trancada com cuidado e me perguntei se ele queria esconder a fugidinha da madrugada da avó. Pensando bem, eu também não tinha avisado ao meu pai, como prometi. Mas, poxa, não era como se eu fosse atravessar a cidade nem nada do tipo. A gente nem ia sair do condomínio.

cadê vc?

elevador

Contei oito segundos até que ele aparecesse em meu campo de visão. Ravi tinha cheiro de sabonete e pele limpa, os cabelos ainda estavam úmidos e os olhos sem maquiagem. Ele usava um moletom branco com capuz, que aparentava ser supermacio, e ficava lindo em seu tom de pele. As mãos de unhas pintadas — a cor da vez era azul bebê — seguravam uma garrafa de Fanta e uma travessa com vários pedaços de bolo.

Ele me estudou com calma. Primeiro analisou as minhas roupas, depois as coisas que eu trazia, como se tentasse adivinhar quais eram os meus planos. Então, deu um sorrisinho torto e entrou no elevador, deixando-o impregnado com o seu cheiro gostoso. Percebi que, apesar de termos bastante espaço para dividir, ele parou bem perto de mim. Muito perto. Engoli em seco.

— Você tá cheirosa.

— Você também — Sorri. — Bastante. Bem diferente do Ravi que convivo no BarBa.

Ele riu, dando de ombros, como se pedisse perdão por isso.

— Esse é o cheiro de um homem trabalhador.

— Que nojo!

A porta do elevador se abriu, mas ele não saiu da minha frente.

— A que devo a honra desse convite inusitado?

Tentei fazer pouco caso e parecer casual. Mas só o fato de eu precisar me esforçar para isso já significava que eu estava bem longe de conseguir. Droga.

— Meu pai tá trabalhando hoje. Fiquei entediada.

Ele assentiu, sem parecer acreditar em minhas palavras nem por um segundo, e me entregou as coisas que trazia. Depois, pegou as cadeiras, que eram mais pesadas, e saiu na frente. Ravi andou até sairmos do prédio. Lá fora, o céu negro e homogêneo nos recebeu. Não tinha nuvens nem estrelas, era como um manto jogado por cima do mundo. A lua também quase não aparecia, fina como uma lasca de unha, começando a caminhar em direção ao horizonte. O que fazia sentido, pois passava das duas da manhã.

— Fico lisonjeado em saber que eu sou a primeira pessoa que você pensa quando tá entediada. — Ele piscou para mim, esperando que eu o alcançasse. — Quer dizer que você me acha uma boa companhia. Alguém divertido que você ama passar o tempo. E que adora as nossas conversas. — Ele parou de tagarelar e me encarou. — O que você quer fazer?

— Vamos pra piscina — respondi, olhando para ela, porque eu não tinha pensado em nada melhor. Passei por ele, fingindo que tinha sido tudo planejado e eu era superdecidida. — Você pode pensar assim — retomei o assunto. — Ou pode pensar que eu não conheço ninguém aqui e que a minha outra opção era a sua avó, e que só não a chamei porque ela deve estar dormindo, pra acordar bem cedinho e caminhar.

Ele gargalhou, sem parecer se atentar ao fato de que era de madrugada e o condomínio inteiro devia estar no décimo sono.

— Ah, tá! Cala a boca, Olívia. — Ele jogou o corpo contra o meu e fez com que cambaleássemos para a direita. — Você é patética mentindo. Tipo, muito. Principalmente porque olha para os próprios pés quando mente. — Ele me olhava com um sorriso contrariado no rosto. — E, vem cá, você sabe que é proibido ir na piscina depois das sete da noite, né? Se alguém pegar a gente, vamos ser multados. Eu sei porque já fui. Você não ganha tão bem assim pra ficar pagando multa.

Nós tínhamos acabado de alcançar a cerquinha que delimitava a área da piscina e que terminava na altura dos nossos joelhos. O que era meio ridículo, considerando que não protegia nada.

Olhei para ele, dando de ombros.

— Não é como se a gente fosse nadar nesse frio. E ninguém precisa saber, não é esse o seu lema?

Foi a minha vez de piscar para ele, porque sabia que ele costumava dizer isso para os outros quando escapava no trabalho para se embrenhar com outras pessoas. Não que eu me importasse com isso. Bom, talvez *um pouco*.

Ravi sorriu, deliciado com a minha resposta. Ele era muito peculiar, nunca recuava em um flerte. Nem mesmo quando nos conhecemos. Ele adorava deixar claro que estava interessado e que sabia que essa mensagem tinha sido passada.

— Então tá — respondeu, passando as cadeiras por cima da grade com cuidado.

Ele me pediu as comidas e as levou para o outro lado. Então me ofereceu as mãos de apoio, para que eu pulasse a mini cerca. Esperei que ele passasse, enquanto corria os olhos pelas inúmeras espreguiçadeiras de plástico que circundavam a piscina e senti o rosto queimar.

— As cadeiras de praia não foram tão inteligentes assim — murmurei, constrangida. — Mas é que lá em Cianorte as pessoas costumam ficar assim na rua.

— Que nada, achei charmoso. A gente pode ficar bem pertinho da água, olha — disse, abrindo uma na beirada da piscina.

Logo em seguida, abriu a outra e a posicionou bem ao lado, fazendo um gesto com as mãos para que eu me sentasse.

Sorrindo, caminhei até ele e me sentei. Deixei a garrafa de refrigerante entre nós e a travessa de bolo no colo. A coberta tinha deixado minhas costas tão quentinhas que eu nem ousei tirá-la dali. Esperei Ravi se sentar para jogar a ponta do cobertor nele, o que nos aproximou ainda mais. Eu podia sentir o calor emanando de sua pele. A constatação de que um simples girar de pescoço poderia resultar em uma viagem sem volta me fez estremecer, mas não era de frio.

Ele esfregou as mãos e soltou um suspiro, olhando para a água ondulante. A luz prateada da lua banhava a piscina com um brilho iridescente, que, por alguma razão, me lembrava os adesivos no teto do meu quarto.

— Que bom que você tava entediada — Ravi quebrou o silêncio.

— Também acho. Olha só que bonito.

Ele assentiu, esticando a mão para pegar um pedaço de bolo. Seu antebraço roçou na minha barriga e, mesmo com várias camadas de tecido separando nossas peles, prendi a respiração.

— Bem mais do que de dia — concluiu, de boca cheia.

Um silêncio meio esquisito nos rondou, me deixando desconfortável. Comecei a me ajeitar na cadeira, sem encontrar nenhuma posição e, como resultado, ganhei o seu olhar curioso.

Nós sempre tínhamos assunto. Não era tão difícil com Ravi, porque ele falava pelos cotovelos. Mas, mesmo assim, na maior parte do tempo eu me sentia bem à vontade com ele. Com exceção de momentos como aquele, em que eu sentia algo muito denso e presente entre nós. Várias imagens... *curiosas* piscavam em minha mente. E, por alguma razão, eu sabia que passavam na dele também. Nesses momentos eu me sentia tão indefesa, como um animal sendo espreitado. Ravi havia perguntado, um tempo atrás, o que tinha feito para que eu esperasse sempre o pior dele. E, para ser bem honesta, acho que o problema era mais comigo.

Eu achava que não valia tão a pena e tinha medo de descobrir que era verdade.

Ele continuava me encarando, de sobrancelhas unidas, e passeava o polegar pelo lábio inferior de maneira preguiçosa, em um movimento de vaivém. Não ousei virar o rosto em sua direção, porque estávamos perto demais para que eu me arriscasse a fazer isso.

— Eu gostava bastante da Mari — falou de repente, e dei um pulinho de susto.

Ah, claro.

Vamos falar sobre isso.

Era o que eu mais queria.

— Mesmo? — perguntei, desinteressada, mas soou como se eu o alfinetasse.

— No começo era só curtição, mas ela é uma garota incrível. — É, eu sei. — Comecei a gostar dela de verdade e isso me aterrorizou. Acho que eu estraguei as coisas de propósito, de um jeito meio inconsciente, com medo de não dar certo mais pra frente. — Ele parou de me olhar e segurou a ponte do nariz, parecendo um pouco irritado. — Deu medo de que ela fosse me conhecer mais e se decepcionar, sabe? Sei lá, não me dou bem com a rejeição.

Abri e fechei a boca, chocada. Em parte, porque eu nunca imaginei Ravi, que parecia tão seguro de si, mostrando um lado mais inseguro e frágil. Mas principalmente porque eu compreendia. Era como eu me sentia vinte e quatro horas por dia.

— Mas por que ela ia se decepcionar?

Ravi mordeu o lábio inferior e negou com a cabeça.

— Eu sinto... — sua voz falhou. Ele precisou pigarrear. — À-às vezes penso que as pessoas só me toleram. Ninguém gosta mesmo de mim.

Girei o corpo na cadeira, pois precisava olhar para ele e ter certeza de que não era nenhuma brincadeira de mau gosto. Não por pensar o pior dele, nem nada assim, é só que... o Ravi que eu conhecia era tão diferente daquele ali, mais escondido e difícil de acessar. O que também me deixou lisonjeada, de certa forma, porque tinha levado um bom tempo até que ele resolvesse me mostrar esse seu lado. Mas ele tinha mostrado. Isso era fantástico.

— Mas... por quê?

Pelo jeito eu só sabia perguntar o porquê de tudo o que ele me falava. Era essa a minha incrível contribuição para a nossa conversa. *Muito bom, hein, Olívia.*

Parabéns. Nota zero.

Ravi ergueu as mãos no ar e as deixou cair ao lado do corpo, parecendo desnorteado. Ele tinha acabado de enfiar o último pedaço de bolo na boca e, por isso, demorou um pouco para responder.

— Não vai comer? — Ele apontou para a travessa em meu colo, da qual eu tinha me esquecido por completo. Não foi bem a resposta que eu esperava, mas assenti, pegando um pedaço do bolo de milho fabuloso de dona Tereza. — Não tô me justificando pelo que rolou. É só que... não tenho com quem falar disso. Tipo, tá, tem a minha vó. Mas acho que já despejei tanto das minhas merdas nela, e ela tem as próprias coisas pra resolver. Depois que o meu avô morreu ela nunca mais foi a mesma.

— Meu avô já tinha morrido quando eu nasci. Nunca parei pra pensar se a minha avó mudou muito depois disso... — Soltei um suspiro, enquanto partia o bolo em um pedacinho menor. — Como a dona Tereza era?

Ele deu de ombros.

— Mais animada. Viva. Ela não tinha medo. — *Mais parecida com você, então.* — Agora parece que o medo paralisa ela. Não sei explicar. Só sei que ela mudou muito, perdeu o brilho do olhar.

Mastiguei o bolo, soltando um breve gemido de prazer. Ganhei a atenção de Ravi quase que no mesmo instante. Ele tinha um sorrisinho torto despontando nos lábios. Aproveitei o momento de descontração e estiquei a minha mão livre, alcançando a dele. Ele pareceu surpreso.

Tentei fazer parecer que eu estava bem de boa.

Super de boa.

Aquilo não significava nadinha.

— Você pode desabafar comigo — falei, enquanto me inclinava para alcançar a garrafa de refrigerante. — Não acho que tá se justificando. Tá só me contando o seu lado. Era isso que eu queria que você tivesse me contado quando perguntei da primeira vez.

— Eu não tava pronto ainda. Foi isso que me fez pensar bastante. Eu tinha me acostumado com a ideia de que fui um cuzão, mas nunca parei pra me perguntar por quê.

Dei um gole no refrigerante e fiquei com os olhos lacrimejando. Estava gelado e, por isso, quando um sopro de vento frio nos atingiu, estremeci inteira. Ravi percebeu. Estendi a garrafa para ele e o observei enquanto bebia. O pomo de adão saltado subia e descia, de um jeito quase obsceno, se é que fazia sentido.

Eu precisava colocar isso em uma fanfic. Pomos de adão, pele cheirando a sabonete, duas pessoas dividindo um cobertor. Perfeito.

— E o que você concluiu? — perguntei, por fim, lembrando que, antes da minha divagação, existia uma conversa civilizada entre nós.

Ravi passou a mão na nuca, esparramando o corpo um pouco para frente. Fiquei aflita, já que a base da cadeira estava na borda da piscina. Se ele escorregasse um pouco mais, talvez caísse na água, que não parecia um lugar muito agradável de se estar no frio intenso que fazia naquela madrugada de segunda-feira.

— Lembrei que meu pai costumava falar essas coisas pra mim. Em geral, tento não pensar muito nisso, até porque não vai fazer diferença, né? O que passou, passou. — Ele suspirou. Um suspiro longo, pesado. — Eu achava, pelo menos. Ele sempre falou que ninguém ia gostar de verdade de mim, que eu só queria chamar atenção. Ele usava muito a palavra *tolerar*. Dizia que me tolerava em casa pela minha mãe e pelo meu irmão, mas que eu era uma vergonha. Tá aí outra palavra que ele falava muito. — Ravi deu uma risadinha mordaz e umedeceu os lábios. Não consegui parar de olhar para como o brilho da lua refletia ali, assim como na argola do seu piercing. Francamente, eu era ridícula. — Ah, cara, ele falava muitas coisas...

Abri a boca para perguntar por que o pai dele falava essas coisas, mas só precisei pensar por dois segundos — talvez até menos. Ravi era mesmo um menino diferente. Mas, como ele tinha me dito uma vez, isso não precisava ser ruim. Talvez o pai dele não tivesse percebido ainda.

— Que foda, Ravi — respondi, sem saber se existia algo que eu pudesse dizer que fosse melhorar alguma coisa. — Por isso você me disse uma vez que preferia ele longe? — Ele assentiu. — Vocês não se falam mais?

— Não. Saí de casa pra não precisar olhar na cara dele. Eu não queria ter que passar por esse tipo de coisa. É gastar muita energia à toa. Sabe... esse é um dos motivos pelos quais eu te admiro tanto. Eu nunca ia conseguir olhar pra cara do meu pai e ignorar esse monte de coisa que eu tenho entalada aqui. — Ele fechou a mão no pescoço, como se estivesse se enforcando.

Juntei os pés para cima da cadeira e abracei os meus joelhos. Pensei em meu pai tocando em algum lugar daquela cidade enorme, com seus colegas de banda, todos diferentes e descolados como ele. Pensei no quarto com estrelas no teto, nos penteados que ele fazia no meu cabelo sempre que eu pedia, na Fanta Uva. Eu não era mais a mesma Olívia que veio de Cianorte.

— Eu não ignorei. Falei muita coisa pra ele e ouvi o que ele tinha pra falar. Quando cheguei em Curitiba, eu estava disposta a revidar as coisas que ele me fez... ou melhor, que ele *não* fez. — Ravi deitou a cabeça no encosto de lona da cadeira e ficou me observando falar, com o rosto meio de lado. — Minha avó me disse que às vezes a gente precisa aceitar as desculpas que ainda não vieram. Fez sentido pra mim. Meu pai me mostrou que queria fazer diferente, que estava disposto, e pode ser bobo da minha parte, mas eu acreditei nele. Acho que tenho mais a ganhar do que a perder por dar essa segunda chance pra ele, porque também tô dando uma chance pra mim. Faz sentido?

Ele deixou escapar uma risada de uma nota só. Parecia deliciado com algo que eu não compreendia. Seria comigo? Minha companhia era assim tão boa a ponto de Ravi ficar com aquela cara toda boba?

— Aham.

— Sei que a sua história com o seu pai é diferente. E nem acho que a gente deve sair perdoando todo mundo assim, de graça. Ainda mais se essa pessoa insiste em nos fazer mal. — Olhei para a lua fininha no céu, porque continuar fitando os seus olhos enormes me deixava desconcertada. — Mas quem sabe ele não percebeu que fez merda e tá com muita vergonha de se aproximar de novo?

— Pode ser. Mas eu queria bastante esse pedido de desculpa. — Ele esfregou os braços como se estivesse com frio, apesar do moletom grosso e da coberta quentinha em nossos ombros. — Minha mãe sempre me disse pra ter calma, que ele não faz por mal e só precisava de tempo pra entender. Só que de quanto tempo ele precisa? Eu tenho vinte anos, e a gente tá nessa briga desde... desde sempre.

— Eu sei. É frustrante.

— Fora que eu não acho que tem tanta coisa assim pra ele entender. Sou só eu, o Ravi de sempre. Eu é que preciso de tempo pra entender essa necessidade dele de me ofender e de jogar na minha cara o quanto não aprova nada disso.

— Então se dê esse tempo! Eu demorei dezoito anos pra me aproximar do meu pai. Fazia cinco que ele tentava se aproximar, mas eu fingia que ele nem existia. Precisei primeiro passar por essa mudança aqui dentro.

Ravi inclinou o tronco para frente e cruzou as mãos sobre os joelhos. O cobertor escapou dos seus ombros e caiu no chão, atrás da sua cadeira.

— Eu não tenho vergonha de ser quem eu sou.

Sua voz foi quase um sussurro, de tão baixa. Apesar disso, tinha firmeza. Esse era o Ravi que eu conhecia. Mas parece que todo mundo tinha pelo menos umas duas versões de si mesmo guardadas.

— E nem precisa. — Inclinei o corpo, imitando a posição dele. O cobertor caiu das minhas costas também, mas nem me importei. — Adoro quem você é.

— Ahhhhhh, olha só! — Ele ergueu as mãos no ar, acima da cabeça, como se fosse a coisa mais surpreendente de todas. — Então você gosta de mim! Caramba, quem diria, hein?

Tombei a cabeça para trás e gargalhei com gosto. Ele riu junto, mas cobriu a minha boca com a palma da mão. Senti minha pulsação nos ouvidos de tão forte que o meu coração começou a bater. Também parecia que as terminações nervosas da minha boca tinham ficado ultrassensíveis.

— Não que eu não ame a sua risada, mas você vai entregar a gente — explicou. — E não posso pagar mais uma multa.

Senti falta da sua mão assim que ela se afastou de mim.

Porque parece que esse era o tipo de pessoa que eu vinha me tornando — a viciada em mãos cobrindo a boca, lábios brilhando sob a luz da lua, e todas essas coisas malucas que eu nunca tinha reparado em ninguém antes.

— É meio impossível não gostar de você… — sussurrei, antes que pudesse me controlar.

22

RAVI SORRIU para mim, os olhos brilhando ainda mais.

— É meio impossível não gostar de você também, Olívia. Eu não seria nem louco de tentar. — Ele mordeu o lábio inferior ao dizer isso.

Soltei uma risadinha boba, sem desviar a atenção da boca de Ravi Farrokh. Aquela boca linda, de lábios finos e bem desenhados, que escondiam o sorriso que eu adorava.

Ele se mexeu para ficar de frente para mim e arrastou sua cadeira um pouco mais para perto, se é que tinha como. Senti o pezinho de metal da sua cadeira enroscar na minha e achei uma metáfora fofa. Eu não lembrava mais de como costumava respirar. Será que era muito patético abrir a boca para puxar o ar? Ele podia entender que era para um possível beijo. Mas corria o risco de que Ravi nem estivesse tentando me beijar. Ah, inferno, ele estava esticando a mão no ar para segurar o meu rosto. Eu ia morrer sufocada antes de conseguir beijar aquele garoto. Que carma!

Antes que seus dedos tocassem minha pele, ouvi um barulho de metal raspando no chão e só percebi o que acontecia quando vi o vulto do seu corpo voando em direção à piscina, com cadeira e tudo. Mal tive tempo de processar, pois logo senti que a minha cadeira também se movia para frente. Só deu tempo de prender a respiração e esperar pelo inevitável.

Me senti no filme Titanic, quando o Jack e a Rose estão se segurando nas grades da proa, com o navio a noventa graus do mar, esperando afundarem na água congelante. Porque eles sabem que vão afundar, é só uma questão de tempo.

Só que foi bem menos dramático, é claro. Deslizei para dentro da piscina, provocando um tibum meio triste e preguiçoso, como se até o som parecesse se propagar em câmera lenta. O que por um lado foi bom, já que a ideia era evitar que nos descobrissem. Ainda mais agora, que estávamos dentro da piscina.

Abri os olhos a tempo de ver Ravi usando os braços para se mover para fora da água. Fiz o mesmo que ele, mas me arrependi no instante em que minha pele molhada foi recebida pelo frio cortante que me esperava do lado de fora. Soltei um gemido fraco, com os dentes batendo sem parar. Que desastre! Eu era tão azarada que, até quando estava prestes a dar uns amassos, caía na piscina no meio do inverno.

Ravi andou até a escada com dificuldade e então saiu da água, apressado. Ele ficou ao lado do corrimão, com a mão estendida no ar para me ajudar. Nenhum de nós pareceu se importar com as duas cadeiras. Era preciso ter prioridades. E a nossa, no momento, era não morrer de hipotermia. Notei seus dedos tremendo no ar e percebi que ele também batia os dentes.

Demorei um pouco mais para chegar na escada, porque estava muito frio e a roupa ensopada que grudava em meu corpo só tornava tudo muito pior. Cada vez que uma lufada de ar roçava a minha pele, eu só conseguia pensar no chuveiro quentinho em que eu tinha tomado banho assim que cheguei do trabalho.

Peguei em sua mão e Ravi me segurou com força — até mais do que era preciso. Subi os degraus, xingando baixinho. Por pior que fosse, estar dentro da água ainda era um pouco melhor do que ficar fora dela com o corpo encharcado.

— Pé-pé-péssima ide-e-ia — balbuciei, de tanto que os dentes batiam. — Me-mergulhar ne-nesse frio-o.

— Ve-em cá-á — pediu ele, com gentileza, me puxando pela mão para que contornássemos a piscina até estarmos de volta onde havíamos deixado nossas coisas.

A travessa com bolo, o refrigerante, nossos celulares e o cobertor estavam intactos. O cobertor! Caramba, Ravi era um gênio! Eu nem tinha pensado nisso. Não que eu estivesse pensando em *alguma coisa* com os meus dentes batendo tão forte. Comecei a temer pela minha saúde bucal.

— Ti-tira a blu-sa — ele instruiu, lutando para tirar a dele.

Comecei a puxar a manga com dificuldade e então parei no lugar, boquiaberta. Pisquei os olhos várias vezes. Quando ele mandou tirar a blusa, achei que fosse só o moletom, mas Ravi estava sem a camiseta também. Chocante!

— Anda lo-logo. Ti-tira a calça tam-bém. — Ao dizer isso, Ravi puxou a dele para baixo, sem hesitar, ficando apenas de cueca boxer.

Só que não era tão fácil assim fazer com que o meu cérebro trabalhasse, porque eu não conseguia tirar os olhos do torso nu de Ravi bem na minha frente — isso porque eu estava fazendo um esforço sobre-humano para não encarar a proeminência em sua cueca. Nem mesmo o frio conseguia me distrair disso. Eu até poderia morrer de hipotermia, mas pelo menos seria uma morte feliz.

Ele tinha o corpo magro, esguio. Os músculos do abdômen apareciam um pouco, mais por ele ser magro do que musculoso. E havia as tatuagens. Oh, céus. Tatuagens que faziam o formato do peito e algumas bem perto do cós da cueca, um lugar que não ousei olhar por muito tempo, para o meu próprio bem.

— E-eu não... — Sem conseguir dizer mais, apontei para ele e depois para mim mesma, torcendo para que Ravi entendesse a mensagem.

— Con-confia em mim.

Ele se aproximou, sem parar de tremer, e me ajudou a arrancar o moletom. Apesar de estar mortificada de vergonha, deixei que ele arrancasse a camiseta dos Broken Boys que eu tinha escolhido e então a calça. Fiquei só de calcinha e sutiã. As coisas estavam rápidas demais para o meu gosto.

Ravi costumava lançar olhares furtivos para mim em outras situações, mas ali, naquele momento vulnerável, ele nem ousou olhar para baixo. Em vez disso, abaixou para pegar o cobertor e parou de frente para mim, colocando o manto sobre nossos ombros, numa espécie de cabana.

Pensei que fosse só isso, mas Ravi me envolveu em um abraço e eliminou a distância entre os nossos corpos. Seus braços me contornaram com firmeza e ele encostou o queixo no meu ombro esquerdo. Abri a boca para protestar, mas entendi o que ele pretendia quando senti sua pele quente encostando na minha.

Os segundos correram. A gente não parava de tremelicar, e nossas respirações ainda estavam entrecortadas, mas, aos poucos, ondas de calor emanaram por todo o meu corpo, fazendo com que eu recuperasse a minha temperatura normal. Nenhum de nós ia morrer depois de cair na piscina. Isso era um alívio.

Depois que meu choque por estar seminua e abraçada com Ravi passou, correspondi ao abraço e escondi o rosto em sua clavícula. Seus dedos estavam afundados em minhas costelas e sua respiração quente percorria a curva entre o meu pescoço e ombro, fazendo com que eu estremecesse, ainda que não fosse mais de frio.

É claro que a gente podia ter sofrido um pouco mais e subido para os nossos apartamentos, mas quem era eu para reclamar? Estava tão quentinho e confortável que meu queixo tinha até parado de bater. Fora que o seu cheiro era muito bom. E o seu maxilar estava bem ali, a poucos centímetros do meu nariz, e eu poderia roçar a pontinha dele se quisesse.

— Tá bem melhor agora... — sussurrei, sem saber se era só ao frio que me referia. Ou talvez, sem querer saber.

— Muito — sua voz soou um pouco rouca.

Afastei o rosto o suficiente para conseguir olhar para Ravi. Ele estava sério, mas um brilho de urgência dominava os seus olhos.

Ravi ficou me olhando sem dizer nada. Seus olhos enormes iam e vinham pelo meu rosto. Então, soltou um suspiro e ergueu a mão para prender uma mecha molhada do meu cabelo atrás da orelha. Estremeci quando uma gota de água escorreu pelo meu pescoço. Ele notou e usou o polegar para secar. Umedeceu os lábios de um jeito preguiçoso, com os olhos colados nos meus. E, então, sussurrou, baixo o suficiente para que sua voz não passasse de um sopro:

— Acabei de lembrar de uma coisa.

— O quê?

— Eu te fiz uma promessa, lembra?

Neguei com a cabeça, porque sentia como se houvesse uma fumaça branca anuviando os meus pensamentos. Eu só conseguia captar os detalhes do que se desenrolava, e não o todo. Como o seu peito que subia e descia contra o meu. Ou o fato de que ele tinha começado a acariciar a minha bochecha com o polegar de um jeito tão doce que nem parecia de verdade.

Foi só quando um sorriso torto surgiu em sua boca que tive um estalo e lembrei da nossa conversa no ônibus. Veio em fragmentos. Eu negando que era a fim dele, e ele me prometendo que me trataria como amiga... a menos que eu admitisse que queria algo mais.

Inferno!

Por que eu tinha que ter me interessado logo pelo cara mais irritante de Curitiba?

Neguei com a cabeça outra vez, sem ter coragem de admitir que eu sabia, sim, qual era a promessa. E o que eu precisava fazer para quebrá-la.

— A gente é só amigo, não é? — alfinetou.

Ri, abaixando o rosto para fugir dele. E, para entrar em seu jogo, assenti.

— É que eu senti que tava rolando alguma coisa aqui... — ele brincou, usando a mão para erguer o meu queixo até que nossos olhares voltassem a se encontrar. — Mas posso ter me enganado de novo. Eu andei confundindo as coisas.

Dessa vez, ambos rimos juntos. Fiz um biquinho contrariado e ele umedeceu os lábios outra vez.

— Sério que você vai estragar o clima porque é um orgulhoso?

— Não tem nada a ver com orgulho. — Ele sorriu, passeando o polegar pelos meus lábios, assim como costumava fazer com os próprios lábios. — Eu só quero ter certeza do que tá acontecendo aqui. Você me deixa confuso.

— Vamos colocar os pingos nos is, então — respondi, em tom de brincadeira, porque ainda não tinha certeza se ele queria mesmo que eu verbalizasse os meus sentimentos. Ravi iria mesmo me torturar desse jeito?

Sem pensar demais, percorri a curta distância entre nós, os olhos colados aos dele. Ravi respondeu a minha dúvida ao não oferecer nenhuma resistência. Na verdade, ele parecia ansioso com a minha proximidade. Parei a poucos milímetros de sua boca, esperando uma reação — a menor que fosse. Ravi soltou o ar pelos lábios entreabertos e suas mãos vieram parar em meu rosto. No entanto, ele esperou novamente até que eu tomasse a iniciativa, como se estivesse com receio de tomar uma decisão precipitada.

Então, eu o beijei. Senti seus lábios úmidos, mornos e macios nos meus. Acho que isso provocou um estalo em Ravi, porque ele soltou um som gutural e enfiou a língua na minha boca, parecendo cansado de só esperar. E ele vinha esperando há bastante tempo, eu sabia disso.

Nas minhas fanfics, os beijos eram sempre selvagens, com urgência, com corpos batendo nas paredes. Eu era bem intensa como escritora, e costumava achar que o primeiro beijo era o ápice da história e que, por isso, precisava ser sempre emocionante, inesquecível. Eu também tinha essa impressão de que, quando as pessoas estavam apaixonadas, não conseguiam se controlar, despertavam instintos animais, ou sei lá.

Mas ali, na vida real, foi diferente. Bem diferente. Ainda mais pelo que eu entendia como intenso. Porque Ravi me beijou com calma, de um jeito quase preguiçoso, a língua conhecendo a minha enquanto ele soltava gemidos roucos, quase inaudíveis. Seus dedos se enterraram nos meus cabelos, perto da nuca, e ele colou ainda mais o corpo no meu, a respiração ficando mais e mais pesada conforme os segundos passavam. E essa foi a coisa mais intensa que eu havia vivido com outra pessoa. A maneira como ele me segurava, me cercava, a forma como pressionava o seu corpo contra o meu, como se quisesse colar em mim, me fez soltar um gemido baixinho.

Ravi segurou o meu queixo e afastou o rosto só um pouquinho, deixando uma sucessão de mordidinhas em meus lábios, seguidas por lambidas, como se a minha boca fosse a coisa mais gostosa que ele já tivesse visto na vida. Senti sua ereção contra o meu ventre e fui atingida em cheio por uma onda de calafrios que percorreram todos os meus membros. Ravi me queria desse jeito. Com essa intensidade. Caramba.

Desci as mãos pelo torso dele, que eu tinha vislumbrado alguns minutos atrás, tentando lembrar, de olhos fechados, onde ficavam as tatuagens. Mas Ravi fez com que meus pensamentos se evaporassem quando, ainda segurando o meu queixo, aprofundou mais o beijo. Sua língua se enroscou na minha com a urgência que eu esperava, e que, entretanto, era bem diferente das fanfics. Nada animalesco, violento e nem um pouco afobado. Ele sabia o que estava fazendo e eu gostei disso. A respiração era ruidosa e ricocheteava no meu rosto enquanto ele deixava o seu sabor na minha boca e eu deixava o meu na dele.

Ravi se afastou outra vez, mas agora foi para beijar a minha mandíbula. E depois o queixo, onde deixou mais mordidinhas. Me contorci em seus braços e ele riu, cheio de tesão, o que me fez estremecer pela décima vez desde que começamos a nos beijar. Ele esfregou a barba por fazer no meu pescoço e, instintivamente, joguei a cabeça para trás. Pinicou e ardeu, mas de um jeito tão bom que eu não conseguiria colocar em palavras. Então, sua língua ofereceu alívio para o ardor. Traçou círculos em minha pele febril, brincando com os meus sentidos enquanto suas mãos desciam pelas minhas costas nuas. Remexi os quadris quando ele raspou a pontinha dos dentes na minha clavícula, as pontas dos dedos brincando com o fecho do meu sutiã — ele fingia que ia abrir e então parava no meio do caminho, me fazendo desejar que abrisse, por mais insano que fosse, já que estávamos na área comum do condomínio.

Ele ergueu o rosto e deixou um beijo no cantinho da minha boca, antes de se afastar e sorrir. Um sorriso enorme, com os dentes de coelhinho e tudo, que o fez parecer anos mais novo. Captar a felicidade em seu olhar fez com que eu me derretesse por inteira. Fui dominada por sensações muito intensas e únicas e percebi que, pela primeira vez, eu não estava nem um pouco preocupada com Ravi quebrar o meu coração.

Ele engoliu em seco e meus olhos foram atraídos como ímã para o pomo de adão. Ergui o seu queixo com a ponta dos dedos e deixei uma lambida ali, que arrancou risadas baixas dele.

— Que foi? — perguntei, beijando seu pescoço e sorvendo o cheiro salgado e almiscarado de sua pele.

— Nada — sua voz soou rouquíssima, mais grossa do que o normal. Soltei um suspiro alto. — Já imaginei várias vezes isso aqui — ele colocou a mão no meu pescoço, o polegar massageando a minha pele —, mas em nenhuma dessas vezes você tinha lambido o meu gogó.

Soltei uma gargalhada, com o rosto queimando de vergonha. Empurrei o corpo dele com os meus quadris e sua risada cessou na hora. Ravi assumiu uma expressão toda séria.

— Então você andou imaginando a gente...

Ele estremeceu e me abraçou pela cintura, um abraço apertado que me impossibilitava de escapar dali. Não que eu quisesse, de todo jeito. Ravi colou ainda mais nossos corpos, de modo que se tornava impossível não perceber o quanto ele estava...

animado. Sorri igual boba, sozinha, aproveitando que ele não tinha como ver.

— Ah, garota... se você soubesse — respondeu, pertinho do meu ouvido. Seus lábios roçaram no lóbulo da minha orelha conforme ele enunciava as palavras.

Senti o coração palpitar de um jeito maluco, desgovernado. Sua mão não parava de mexer em meus cabelos. Ravi enterrava os dedos perto do topo da cabeça e descia até o final. Estar ali, com ele, era tão relaxante que, em poucos segundos, comecei a sentir os meus membros soltarem, um a um. Se ele não estivesse me segurando, eu teria despencado no chão feito um abacate.

Eu tinha acabado de abrir a boca para responder quando ele se empertigou de repente e se desvencilhou de mim. Ravi agachou no chão e me puxou para baixo, com cara de pavor. Olhei por cima do ombro a tempo de ver o porteiro fazendo uma das rondas noturnas. Ele girava a cabeça de um lado para o outro, os olhos como duas fendas, à procura de qualquer coisa fora do normal.

Ravi caminhou de ré, ainda agachado, em direção à parte menos iluminada ao redor da piscina, e me guiou pela mão para que eu fosse junto. Nos escondemos atrás de uma das espreguiçadeiras e ficamos encolhidos, com o cobertor sobre nós, torcendo para que o porteiro não notasse nossas roupas jogadas pelo chão nem as duas cadeiras dentro da piscina.

Eu não conseguia desgrudar os olhos dele. O homem vestia camisa e calça social e marchava pelo pátio feito um pitbull, como se pressentisse que tinha algo errado acontecendo. Prendi a respiração quando ele passou ao lado da grade, mas seu rosto virou de uma vez para a direção oposta, onde uma música altíssima tinha começado a reverberar. Esperei que ele se afastasse o suficiente para que não fôssemos descobertos e então soltei o ar dos pulmões, sentindo a adrenalina correr pelas minhas veias.

— Ia ser muito constrangedor tentar explicar por que a gente tá aqui desse jeito — Ravi sussurrou e me arrancou um sorriso.

— Faz tempo que você levou a multa?

— Foi ano passado... meu irmão tava em casa, eu quis fazer um agrado. — Ravi encolheu os ombros. — Não deu muito certo.

— Acho que a gente precisa subir antes que ele veja as nossas coisas.

Comecei a me levantar, mas ele agarrou o meu pulso e me fez voltar a sentar. Me desequilibrei e caí de bunda no chão. Ravi deu risada e me puxou para o seu colo, contornando os braços ao redor da minha barriga. Eu sentia seu peito nas minhas costas e sua respiração na minha nuca, o que fazia com que meu estômago desse mais cambalhotas que um acrobata. Senhor. Que eu não vomitasse de nervosismo. Seria demais até para mim.

— Ainda não — retrucou. — Ele vai voltar pra terminar a rota e vai pegar a gente no flagra. O Cleison é o mais certinho, vai e volta com a maior calma. Foi ele que me pegou. É só a gente ficar quietinho aqui até ele voltar pra guarita, depois vamos embora.

Eu não tinha nenhuma objeção em esperar sentada no colo dele. Poderíamos ficar até o nascer do sol, na verdade. Nem mesmo o fato de eu estar só de calcinha e sutiã por baixo do cobertor me incomodava mais. Bom, na verdade, isso incomodava um pouquinho, sim. Ainda mais porque o bojo do sutiã continuava molhado e, vez ou outra, escorria uma gota supergelada dele.

— Pena que a gente caiu na água... — lamentou Ravi, parecendo pensar em voz alta. — Eu queria te curtir bem mais. Se bem que eu acho que você gosta dessas entradas de efeito na piscina.

Ri dele, lembrando do nosso primeiro encontro ali no condomínio. Então, girei um pouco o tronco, procurando seus olhos grandalhões e de cílios grossos.

— Eu tava com a cabeça quente naquele dia — justifiquei. — Fiquei morrendo de vergonha depois. O que você pensou?

Ele sorriu, esfregando o meu braço com a mão, para cima e para baixo, em uma cadência suave.

— Na hora só fiquei chocado. A gente tava conversando de boa, eu nunca ia esperar que você ia escolher aquele momento pra entrar na piscina. — Ele deu uma risada consternada. — Depois, fiquei pensando naquilo e gostei ainda mais de você. É meio maluquinha, mas bem autêntica.

Dei um tapinha em seu braço, revirando os olhos por mais tempo que o necessário.

— Não sou maluquinha. Sou bem... sem sal e normal — admiti, com a voz fraquejando.

Ravi negou e pareceu sorrir com o olhar.

— Não fala assim. Por que você acha isso? Não é a primeira vez que você me diz esse tipo de coisa.

Me encolhi sob o cobertor, sentindo frio pela primeira vez desde que havíamos nos enrolado nele.

— Porque me sinto assim. Tudo aqui é tão diferente. Vocês parecem tão... despojados. Até o meu pai. Eu sou só a menina do interior, que puxa o r. Viu só? Interiorrrr. — Sorri para ele, esperando que Ravi risse da minha piadinha, mas ele permaneceu sério. — O ritmo aqui é outro. Na minha cidade, nem tem shopping direito. Eu fazia tudo a pé. E-eu... nem cogitei que você podia ser bi.

Ele mordeu o lábio inferior, me encarando com ternura. Sua mão desceu pelo meu braço até chegar no pulso. Ele passeou o polegar pela parte interna, enquanto seus olhos passeavam sem pressa pelo meu rosto.

Fiquei desconfortável. Tudo bem que a gente tinha acabado de se pegar, mas eu continuava não gostando que me encarassem tanto assim. Era esquisito.

— Não acho nada disso. E você pode ver essa questão de outro ângulo: ser diferente dos outros é bom, não é? Porque daí você se destaca. — Fiz uma careta confusa. Ravi ergueu a minha mão no ar e mordeu de leve a pontinha de cada dedo. — Cada um tem uma bagagem única. E essa coisa do ritmo é questão de se acostumar, de aprender a dançar conforme a música. Ninguém nasce sabendo as coisas, cara. — Ele posicionou os meus dedos sobre os seus lábios, roçando-os de um lado para o outro. — Você veio de uma cidade do interior, eu entendo que as coisas são mais conservadoras. Não tem problema você não saber minha orientação sexual. Era só perguntar.

— Eu me sinto limitada e inferior desde que cheguei aqui.

— Você é boba. É por isso que fez a mudança no visual? Pelo que eu me lembro, foi pouco depois que a gente se conheceu?

Concordei com a cabeça, desviando a atenção para a travessa de bolo de milho esquecida na beira da piscina.

— Aham. Foi logo depois de ir ao BarBa pela primeira vez. — Resolvi ser sincera, assim como ele tinha sido comigo.

Ele soltou um assobio, surpreso.

— Caramba, e eu achando que minha cantada tinha sido horrível.

Neguei com a cabeça, rindo. Ravi soltou uma risada calorosa e colocou a minha mão na lateral do seu rosto, como se fosse um telefone. Gostei de sentir como a aspereza de sua barba contrastava com a maciez do seu rosto. Gostei do seu calor em meus dedos.

— Acho que por isso sempre pensei o pior de você. Não fazia sentido você se interessar por mim.

Suas sobrancelhas arquearam e seu rosto se iluminou em entendimento.

— Olha só, parece que nós dois temos que fazer terapia pra resolver esses problemas de autoestima.

— Talvez.

— Eu me aproximei de você porque gostei do que vi. — Ele passou a mão nos cabelos, que começavam a secar, jogando-os para trás. — E depois, quando comecei a te conhecer, gostei mais ainda. Shhhh! — Ravi colocou o indicador sobre os lábios e seus olhos foram para trás de mim outra vez. Eu soube, sem precisar olhar, que era Cleison voltando da ronda.

Ficamos quietinhos, esperando pela nossa liberdade, ainda que eu não quisesse me despedir dele e voltar para casa. Embora a gente tivesse se visto no trabalho e passado todo esse tempo juntos, não parecia suficiente. Senti saudade precoce.

— Como eu sei que você mudou de verdade, Ravi? — Minha voz rasgou o silêncio, parecendo mais dura do que eu pretendia.

Ele tomou impulso para se levantar. Bateu as mãos uma na outra para limpá-las e, então, estendeu uma delas para me ajudar.

— Como assim?

— Como eu sei que você não vai... me magoar? — Fechei os olhos, me odiando por tocar nesse assunto logo agora que a gente tinha se entendido. Mas eu queria muito saber, queria aliviar a angústia que eu sentia em relação a nós dois, como se estivéssemos fadados ao fracasso. — Igual você fez com a Mari.

— Acho que não tem como saber...

Caminhamos lado a lado até alcançarmos as nossas coisas. Ele saiu da coberta e a ajeitou em volta de mim. Então xingou baixinho, ao perceber que precisaríamos entrar na piscina para pegar as cadeiras de volta.

Ravi se dirigiu até a escada, mas parou na borda, como se tentasse reunir coragem para o inevitável. Depois me encarou, sério, mas não bravo. Seus olhos brilhavam sob a luz pálida do luar e me impediam de desviar a atenção.

— Eu posso te prometer que não vou cometer o mesmo erro. Posso tentar me justificar, posso dizer que eu só sou o Ravi de agora porque passei por isso. Mas, no final das contas, não tem como saber, Olívia. São só palavras, né? — Ele agarrou o corrimão metálico e tamborilou os dedos com certa impaciência. — Eu também não tenho como saber como vão ser as coisas entre a gente. Não tenho como saber se você vai partir o meu coração. Acho que o jeito é confiarmos um no outro e esperarmos pra ver.

— E você não fica com medo? De não ter nenhuma garantia?

Ele deu de ombros e começou a descer os degraus, soltando gemidos baixinhos enquanto mergulhava as pernas na água congelante.

— Ué? Mas nada na vida tem garantia! — falou, com a voz um pouco ofegante pelo frio. — Você mudou pra cá sem conhecer o seu pai. Você não tinha como saber se ele ia te magoar de novo. Teve que confiar nele e esperar pra descobrir por meio de seus gestos. — Ravi alcançou a primeira cadeira e a ergueu no ar. Peguei-a da mão dele e a coloquei no chão. — Podia ter dado errado, mas deu certo. Valeu a pena, não foi?

— Valeu.

Ele alcançou a segunda e me entregou. Enquanto eu a largava no chão, Ravi apoiou os braços na beirada da piscina e se ergueu para fora, tremendo dos pés à cabeça. Abri o cobertor, do mesmo jeito que ele tinha feito quando caímos, e ele não hesitou em me abraçar. Sua pele fria me fez dar um pulo de susto.

— Eu não sei se consigo ter um relacionamento aberto... te ver com outras pessoas. Não sei se funcion...

— Shhhh — ele me interrompeu, com a boca bem pertinho da minha. — Nã-ão tô pedindo pra vo-ocê ser como as outras pe-pessoas que me relacionei-i. Eu tô apaixo-onado por você, n-não por elas.

Sorri, desarmada, e Ravi abriu um sorriso com o dobro de tamanho. Ele tinha parado de tremer e estava bem mais quentinho do que minutos antes.

— Não sobrou nenhum argumento — sussurrei e ele riu, fechando as pálpebras em alívio.

— Que bom. Eu não sabia mais o que fazer.

— Mas eu sei o que fazer. — Dei um selinho nele, que abriu os olhos no mesmo instante, parecendo surpreso. — Eu quero *muito* fazer.

Ravi umedeceu os lábios, antes de se sentar na espreguiçadeira mais próxima da gente e me puxar para que eu me sentasse em seu colo, sobre sua perna. Entre beijos — muitos, muitos mesmo —, sussurros e risadas, as horas passaram rápido demais. Precisamos nos esconder mais duas vezes de Cleison, e nossas roupas começaram a secar enquanto a gente se curtia um pouco.

O céu clareava quando meu pai me ligou para descobrir onde eu estava. Parecia um pouco bravo pelo meu sumiço sem explicações, mas nem isso conseguiu tirar o meu sorriso imenso do rosto enquanto juntávamos nossas coisas e seguíamos — de mãos dadas! — para o nosso prédio, ainda úmidos e sem as nossas roupas.

Percebi que amadurecer não era de todo ruim enquanto aproveitávamos o percurso do elevador para dar mais uns amassos. Aquela noite tinha sido especial. O ano todo, na verdade. Apesar de todas as coisas que me escapavam do controle, tinham várias outras que eu podia decidir, e eu começava a perceber que essa era a graça de virar adulto.

Ravi se despediu com um beijo cheio de ternura e me mandou uma mensagem com vários emojis de berinjela alguns minutos depois.

Gargalhei sozinha parada na porta de casa e, assim como a decisão de mudar o visual veio no meio de uma madrugada qualquer, senti uma vontade imensa de voltar para a minha cor natural. Às minhas raízes. Meu pai vinha me mostrando que tudo bem fazer as pazes com quem eu era.

Já tinha passado da hora de deixar essa Olívia vir à tona.

23

Matthew empurrou Ethan contra a parede, com mais força do que tinha planejado, e os dois soltaram suspiros pesados quando seus corpos colidiram. Apesar da tensão pulsante entre eles, os suspiros tinham sido, também, pela dor.

Os dois se beijaram com pressa, engolindo sem parar os gemidos um do outro. Matt sentia o peito de Ethan subindo e descendo contra o seu, o que fez com que ele latejasse de vontade do garoto. Inverteu as posições e, agora com as costas apoiadas na parede, encaixou Ethan em suas pernas. Dessa vez, o garoto soltou um som gutural, que mais pareceu um rosnado.

Um calafrio desceu pela espinha de Matt, que sorriu. Ele agarrou os cabelos de Ethan e puxou sua cabeça para trás, deixando o pomo de adão ainda mais saltado. Foi ali que seus lábios se demoraram, e Matt se deliciou com a maneira como o garoto reagia aos seus toques, se retorcendo e respirando cada vez mais alto.

Foi surpreendido quando os dedos de Ethan buscaram os botões da camisa do seu uniforme, um pouco desajeitados e trêmulos, mas determinados. Gemeu baixinho e paralisou no lugar quando as mãos delicadas do menor percorreram seu torso, descendo em direção ao cós da calça.

Céus, Ethan era mesmo um diabo.

Maldito Ethan Cook!

DESAMARREI O COQUE do cabelo, alongando os punhos depois de horas escrevendo. Eu já tinha terminado a fanfic que começara a escrever depois de me mudar para Curitiba, mas a anterior — a mais famosa —, não. Não era por falta de comprometimento nem nada do tipo. Eu estava escrevendo numa boa frequência. Continuava sonhando acordada com as cenas que só aconteciam na minha cabeça. Imaginava Ethan e Matt brigando, para então encerrarem a briga com um beijo demorado na frente de toda a escola. Bastava abrir a minha pasta com imagens Matthan no computador para que eu tivesse uma explosão de ideias. Anotava todas no bloco de notas e, assim, a história nunca parecia ter um fim. Não que minhas leitoras ligassem muito para isso. Quanto mais eu desse, mais queriam.

O problema era que toda história precisava ter um fim. Até mesmo essa. Por mais que eu a amasse e ela tivesse um cantinho especial no meu coração — afinal, era de longe a minha fanfic de maior sucesso. E eu nem estava usando metáforas para me referir a outra coisa mais complexa da minha vida. Na verdade, era só isso mesmo: a história precisava acabar, ou eu arruinaria todo o trabalho de meses e todos os pontos altos seriam esquecidos por quem vinha acompanhando, devido à sensação de que eu havia passado do ponto. Tipo o que aconteceu com *Supernatural* e *The Walking Dead*.

Eu precisava fechá-la com chave de ouro. De preferência, antes dos shows dos Broken Boys no Brasil, porque depois seria doloroso demais para todo mundo. E daí vinha o meu problema maior: eu *não queria* me despedir. Nem tanto pela história e pelas pessoas que amavam a minha escrita, ainda que também fosse por isso.

O motivo principal era que eu caía no choro cada vez que parava para pensar que, muito em breve, precisaria me despedir deles. Da banda que foi um marco tão grande na minha vida e que significou tanto para mim. Foi por eles que comecei a escrever e descobri um lado meu que eu não conhecia, e que tanto amava. Por eles, me mudei para Curitiba e reconstruí as coisas com o meu pai. Era bizarro pensar que aqueles cinco caras que nem faziam ideia da minha existência eram tão presentes em minha vida. Desde a minha transição da infância para a adolescência. E também agora que eu me despedia da adolescência para o próximo degrau, um ainda mais desafiador e imprevisível. Só que, daqui em diante, seria sem eles.

Isso me assustava. Bem mais do que eu gostaria de admitir.

Eu desejava ser uma dessas pessoas que se sentem gratas por tudo o que tiveram, por tudo o que aprenderam, e mantêm o queixo erguido em meio à tempestade. Mas eu não era assim, e tudo o que eu mais queria era espernear, chorar e escrever tweets raivosos sobre o quanto eu não conseguia aceitar que os Broken Boys iriam acabar. Dali a alguns anos, as pessoas nem lembrariam mais deles. Talvez nem eu.

Argh! Quanto mais o show se aproximava, mais eu ficava sentimental. Nem mesmo o gostinho maravilhoso por ter comprado os ingressos com o meu primeiro salário conseguia me distrair da dor crescente. Achei que fosse me lembrar para sempre do quanto suei para conquistar aquele dinheiro e me despedir dos BB com classe, mas, no momento, tudo o que eu conseguia fazer era fungar pelos cantos, olhar para os pôsteres pregados em uma das paredes do quarto e sentir uma saudade antecipada, tão dolorosa que eu não sabia muito bem como lidar com ela.

Soltei um suspiro, tentando resgatar uma certa noite na memória, logo que completei meu primeiro mês no BarBa, e reviver todas as sensações maravilhosas. Ainda que outros dois meses já tivessem passado desde então, aquele era um dia de que jamais me esqueceria.

Naquele noite, esticara a mão ao lado de Mari para pegar uma das canecas que ela havia acabado de lavar. Meu antebraço roçou em sua cintura e ela deu um pulinho no lugar, rindo.

— Tá com segundas intenções, é? — perguntou, me olhando por cima do ombro.

— Talvez.

Lancei uma piscadela para ela, e Mari respondeu com uma risada calorosa, enquanto enxaguava dois copinhos de shot. Suas unhas compridas faziam com que ela segurasse as coisas de um jeito engraçado, ainda mais quando lavava louça — ela usava a almofada dos dedos, em vez das pontas, e parecia sempre estar com um pouco de nojinho do que quer que estivesse segurando.

Seus olhos me acompanharam quando fui até a máquina de chope e comecei a tirar um.

— Ué, de quem é esse? — Paulo Jorge apareceu do meu lado, segurando uma vassoura tão velha que eu duvidava que fosse capaz de limpar alguma coisa.

O bar tinha fechado não fazia nem meia hora, quando o último grupinho de amigos fora embora, cambaleando. Mais do que depressa, Ravi sumiu com o balde e o esfregão para os banheiros. Antes de começarmos a ir juntos ao trabalho, ele costumava ser o último a chegar, mas adorava ser o primeiro a sair. Eu não o julgava. Ainda mais porque, para isso, ele acabava assumindo o Ravi-versão-sangue-nos-olhos e adiantava o serviço consideravelmente para nós.

Mari estava terminando de lavar a louça, remexendo os quadris de um lado para o outro toda animada ao ritmo da música. Pela maneira como ela dançava, era difícil acreditar que era Slipknot estourando nos autofalantes. Os cabelos de Cruella de Vil presos em dois coquinhos, no topo da cabeça, eram sua marca registrada.

Paulo Jorge adiantava a limpeza dentro do balcão, enquanto eu cuidava do restante do bar. Era só juntar as latinhas e os copos descartáveis e depois dar uma geral no chão. Eu passava a vassoura e Paulo finalizava com o esfregão. O problema mesmo eram os camarotes, que costumavam ficar muito mais bagunçados — na semana anterior, por exemplo, eu havia encontrado uma camisinha usada no sofá. Uma camisinha! *Usada!* Mas eu sabia que, depois dos banheiros, Ravi sempre ia para os camarotes, por isso nem me importei.

Costumava ser assim quase todas as noites. Ninguém falava nada, apenas assumíamos as nossas tarefas, já exaustos depois de uma madrugada atarefada e de ouvir as brigas constantes de Mari e Ravi. Mas aquela não era uma noite qualquer, e sim a quinta noite útil do mês. O que significava uma coisa: meu primeiro salário — de verdade — da vida.

Nem dava para acreditar que o meu primeiro mês de trabalho tinha passado! Estava feliz de finalmente receber por todas as noites de trabalho árduo — ok, talvez não tão árduo assim, vai. Mas, mesmo assim, um trabalho digno e que merecia ser recompensado. Eu não conseguia parar quieta! Não conseguia me concentrar em nada por mais de cinco minutos, mesmo em atividades automáticas como limpar o salão do bar. Por isso, resolvi fazer uma pausa e pegar um chope para mim. Eu estava empolgada assim — a ponto de beber. Quem diria?

— É meu — respondi, levantando a alavanca assim que um colarinho de respeito se formou em minha caneca. — Vocês me acompanham?

Mari fechou a torneira e virou em nossa direção, secando as mãos no avental. Ela riu baixinho, olhando de mim para Paulo Jorge sem parar.

— Quê? Achei que você não bebia.

Dei de ombros.

— Em geral, não, mas vocês tão esquecendo que dia é hoje.

— Que dia é hoje? — Ravi perguntou, trazendo o balde e o esfregão consigo. Ele estava inteiro respingado de água e os cabelos grudavam na testa, que brilhava de suor. Não tive tempo de responder, pois ele se empertigou no lugar e estalou o dedo no ar. — Dia de pagamento!

— Dia de pagamento! — exclamei em resposta, dando pulinhos no lugar. — Meu primeiro salário!

— Mentiraaa! — Mari cobriu a boca com as duas mãos, como se essa fosse a melhor notícia do seu dia. — Eu tinha esquecido desse detalhe! Precisamos resolver isso *agora* mesmo.

Suas mãos foram parar nos meus ombros, e ela me empurrou em direção à gerência. Paulo Jorge fez o mesmo com ela, formando um trenzinho. Ravi, que não aguentava ficar fora desse tipo de farra, foi logo atrás, fechando a fileira. Meio andando, meio pulando, seguimos até a porta da sala de Barba. Tomei o maior cuidado para não derramar a cerveja, mas não foi uma tarefa nada fácil.

O Barba que vi era diferente daquele que eu estava acostumada a ver — sempre com uma cerveja na mão, curtindo o show na frente do palco com os amigos motoqueiros. Ele estava todo sério, com uns óculos de grau que eu nunca o tinha visto usar. Sua escrivaninha tinha virado uma confusão de papéis, recibos, canetas e cadernos abertos. Eu não fazia ideia de como ele conseguia cuidar de tudo naquele caos.

Assim que nos viu, nosso chefe abriu um sorriso torto, sem entender muito bem o que estávamos fazendo. Nem eu entendia, mas isso não vinha ao caso. Eu que não ia cortar o barato de ninguém. Por isso, continuei pulando e rindo, feliz por meus colegas de trabalho comemorarem esse momento comigo.

— Algum motivo especial pro trenzinho? — Barba quis saber, afastando a cadeira da mesa.

— A Olívia tá com a gente faz um mês! — exclamou Paulo Jorge cordialmente, e todos riram dele.

— E hoje é o *quinto dia útil* do mês — completei, também em um tom pomposo.

— O que significa... — foi a vez de Mari entrar na brincadeira. A essa altura, ninguém mais levava nada a sério.

— Primeiro salárioooo! — Ravi foi, de longe, o mais animado.

Explodimos em risadas e aproveitei para dar um gole do meu chope, empolgadíssima. O trenzinho se desfez e se transformou em um semicírculo virado para a porta da gerência. A vida adulta nunca me parecera tão legal quanto naquela noite.

Barba levou menos de um minuto para entrar no clima. Ele adorava uma bagunça, isso ninguém podia negar. Sem dizer nada, levantou-se e, em passos propositalmente demorados, parou ao meu lado e enroscou o braço no meu pescoço.

— Olha só... Como passou rápido. Preparada?

Assenti sem parar e entreguei meu chope para o Ravi segurar, mesmo que ele provavelmente não fosse me devolver mais. Barba sorriu para mim e me soltou, fazendo um gesto com a mão para que eu entrasse na gerência. Então fechou a porta ao passar, o que instigou ainda mais os meus colegas de trabalho, que entraram em polvorosa. Ri, ao mesmo tempo que me esforçava para ficar séria, e me sentei.

Não foi tão emocionante como eu imaginava. Barba me apresentou ao holerite, um documento que reunia quantas horas eu tinha trabalhado no mês anterior — incluindo horas extras e o maravilhoso adicional noturno —, quanto seria descontado de imposto — francamente, parecia que ninguém tinha pena de mim; meu salário já era uma migalha e ainda descontavam um monte para um tal de *inss*... quem ele achava que era pra roubar o meu dinheiro? — e quanto eu ganharia no mês. Depois que assinei o holerite, Barba preencheu um cheque e me entregou.

Foi isso.

Meu salário de um mês estava ali, num pedacinho de papel que eu poderia, inclusive, perder sem querer. Ou que alguém poderia roubar de mim. Os bandidos da área deviam estar ligeiros, por ser dia de pagamento. Em um impulso de medo e um pouquinho de paranoia, tirei o tênis e guardei o cheque dobrado ali. Agradeci ao Barba várias vezes pelo emprego, sem esconder o quanto estava sentimental com aquele marco tão importante na minha vida.

Primeiro salário. Do primeiro emprego. Eu nunca mais ia experimentar aquela sensação tão poderosa, tinha certeza disso.

Quando abri a porta da gerência, nenhum dos meus três colegas de trabalho estava ali. Murchei um pouco. Tá bom que para eles era um dia trivial, até porque deviam estar para lá de acostumados a receber dinheiro — era por isso que íamos trabalhar todos os dias, não? Mas mesmo assim... Achei que curtiriam um pouco mais comigo. Sem contar que eu tinha imaginado um brinde e talvez até tivesse preparado um pequeno discurso sobre o quanto era gratificante colher os frutos do nosso esforço e dedicação... Ah, tudo bem, acho que o discurso não era uma ideia assim tão boa.

Ao chegar no bar, encontrei os três juntinhos, segurando seus canecos cheios enquanto conversavam. Mari foi a primeira a me ver. Ela soltou um gritinho empolgado e largou a caneca, correndo em minha direção. Ravi e Paulo repetiram seus passos e, antes que eu conseguisse acompanhar o que estava acontecendo, fui bombardeada por três pares de braços e esmagada em um abraço improvável — como assim ela e Ravi não estavam se matando?

Meus olhos se encheram de lágrimas, mas não me senti boba por isso. Na verdade, me senti para lá de sortuda. Dividir um marco tão importante com aquelas pessoas deixava tudo ainda melhor. Esse era o tipo de gente com quem eu queria compartilhar a minha vida. Ravi começou a pular e, quando dei por mim, pulávamos todos juntos, abraçados, rindo sem parar.

— Ué, ninguém mais vai na gerência receber? — Barba perguntou com um pouco de deboche, em frente à máquina de chope, enchendo o seu copo. — Só a Olívia precisa de dinheiro?

— Eita, eu preciso e muito! — Ravi se desvencilhou de nós no mesmo instante. — Já tô lá!

Ri dele e revirei os olhos. Paulo Jorge voltou a pegar a vassoura, mas, antes de continuar o serviço, deu um longo gole em sua bebida. Mari esperou Barba se afastar e, então, sorriu para mim, esticando o copo no ar. Peguei a caneca de Ravi e brindei com ela.

— Feliz?

— Muito! Vou poder comprar o ingresso pro show! — Essa era a única coisa em que eu conseguia pensar. E eu não me envergonhava nem um pouquinho por isso.

— Que show?

— Broken Boys! É a turnê de despedida...

— Ah! — Ela fez uma careta pensativa, e por um breve instante seus olhos foram parar na gerência. — Não sabia que você também era fã. Enfim. É muito caro?

Raspei a ponta do pé no chão, suspirando de desânimo ao admitir que sim.

— Digamos que oitenta por cento do meu salário está comprometido.

A boca de Mariana abriu tanto que formou um O. Senti as bochechas queimarem, mas só consegui dar risada. Cada coisa que BB me obrigava a fazer...

— Garota! Você vai sobreviver até o próximo salário?

Tomei um gole de chope, assentindo por trás da caneca.

— Vai ser o jeito.

Mari esfregou os braços e ficou um pouco hesitante de repente. Ela costumava ser sempre tão durona, falava tudo na lata, não tinha medo de enfrentar ninguém. Fiquei curiosa. Até cheguei a olhar por cima do ombro para verificar se Ravi havia voltado, mas não.

— Eu ia te chamar pra gente fazer alguma coisa juntas... — Suas bochechas ganharam um tom suave de rosa. — Se você topar, dá pra sair daqui domingo e ir pra minha casa. Você dorme lá. Daí temos a segunda toda livre. Você já conheceu a cidade?

Fiquei tão surpresa com o convite que só consegui me concentrar na última pergunta.

— Só o Museu do Olho com o meu pai... — respondi, com a cabeça aérea.

— Ah, tem um monte de coisa pra ver em Curitiba! Isso é... se você estiver a fim. O que você acha?

Senti tanta afeição por Mari que minha vontade era de abraçá-la e não soltar mais. Era tão engraçado pensar que, na primeira vez que vi Ravi, Paulo Jorge e ela, só consegui me sentir um peixinho fora d'água. Quis correr para longe deles, assustada. E agora eu não só trabalhava com eles, como tinha acabado de receber um convite para dormir na casa de Mari! Caramba!

— Vou amar torrar os vinte por cento restantes do meu salário com você, Mari!

— Prometo que vai valer a pena ficar pobre. — Ela sorriu para mim, mas seus olhos seguiram para um ponto atrás do meu ombro. — Minha vez. Já venho.

Ravi sumiu para os armários e imaginei que fosse para guardar o cheque como uma pessoa normal. Quando voltou, veio direto em minha direção. Um sorriso que ia de orelha a orelha dominava o seu rosto.

— Ei, esse chope é meu!

— Era meu primeiro! — Dei com a língua e entreguei o copo em sua mão. — Mas topo dividir.

— Eu nem vou perguntar o que você quer fazer com o seu primeiro salário porque já sei. — Ele piscou para mim. Respondi com uma risada calorosa. Ravi ficou me olhando de um jeito desconcertante. Recostou o corpo no balcão, parecendo prestes a desabar no chão, e umedeceu os lábios, sem parar de me encarar. — Vamos pro centro amanhã? A gente troca o cheque e passa na bilheteria.

— E a sua aula?

Ele abanou a mão no ar, descartando a ideia.

— Aula eu tenho todo dia, posso correr atrás da matéria que perder. Mas a chance de dividir esse momento com você vai ser uma só.

* * *

Fechei o notebook e o tirei do colo, deixando-o ao lado da cama, no chão. Alcancei o meu celular na penteadeira e joguei as costas para trás, me aninhando nas cobertas quentinhas e macias. Foi inevitável lembrar de Ravi e da madrugada que passamos juntos. Eu nunca mais veria aquele cobertor com os mesmos olhos. Afundei o rosto na superfície peluda e inspirei fundo, procurando preencher meus pulmões com o seu cheiro e guardá-lo em mim de alguma forma. Pena que o perfume desaparecia aos poucos. A gente precisava resolver isso.

Quase uma semana havia se passado desde que ficamos pela primeira vez, do jeito mais... bizarro de todos. Nunca havia imaginado para as minhas fanfics uma cena parecida com aquela, e olha que eu era bem criativa para os primeiros beijos. Enfim. Papai me dera uma bronca por não avisar que eu sairia, como ele pedira, mas logo se desarmou ao perceber que eu não parava de sorrir. Ele quis saber com quem eu estava e contei, sem hesitar.

Para a minha surpresa, foi maravilhoso contar ao meu pai sobre o que havia acontecido. Percebi o quanto eu sentia falta de ter esse tipo de conversa, que antes costumava ser com mamãe. Ela sempre me deu liberdade para ser aberta em relação a esse tipo de coisa, o que não acontecia com os pais da Paola, por exemplo, que teve dois namoros escondidos até ser descoberta e conseguir confrontar os pais superprotetores. Mas minha mãe nunca foi assim; ela dizia que a pior coisa que podia acontecer entre os pais e filhos era que os filhos começassem a fazer as coisas escondidos.

E, como Paola estava vivendo em outra frequência na faculdade, a gente também não vinha encontrando muito tempo para conversar, por mais que me doesse admitir isso. Ela estava sempre atolada de livros para ler, provas para estudar, seminários para apresentar, festas para ir e bocas — muitas bocas — para beijar. Eu sabia que era só uma fase e que a nossa amizade continuava a mesma, mas não tinha nem coragem de começar a contar meus dramas, porque não queria estragar a energia dela. Dava para ver que minha melhor amiga tinha se encontrado. Ela amava amadurecer, o que não era nenhuma surpresa. Ela sempre foi a mais sensata entre nós duas.

Então, só me restou conversar com o meu pai. Eu não sabia muito bem como ele reagiria. Se fosse como o pai de Paola, eu estaria ferrada. Aquele homem era um poço de ciúme da filha. Mas eu já devia imaginar que papai não era nada convencional. Era por isso que amava ele e o seu jeitinho único de levar a vida.

Mordi uma lasca de unha, sorrindo ao lembrar dos seus olhos arregalados quando contei com quem tinha passado a madrugada e o que estávamos fazendo.

— O Ravi? — Suas sobrancelhas quase colaram na raiz do cabelo, de tanto que ele as arqueou. — *O Ravi?!* O mesmo Ravi que trabalha no BarBa. Neto da Tereza?

— Esse mesmo, pai. O único Ravi que a gente conhece — brinquei, vendo-o coçar o pescoço, atônito. — Que foi? Você não gosta dele?

Ele abanou a mão no ar, descartando a minha pergunta.

— Não é isso. E não sou eu que tenho que gostar, de qualquer forma. Mas... — Ele pigarreou. — Você já deve ter ouvido falar da... fama dele? O Ravi gosta de passar o rodo. E parece que magoou uma menina lá do bar.

Dei uma risada que me aqueceu inteira por dentro. Era tão bonitinho ver o meu pai, que eu sempre sonhei em ter por perto, tendo esse tipo de conversa comigo. Todo preocupado, mas sem querer interferir no meu julgamento. Senti vontade de esmagá-lo em um abraço, mas seria melhor deixar para depois, já que eu continuava úmida.

— Pai, fica tranquilo! Sei de tudo isso, até vi ele "passando o rodo". — Fiz aspas com as mãos, sem conseguir parar de sorrir. — A gente conversou bastante hoje. E também teve um incidente com a piscina. Não recomendo mergulhar no frio. — Um sorrisinho surgiu em seu rosto. — Vou dar uma chance pra ele me mostrar quem é de verdade. Acho que prefiro assim.

Dei uma piscadela, e os olhos de papai brilharam. Ele assentiu, piscando de volta para mim. Não foi preciso que disséssemos mais nada sobre o passado de Ravi. Ele tinha entendido a mensagem.

Voltei para o presente, abrindo o Instagram no celular. Sem perceber, meus dedos digitaram o user da minha mãe na busca e acessei o perfil dela. As fotos que ela havia publicado mais recentemente abriram um buraco imenso no meu peito. Na mais recente de todas, ela usava os cabelos castanho-claros soltos, uma sombra verde destacando os olhos claros, e o batom marrom delineando os lábios finos e em formato de coração.

Minha mãe sempre andava assim, bem arrumada, porque achava que era seu cartão de visitas e que, do contrário, não conseguiria convencer os clientes. Como vendia roupas em domicílio, andava sempre na moda, com as roupas que vendia, o visual impecável. Eu sabia que não ter seguido carreira em medicina era a grande decepção da vida dela e sentia muito mesmo, mas pior ainda era minha mãe não conseguir enxergar o quanto tinha se tornado uma mulher de negócios, imponente, forte, empoderada. Eu a admirava por isso. Mesmo não tendo seguido o caminho que sempre sonhou, ela continuou lutando. Deu o seu melhor. Conseguiu uma vida confortável.

Passei o polegar pela tela do celular, contornando o seu rosto. Abri outra foto. Mamãe exibia um sorriso imenso, parada em frente ao nosso sobrado. Meu queixo caiu ao perceber que elas tinham mudado a cor dele, que tinha sido amarelo por tanto tempo — tempo suficiente para que eu não conseguisse visualizá-lo de outra forma —, para cinza. Mas era o sobrado, eu tinha certeza. Reconheci o quintal, a cadeira onde vovó passava o tempo observando a vizinhança, o portão arredondado de barras grossas.

Senti meus olhos se encherem de lágrimas. A vida acontecia para ela, assim como para mim. Fazia três meses que não nos falávamos, e eu só conseguia me perguntar quantas coisas tinha perdido. Ela perdeu várias. O meu primeiro emprego, uma nova paixão, a decisão de que faculdade eu faria, uma mudança radical no cabelo, o arrependimento e a volta para o cabelo natural — assim como ela mesma havia feito milhares de vezes.

Eu me sentia outra pessoa. Será que ela também?

Será que a gente ainda se reconheceria, apesar das mudanças, e voltaria a se entender?

Será que daríamos risadas juntas com a mesma facilidade de antes?

Só tinha um jeito de saber.

Demorei dezoito anos para perdoar o meu pai. Foi um tempo perdido que eu nunca mais recuperaria.

Eu não queria demorar tudo isso para perdoar a minha mãe. Três meses tinham sido tempo mais do que suficiente. Fora que *eu também* devia desculpas.

Arranquei o pijama e vesti as primeiras roupas que encontrei. Olhei para o meu All Star branco de cano alto jogado perto da porta, porque era ali que eu o deixava após arrancá-lo quando chegava exausta do trabalho, e o peguei.

Calcei o pé esquerdo, aquele com as coisas ruins, mas não dei bola para nenhuma. Quando segurei o pé direito, não consegui conter o sorriso. Engraçado pensar que cheguei em Curitiba com um pé rabiscado e o outro não, e agora o sapato para as coisas boas tinha tantas palavras quanto o outro, ou até mais.

MOM

CUMPLICIDADE

RAÍZES

TRABALHO

INDEPENDÊNCIA

RAVIÓLI

Calcei o tênis, sentindo uma paz tão grande que eu parecia flutuar. Levantei-me da cama com o celular em punho e, quando apaguei a luz para sair do quarto, as estrelas do teto brilharam bem fraquinho. Fiquei parada na porta, a mão na maçaneta, olhando para os adesivos que me intrigavam tanto.

De todas as coisas daquele ano, eles tinham sido uma presença constante, o que era óbvio, já que ficavam no meu teto. Mas não só por isso. Noite após noite, eu não conseguia parar de olhar para o brilho neon e de imaginar todas as coisas que ainda queria alcançar e que me impulsionavam para frente. Coisas que, se eu esticasse a mão, pareciam prestes a serem alcançadas.

Tive um estalo e me empertiguei inteira. Acho que eu tinha entendido a metáfora. Ou, pelo menos, a metáfora para aquele momento da minha vida — as estrelas eram os meus sonhos. Próximas o suficiente para que eu sentisse que podia realizar o que quisesse, mas não o bastante para que eu me mantivesse parada no lugar.

Fechei a porta e, ao passar pela sala, me deparei com meu pai adormecido no sofá. Um dos violões que ficavam pendurados na parede estava repousado em sua barriga e eu me perguntei como meu pai conseguia cair no sono com um trambolho enorme daqueles em cima dele. No entanto, sabia muito bem que ele tinha tocado em um casamento na noite anterior, um casamento bem animado, por sinal, pois papai chegara de manhã em casa.

Com a maior calma, peguei o instrumento pelo braço e contornei o sofá para pendurá-lo no suporte de novo. Acabei pesando a mão mais do que devia, e a madeira bateu de levinho na parede, provocando um som alto que fez meu pai pular no sofá e abrir os olhos.

— Ah, é você... — A voz soou toda enrolada de sono. — Achei que o violão tinha caído no chão.

— Foi mal. Eu não queria te acordar. — Me abaixei para dar um beijinho em sua testa. Ele estava um pouco gelado, o que era compreensível, já que usava só uma camiseta naquele friozinho.

— Pai, por que você não vai pra cama e se cobre?

— Boa ideia. Vou mesmo. Tô morto.

Ele tomou impulso para sentar e só então pareceu notar que eu não vestia os meus pijamas, o que só acontecia quando eu pretendia sair de casa. Às vezes, nem isso. Usar pijama era a minha religião.

— Tá de saída?

— Vou no parquinho. Quero ligar pra minha mãe e fazer as pazes.

Seus lábios se separaram em surpresa.

— Verdade, filha?

Observei seu rosto, querendo ler sua expressão. Ele parecia satisfeito, orgulhoso, feliz. Mesmo sabendo que mamãe falava poucas e boas dele, meu pai teve a decência de separar as coisas. Ele sabia que a minha relação com ela era importante. Sabia e respeitava. Para mim, esse era o maior gesto de amor que ele podia me dar.

— Tô com saudade dela. Nunca ficamos tanto tempo sem nos falarmos...

Papai passou a mão pelos meus cabelos e sorriu. Foi um sorriso singelo, mas cheio de amor.

— Você é preciosa, filha. Tenho muita sorte.

Sorri para ele e segurei a sua mão.

— Obrigada por entender.

— Sempre vou te apoiar.

— Te amo.

— Eu também — respondeu, deixando um beijo nas costas da minha mão.

Saí de casa com um friozinho na barriga e um medo enorme. Assim que entrei no elevador, pensei em voltar para casa e desistir. E se a minha mãe ainda não estivesse pronta para fazer as pazes? Ela sempre precisou de um tempo maior para digerir as coisas. Quando a gente brigava e eu tentava uma reconciliação logo em seguida, mamãe ficava toda séria, dando respostas monossilábicas, o rosto rígido feito um pedaço de madeira. As coisas só voltavam ao normal no dia seguinte, e nem sempre de uma vez só. Esse processo costumava ser gradativo. E não era só comigo que ela era assim. Eu tinha cansado de presenciar momentos em que ela dava um gelo em vovó e tia Jordana.

Roí as unhas enquanto caminhava pelo pátio do condomínio, ponderando se era uma boa ideia. Passei pela piscina e foi impossível não sorrir à toa. Tudo ali trazia Ravi à memória. Pensei na gente conversando, lado a lado, nas cadeiras de praia, e depois caindo na água tão gelada que nos fez bater os dentes a ponto de não conseguirmos falar. Até as espreguiçadeiras estavam carregadas de lembranças fresquinhas da gente se escondendo de Cleison, o porteiro.

Me aproximei da grade baixa que circundava a área da piscina e parei por um momento, esfregando os braços que, de repente, ficaram inteiro arrepiados. No dia seguinte à madrugada que passamos juntos, eu havia acordado sem saber se tudo tinha sido um sonho. Eu não havia percebido — ou admitido para mim mesma — que gostava tanto de Ravi. Que dividir várias partes do meu dia com ele virara um conforto e que eu não conseguia imaginar nada diferente.

Lembro que fiquei morrendo de medo de como as coisas seriam e se ia ficar um climão terrível entre nós quando nos encontrássemos no ponto de ônibus. Imaginei o pior cenário possível, com a gente se alfinetando no trabalho e Ravi escapando do balcão para dar uns amassos em outras pessoas. Meu estômago revirava tanto na hora de sair de casa em direção ao trabalho que, enquanto descia para o térreo, tentei inventar uma desculpa plausível para faltar.

Quero dizer… Que coisa ridícula! Como se eu não fosse precisar encarar Ravi em algum momento. A gente era vizinho. Mesmo se eu me demitisse do BarBa, ainda correria o risco de esbarrar nele.

Eu não conseguia parar de mudar o peso do corpo de uma perna para a outra quando o vi do outro lado da avenida, atrasado como sempre, e o caos em pessoa. A camiseta enrolada revelava um pouco da pele da barriga, e ele lutava para amarrar o cadarço *e* comer um pedaço de bolo. Mas, quando me viu, paralisou no lugar, como se nada disso tivesse tanta importância assim, e abriu um sorriso gigantesco. Sério mesmo, eu nunca o vi abrir um sorriso tão largo e lindo. Suspirei, aliviada, sentindo meu corpo derreter membro a membro. Precisei até me apoiar no ponto para não despencar no chão.

— Mano do céu, quase perdi o horário! — foi logo dizendo, todo afobado. O senhorzinho ao nosso lado nos lançou um olhar esquisito. — Justo hoje!

Uni as sobrancelhas, confusa.

— Por que justo hoje?

Ele engoliu o que tinha na boca antes de responder.

— Te conhecendo como conheço, você ia surtar se eu não aparecesse. E não julgo, eu também surtaria.

Quis negar, mas Ravi continuava com um sorriso que ia de orelha a orelha. Por isso, assenti, sorrindo em resposta, e aproveitei para desenrolar a barra da sua camiseta. Ele parecia um maltrapilho.

— Que bom que você chegou, então.

— Aham, que bom mesmo. — Ravi me segurou pelo pulso, me puxou contra o seu corpo e me deu um abraço apertado, uma das mãos subindo pelas minhas costas até alcançar minha nuca. Seus dedos se enroscaram nos meus cabelos e massagearam a minha cabeça de um jeito carinhoso e calmo. — Não parei de pensar em você. Foi difícil dormir *e* impossível prestar atenção na aula. Nem lembro o que estudei hoje... — Ele riu baixinho. Sua respiração em meu ouvido me fez tremelicar em seus braços. — Vai ser difícil trabalhar sem poder tocar em você o tempo todo. Tô ferrado.

Segurei seu rosto com as duas mãos e deixei um beijo estalado em seus lábios.

— Quem falou que você não vai poder? — brinquei, me desvencilhando dele ao ver que o ônibus se aproximava.

Uma notificação em meu celular me fez afastar a contragosto as lembranças. Eram as meninas do grupo de escrita combinando maratonas para o final de semana. Abri a conversa, mas não respondi. Em vez disso, me afastei das grades da piscina e, com o telefone ainda desbloqueado, caminhei em direção ao parquinho.

Abri a agenda do celular para procurar o telefone de mamãe. Eu nunca fui muito boa com essa coisa de decorar números. Ainda não sabia o meu RG e CPF, por exemplo; sempre me embolava inteira quando tentava recitar os números sem olhar o documento.

Cliquei sobre o contato dela e uma foto dela surgiu.

Era isso.

Agora ou nunca.

Se eu não vencesse esse medo, continuaria empurrando com a barriga e, um dia, ia me olhar no espelho e perceber que oitenta e quatro anos já tinham se passado e era tarde demais.

Meu Deus, quanto drama.

Olhei em volta e, como era de se esperar, encontrei o parquinho vazio. Quase todos os brinquedos eram feitos de madeira e muito bem cuidados, pareciam nunca ter sido usados. Fui até o balanço e me sentei no do meio, esticando o pescoço para contemplar o telhadinho em forma de seta que ficava sobre a estrutura.

Inspirei fundo e expirei, repetindo o processo até que eu me sentisse mais calma.

Encarei o celular e apertei o botão verde, para não correr o risco de amarelar logo agora. Levei o telefone até a orelha. A linha chamou, chamou e chamou. Senti um gosto amargo. Será que ela já tinha visto que era eu? Será que estava me ignorando?

A resposta veio quando o celular caiu na caixa postal. Engoli em seco e tentei pela segunda vez.

Caixa postal.

Agarrei as correntes do balanço com força, com lágrimas nos olhos. Fiquei arrasada e comecei a repassar todas as lembranças do começo do ano, de quando brigamos, me perguntando como eu podia arrumar a bagunça que tinha feito.

Então, meu celular começou a tocar.

Era mamãe me ligando.

Na verdade, solicitando uma vídeo-chamada. Nossa, se a intenção dela não era me matar do coração, então não sei dizer o que era. Algumas lágrimas escaparam enquanto eu me ajeitava para atender. Tirei um peso tão grande dos ombros que eu parecia prestes a voar à menor brisa, de tão leve que fiquei.

Levou alguns segundos para que ela aparecesse na minha tela, mas, para mim, pareceu uma eternidade. As inseguranças voltaram com tudo. Todos os medos que me acompanharam durante os meses que passamos longe, especialmente o de que as coisas nunca mais pudessem ser consertadas. Mas esses medos se dissiparam assim que ela apareceu. Ela tinha os olhos injetados, e, diferente das fotos que eu tinha visto em seu Instagram, mamãe estava péssima. Com olheiras fortes, o rosto cansado, os cabelos despenteados. Usava uma regatinha fina, ao passo que eu vestia moletom. Pelo que eu podia ver, ela estava na varanda, na cadeira em que vovó passava suas tardes.

— Óli! Meu amor! — Ela soltou um soluço, embora estivesse sorrindo. — Meu dia estava péssimo… Você não podia ter ligado em uma hora melhor. Como você está?

Não era como eu vinha esperando começar aquela conversa… Parecia que a gente tinha se falado ainda essa semana, tamanha a naturalidade com que ela enunciou as palavras. Tive tanto medo de que ela ficasse toda estranha, mas foi um medo infundado e bobo.

Usei a manga da blusa para secar as lágrimas.

— Com muita saudade. Desculpa, mãe! Desculpa mesmo, do fundo do coração. Eu sou a pior filha do mundo. Achei que você nunca mais fosse falar comigo, e eu merecia isso. — As palavras se atropelavam. Parecia que eu vinha andando muito com Ravi. No fim das contas, estava tão falante quanto. — Eu queria ter feito as pazes bem antes, queria te contar tudo o que tá acontecendo aqui, mas fiquei com medo. Não sabia se você queria...

— Eu também fiquei com medo! Eu te amo, filha. Demais. Isso nunca vai mudar. Senti sua falta todos os dias desde que você mudou de cidade. Ficou faltando um pedaço de mim, você nem imagina.

— Imagino, sim.

Assenti sem parar, olhando em seus olhos no visor do celular. Mamãe prendeu uma mecha de cabelo atrás da orelha e fungou, a ponta no nariz bem vermelha e inchada.

— Eu devia ter contado... — Raspei a ponta do tênis no chão. — Contado que nunca quis ser arquiteta. Eu nem sabia muito bem o que queria. Mas tive medo de te decepcionar. Sei que estraguei os seus sonhos e isso custou caro pra você. Não queria que tivesse sido tudo em vão.

Mamãe soltou uma risadinha consternada, com uma expressão atônita.

— Meu Deus, Olívia! Quantas vezes preciso dizer que você não estragou nada? Você é a melhor coisa que me aconteceu. Filha, olha, é normal às vezes a gente ter que desistir de uma coisa que quer muito. Na vida, as portas sempre se fecham para que outras possam se abrir no lugar. Os caminhos mudam, os sonhos mudam. — Ela umedeceu os lábios, me encarando fixamente. Parecia até que estava na minha frente, e não a mais de quinhentos quilômetros de distância. — E se eu pudesse voltar no tempo, faria tudo igualzinho. Se tivesse que desistir mais vinte vezes de fazer medicina, desistiria.

Sorri ao mesmo tempo que caía no choro, e acabei fazendo uma careta assustadora que arruinou o clima. Droga.

— Mas eu gostaria, sim, que você tivesse se aberto comigo — concluiu. — Se bem que isso também é um pouco de culpa minha... Eu quis tanto que você não seguisse os meus passos que não te deixei respirar.

— Minha vida virou uma confusão, mãe. Eu tava tentando entender melhor essa coisa de amadurecer. Tudo começou a mudar, eu só queria acompanhar. — Segurei a ponte do nariz, tentando organizar os pensamentos caóticos. — Escrever é bem mais importante pra mim do que você imagina. Não é só um hobby, é o que eu mais amo fazer. Você não me deixava mais chegar perto do computador... Isso me machucava muito.

Uma rajada fresca fez com que eu me encolhesse de frio. Ventava cada vez mais. O céu tinha ganhado um tom cinzento que significava chuva. E, conhecendo Curitiba, isso podia ser a qualquer segundo. Cruzei as pernas sobre o balanço e as enfiei por baixo do moletom, me aninhando.

— Depois, os Broken Boys anunciaram que iam se separar... — continuei. — Eu sei que vocês, adultos, não entendem, mas eles são muito importantes pra mim! Muito mesmo, mãe. Você não ia me deixar vir pro show se eu não começasse o cursinho. Só que eu também não podia fazer qualquer coisa só por fazer. É uma decisão muito séria.

Mamãe crispou os lábios, concordando com a cabeça. Parecia lamentar por todas as coisas que eu dizia. Eu entendia, porque também ficava triste ao pensar nos meus erros. Fui tão raivosa com ela, tão impaciente quanto. Não foi à toa que tudo virou uma bola de neve.

— Daí eu lembrei que o meu pai morava aqui. No começo, eu só queria um lugar pra ficar, uma desculpa... Só que, quanto mais eu pensava nisso, mais eu descobria o quanto queria conhecê-lo. — Foi impossível não perceber a dor que dominou o seu rosto. — Eu sei que ele errou muito comigo e com você, mãe. Sei que você não gosta dele. Você tem todo o direito de odiar o meu pai pra sempre. Mas parecia que você queria que eu odiasse também, e isso não é justo.

— Eu não queria... Pelo menos não de maneira consciente. Eu não o odeio, Óli. Mantê-lo longe de nós duas foi uma escolha, e ele não hesitou nem um pouco em ir embora. — Minha mãe fechou os olhos, bufando. Ela odiava revirar o passado, eu sabia disso muito bem. E, mesmo assim, eu estava feliz que ela estivesse fazendo esse esforço por mim. Passei a vida sabendo tão pouco da minha própria história que agora minha curiosidade era insaciável. — O Eduardo tinha outras coisas ocupando a cabeça, eu não queria que você crescesse nesse ambiente. Não existe nada mais triste do que ver uma pessoa que amamos virar as costas pra gente, filha. Eu sei porque vivi isso, com você ainda aqui dentro. — Ela indicou a barriga com a mão. — Posso ter errado em não ter dado nenhuma chance pra ele mesmo depois de ter se reaproximado. Mas tudo foi pensando em você. Eu não queria que você se magoasse cada vez que ele te deixasse de lado, cada vez que preferisse a liberdade em vez da responsabilidade. Enfim. É muito louco esse negócio de ser mãe... Um dia você vai entender. A gente erra tentando acertar, faz tudo pensando no melhor.

Meus canais lacrimais pareciam ter dado pane, porque não parava de sair água deles. Assenti conforme ela falava, e precisei usar o punho da blusa para secar o meu rosto umas três vezes. Não que as coisas estivessem muito diferentes para a minha mãe. Ela também estava com os olhos quebrados, e suas bochechas brilhavam por onde as lágrimas escorriam.

Funguei alto e troquei o celular da mão direita para a esquerda.

— Eu sei. Não tenho a menor mágoa por isso — admiti, porque senti que ela precisava saber disso. Eu não queria, de maneira nenhuma, que ela interpretasse de maneira errada a minha mudança. — Mãe, você foi incrível! Sério! Fico pensando que deve ter sido assustador ficar sozinha com uma criança nesse mundo gigante. Eu não daria conta de fazer o mesmo. Ainda mais sem o meu pai pra fazer a parte dele. Eu sou muito grata por você ter se sacrificado tanto e não ter desistido de mim.

— Nunca vou desistir.

— Eu sei que você só quis o meu melhor e por isso me fez focar tanto na faculdade. Também não fiquei triste com isso, tá? — Esperei que ela assentisse para continuar: — Eu não mudei pra cá por estar brava com você nem nada assim. Senti muita falta sua, teria sido tudo bem melhor se a gente estivesse se falando.

Mamãe assentiu de novo, mas ficou em silêncio.

Um avião passou no céu, rasgando as nuvens corpulentas. Me distraí por uns segundos, observando-o se afastar aos poucos, até sumir do meu campo de visão. A memória da minha vinda, o meu primeiro voo na vida, continuava fresca. Lembrava com vivacidade o quanto me sentira pequena vendo o mundo lá de cima, as casinhas minúsculas, os carrinhos de brinquedo...

— E como está sendo morar com o seu pai? — Ela deu um sorriso incentivador, enquanto limpava as lágrimas com as pontas dos dedos. — Vocês estão se acertando?

— Ah, mãe... Cheguei aqui em Curitiba bem brava. Se você acha que eu dei trabalho antes de mudar, precisava ver aqui. — Sorri para ela, que riu baixinho, suavizando a expressão quase que instantaneamente. — Nem percebi que tinha tanta mágoa guardada. Vim pronta pra odiar o meu pai, mas não teve como. Isso que mais me deixou puta. Só consegui me perguntar como ele pôde me abandonar, sabe?

— Ele abandonou muitas coisas, querida.

Umedeci os lábios, concordando.

— Ele é incrível. Às vezes, sinto que tô te traindo por tê-lo amado tão fácil. Depois de tudo que você passou, da ausência dele por tantos anos, ele chega agora e as coisas fluem tão bem... — Fiquei surpresa com a confissão, não esperava me abrir tanto assim logo de cara. Parecia que meu coração tinha outros planos. — Mas ele tá se esforçando de verdade. É amoroso, paciente, faz o que pode pra me deixar à vontade e tem me ensinado muito sobre mim mesma e sobre as minhas raízes. Você diz que o manteve afastado de mim, mas eu também não tava pronta pra perdoar o meu pai. Não tava pronta pra dar essa chance. Tinha medo de me arrepender.

Minha mãe levantou, assentindo sem parar, e se dirigiu para dentro de casa. A imagem ficou inteira tremida e me deu um pouco de tontura, mas continuei com os olhos colados, porque senti saudade de casa e queria descobrir se mais coisas haviam mudado.

Ela encheu um copo de água no filtro e o entornou, depois repetiu o processo enquanto eu a observava. Minha mãe estava desidratada de tanto chorar! E a culpa era minha!

— Você não tá me traindo, que besteira. Eu te criei pra ser livre e tomar suas decisões. O que me importa é que ele te trate bem e seja um bom pai. E saber que você tá feliz aí. Agora que eu sei que a resposta é sim, fico bem mais tranquila. Meu único medo era que o Eduardo... — Ela deixou as palavras morrerem no ar, como se estivesse ponderando qual seria o melhor jeito de colocá-las para fora. — Seu pai me magoou bastante, e eu nem tinha lá tantas expectativas. Fiquei com medo de ele te fazer desmoronar. Mas acho que eu fiquei com essa imagem congelada dele, de dezoito anos atrás. E nenhum de nós é mais o mesmo.

Isso eu entendia. Eu também não era a mesma em relação ao começo do ano.

A cada dia a gente muda um pouquinho. Repensa atitudes, comete mais um monte de erros bobos, e continua tentando entender o mundo.

— Tem mais uma coisa que eu quero te contar. Mas tô com medo.

Mamãe parecia prestes a tomar mais um copo de água, mas, ao ouvir minhas palavras, parou com o braço no ar e a boca aberta, como se tivesse perdido por completo o comando dos próprios membros.

— Ah, não, Olívia! Por favor, não vá me dizer que você está grávida!

Eu poderia ter ficado chocada com a sua suposição se fosse a primeira vez que ela pensasse isso, mas não era. Durante os dezoito meses de namoro com Denis, tive que negar minha suposta gravidez cada vez que precisava contar alguma coisa para ela. Não importava o contexto, não importava nem mesmo se fazia quase um ano que a gente não se falava, minha mãe ia imaginar que a notícia era uma possível gravidez.

E depois ela ainda me dizia que eu não tinha estragado os sonhos dela... A mulher tinha ficado traumatizada, isso sim.

Caí na risada, antes de conseguir me conter. Foi um alívio saber que as coisas não tinham mudado entre nós, afinal. Que as risadas ainda vinham com facilidade e que, no fim das contas, minha mãe continuava sendo a mesma de sempre. E que me amava. Mesmo que eu a tivesse traumatizado para todo o sempre.

— Meu Deus, não! Para de achar que tudo é gravidez. Você tá me deixando assustada. Quando for essa a notícia de verdade, eu vou te esconder até não ter mais como. Você vai me ver andando com uma criança a tiracolo sem nem desconfiar que é minha.

Ela soltou o copo em algum lugar fora do meu campo de visão e cobriu a boca com a mão. Os olhos tinham se arregalado.

— Foi isso que você foi fazer em Curitiba, filha?

Senhor!

— Nãããão, mãe! Nenhum bebê, nenhuma gravidez. Olha! — Para me fazer entender, ergui a blusa e mostrei minha barriguinha. Não era chapada, mas também estava longe de ser uma barriga redondinha de grávida. — Afff, até perdi o medo de te contar a outra coisa.

Ela me desarmou com um sorriso. Um sorriso grande de alívio.

— Ufa, quase tive um infarto. E infarto nessa idade é fulminante. — Sua mão foi parar sobre o peito, como se quisesse se certificar de que o coração não tinha dado um piripaque. — Anda logo, me conta! Prometo não surtar.

— Tá. Mas você prometeu, hein? — Mordi o lábio inferior, deixando transparecer todo o meu nervosismo. — Eu decidi que faculdade quero fazer.

— Mesmo? — Assenti, e ela deu um soquinho no ar. — Ahhh! Isso é maravilhoso, filha! Que bom que você vai estudar, nossa! Eu só quero que você tenha mais oportunidades que eu, e... — Ela parou de falar ao perceber que eu não parecia muito animada com a notícia. — Mas por que você tava com medo? É uma ótima notícia, não é?

— É. Só que não do jeito que, hum... você imaginava.

Ela franziu o cenho, sem se preocupar em esconder a confusão.

— Como assim? O que você vai cursar?

— Cinema. Eu amo contar histórias. Fiquei pensando nas minhas possibilidades e tentei achar algo pra me aproximar do que eu gosto. Pesquisei bastante sobre o curso e estou certa de que é isso que eu quero, mãe.

Ela começava a entender. Senti uma fisgada de culpa no peito e esperei por sua reação.

— Mas... não tem Cinema na UEM.

— Eu sei... — Assenti outra vez, sem saber como fazer minha decisão parecer menos dolorosa para a minha mãe. — Vou prestar vestibular aqui, mãe.

Seu rosto se desmanchou. Toda a alegria foi embora em um piscar de olhos.

Ela desviou a atenção do celular, com o olhar perdido, e então arrastou uma cadeira para se sentar. De repente, minha mãe aparentou envelhecer anos.

— Você vai ficar aí? — indagou, com a voz fraca. — Pra sempre?!

— Pra sempre é muito tempo. — Tentei brincar, mas ela não esboçou nem a sombra de um sorriso. — Não sei. Por enquanto, só quero seguir o seu conselho e estudar. E... ahn, morar com o meu pai mais um tempo. A gente ainda tá se conhecendo, eu quero ter essa experiência. Mas, mãe, a gente não vai ficar mais sem se falar, vai ser mais fácil! — Desatei a falar, sem saber exatamente se buscava acalmar a ela ou a mim: — Vamos sempre trocar mensagens e podemos combinar um dia da semana pra vídeo-chamada. Sempre que der, eu vou visitar vocês. Eu queria fazer surpresa, mas tô guardando dinheiro pra passar o Natal aí. Se você quiser, né. Enfim. Você também vem me visitar. Não é o fim do mundo. Desculpa. Eu não queria te magoar, mas também não posso ignorar o meu coração.

Minha mãe segurou a base do nariz e fechou os olhos. Ela respirou fundo duas vezes, parecendo tentar se acalmar. Quando subiu as pálpebras, seus olhos estavam ainda mais vermelhos do que antes. Senti um nó na garganta.

— Caramba. Eu achei que ia demorar mais tempo pra chegar esse dia... — Mamãe sorriu, meio chorando, e desejei profundamente que a barreira da distância não existisse entre nós, só para poder abraçá-la e dizer que tudo ficaria bem. — A gente se prepara a vida inteira pra quando os filhos vão embora, mas, nossa, dói do mesmo jeito.

Sorri para ela.

— Era pra eu estar morando em Maringá esse ano, lembra? Você já ia ter se livrado de mim.

— É diferente...

— Veja pelo lado bom, mãe: você não vai mais ter uma adolescente rebelde em casa para te dar dor de cabeça. Vai ter tempo de sobra pra decorar todos os ossos do corpo humano e treinar sua letra pra escrever receitas ilegíveis. — Brinquei, arrancando uma gargalhada dela. — Por que você não tenta realizar seu sonho?

— As coisas não são tão simples assim, Olívia. — Ela balançou a cabeça, se esquivando da pergunta. — Mas enfim. Isso é conversa pra outra hora. Eu tô orgulhosa. Ver a pessoa que você está se tornando é recompensador. E é claro que eu quero você aqui no Natal, sua boba. Mas vem pra ficar pelo menos um mês. Preciso matar a saudade.

— Não sei se consigo tudo isso de folga... A vovó não te contou que agora eu tenho um trabalho?

Mamãe abriu a boca em surpresa, de um jeito bem exagerado, como se fosse a coisa menos provável de acontecer na face da Terra. Revirei os olhos, mas fui traída pela minha risada.

— Verdade! Contou sim! Preciso saber quais outros milagres aconteceram desde que você virou curitibana! — brincou, com o rosto mais corado, o que me deu um baita alívio.

24

RELAXEI NO balanço ao perceber que o climão entre mim e mamãe se dissipara por completo. Tive tanto medo de que a minha relação com ela estivesse arruinada, mas, agora que eu conseguia pensar com racionalidade, percebia que isso era meio impossível e que esse medo era para lá de bobo. Ela sempre foi uma mãe amiga para mim — talvez por ter me tido jovem, ou sei lá —, e o fato é que, pelo que eu observava das minhas colegas de classe e até de Paola, me dava essa abertura de poder falar qualquer coisa. E por isso era tão bizarro que eu tivesse escondido dela por tanto tempo que odiava arquitetura. Agora eu conseguia entender o choque dela quando contei. Quero dizer, o fato de que falávamos sobre tudo deve ter feito com que ela entendesse que, se existisse algum problema, eu com certeza contaria.

As palavras sempre me assustaram um pouco, pelo poder que tinham. Porque, assim que as jogamos no ar, não há mais o que ser feito. Mas esse era só um jeito de ver as coisas. Se eu tinha aprendido algo nos últimos meses, é que sempre há mais de um ângulo para enxergar uma mesma verdade. Falar era mesmo muito poderoso. Talvez, se eu tivesse conseguido explicar para mamãe tudo o que me tirava o sono, sem esperar até o último segundo para explodir como uma bomba, as coisas nunca tivessem ido tão longe. Mas… sei lá. Ao mesmo tempo, eu precisei de toda aquela confusão para despertar a vontade de morar com o meu pai, que, a princípio, pareceu tão pequenininha e ingênua, mas que com o tempo cresceu e virou gigantesca.

Eu ainda não entendia por completo esse lance de ser adulto. Não me sentia adulta, mesmo sendo uma aos olhos da lei. Talvez fosse culpa minha. Eu não bebia, não tinha procurado tirar carteira de motorista, nem nada dessas coisas que as pessoas amam fazer ao entrarem na maioridade. Ou quem sabe fosse uma coisa mais gradual, e eu não fosse perceber mesmo. Assim como eu não tinha percebido a infância ficando para trás; só fui perceber depois.

Por ora, tudo o que eu sabia é que tomar decisões era uma faca de dois gumes — era legal não ter alguém decidindo tudo por você, mas, se alguma coisa desse errado, a quem você ia culpar além de si mesmo?

As horas me escaparam enquanto eu conversava com a minha mãe pela vídeo-chamada. Comecei a balançar para frente e para trás, enquanto contava a minha jornada em Curitiba, mas precisei parar pouco depois, porque ela ficou enjoada com a imagem instável. Ri, usando os pés para travar o corpo no lugar, e, então, narrei em detalhes a minha curta jornada como fotógrafa oficial da Los Muchachos. Contei sobre o BarBa e toda a confusão que eu tinha feito com Ravi, e que quase enlouqueci achando que tinha me apaixonado por alguém que não poderia corresponder ao meu sentimento. Ela me perguntou sobre o cabelo rosa, pois tinha visto as fotos no meu Instagram, então fui obrigada a comentar a minha crise de identidade e a vontade de pertencer a Curitiba e parecer mais com as outras pessoas e menos comigo. Depois contei que comecei a trabalhar no bar, que vinha ganhando o meu próprio dinheiro — e que foi com ele que conseguira comprar a entrada para o show dos Broken Boys.

Mamãe assentia, sorrindo sem parar, os olhos brilhando conforme eu falava. A saudade ficara adormecida todo aquele tempo, e eu não havia percebido que a falta que eu sentia dela era tão grande. Mas bastou estar ali, tão perto e tão longe da minha mãe, para perceber o buraco que sua ausência deixava em mim. Sentia tanta falta que minha vontade era entrar no celular e me teletransportar para Cianorte, só para poder ser paparicada por ela.

Depois de ter despejado o resumão nela, foi a vez de mamãe me contar as novidades. Ela tinha conhecido um cara; foi uma das clientes que os apresentou. Mamãe parecia relutante, porque passara tanto tempo sozinha que não tinha mais tanta paciência para homens, mas não conseguiu esconder o sorrisinho cada vez que pronunciou o nome dele. Gustavo. Ela comentou que estava considerando abrir uma loja física e que vovó vinha alimentando muito essa ideia e queria entrar como sócia. Depois, sua voz ficou um pouco hesitante quando admitiu que ainda não tinha se decidido sobre a loja. Ela rassaltou umas três vezes que se achava muito velha para mudar de profissão — o que era bem ridículo, até porque ela não tinha nem quarenta anos ainda, pelo amor de Deus —, mas que tinha, sim, pensado na possibilidade de entrar na faculdade de medicina. O que achei ótimo, e fiz questão de frisar isso, porque sabia o quanto era triste estar presa em alguma coisa quando nosso coração pedia por outra.

Tagarelamos por horas. Mamãe fofocou sobre Paola, sobre tia Jordana e sobre vovó — que tinha arrumado confusão com a vizinha, que a flagrara espiando. Tudo bem que eu já sabia várias dessas coisas pelas minhas conversas com vovó, assim como minha mãe sabia de mim, mas, ainda assim, era diferente conversar direto com ela. Foi como sentir o gostinho da novidade. Eu falei sobre a dona Tereza e os bolos maravilhosos que ela fazia, sobre a Mari, do trabalho, e que tínhamos feito amizade em pouquíssimos dias, e comentei que a minha fanfic estava fazendo o maior sucesso no site e eu não conseguia terminar porque, aparentemente, não era muito boa em fechar ciclos.

— Mas, Olívia… a vida nada mais é do que um ciclo de ciclos — falou, com ar de sábia. A sobrancelha arqueada e tudo.

— Nossa, mãe, quando foi que você virou uma pensadora contemporânea?

Ela revirou os olhos, rindo de mim.

— É sério. Tudo são ciclos. Cada dia começa para depois terminar. Cada semana, mês, ano. Cada série da escola que você encerrou só para começar outra. Sua vida em Cianorte, que você encerrou, pelo menos por enquanto, pra morar em Curitiba. E olha quanta coisa bacana aconteceu! — Me ajeitei no banco do balanço, sentindo o bumbum começar a ficar quadrado depois de tanto tempo ali. — Eu sei que não é tão fácil na prática como parece na teoria. Mas tenta pensar que a vida é assim mesmo. Você vai terminar de escrever e vai doer. E também vai doer muito se despedir dos Broken Boys, porque você cresceu com eles, e eu sei o quanto ama esses caras. Mas depois disso outras histórias virão, e outras bandas. Só Deus sabe quanta coisa pode estar logo ali, te esperando. — Mamãe respirou fundo, e ficou toda séria. — E eu também acho que você tá dando muita importância pra isso. Quando a gente é adolescente, tudo parece o fim do mundo, mas não é, filha. Eles não vão morrer, nem desaparecer do mapa. Você vai continuar podendo ouvir as músicas e acompanhar cada um deles nas redes sociais. Eu mesma sigo o Matt, porque ele é o maior gato.

De tudo que ela havia dito, só consegui me ater à última parte.

— Mãe! Que horror! — exclamei, horrorizada. — Ele é mais novo que você!

— E mais velho que você, ué.

Mas eu nem dei bola ao que ela disse, pois fiquei ocupadíssima tentando apagar da memória a imagem da minha mãe com o Matt.

— Enfim — falei.

— Enfim — repetiu ela. — Eu aposto com você que eles vão voltar daqui uns anos. Certeza que vão tentar uns projetos solos, descansar, aproveitar a família. Até que vai dar saudade de tudo isso. Fora que, quando os boletos baterem na bunda, eles não vão pensar duas vezes pra desencostar os instrumentos.

— Tomara que tenha muitos boletos, então — resmunguei, querendo acreditar nela sobre não ser o fim do mundo. Porque algumas vezes parecia que de fato era.

Conversamos um pouco mais, até eu perceber que minha bateria se resumia a um palitinho vermelho bem alarmante. Com o coração na mão, comecei a me despedir, prometendo que ligaria em breve, porque ainda estava morrendo de saudade, e uma ligação estava longe de ser o bastante para tapar essa cratera imensa em meu coração.

Não me orgulho em dizer que dei uma choradinha, tal como no primeiro dia de aula da primeira série, quando a minha mãe ficara parada na porta me olhando entrar naquela sala imensa e cheia de crianças histéricas. Lembro direitinho da sensação de pânico e da crença de que eu não duraria nem uma hora longe dela. Eu nem conseguia conceber a ideia.

Ela chorou comigo e prolongou a despedida o máximo que deu, com vários *eu te amo*, que eu correspondia com *eu também te amo*. Parecíamos um casal apaixonado, mas era só a saudade acumulada por tantos meses.

Guardei o celular no bolso e me senti um pouco vazia. Por um lado, era um alívio ter resolvido as coisas com a minha mãe. Nossa briga estava me matando sem que eu nem sequer notasse. Foi como tirar uma farpa do dedo após passar uma semana sentindo-o latejar. Só que o gostinho era agridoce. Mesmo que tivéssemos feito as pazes, a gente continuava a quilômetros de distância uma da outra.

Continuava sendo difícil. Amadurecer, pelo jeito, era uma eterna estrada cheia de bifurcações. Eu precisava sempre escolher um caminho para seguir. Ou ficava com o meu pai e fazia a faculdade de cinema, ou voltava para a vida confortável de Cianorte, perto da minha mãe, avó e tia. Não dava para ter os dois, por mais que eu quisesse.

Agarrei com força as correntes do balanço, sem conseguir mover um músculo para sair dali. Fiquei imersa em pensamentos, vendo a tarde correr. Em breve, eu teria que subir e me arrumar para o trabalho, mas minha vontade era nula. Eu não me importaria em chegar atrasada, como Ravi costumava fazer antes de ter que me acompanhar.

Ouvindo o som de passos, olhei por cima do ombro e o vi se aproximar de mim. Parecia até que tinha escutado os meus pensamentos e resolvido se materializar bem ali. Com cara de cansado, ele tinha a mochila presa em um braço só e o jaleco pendurado no outro.

— Achei que era você — comentou, com um sorrisão no rosto, enquanto percorria a distância entre nós e se jogava no balanço ao meu lado. — É a única moradora com mais de dez anos que aproveita todos os atrativos do condomínio.

— O condomínio não é barato, a gente precisa aproveitar — brinquei, girando o balanço para ficar de frente para ele. Então, dei um chutinho em seu pé. — Eu tava pensando em você agorinha mesmo.

Ravi se curvou para deixar a mochila no chão, depois dobrou o jaleco e colocou em cima dela. Só então girou o balanço, me imitando.

— Não me surpreende. — Ele deu de ombros. — Eu sou inesquecível mesmo.

Revirei os olhos e dei outro chutinho em seu pé.

— Como foi a aula?

— Difícil. Tem uma garota que não me deixa dormir antes das cinco da manhã. Tá foda.

Gargalhei, jogando a cabeça para trás. Foi a vez dele de chutar de levinho o meu pé.

Nos últimos dias, tinha virado rotina a gente prolongar ao máximo a volta para casa. E, quando enfim nos despedíamos, começavam as mensagens. Essas iam longe.

— Duas horas de sono não tá bom pra você? — perguntei, me fazendo de inocente.

Ele mordeu o lábio inferior, me olhando com malícia. Ravi posicionou os joelhos entre as minhas pernas e os usou para afastá-las. Depois, colocou os joelhos por fora e repetiu a brincadeira, dessa vez fechando.

— Você não tem pena de mim, né?

— Nem um pouquinho.

Ele sorriu, ainda brincando com as nossas pernas. Eu gostava desses nossos momentos. Nada de importante realmente acontecia, mas, ao mesmo tempo, era neles que, agarrada ao travesseiro, eu pensava antes de dormir.

— Tá quase na hora de a gente trabalhar... O que você tava fazendo aqui sozinha nesse frio? Se eu tivesse escolha, estaria embaixo das cobertas.

— Eu tava. Mas precisava resolver as coisas com a minha mãe e desci antes que perdesse a coragem.

— Ah, é? — perguntou, abrindo meus joelhos outra vez com os seus. Se ele soubesse os calafrios perigosíssimos que provocava em mim... Ai, ai. Era preciso muito autocontrole para não me contorcer feito uma lacraia. — Deu tudo certo?

— Aham. Foi bem melhor do que eu imaginava! Estava com medo de tudo ficar meio esquisito entre a gente, mas era bobeira. Eu não tinha parado pra pensar nisso, mas tava morrendo de saudade dela. Tava tudo engasgado, sabe? — Ele assentiu e se aproximou de mim com o balanço, antes de retomar os movimentos com a perna. — Só que eu também fiquei triste.

Ravi uniu as sobrancelhas, parecendo confuso.

— Ahn? Por quê?

— É que... Vai parecer bobo, mas, enquanto a gente não se falava, era mais fácil ignorar minha outra vida, lá em Cianorte. Agora, meu coração ficou minúsculo. Não sei se fiz a coisa certa. — Soltei um suspiro longo, curvando um pouco a coluna, que, de repente, parecia carregar um peso grande demais para que eu pudesse suportar. — Tipo, eu amo meu pai. Fiquei a vida toda morando com a minha mãe e queria passar um tempo com ele. Quero estudar cinema também, acho que nunca fiquei tão animada com a ideia de estudar igual tô agora. Só que isso significa ficar longe dela por pelo menos quatro anos. E, para mim, isso significa que as coisas nunca mais vão ser iguais. Tô enlouquecendo!

Ravi se aproximou ainda mais, ficando bem de frente para mim. As correntes do seu balanço estavam na diagonal, de um jeito meio engraçado. Ele cercou as minhas pernas com as suas e repousou as mãos em minhas coxas. Seu rosto estava barbeado, mas ainda assim era possível ver certinho a linha onde sua barba começava. Senti vontade de beijar aquele garoto. Beijar até meus lábios ficarem dormentes. Mas ele ficou todo sério de repente, e tive medo de não ser o melhor timing.

— Você já parou pra pensar que as coisas *não são* mais iguais? Me encolhi no meu balanço, sem saber se queria ouvir o resto.

— Meses te separam da Olívia que chegou aqui. Aquela Olívia não existe mais. Assim como o Ravi que você conheceu no BarBa, e que elogiou o seu tênis, não existe mais. — Com uma cara desconcertada, ele soltou uma espécie de assobio. — Francamente, onde eu tava com a cabeça? Elogiar seus tênis!

Dei risada, lembrando direitinho do quanto ficara assustada na presença dele.

— Foi fofo, vai. — Brinquei com o punho da minha blusa. — Eu tava me sentindo invisível, foi legal você ter reparado em mim.

— Claro que reparei. Impossível não te notar aquela noite. Não só porque você é a maior gata, mas é que você tava com uma puta cara de assustada. Parecia em pânico mesmo. Achei engraçado.

— Ahhh, que bom que eu fui uma piada pra você, Ravi Farrokh! — falei, com ironia.

Ele gargalhou, e suas mãos escorregaram, juntas, para o meio das minhas coxas. Mesmo com o tecido da minha calça separando nossas peles, percebi que seus dedos estavam congelando.

— Agora você não tem mais cara de assustada. Adoro te ver trabalhando, fica toda à vontade… É disso que tô falando. Continua sendo você, mas não é a mesma pessoa. Faz sentido?

Concordei com a cabeça, porque fazia todo sentido. Era assim que eu me sentia.

— Você não tem medo de mudanças? Eu sei que a vida é feita de ciclos e tal, mas… Não é assustador?

— Nem um pouco — respondeu, com franqueza. — Isso me conforta.

Dei uma risadinha, achando que era uma brincadeira. Como ele permaneceu sério, perguntei:

— Como?

— Vou te perguntar o contrário: você não tem medo de ficar na mesmice? Não é assustador não sair do lugar?

Cruzei os braços por cima das correntes do balanço, pensando a respeito.

— Um pouco.

— Eu gosto de pensar que tudo passa. Às vezes, quando tô meio na merda, penso que vai passar. Pensa assim: as mudanças vão acontecer, você gostando ou não. Ficar preocupada e em negação é sofrer à toa. É mais fácil quando a gente aceita que as coisas são como são.

Fiquei olhando para ele por alguns segundos. As sobrancelhas grossas e retas, o nariz adunco com um piercing, os olhos grandalhões e expressivos. Dei um sorriso que Ravi não deixou passar.

— Que foi?

— Nada. É que eu ainda tô tentando me achar, mas você já chegou lá. É todo adultinho — brinquei, arrancando uma risada calorosa dele. — Acho sexy pessoas bem resolvidas.

— Mentira! — Ravi apontou o dedo em riste para mim. As unhas azul-bebê estavam descascadas. — Você me acha convencido.

— Acho. E isso é sexy.

Ele revirou os olhos, demonstrando que não acreditava nisso nem por um segundo.

— Você é uma escrota, sabia?

Gargalhei, dando um tapa em seu peito. Ele riu de mim e segurou os meus pulsos com uma só mão. A outra continuou pousada só na minha coxa.

— Você que é! — protestei, sem conseguir parar de rir. — Fica aí se achando, só porque é bonito. Como fui gostar tanto de um garoto insuportável?

— Viu só? É uma mentirosa de primeira. Então você não só gosta de mim, mas gosta muito. Uau. Como isso foi acontecer? Achei que a gente ia ser só amigo.

Dessa vez, nós rimos juntos. Nem parecia que os minutos corriam a toda velocidade e que logo, logo precisaríamos nos apressar para o trabalho.

— Eram os planos... mas daí caí na água gelada. Eu não tava pensando direito. Meus neurônios congelaram. — Encolhi os ombros. — Fazer o quê, né?

Ele riu e umedeceu os lábios, com uma cara impagável.

— Neurônios congelados... — Ravi colocou a mão embaixo do queixo, forjando uma expressão pensativa. — Já ouvi a desculpa de ter bebido demais, mas é a primeira vez que ouço essa desculpa aí.

— Chega, não consigo mais segurar a vontade de te dar uns beijos. — Inclinei o corpo para frente e segurei no colarinho da sua blusa. — Vem aqui, vai.

Ele tinha um sorriso levado no rosto, como se estivesse contando os segundos para isso. Ravi cobriu meus lábios com os seus, e sua língua logo invadiu a minha boca, comprovando a minha suposição de que ele estava tão sedento quanto eu por isso. Enrosquei meus braços em seu pescoço ao mesmo tempo que ele me puxou, de maneira desajeitada, para o seu colo. O assento balançou de um jeito um pouco assustador e, por um instante, achei que fôssemos nos estatelar no chão, o que não aconteceu.

Ele soltou um gemidinho quando me ajeitei em seu colo e escondi minhas mãos geladas na pele quente e macia da sua barriga. Ravi subiu a mão por dentro do meu moletom, em direção ao sutiã, esquecendo que estávamos na área comum — em um parquinho, para piorar! —, mas também me permiti esquecer disso por alguns instantes, porque parecia um erro interromper suas carícias e seu beijo apaixonado. Eu não seria nem louca.

Mordi seu lábio inferior, sentindo-o respirar fundo.

— Eu também gosto muito de você. Muito mesmo. Percebi que tava ferrado logo que te conheci.

— Ferrado? Que romântico! — falei com ironia, e ele sorriu, voltando a me beijar.

— Você entendeu — resmungou contra a minha boca. — Ferrado no bom sentido.

— Hummm... Entendi.

— Ainda tô ferrado. De um jeito ótimo, claro — ele continuou resmungando entre um beijo e outro. — E quero me ferrar muito, porqu...

— Tá booom! — Eu ri, colocando o indicador sobre os lábios dele. — Já entendi.

Ele afastou um pouquinho o tronco, e percorreu o meu maxilar com as costas do dedo indicador.

— Falei demais?

— Você nunca fala demais — brinquei. — Posso te contar uma coisa... ahn... constrangedora?

— Eu amo coisas constrangedoras. Nem precisava perguntar.

— Não ria! Por favor! — Apontei o indicador para Ravi, que fechou um zíper imaginário na própria boca. — Eu achava muito sexy você dar escapadas no trabalho pra ficar com outras pessoas. É ético? Acho que não. Profissional? Nem um pouco. Mas era bem... interessante.

Ravi gargalhou sem pestanejar. Fiz uma cara de ofendida, como se buscasse cobrar a promessa que ele havia feito segundos atrás, mas fui sumariamente ignorada.

— Você não existe! — Seu sorriso ia de orelha a orelha. — Isso é uma indireta, Olívia?

— Não! É uma direta! — Cruzei os braços para dar mais veracidade à minha postura séria. — Eu tô sem entender por que ainda não conheci os seus esconderijos. Aposto que tem vários.

— Você quer mesmo saber? Tá bem. — Ele começou a enumerar com os dedos. — Primeiro, porque você é muito certinha e quase pira quando acha que vai se atrasar. Segundo, porque você tem medo de decepcionar o Barba. Terceiro, porque finge que nem me conhece direito no trabalho e fica toda esquisita quando eu me aproximo. Achei que não fosse sua praia. Mas, sim, pra sua informação, eu só penso nisso. Que a gente fica lá a noite toda e que é um desperdício enorme não aproveitar esse tempo com coisas mais importantes.

— Eu não sou certinha! — protestei.

— É, sim, mas não tem problema. É o seu charme.

— Cala a boca, Ravi! Eu tenho um espírito selvagem. Faço várias coisas erradas. Aliás, eu amo quebrar as regras. Sou fora da lei. É mais forte que e... — Fui calada por um beijo.

Que ultraje!

Se ele achava que me beijar ia me distrair de continuar defendendo a minha personalidade errática, estava para lá de certo. Porque Ravi beijava tão gostoso que eu não conseguia pensar em mais nada.

— Tem um quarto motivo também — falou, quando finalmente conseguimos afastar nossas bocas, o que era uma missão quase impossível. — Eu quero fazer as coisas direito. — Ele assentiu, apesar de eu não ter falado nada, e franziu o cenho, formando vários vincos na testa. — Ainda não posso fazer tudo o que quero com você no trabalho, porque tenho coisas não resolvidas com a Mari. E ela é sua amiga. Vai ficar um clima horrível.

O que será que ele queria fazer comigo no trabalho?

Engoli em seco, tentando desanuviar a mente, na qual, de repente, pipocaram imagens bem sugestivas.

Foco, Olívia. O assunto é sério.

— Acho bacana. A Mari não ficou triste quando soube... Acho que ela já esperava. Eu conversei com ela essa semana enquanto a gente estocava a geladeira de refrigerantes.

— Conversou? — perguntou ele, chocado.

— Aham. Eu só queria esclarecer. Até porque eu te conheci antes de virar amiga dela. Mas mesmo assim... — Roí a unha do mindinho, evitando seu olhar. — Só queria ter certeza de que as coisas entre mim e ela iam ficar bem. Enfim. Passou da hora de você se acertar com ela também.

— É que eu não sei muito o que falar... Ela tem motivo pra não querer nem ver a minha cara. Que mais eu posso fazer?

— Acho que você podia contar tudo que me falou na piscina. Não justifica, mas pelo menos é mais sincero do que só *ai, como eu fui escroto* — falei engrossando a voz, tentando imitá-lo. — Quero dizer, não foi à toa.

— Mas mesmo assim... — Ele fez uma careta chateada, e percebi a vergonha que se estampava em seu rosto.

Em momentos assim, eu conseguia acreditar que tinha sido um erro pontual e que ele não ia repetir. Pelo menos ele sabia reconhecer o vacilo. Isso já era mais do que a maioria fazia.

— Eu sei. — Suspirei. — Resolver as coisas com ela não quer dizer que vocês vão voltar a ser amigos, nem que ela vai deixar de ter antipatia. Mas é um direito dela, né? Ela pode te perdoar e optar por se manter distante.

— É. Mas dói saber que a culpa foi minha. Quando o erro é dos outros, é mais fácil apontar, sabe?

— Ô, se sei. Mas, Ravi, colocar um ponto-final é o suficiente. A gente não tem como consertar o passado. Meu pai, por exemplo, não teve como mudar todo o tempo em que foi ausente. Mas dá pra fazer diferente, se a gente quiser de verdade.

Ele crispou os lábios, meio sorrindo, e afagou as costas da minha mão com os polegares.

— Eu quero.

25

TRÊS MESES DEPOIS

EU JÁ teria todos os motivos do mundo para acordar nervosa naquele dia. Ou melhor, para nem dormir — porque eu não podia chamar aquelas quatro horas picadas de sono de dormir. Acordei umas três vezes e me remexi como se houvesse formigas na cama. Mandei algumas mensagens para Ravi nas vezes que despertei e, para a minha surpresa, ele respondeu todas na hora. Acho que também estava sendo difícil para ele manter a calma.

A questão é que eu estar prestes a me despedir da banda que mais amava na vida já justificava o fato de estar surtando. Porque eu estava surtando. Mas não era só isso! Nas últimas semanas, descobrira que a Los Muchachos também tocaria no festival! Devia ser um teste para ver se aguentava passar por tantas emoções.

Meu pai me explicara, no mês anterior, que uma das bandas locais cotadas para o evento teve problemas e que, como eles se conheciam de outros carnavais e uma mão lavava a outra, os caras indicaram a banda dele no lugar. Fiquei ainda mais nervosa com essa notícia, como se isso fosse possível. Radiante, na verdade. Mas, meu Deus, só faltava eu ter uma síncope. Eu era o nervosismo em pessoa. Minhas unhas tinham virado tocos doloridos de tanto que as roí nos dias anteriores. Eu fazia o possível para desviar a atenção do festival, enfiando qualquer coisa sem importância para ocupar os meus pensamentos, porque, do contrário, me dava taquicardia e eu achava que ia morrer. O que, diga-se de passagem, seria uma tremenda injustiça. Depois de tudo o que passara para me despedir dos Broken Boys, eu voltaria do além para assistir ao show se morresse na véspera.

Papai também tinha ficado fora de órbita. Várias vezes na semana, eu tinha chegado do trabalho e o encontrado andando de um lado para o outro, sem o menor rumo. Os olhos estavam sempre distantes, como se ele fosse um zumbi devorador de cérebros. Sem contar que eu quase não o encontrava mais em casa, de tanto que ele e os amigos estavam ensaiando. O que era compreensível, afinal se tratava de uma chance única. Mesmo que eles fossem uma das primeiras bandas a se apresentar, por volta do meio-dia, muita gente estaria lá e conheceria o trabalho deles. Pode ser até que os convidassem para outros festivais. Não tinha como não enlouquecer pensando em tudo isso. Eu mesma não fazia ideia de como o meu pai conseguia dormir sabendo que estaria em um palco diante de milhares de pessoas, todas prestando a maior atenção neles. Quando eu pensava em inferno, era assim que eu imaginava, por exemplo. Mas isso não vinha ao caso.

O importante é que esperei três meses para esse dia, que enfim chegou. Eu nem sabia direito como me sentir. Tanta coisa tinha mudado desde então, ainda mais dentro de mim. Descobri tantas coisas e percebi que era só o começo. Sempre é só o começo. Minha mudança para Curitiba foi graças aos Broken Boys, e era incrível saber que eles estariam presentes também no fechamento daquela fase tão importante em que me acompanharam.

Droga, eu ia começar a chorar.

Ia chegar na porcaria do festival de olhos inchados. Talvez fosse uma boa ideia pegar emprestado um dos vários óculos escuros do meu pai.

Pulei da cama por volta das nove e descobri que estava sozinha em casa. Papai tinha deixado um bilhete colado no espelho do meu quarto avisando que estava ensaiando com os caras e que me encontraria no festival, mais tarde. Tinha até um P.S. pedindo para que, por favor, eu o avisasse quando chegasse lá porque ele queria me abraçar antes de tocar. Ri sozinha, achando fofo.

A primeira coisa que fiz foi ligar Broken Boys no último volume, sem me importar muito com a hora. Os vizinhos que me perdoassem, mas o dia pedia. As guitarras frenéticas dominaram o quarto. Se eu fechasse os olhos, tinha a sensação de que já estava no show, de tão real que era. Inteira arrepiada, abandonei a cama, me controlando ao máximo para não roer ainda mais as unhas — eu me arrependeria muito quando não conseguisse encostar em nada por causa da dor.

Escrevi uma mensagem para Ravi avisando que tinha acordado. Dessa vez, ele não respondeu em seguida. Mas me surpreendi ao encontrar duas mensagens me esperando: uma de Paola e outra de mamãe.

Abri a da minha mãe primeiro.

> hoje é o grande dia, hein???
> aproveita bastante. pule, grite até ficar rouca, chore (se der vontade), e seja muito feliz!

> ah, tire muitas fotos. quero ver toooodas depois.
> amanhã te ligo pra vc me contar tudinho.

> te amo, Óli

Limpei algumas lágrimas e dei uma fungada alta, me sentindo meio boba por estar chorando tão cedo. O show dos Broken Boys começaria só às oito da noite, tinha bastante chão até lá. Com os dedos trêmulos, respondi que a amava e que ia aproveitar o máximo e pedi para ela se preparar para a enxurrada de fotos que receberia ao longo do dia.

Então, abri a de Paola. Ela andava tão ocupada com a faculdade que nem esperei que se lembrasse da data do show. Mas ela não era a minha melhor amiga à toa, e me deixou sorrindo de orelha a orelha com o gesto. O que eu mais gostava em Paola era que, mesmo sendo bem diferente de mim, ela sempre me levou a sério. Nunca tirou sarro da minha obsessão por BB, nem achou esquisito eu passar meu tempo escrevendo histórias sobre caras que eu nem conhecia. Ela não curtia tanto rock, mas ouvia por mim. E ler também não era bem a sua praia, mas não teve uma única fanfic que ela não leu para me dizer o que achava. E eu levava sua opinião muito a sério.

> amigaaaa

> tô tão, tão, tão feliz por vc!!!! só seria melhor se eu tbm tivesse aí pra gente pular juntas

> não fica triste por causa da despedida, tá? pensa por outro lado: vc tá realizando um sonho e vai ficar bem pertinho do Matt e do Ethan. vai que rola alguma coisa justo nesse show e vc vai presenciar tudo? hahahah

> enfim, tô morrendo de sdd de vc, não vejo a hora da gente se ver no natal e colocar o papo em dia

> aproveita muuuuito, esse momento é todo seu

> te amo, não esquece ♥

Demorei mais tempo respondendo Paola. Talvez por estar toda sentimental, mandei um textão imenso sobre o quanto amava a nossa amizade e o quanto ela era importante para mim. Paola costumava mandar esse tipo de mensagem quando ficava superbêbada. Ela me abraçava bastante e fazia declarações infinitas sobre a sua sorte em ter crescido ao meu lado e como levaria a nossa amizade por toda a vida, até quando estivesse bem velhinha e banguela. Eu costumava cair na gargalhada, mas gostava de saber que ela se sentia assim, mesmo que fosse só efeito da bebedeira. O problema é que eu nem tinha a desculpa do álcool para aquele monte de emojis de coraçãozinho que mandei. E nem pro *eu te considero demaisssssss* ou *não sei o que seria de mim sem você!!!!!*. Sem contar o *por favor, não se afaste de mim NUNCA* encerrado com uma carinha chorando.

Ai, Deus. Seria um longo dia.

Vesti minha camiseta favorita dos Broken Boys e, é claro, meu All Star branco inteiro rabiscado. Como era um festival e, segundo Ravi, eu podia ousar um pouco mais, vesti uma meia-calça arrastão por baixo dos shorts de couro. Papai tinha feito tranças em mim e resolvi usar com parte presa para cima, feito um coque, como ele costumava fazer antes de tirar as dele. Fazia pouco mais de duas semanas que meu pai tinha adotado um black lindo e bem cheio.

Passei glitter dourado nas bochechas, subindo em direção às têmporas, como se fosse um blush, e ri sozinha com a ousadia. Na minha cidade, nunca tive a oportunidade de aplicar glitter para ir a lugar nenhum, já que não costumávamos ter eventos, nem mesmo Carnaval de rua. Então, era tudo muito novo. Eu sempre ficava toda boba quando deparava com pequenas mudanças de um lugar para o outro.

Minha campainha tocou enquanto eu borrifava muito perfume pelo corpo, na esperança de que os meninos da banda pudessem sentir lá do palco, de tão cheirosa que eu estaria. Era Ravi, que me esperava do outro lado da porta, recostado no batente com as pernas cruzadas de maneira despretensiosa. Que garoto lindo!

Ele usava um chapéu preto, de onde escapava a franja preta e sedosa e um pouco bagunçada. Os olhos pintados de preto e a barba por fazer o deixavam com ar de rockstar. O plástico filme enrolado em volta do bíceps protegia a tatuagem mais recente, o símbolo dos Broken Boys. Eu ainda não conseguia acreditar que tinha encontrado um crush que gostava da mesma banda que eu. Como não ficar caidinha assim? Ravi Farrokh não facilitava as coisas para mim, sinceramente.

Ele abriu um sorrisão ao me ver e, antes que pudesse falar qualquer coisa, o puxei pelo colarinho para dentro de casa e o beijei. Porque não havia jeito melhor de liberar a minha tensão acumulada do que dando uns amassos com Ravi. E, para ser honesta, eu vinha arrumando qualquer motivo para isso. Ele tinha razão quando disse que a gente se daria muito bem fazendo isso. Porque, ah, como nos dávamos...

* * *

Ravi e eu dividimos o Uber até o BioParque, onde aconteceria o festival. Eu não conseguia parar de me remexer de um lado para o outro. Mandei várias mensagens para o meu pai, mas ele ainda não tinha visto nenhuma. Ravi, por outro lado, lidava bem melhor com a ansiedade do que eu imaginara. Ele segurou a minha mão e não soltou por todo o percurso, traçando círculos na minha palma com seu polegar. Quando eu desviava a atenção da janela para encará-lo, sempre o encontrava com uma expressão animada, mas só. Nada de nervosismo. Talvez ele só tivesse respondido minhas mensagens durante a madrugada porque eu o acordara, e não por estar insone como eu... Ah, droga.

— Fica calma — falou perto do meu ouvido após a décima vez que tentei mudar de posição dentro do carro. — Vai ser ótimo!

— Eu sei. — Tentei sorrir, mas só estiquei os lábios para cima, feito um cachorro rosnando. Ravi riu, balançando a cabeça. — Como você tá tão de boa?

— Sei lá. Só não tô pensando tanto... Fora que eu não tenho um pai roqueiro que vai tocar no festival, né? Isso facilita muito as coisas.

Dei risada, me sentindo um pouco mais tranquila durante o resto do percurso.

As ruas ao redor do BioParque estavam bloqueadas, então tivemos que descer do Uber e seguir andando. O evento havia acabado de começar, mas havia bastante gente ali na frente. Alguns fumavam, recostados nos muros cheios de pôsteres coloridos do festival, rindo e conversando empolgados sobre as atrações. Outros esperavam na fila, com os documentos em punho, prontos para entrar. Também tinha gente andando de um lado para o outro, oferecendo todo tipo de produtos — bonés, capas de chuva, ingressos para o evento, camisetas de bandas, bandanas etc.

Conforme cruzávamos com as pessoas a caminho da fila, meus olhos logo iam parar no que estavam vestindo e, para a minha surpresa, encontrei muita gente usando a camiseta dos Broken Boys. Eu não conseguia parar de sorrir, era como estar em um sonho. Nunca imaginei que existisse tanta gente no mundo compartilhando dos mesmos gostos que eu. Ou melhor... É claro que eu sabia. Os Broken Boys eram a maior atração do festival, e, desde que desembarcaram no Brasil, não se falava de outra coisa. Minhas fanfics também mostravam que muita gente amava esses garotos assim como eu. Mas ver com os meus próprios olhos me deixou com o coração descompassado, e a empolgação começou a se manifestar, substituindo o medo.

Paola tinha razão: aquele era um dia para festejar. Eu estava em um festival de música, com o meu namorado — eu já podia chamar assim? —, pronta para ver um show do meu pai e depois respirar o mesmo ar que os Broken Boys. E, ah, o mais importante, estava usando glitter! Muito glitter! Não tinha como alguma coisa dar errado.

A fila seguiu mais rápido do que eu esperava e, depois de biparem nossas pulseiras, nos separaram para nos revistar. Como eu não tinha levado mochila, nem nada do tipo, passei mais rápido que Ravi e o esperei do lado de dentro. Aproveitei para dar uma boa olhada. As pessoas pareciam tão felizes, senti vontade de dar pulinhos no lugar.

Aliás, foi exatamente o que fiz quando Ravi parou ao meu lado.

— Olha só pra isso!

Ele sorriu para mim, parecendo satisfeito.

— Você ainda não viu nada. — Ao dizer isso, entrelaçou os dedos nos meus. — Vem, vamos andar um pouco.

Seguimos por um caminho de tapumes, com os mesmos pôsteres coloridos do lado de fora. Aproveitamos para bater algumas fotos ali, porque era o que todo mundo parecia fazer logo que chegava. Ravi tirou várias minhas e depois chamou um garoto e pediu para que ele tirasse uma nossa com o seu celular.

Foi um gesto pequeno, mas o suficiente para fazer meu estômago se revirar em cambalhotas. Era a nossa primeira foto juntos. E não era qualquer foto, que a gente tira por acaso com alguém. Não. Ravi passou a mão na minha cintura, encostando a bochecha na minha. Sua barba me pinicou e a aba do seu chapéu bateu de leve na minha testa, mas não dei a mínima para nada disso. Com um sorrisão enorme no rosto, contornei seus ombros, me sentindo nas nuvens.

— Ravi... — comecei, quando abandonamos os tapumes e nos deparamos com um gramado que se abria para todas as direções.

Ele me olhou curioso com a minha hesitação. E, antes mesmo de eu falar qualquer coisa, os cantinhos dos seus lábios se ergueram em um sorrisinho irritante. Como ele me conhecia tão bem?

— Hum...?

— A gente... ahn... tá ficando há um tempinho, né? — As palavras saíram todas duras, sem jeito, como se eu não soubesse direito como pronunciá-las. Que horror!

Nós passamos por uma fileira de banheiros químicos antes que ele respondesse. Seu sorriso tinha dobrado de tamanho.

— Três meses. Por quê? — Ele parou, se fazendo de apavorado. — Tá querendo terminar comigo? Aqui? Como você é sem coração!

— Cala a boca! Você não vai se livrar de mim tão cedo.

— E nem pretendo.

— Eu só... queria saber... — Pigarreei, sem jeito.

Não tinha como o sorriso dele ser maior. Os dentes de coelhinho estavam à mostra, e ele mordia a pontinha da língua, como se essa conversa o deixasse deliciado.

— Aham.

— Aham o quê?

— A resposta — explicou. — É sim.

Abri e fechei a boca. Agora, estávamos em frente às barraquinhas de comida. Tinha todo tipo de coisa. Cachorro-quente, pizza, espetinho, e também coisas mais saudáveis, como estrogonofe e macarrão, por exemplo. Ele nos guiou em direção à barraquinha de bebidas.

— Mas eu nem terminei de perguntar!

— Tava na cara qual ia ser a pergunta. — Ele deu de ombros, me provocando.

Cruzei os braços em frente ao peito, num misto de vergonha e felicidade.

— Então me fala.

— Você quer saber se a gente tá namorando. A resposta é *aham*. Você vai querer Fanta Uva? — Assenti com a cabeça e esperei que ele pedisse meu refrigerante e uma cerveja para ele. — Isso é... se você também quiser. Pra mim, a gente tá namorando desde o dia em que ficou pela primeira vez. — Ele piscou para mim, com um sorriso travesso. — Mas vai que tô namorando sozinho e não sei?

— Não existe isso de namorar desde o dia da ficada, Ravi — protestei, indignada.

Ele pegou meu copo de refrigerante e me entregou, depois pegou sua cerveja e deu um longo gole.

— Pra mim existe, ué. Quer um pouco?

— Não, valeu. E não dá pra namorar sozinho!

— Tá, então vamos resolver isso do jeito certo. — Ravi deu outro gole e, quando desceu o copo, tinha um bigodinho de espuma. — Olívia Salazar, você aceita euzinho, Ravi Farrokh, como seu legítimo namorado? Prometo continuar sendo bem convencido, ou cheio de amor-próprio, dependendo do ponto de vista. Também prometo fazer cantadas porcas todos os dias das nossas vidas. Prometo que vou continuar chegando atrasado no ponto de ônibus, mas que sempre vou chegar. Vou estar com você na alegria e na tristeza, inclusive quando cairmos numa piscina gelada no meio do inverno, e quero dividir meus cobertores quentinhos com você. E comprar toda a Fanta Uva que você quiser tomar. E, ah, também prometo muitos momentos bons pra você preencher o seu tênis-diário.

Ele enunciou todas as palavras de maneira cordial, com uma expressão petulante que me fez rir sem parar. Algumas pessoas perto de nós nos observavam, parecendo ansiosas por saber a resposta. O mais estranho é que nem liguei para ninguém. Em outras ocasiões, eu ficaria mortificada de vergonha, mas só consegui sentir um calafrio gostoso que me deixou com os pelinhos da nuca arrepiados.

— Aceito! — respondi, rindo. Dei um gole em minha Fanta para dar mais efeito e lambi os lábios ao terminar. — Ravi Farrokh, você me aceita, Olívia Salazar, como sua legítima namorada? Prometo te mandar mensagens até as cinco da manhã e atrapalhar os seus estudos, mas por uma boa causa. Prometo te arrastar para o camarim do BarBa sempre que estiver vazio, pra gente fazer coisas bem mais importantes que trabalhar. E vou sempre te emprestar minhas maquiagens, mas vou ficar devendo os esmaltes, porque eu roo minhas unhas. — Balancei os dedos no ar. — Vou estar com você na alegria e na tristeza, inclusive quando estivermos fugindo do Cleison, aquele dedo-duro exterminador de salários que não tem piedade em multar adoradores de piscina. — Ravi gargalhou, com o rosto escondido atrás do copo de cerveja. — E, quando meu tênis estiver cheio, prometo comprar outro só pra poder escrever tudo o que a gente fizer. Nem que eu tenha que fazer coleção de tênis brancos.

Meia dúzia de pessoas nos aplaudiram e ovacionaram de brincadeira, antes de se dispersarem, em meio a risadas. Ravi aproveitou esse momento e enganchou o braço ao redor do meu pescoço, me puxando para um beijo cujo gosto tinha uma combinação engraçada de cerveja e Fanta Uva.

Seguimos de mãos dadas para conhecer o resto do espaço do festival. Havia três palcos diferentes — o principal e dois menores, nos quais os shows se alternariam, segundo a programação. Meu pai tocaria em um desses. Eu só esperava que ele respondesse a mensagem a tempo, para que eu o abraçasse forte antes do show.

Passamos por uma área descampada, onde todo mundo tinha estendido lençóis e cangas para esperar as bandas começarem a se apresentar. Gostei muito da atmosfera. Era tudo tão leve e despojado. Só então percebi que já não estava nem um pouquinho tensa e preocupada. Desde que havíamos chegado, um sentimento de plenitude me dominava. Pela primeira vez desde que cheguei em Curitiba, me senti pertencente. Senti que fazia parte de algo muito maior. Que todas as minhas decisões haviam me levado até ali. Eu tinha feito parte da história dos Broken Boys, e isso eu levaria para sempre comigo, não importava se eles estivessem juntos ou separados.

Meu celular começou a tocar quando passamos ao lado de um kamikaze, com uma fila gigante de pessoas esperando para dar uma volta gratuita no brinquedo. Duas garotas pararam em frente e começaram a tirar fotos juntas, rindo sem parar, enquanto eu tateava os bolsos à procura do telefone.

— Cadê você? — Era papai. Ele perguntou um pouco mais alto do que o necessário, o que julguei ser culpa do nervosismo.

— Do lado do kamikaze e de uns banheiros químicos. E você? Ele ignorou a minha pergunta.

— Tô indo aí te encontrar. Me espera, tá? Não sai do lugar.

— Não vo...

— ME ESPERA! — pediu com urgência, antes de desligar o telefone e me deixar com o celular grudado na orelha por alguns segundos, sem reação.

— Acho que ele tá nervoso — falei para Ravi. — Tava berrando e nem tinha barulho em volta.

— Seu pai vai tirar de letra. Ele sempre fica desse jeito antes dos shows.

Sorri para ele.

— É tão esquisito você conhecer o meu pai há mais tempo que eu.

— Também não é assim. Só conhecia do trabalho e de ver no prédio. A gente não era amigo, nem nada do tipo.

Abri a boca para responder, mas ouvi alguém me chamar aos berros, e nem precisei olhar para saber que era o meu pai. Acenei para ele, que vinha numa corridinha meio em câmera lenta, o black balançando no ritmo dos seus passos.

Ele me esmagou em seus braços e ficou balançando de um lado para o outro comigo, como se estivéssemos dançando. Escondi o rosto em seu peito, sujando-o com um pouco de glitter dourado, e retribuí o abraço apertado. Ficamos assim por um tempo, sem precisar dizer nada. O abraço falava por nós.

— Como você está?

— Eu que tenho que perguntar isso!

— Mas eu perguntei primeiro — brincou, se afastando um pouco para me encarar. Suas mãos vieram parar em meus ombros.

— Acordei bem nervosa. Mas agora tô bem! — Olhei ao redor e depois para ele. — É incrível. Tô me sentindo em casa.

— Sei como é. Também me sinto. — Papai passou as costas da mão em minhas maçãs, me olhando com ternura. — Adorei o visual. Você trouxe mais glitter?

— Aham. Calma aí.

Fui até Ravi e vasculhei sua mochila à procura do potinho de glitter dourado que eu tinha levado para o caso de precisar retocar a minha maquiagem. Os dois se cumprimentaram com um abraço-de-homem meio desajeitado enquanto eu mergulhava o dedo no potinho e o tirava inteiro dourado. Usei protetor solar para colar em sua pele. Ele pediu para ficar igual o meu e obedeci, achando graça quando terminei. Papai tinha a pele mais retinta que a minha, e o glitter dourado casou superbem. Ficou lindo.

— Você não me respondeu. — Usei a barra da minha camiseta para limpar meus dedos.

— Tô curtindo muito! Você tinha que ver o camarim... Coisa fina! Vou tirar foto pra te mostrar depois. — Seu sorriso era imenso. Ele esfregou uma mão na outra e olhou ao redor, para nenhum lugar em especial. — Até que tem bastante gente, né?

— Tem, sim. Vai ser ótimo! Pena que vou ter que dividir Los Muchachos com todas essas pessoas... — Fiz beicinho como se estivesse chateada. Nós três rimos em uníssono.

— Falando nisso — meu pai se empertigou, incapaz de esconder a empolgação —, tem fotógrafos oficiais do evento. Vamos ter fotos profissionais!

Cruzei os braços, ofendidíssima com a parte dos *profissionais*. Pelo canto dos olhos, vi que Ravi ria sozinho, achando graça da nossa discussão.

— Ah, então agora você vai desprezar o meu trabalho de fotógrafa?

Meu pai deu de ombros.

— Você que me abandonou. — Ele conferiu as horas no relógio de pulso e então ficou todo rígido, com uma expressão urgente. Limpou as mãos na calça jeans inteira rasgada e, antes mesmo que abrisse a boca, eu sabia o que diria. — Preciso ir. Só queria te ver antes mesmo.

Abri os braços e ele atendeu o meu pedido silencioso no mesmo segundo.

— Vai ser incrível. Boa sorte!

— Não! Não pode ser boa sorte. Isso dá azar.

Revirei os olhos, dando risada.

— Verdade. — Pigarreei, me desvencilhando dele e assumindo uma expressão polida. — Quebre uma perna! Que o show seja um lixo! Uma bela bosta! Que a baqueta caia no seu olho e deixe um hematoma!

Ravi explodiu em gargalhadas enquanto meu pai me encarava de olhos arregalados. Suas sobrancelhas estavam arqueadíssimas e os lábios se abriram em surpresa.

— Caramba, você foi muito longe. Muito mesmo.

— É porque eu quero que seja perfeito. — Dei três tapinhas em seu braço e apontei para o palco. — Agora vai logo, antes que o show comece sem você.

— E cuidado pra não espetar o olho com uma baqueta! — exclamou Ravi, enquanto meu pai girava nos calcanhares e corria para longe de nós.

Seguimos atrás dele, mas em passos preguiçosos. Meus olhos registravam cada detalhe ao redor — desde as roupas extravagantes às filas para tirar fotos em cenários montados. O sol queimava em minha pele e senti um pouco de inveja de Ravi por estar de chapéu. Eu não parava de espremer os meus olhos para me proteger da claridade.

Uma pequena multidão se aglomerava em frente ao palco, esperando pela entrada de Los Muchachos. Não era taaanta gente, como eu imaginava que haveria no show de BB. Mas, com toda certeza, era muito mais do que costumava ter nos bares e casamentos em que eles tocavam. Nos enfiamos por entre as pessoas e conseguimos alcançar as grades que nos separavam do palco. Me apoiei nelas, empolgada. Os roadies começavam a organizar os instrumentos. Reconheci a bateria do meu pai e fiquei inteira arrepiada. Até Ravi parecia radiante em estar ali. Nos entreolhamos, sorrindo, quase ao mesmo tempo que eles invadiram o palco. Fiquei me perguntando se papai conseguia me ver de lá de cima, entre tantas cabecinhas reunidas, mas não importava. Eu conseguia vê-lo.

E foi incrível. Bradei todas as músicas, batendo palma com os braços para cima, e me joguei de verdade naquele momento. Fiquei grata por estar ali e por dividir com o meu pai a mesma paixão pela música. E, agora, com o meu namorado. *Namorado!*

Foi incrível perceber que as pessoas ao meu redor estavam curtindo. Conforme o show passava, mais gente chegava. Cada vez que Adriano, o vocalista, falava com o público, respondíamos com gritos entusiasmados. Tudo isso ficaria gravado em minha memória para sempre. Cada detalhezinho daquela tarde ensolarada.

E, de todas as coisas que ficariam, a maior seria a expressão do meu pai. Ele não parou de sorrir nem por um segundo. Aquele sorriso expansivo, que ultrapassava os limites do palco e nos atingia em cheio. O sorriso estava lá, estampado em seu rosto a cada instante, enquanto ele erguia e descia os braços fortes, batendo as baquetas com vigor nos tambores da bateria. Estava lá quando ele as jogava para cima e então esperava que caíssem fazendo círculos no ar. Talvez fosse coisa da minha cabeça, mas eu podia jurar que seus olhos brilhavam, apaixonados, cheios de vida. Um brilho intenso, capaz de ofuscar os feixes ardidos que o sol derramava sobre nós.

Foi a coisa mais bonita que eu já vi na minha vida.

26

RAVI ESTICOU a canga no gramado, brigando com a ventania que cismava em levantar os cantinhos. Pisei nas pontas para ajudar e, assim que conseguimos domar o tecido, que parecia ter vida própria, sentamos lado a lado, de frente para o palco onde, dali a uma hora, aconteceria o show dos Broken Boys.

Dei um gole na cerveja que havíamos comprado e ofereci o copo para ele, que esticou o pescoço para tomar na minha mão mesmo. Rimos baixinho, cansados demais para tagarelar.

O sol começava a sumir no horizonte, deixando para trás um céu multicolorido, cheio de pinceladas de laranja, rosa e roxo, e os últimos feixes de luz que teimavam em rasgar o céu, cada vez mais escuro, faziam com que as nuvens cintilassem. Não ter mais o sol ardendo sobre nossas cabeças melhorava bastante as coisas, ainda mais com a brisa mansa que ia e vinha, oferecendo um refresco.

Soltei um suspiro cansado enquanto massageava as panturrilhas, doloridas após tanto tempo em pé. Só depois de uns minutos assim me dei conta de que Ravi me encarava fixamente, bastante sério, e até tinha deixado o copo de cerveja de lado.

— Que foi?

— Preciso te contar uma coisa. Mas nada de surtar, tá?

— Ai, Ravi... — Esfreguei os braços, curvando ainda mais a coluna para frente. Vovó teria ficado horrorizada com a minha péssima postura e me alertaria mais uma vez sobre as consequências que isso me traria a longo prazo. Mas ela não estava ali para ver, então afastei a culpa para longe. — Você não pode falar pra uma pessoa não surtar. Eu, por exemplo, já tô surtando e tentando antecipar o que você vai me contar que pode me fazer surtar, mesmo que não seja para eu fazer isso.

Ele riu, revirando os olhos.

— Acho que nunca ouvi a palavra *surto* tantas vezes seguidas. Eu já te falei por que Broken Boys é tão importante pra mim?

Uni as sobrancelhas, sem saber para onde a conversa nos levaria. Mas achei graça de ele ter escolhido logo agora para me contar isso.

— Não.

— Tá. Vamos lá. — Distraído, Ravi arrancou um tufo de grama do chão. — Eu percebi que não gostava só de meninas por causa do Ethan.

Ele pareceu um pouco encabulado ao revelar isso. E não existia nada no mundo que me deixasse mais satisfeita do que presenciar Ravi, normalmente tão confiante e cheio de si, ficar sem jeito. Ah, os refrescos...

— Mentira! Você tinha um crush no Ethan Cook!

— Tinha. — Ele fisgou os lábios. — Tenho.

Bati com o ombro no dele, sorrindo para tranquilizá-lo.

— Eu também! Quer dizer... Quem não tem?

— Eles me ajudaram muito a me descobrir. Eu nem acompanhava mais a banda quando eles anunciaram que iam se separar... mas eles sempre vão ter um espaço importante no meu coração.

Mordi a beiradinha do dedo, pensando a respeito. Nós dois tínhamos história com uma mesma banda, mas éramos tão diferentes, assim como também era diferente o impacto que ela teve em nossas vidas. Isso daria uma ótima metáfora... Acho que, no fim das contas, o que de fato importa é o que fica.

— Mas por que eu surtaria?

— Ah, não *com isso*. — Seus lábios entortaram para a direita. — O surto vem agora.

Ah, sim. Claro.

Tava bom demais.

— Tá, manda! — Fiz o sinal de *vem* com as duas mãos e empinei o nariz. Ele caiu na risada.

— Eu lia muitas fanfics nessa época. — Pisquei os olhos, surpresa. *Eita.* — Passava tardes e tardes no NovelSpirit... Conhece esse site?

Apesar da pergunta, sua expressão dizia, com todas as letras, que ele já sabia a resposta. Meu coração, que tinha ido parar na garganta, pulava tanto que eu parecia prestes a vomitá-lo.

— É o si-site em que eu escrevo minhas histórias — expliquei.

Nós já tínhamos falado um pouco sobre isso. Escrever fanfics fazia parte de mim, era quase impossível que esse assunto passasse batido em uma conversa.

— Comecei só por causa do Ethan, pra tentar entender direito o que eu tava sentindo. Li várias, nunca li tanto na vida, eu não fazia outra coisa. — Ravi falava depressa e percebi que, apesar de estar se divertindo com a situação, também tinha uma pontada de nervosismo. — Daí descobri uma escritora muito boa e passei a ler tudo dela.

Ah, meu Deus.

Não!

Não. Não. Não.

— Você... não tá... — Massageei as têmporas, sem conseguir acreditar. E, pelo jeito, sem conseguir formular frases inteiras. — Ravi?!

— Uma tal de Broken Cook.

Fechei os olhos, chocada demais para conseguir encarar seus olhos castanhos.

Como? Como era possível?

De todas as pessoas do mundo, logo ele lia minhas histórias? Sem eu nunca ter mostrado? Parecia conspiratório. E se ele fosse um stalker maluco que tinha se aproximado de propósito, com tudo estrategicamente pensado para...

— Olívia?

Subi as pálpebras. Ravi me encarava com o rosto um pouco inclinado para o lado. Seus olhos eram pura preocupação, mas o sorrisinho divertido ainda estampava os seus lábios.

— Mas... por que você nunca me contou?

— Eu não fazia ideia! — Ele soltou o ar dos pulmões e usou as mãos para trazer o seu corpo para mais perto do meu. — Descobri faz só umas semanas... quando você comentou que escrevia fanfics. Eu lembrei do NovelSpirit, fazia um tempão que não acessava. Tinha uma história nova dessa autora bombando. — *Droga!* — Comecei a ler e fui desconfiando pelos recadinhos que você deixa no final dos capítulos. Comentou da mudança pra Curitiba, que tinha começado a trabalhar num bar de rock igual ao Asa. Contou até do desastre do cabelo rosa. Só podia ser você.

— Inferno! Por que eu tinha que expor tanto da minha vida? — Só precisei stalkear um pouco pra descobrir que era você mesmo.

Arrá! Sabia que era um stalker louco!

— Isso não tá acontecendo — resmunguei, escondendo o rosto com as mãos.

Ravi segurou os meus pulsos com gentileza para afastá-los do meu rosto. Não tive outra escolha além de encará-lo. Seu sorriso petulante estava me deixando irritada, embora eu não soubesse muito bem o porquê.

— Você ficou com vergonha?

Ele parecia surpreso. Como se, de todas as reações que imaginara, essa não tivesse passado pela sua cabeça.

— É claro! Histórias são muito pessoais! É... estranho. Parece que você me viu pelada, mas de um jeito muito constrangedor. Tipo... Não sei. Tipo se eu estivesse cortando as unhas do pé pelada, sem saber que estou sendo vigiada? — As palavras escapavam da minha boca como ar saindo de uma bexiga. Não tinha como impedir. — Eu só mostro minhas histórias para as pessoas quando me sinto preparada para isso.

Ele franziu o cenho, desconcertado.

— Você posta na internet! Pra vários estranhos! — Ravi lembrou da cerveja abandonada entre nós e repousou as duas mãos no copo. — Assim, só pra você saber, eu te vejo pelada cortando a unha do pé há anos!

— Argh, para de falar de cortar a unha do pé pelada! — pedi, odiando a imagem que se formava em minha cabeça cada vez que falávamos isso.

— Foi você que começou! — Depois de soltar um longo suspiro, seus ombros relaxaram e ele deu um gole na cerveja, parecendo pensativo. — Você não ama escrever?

Abracei os meus joelhos, recostando o queixo neles.

— Sim, mas... não é assustador? Você conhece quem eu sou lá no fundo. Meus medos, minhas inseguranças. Tudo. E eu não tava preparada pra mostrar tanto.

— E isso me faz gostar ainda mais de você. — Ele deu de ombros. — Todo mundo precisa cortar a unha do pé pelado às vezes, a maioria das pessoas só finge que não.

— Meu Deus! Você sabe que foi só um exemplo, né?

— Um exemplo maravilhoso que nunca vou te deixar esquecer. Enfim. Acabei de te contar que você *me ajudou*. Achei que você ia surtar mais porque gostamos do mesmo cara, e não por isso.

Peguei o copo descartável da mão dele, dando um gole farto. Beber não era a minha praia, e talvez nunca fosse. Mas, francamente, o dia estava tão cheio de sensações intensas que um pouquinho de álcool não seria assim tão ruim.

— Quando você descobriu... o que pensou?

— Achei engraçado. A vida é cheia dessas coincidências que fazem a gente ficar sorrindo e pensando *como?...* — Ele sorriu com o olhar distante e cutucou o esmalte do dedo indicador. — Você podia ter passado no vestibular e demorado mais pra vir pra cá. Ou nunca ter vindo. Talvez tivesse vindo esse ano, mas não quisesse acompanhar seu pai até o BarBa. Consegue perceber todos os desdobramentos diferentes? Qual é a chance de isso acontecer? — Ele fez um gesto apontando para si mesmo e depois para mim.

É. Eu entendia o seu ponto.

— Você é sempre tão otimista assim?

— Tento ser. Você é sempre tão crítica assim?

— Mais do que eu gostaria.

Ao nosso lado, uma rodinha de amigos batia palmas, cantando com a banda que estava para encerrar o show no palco principal. A noite tinha caído e, com ela, todas as luzes do evento foram acesas. Varais de lâmpadas pequeninas contornavam as barraquinhas de comidas e as mesas de madeira onde muita gente tinha parado para comer. As luzes do kamikaze também foram acesas, de modo que eu conseguia ver o terror no rosto de todos que estavam de ponta-cabeça, sendo sacudidos de um lado para o outro.

— Você gostou da história nova?

Agora que tinha me acostumado com a ideia, parecia meio bobo ter me assustado tanto com o fato de ele ter lido minhas fanfics.

— Muito. Você prende a gente. Parece que estamos lá dentro.

Meu rosto queimou tanto que me perguntei se ele conseguia sentir o calor que eu emanava.

— Tá tentando me bajular?

— Não, é sério. Eu não tenho mais o hábito de ler como tinha antes. Mas li a sua sem nem sentir. É a sua melhor, até agora. — Ravi deu um sorriso torto. — Não fica brava, senhora-corto-as--unhas-pelada, mas vi muito de você lá.

A essa altura, toda a minha vergonha tinha se dissipado, mas pode ser que a cerveja tivesse ajudado um pouco.

— Sabia que escrevi uma cena inteira deles e depois percebi que tinha trocado o nome do Matt por *Ravi*?

— Sobre o que era? — Ele me pegou desprevenida ao perguntar.

Quando pigarreei, desconcertada, Ravi caiu na gargalhada, sem que eu precisasse dizer nada para ele matar a charada.

Continuamos conversando enquanto esperávamos pela grande atração da noite. Ele me contou sobre o estágio que começaria a fazer no próximo ano. Incrivelmente, sua maior preocupação era não poder mais pintar as unhas com a mesma frequência com que fazia agora. Ravi aproveitou para me perguntar como estavam os estudos para o vestibular, que seria na semana seguinte. Apesar de ter passado a maior parte do ano longe dos livros, sempre fui uma boa aluna, porque, do contrário, jamais teria chances na arquitetura. Além disso, tive o privilégio de estudar em um bom colégio durante toda a vida e, por isso, estava bem tranquila. Mas, se eu não conseguisse passar de primeira, não era o fim do mundo. Foi o que aprendi ao longo do ano — as coisas tinham o tempo certo para acontecer.

Ravi deitou-se com a cabeça em meu colo e as pernas para fora da canga. Tirei o chapéu de sua cabeça e acariciei os seus cabelos. Sem conseguir conter o sorriso travesso, ele me contou várias histórias de quando era mais novo. Contou dos romances que teve na vizinhança e que a cada semana alguém diferente virava o amor de sua vida. Parece que Ravi teve uma adolescência bem movimentada, cheia de beijos escondidos em terrenos baldios, escapadas na madrugada e muito, muito drama.

Ri sem parar. A gente era mesmo de mundos diferentes. Ele era tipo uma versão masculina de Paola. Preferia festas, assim como ela, e adorava conhecer gente nova. Já eu me contentava com o conforto de casa e com as pessoas que já conhecia, obrigada. Talvez por isso a gente desse tão certo: tinha que existir um equilíbrio.

Faltando dez minutos para o show, Ravi se levantou para comprar mais cerveja e me deixou sozinha. Era para eu guardar a canga de novo em sua mochila, mas, em vez disso, apoiei o rosto nas mãos e olhei ao meu redor. O show ficava cada vez mais lotado, e até mesmo as pessoas dos outros palcos começavam a chegar para assistir aos Broken Boys.

Ravi tinha me perguntado de tarde se eu queria tentar a grade, mas explicou que não poderíamos mais sair de lá. E não mentiu, pois parecia mesmo um lugar bastante disputado. Preferi aproveitar o festival e me dar essa liberdade. Queria que minha última lembrança com eles fosse suave, e não no meio do tumulto.

Achei que, a essa altura, eu estaria fora de mim. Que mal conseguiria respirar de tanto nervosismo. No entanto, me surpreendi ao perceber a tranquilidade que me dominava. Devia ser assim que uma pessoa se sentia quando se jogava de paraquedas — com pânico antes de acontecer e, então, com uma serenidade sem fim. Apenas o vento abraçando o corpo e nada mais.

Quando voltou, Ravi trazia dois copos de cerveja. Ele me entregou um dos copos e me abraçou por trás, deixando um beijinho em meu ombro. Aconcheguei o corpo nele por um momento, querendo me agarrar à deliciosa sensação de quentinho no coração.

— Vamos?

Concordei com a cabeça, mas não me mexi. Lá no palco, roadies começavam a trazer os instrumentos. A bateria tinha o mesmo símbolo da tatuagem de Ravi — um círculo cortado por uma reta, que continuava para além dele. Na outra extremidade dela, três retas perpendiculares.

Era isso. Estava acontecendo.

Tipo, de verdade!

Bem diante dos meus olhos.

— Tô pronta pra virar essa página — pensei alto, sentindo a adrenalina se espalhar pela minha corrente sanguínea.

Juntamos as coisas correndo, sendo atingidos pela energia crescente que envolvia todo o festival, mas, principalmente, o palco principal.

Meu queixo caiu. Me dei conta de que Matt, Ethan, Asa, Oliver e Alfie já estavam ali! Talvez atrás do palco, se aquecendo para o show. Eles costumavam fazer círculos, de mãos dadas, e entoar palavras como se estivessem indo para a guerra. Pensar nisso me deixou eufórica. Sei que era óbvio — eles precisariam estar ali em algum momento —, mas perceber isso foi... surreal. Poucos metros de distância nos separavam.

Dei uns três goles seguidos na minha cerveja, sem conseguir parar de pular no lugar. Ravi também tinha recuperado as energias que perdemos ao longo do dia. Entrelacei meus dedos nos dele e o arrastei em direção ao amontoado de gente em frente ao palco.

Ele passou na minha frente e começou a abrir caminho. Algumas pessoas cooperavam, outras nos olhavam com cara feia, e ainda tinha o terceiro grupo, que tentava nos dar cotoveladas e impedir nossa passagem. Apesar dos obstáculos, conseguimos nos embrenhar e alcançar um bom lugar — não tão perto da grade a ponto de ser claustrofóbico, mas perto o bastante para enxergar o palco sem precisar dos telões para isso.

Vi várias pessoas sacando os celulares e se preparando para quando os meninos entrassem. Não consegui nem pensar em registrar isso em qualquer lugar além da minha memória. Eu queria estar atenta a cada segundo, cada expressão que eles fizessem, tudo.

A tensão compartilhada por todos era surreal, eu quase podia ouvir os estalos. Notava os olhares ansiosos em direção ao palco e os sussurros excitados seguidos por sorrisos. Ravi não parava de batucar as pernas com a mão livre, esquecendo-se por completo de que segurava um copo de cerveja.

E, então, aconteceu.

Foi tão depressa e tão intenso que perdi alguns detalhes. As luzes amareladas do palco foram acesas de uma só vez e isso bastou para que uma explosão de gritos dominasse a plateia. Só percebi que eu também gritava quando minha garganta começou a arder em protesto. Cinco caras esguios surgiram de repente, em fileira, e assumiram os seus lugares.

Asa se sentou na bateria e ergueu as baquetas no ar. Todo mundo ovacionou. Depois, Alfie e Oliver assumiram a guitarra e o baixo, respectivamente. Ethan seguiu em passos despreocupados até um dos microfones, parou à sua frente e encaixou a correia da guitarra no ombro. Ele virou o rosto para olhar para Matt, o último a ocupar seu lugar, e vi a tatuagem de cobra em seu pescoço.

— AHHHHHHHHHH!!!!!! — berrei com toda a força dos meus pulmões, como se estivesse em um filme de terror, fugindo do serial killer mascarado.

Matthew tinha feito mechas em tom rosa-bebê, o que achei uma ironia e tanto, ainda mais por eu ter aberto mão do meu cabelo de algodão-doce. Seus cabelos caíam por sobre os olhos quando ele assumiu o pedestal do microfone e acenou com a mão. Foi o ápice dos gritos. Se eu voltasse com a audição intacta daquele show, seria um verdadeiro milagre.

— Boa noite, Brasil! — bradou no microfone, com um sotaque fortíssimo.

Ainda não tinha acontecido nada, mas eu já estava em prantos. Quero dizer, *tinha*. Eles estavam bem ali! Vê-los em carne e osso, com os meus próprios olhos, tornava tudo tão mais real! Eu não parava de olhar para Matt e para Ethan. Principalmente para Ethan, que tinha arrepiado o cabelo na parte de trás e estava tão lindo que me fazia pensar em outras mil cenas diferentes para as minhas histórias.

Ethan pegou uma das várias paletas que estavam espetadas no pedestal do microfone e, sem aviso nenhum, rasgou o silêncio com o primeiro acorde. Logo as guitarras estouravam nos alto-falantes e não havia mais barulho no mundo além do som deles. Pulei no lugar como uma pipoca, com os braços para cima, sem espaço na cabeça para pensar em nada.

Matt, lá em cima do palco, pulava no mesmo ritmo, sua voz maravilhosa me envolvendo como uma toalha bem felpuda e confortável, se é que fazia algum sentido. O calor ali no meio era insuportável, ainda mais para quem não conseguia parar quieta.

Dava para sentir o suor escorrendo pelas minhas pernas e fazendo com que minha camiseta grudasse nas costas. Mas nem chegava a ser um incômodo quando eu vivia algo tão maior, tão mais significativo.

Estar ali entre tantas pessoas, sentindo a música, vivendo aquela experiência... não tinha preço. A energia era gigantesca, como se cada um de nós pertencesse a uma trama imensa. É isso que a música faz pelas pessoas. Nos conecta, faz com que nos sintamos vivos. Nunca estive tão desperta em toda a minha vida.

Berrei os versos com Matt, como se só existisse o palco e eu. Tantos anos amando aqueles caras. Tantos anos dedicando a minha vida a eles. Escrevendo histórias sobre eles, conhecendo pessoas por causa deles. Minha adolescência foi deles, e eu não me arrependia nem um pouquinho. Ali, fazendo parte daquele mar de gente que tinha encontrado significado em Broken Boys, senti como se todos aqueles anos tivessem passado em um piscar de olhos.

Filmes não paravam de se desenrolar em minha memória.

A tatuagem suada de Ethan me fez rir sozinha ao pensar na fanfic em que Matt a contornava com a ponta da língua. Os comentários das leitoras, o alvoroço. A maneira como eu ainda era marcada em fotos do seu Instagram que evidenciavam a cobra enrolada em tons de cinza.

A dancinha que Matthew fazia, como se encoxasse o microfone, lembrou todas as vezes que Paola e eu vimos no YouTube as apresentações ao vivo dos Broken Boys, porque ela ficava toda vermelha vendo os movimentos de quadril que ele fazia. Nós caíamos na risada, trocando olhares cúmplices e, no final, Paola sempre soltava suspiros sonhadores. Ele era o favorito dela, sem sombra de dúvidas.

Cada vez que Asa girava as baquetas no ar, eu só conseguia pensar em meu pai. Era automático. Eu nunca mais veria um baterista de outra forma. Se não fosse por Broken Boys e a notícia que marcou o começo do ano, meu pai continuaria sendo só um fantasma em minha vida. Alguém de quem eu só conhecia histórias, uma presença constante somente na medida em que me lembrava de tudo o que eu não podia ser. A lembrança de quando cheguei ainda estava fresca na memória. O quanto o odiei e me ressenti pelo nosso passado. O quanto me arrependi por estar ali. Até pedi para voltar para Cianorte! E pensar no quanto as coisas tinham mudado porque eu me dera a chance de tirar as minhas próprias conclusões...

Cada música que percorria a plateia me despertava centenas de sensações de momentos diferentes.

"Infamous Last Words", que tinha a bateria frenética e gritos estridentes de Matthew, fazia com que eu me lembrasse do término com o meu ex-namorado. Eu havia sofrido tanto! Ouvi a mesma música no repeat, socando o travesseiro como se fosse a cara dele, e soluçando até perder o fôlego.

"Break Me Down" era uma música mais calminha, com cara de acústica, e Ethan cantava a maior parte dela. Pensei na emoção de comprar revistas — quem é que ainda fazia isso? — só para arrancar os pôsteres e colar nas paredes do quarto. Mamãe, mais de uma vez, tinha me levado em uma loja em Maringá cheia de camisetas de banda, cintos de rebite, munhequeiras e outros artefatos roqueirísticos para comprar camisetas dos Broken Boys, que eu usava com o peito estufado de orgulho.

E "504" foi a música que me inspirou a escrever minha última fanfic, à qual eu finalmente tinha conseguido colocar um ponto-final, no dia anterior, em meio a um choro horroroso cheio de fungadas e caretas retorcidas. Nunca chorei escrevendo cena nenhuma, mas acho que minha vida ficou tão atrelada àquela história que a experiência foi diferente.

Olhei para Ravi, que também pulava e gritava sem parar. No dia seguinte, precisaríamos nos comunicar por sinais, pois nenhum de nós dois teria voz.

Matthew arrancou a bandana que usava amarrada no braço e atirou à plateia. Lá na frente, vi as garotas da grade se estapearem para agarrar aquele pedaço de tecido encharcado de suor e gargalhei sozinha. Eu sabia de todo o roteiro dos shows — já tinha visto a maioria dos vídeos no YouTube. Já tinha sonhado muitas vezes com uma dessas bandanas, com uma das baquetas amarelas de Alfie, com as paletas de Ethan ou uma das garrafinhas de água que Matt tomava e depois jogava, pela metade.

Agora eu estava ali. No auge dos meus dezoito anos, dando adeus com classe à minha adolescência e também aos caras que marcaram cada pedacinho dela. Me senti tão realizada, tão bem. Senti como se, de repente, meus pés tivessem criado asas. Comecei a flutuar. Fui subindo, subindo, subindo. Vi Broken Boys das alturas, pequenininhos, como no dia em que andei de avião e notei a cidade em miniatura lá embaixo.

Pela primeira vez, consegui enxergar beleza em amadurecer.

Lembrei do quanto fiquei desolada quando soube que eles iam se separar. Do quanto pareceu que tudo estava sendo arrancado de mim e que eu não tinha nenhum controle. Agora eu via que, independente do que acontecesse, o passado continuava protegido em meu coração. Ninguém poderia mudar isso. Todas as coisas que vivi, todos os momentos que foram marcados pela banda, toda a coragem que eles me deram para perseguir os meus sonhos. Sempre que eu olhasse para trás, eles estariam lá. Isso não mudaria nunca.

Mas todas essas coisas tinham passado. E não dava mais para ficar parada, com medo de continuar, ou eu nunca saberia o que vinha depois. Nunca descobriria as surpresas que estavam me esperando. Como Ravi tinha me dito na piscina, às vezes a gente só precisa confiar e ver com os nossos olhos como as coisas se desenrolam.

Foi difícil virar a página, mas, agora que eu tinha conseguido, não parecia o suficiente. Que viessem as próximas páginas, uma a uma, sem parar. Ninguém me segurava, eu estava nas alturas.

Estava pronta. E queria mais, muito mais.

Queria o próximo capítulo.

Queria escrever a minha própria história.

AGRADECIMENTOS

EM JUNHO de 2019, recebi uma ligação da Renata Sturm, minha editora.

Era final de tarde; ainda lembro certinho de estar perto da janela, segurando na tela enquanto a ouvia do outro lado da linha, me pedindo para confiar nela e na Raquel Cozer, diretora editorial da HarperCollins, para traçarem um novo caminho em minha carreira. Elas queriam que eu me aventurasse no Young Adult.

Fiquei superempolgada, agradeci o voto de confiança e achei uma coincidência enorme. No auge dos meus 25 anos, e apesar de ter começado a escrever aos 10, eu tinha acabado de terminar a minha primeira história sobre adolescentes. Topei na hora. E soube, logo que encerrei a ligação, que seria um desafio. Eu só não imaginava o tamanho dele.

A partir de então, embarquei em uma jornada um pouco parecida com a de Olívia. Amadureci, me conheci melhor, aprendi que nem tudo sai como o esperado. E, assim como ela, deixei algumas lágrimas pelo caminho. Mas a jornada foi valiosíssima.

A Olívia demorou um pouco para aparecer. Foi no final de setembro, depois de várias ideias rejeitadas, quando eu estava apavorada de medo de não conseguir atender as expectativas. Ela veio de mansinho, se mostrando um pouco aqui e ali. Sua relação com o pai, o menino de unhas pintadas que ela conhecia no bar, o tênis inteiro rabiscado com suas angústias.

Diante desses vislumbres, eu fui com tanta sede ao pote que acabei não a ouvindo com atenção. Senti desde o começo que tinha algo errado com a história, mas eu queria muito escrever um livro perfeito e, com isso, continuei sentando noite após noite após noite na frente do computador, sedenta para superar o novo desafio.

Até que não deu mais.

Depois de cem páginas escritas, mais ou menos na metade do livro, tive que admitir para mim mesma que era impossível continuar. Nada ali se parecia comigo. A Olívia merecia que eu desse o meu melhor. Ela não se contentaria com menos que isso.

Em dezembro, recomecei. Aprendi novas coisas sobre a Olívia e descobri que tínhamos muito em comum! Assim como eu, ela começou a escrever graças a uma banda que amava muito. No meu caso, foi My Chemical Romance; no caso dela, Broken Boys (qualquer semelhança que vocês tenham notado não é mera coincidência, viu?).

Em janeiro, coloquei o ponto final e entreguei o livro, muito orgulhosa e satisfeita por ter contado a história da Olívia e do Ravi. Mas eu não teria conseguido trilhar esse trajeto sozinha, então queria aproveitar e agradecer a todos que caminharam comigo.

Charles Sereso, não existiria Lola Salgado sem você! Muito obrigada pelas infinitas horas de conversa sobre os meus personagens, por se empolgar com eles e acreditar em mim incondicionalmente (quase sempre mais do que eu mesma). Obrigada por puxar minha orelha quando não escrevo e por sentir orgulho do que eu faço. A vida faz mais sentido com você.

Alba Milena, quando te contei que queria recomeçar o livro, você me apoiou sem pensar duas vezes e me ajudou a tirar o melhor dessa história. Muito obrigada por estar sempre ao meu lado. Nos momentos ruins e nos bons. Obrigada por segurar as pontas, por dar conselhos, por ter as melhores ideias e por sempre acreditar.

Mariana Dal Chico, você deixou os melhores comentários no livro. Nunca mais vou ver libélulas com os mesmos olhos! Muito obrigada por ter feito parte dessa história e ter shippado Ravióli desde o começo.

Clara Savelli, obrigada pela ideia de #Ravióli, é apenas o melhor nome de shipp de todos!

Sou muito grata à Carolina Cândido e à Wlange Keidé por fazerem a leitura sensível do livro e me ajudarem a enxergar detalhes que eu jamais conseguiria em meu lugar de escritora branca. É incrível como várias coisas acabam passando quando não é a nossa vivência e sempre dá para aprender mais. Vocês foram essenciais neste trabalho! Obrigada!

Clara Alves, Klara Castanho, João Doerdelein, Laura Castro e Wlange Keidé, obrigada por terem topado ler primeiro e dar suas impressões. Ter o nome de vocês na capa do livro é uma honra!

Por falar nisso: tive a felicidade dupla de escrever este livro & fazer o design da capa! Agora me aguentem, porque não sei falar de outra coisa além de: ESSA PRECIOSIDADE QUE VOCÊS ESTÃO VENDO FOI FEITA POR MIM!

Um MUITO OBRIGADA superespecial à Renata, à Raquel, à Diana e a toda a equipe da HarperCollins. É um prazer trabalhar com vocês. Obrigada demais pela oportunidade e por cuidarem tão bem de mim! Espero que venham muitos outros livrinhos e muitos outros desafios pela frente.

E, por fim: gratidão, amigo leitor, amiga leitora, por chegar até aqui. Sem você, nenhum dos outros agradecimentos faz sentido. Obrigada por dar sentido à minha profissão, por me mandar tanto carinho (eu sinto daqui, e ele importa muito), por apoiar o meu trabalho e embarcar em cada nova história que eu decido contar. Espero que você tenha rido, se divertido, se emocionado assim como eu, e que não se esqueça nunca de quanta coisa pode estar logo ali.

ESTE LIVRO FOI COMPOSTO EM EMOJIONE,
FELT TIP, GOTHAM, PALATINO LINOTYPE E VELCRO
E IMPRESSO EM PAPEL AVENA BOOK 70G/M² NA BMF.